양창국 창작집

중력이 약해진다

상대성이론으로 '세월이 빨리 간다'

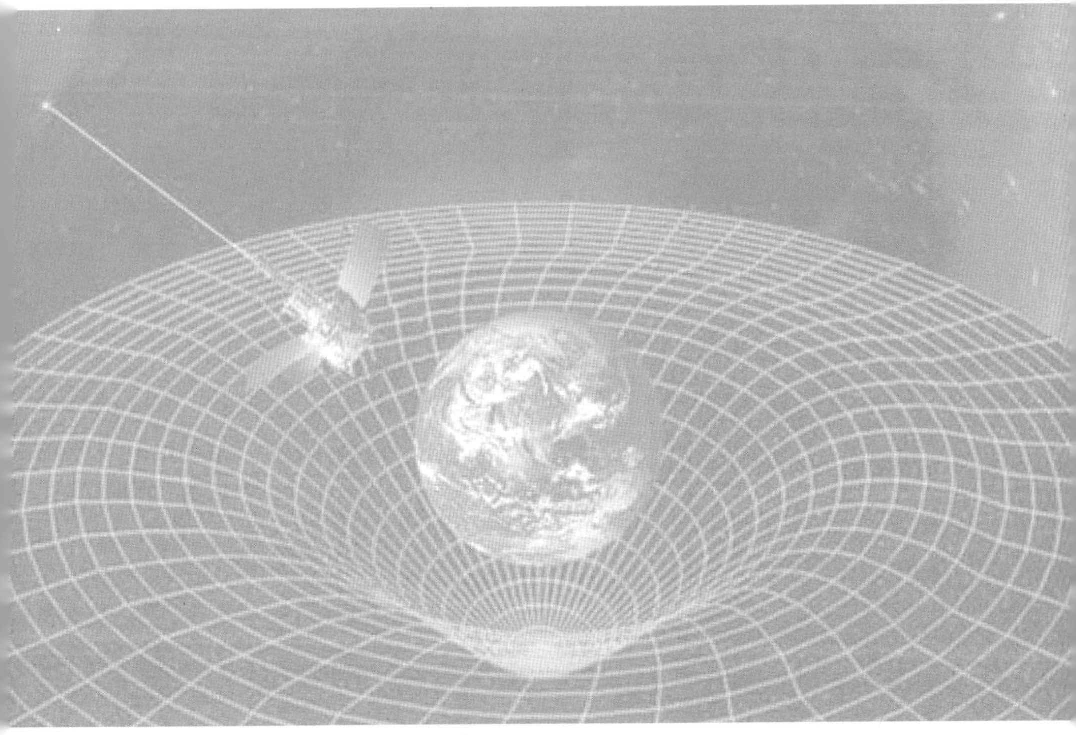

한누리미디어

국립중앙도서관 출판예정도서목록(CIP)

중력이 약해진다 : 상대성이론으로 '세월이 빨리 간다' : 양창국 창작집 / 지은이 : 양창국. -- 서울 : 한누리미디어, 2018
p. ; cm

ISBN 978-89-7969-778-0 03810 : ₩15000

한국 현대 소설 [韓國現代小說]
단편 소설집 [短篇小說集]

813.7-KDC6
895.735-DDC23 CIP2018022587

양창국 창작집

중력이
약해진다

Contents

전업 유혹

I.

내 아이큐는 100으로 보통 사람의 두뇌다. 나는 키가 크지도 않고, 살이 찌지도 않고, 마르지도 않아 특별히 남의 눈에 띠지 않는 평범한 몸매다. 나는 두뇌나 외모가 다 평범한 정말 보통사람이다. 나는 착한 소시민으로 소심하고 생각이 많은 편이다.

나는 공업고등학교를 졸업하고, 내 머리로 대학을 가는 것은 무리여서, 공장에 취직하여 기능공으로 일하고 있다. 늦지도 않고 빠르지도 않게 30을 바라보는 나이에 결혼을 하고 아들 하나 딸 하나를 두고 있다. 두 아이는 다 초등학교에 다닌다.

나는 회사를 다니다가 일반병으로 30개월 병역의무를 마쳤다. 나는 월급 외에 다른 수입이 없어 갑근세는 회사에서 다 알아서 원천징수해 주고 있으니, 탈세니 하는 부자들의 꼼수는 알 리도 없고 알 필요도 없다. 나는 제때에 국방 의무를 마쳤고, 납세의 의무도 다하는 정말 선량한 대한민국의 국민이다.

회사에서 나는 과장이니 하는 간부로 승진할 고급 인력이 아니다. 그래서 진급에 목매는 일도 없이 그냥 기계와 대화하며 55세 정년까지 회사를 다니는 것을 목표로 성실히 근무하고 있다. 내가 다니는 회사의 노조가 강성이어서 나는 내가 크게 잘못하지 않는 한 정년 전에 회사에서 잘릴 염려는 적다. 나는 55세에 정년퇴직하면 장사나 식당 등을 하다가는 퇴직금을 다 날릴 테니 그냥 모범택시나 신청하여 택시를 몰 거다.

내가 회사에 근무하는 이십여 년 사이에 회사가 퍽 커져 대기업 반열에 들었다. 강성 노조의 투쟁 덕분에 월급도 많이 올랐다.

회사의 일감이 많이 늘어났다. 강성 노조가 해마다 되풀이하여 파업 엄포를 놓으며 벌리는 임금 투쟁에 신물이 난 경영진은 늘어나는 일감을 생산하기 위하여 직원, 노조원의 수를 늘리는 방식보다는 작업을 자동화하는 방향으로 방침을 바꿨다.

내가 일하는 공정, 금속 튜브에 패드를 용접하는 공정도 자동화됐다. 기계 10대에서 40명의 기능공이 3교대로 근무하던 일을 로봇이 대신한다. 근로자 40명 중 22명은 다른 작업장으로 배치되고 네 사람만 남겨 로봇이 하는 일을 감시하는 일로 바꿔줬다.

14명은 명예 퇴직했다. 로봇이 도입되면서 내가 하는 공정에서 36개 일자리가 날아갔다. 말도 못하는 로봇이 사람의 일자리를 빼앗아갔다. 로봇은 24시간 일을 해도 피곤해 하지 않고, 집중력도 떨어지지 않고, 생산성은 50%나 높아졌다. 제품 불량률도 현저히 줄어들었다. 로봇은 야간 근무수당도 요구하지 않으며, 노조 결성도 하지 않고 프로그램 된 대로 하루 24시간 동일한 품질의 제품을 묵묵히 생산해낸다.

내가 하는 일은 근무시간에 맞춰 출근하여 각 로봇이 그날 할 일, 작업 지시서를 컴퓨터에 입력하고, 그 명령에 따라 내 담당인 로봇 10대가 제대로 작업을 수행하는지 감시하는 것이다. 출근하여 잠시 컴퓨터 자판을 두드려 입력하는 것 외에 나머지 시간은 참 지루하게 복도를 왔다 갔다 하며 로봇의 팔이 움직이는 것을 쳐다본다. 솔직히 내 자리는 없어져도 공장 운영에 지장이 없는 자리지만 회사에서 자동화를 추진하면서 노사협의 결과 그 자리를 유지하도록 합의하여 살아남았다.

나는 열 대 로봇의 팔이 쉬지 않고 일정하게 하나, 둘, 셋, 박자를 맞추며 앞 공정에서 컨베이어 벨트를 타고 넘어온 튜브에 패드를 붙이는 장면을 멍청하게 쳐다보며 현기증이 인다. 내가 했으면 용접을 하는 중에 허공을 쳐다보고, 옆 동료도 쳐다보고, 한숨도 쉬고 했을 텐데 로봇은 잠시도 한눈을 팔지 않는다. 정말 규칙적이다.

나는 복도를 왔다 갔다 하면서 로봇이 제대로 동작하나 감시하다가, 너무나 규칙적인 기계의 움직임에 질려서 의자에 앉아 천장에 매달린 나트륨 등을 올려다보며 한숨을 내쉰다. 나트륨 등은 눈이 부시지 않다. 나는 무료하여, 게임이라도 하고 싶었지만 내 컴퓨터는 로봇의 작업을 지시하는 기능 외에 다른 기능은 다 차단하여 게임도 할 수가 없다. 나는 그저 로봇을 보조하는 한 부품으로 그 자리를 지킨다.

솔직히 노조의 잔소리가 없었으면, 이 감시하는 자리도 기계에게 내주었을 것이다. 그랬다면 나는 어떤 자리에서 일을 하고 있을까? 아무리 따분해도 처자식을 먹여 살려야 하는 처지에 직장에서 해고당하는 것보다는 훨씬 낫다.

나는 의자에 앉아 제4혁명이 이룬 효율성을 건너다보며, 인공지능이 한없이 발달하고 있는데, 이런 내 일자리마저 언제 사라질지 초조한 생각이 든다.

오늘 조간신문에 제4혁명에 대한 특집기사가 났었다. 출근하기 전에 읽었다. 신문은 5,000년 전에 일어난 제1혁명 농업혁명, 약 300년 전에 일어난 제2혁명 산업혁명, 몇 십 년 전부터 일기 시작한 제3혁명 정보혁명을 소개하고, 인공지능을 포함한 제4혁명이 다가오고 있다고 엄포를 놓았다.

제4혁명으로 없어질 일자리도 몇 가지 언급했다. 전기 자동운전 자동차의 등장으로 운전기사, 주유소, 차량 정비소가 없어지고, 인공지능 컴퓨터의 진단 기능이 정착하면 동네 가정의도 다 없어지며, 심지어 스포츠 기자, 전화 상담원까지 다 없어진다고 소개했다.

나는 지금 회사에서 내 일자리를 로봇에게 물려주고 억지로 마련한 로봇 운전을 감시하는 자리에서 정말 한가하게 일하며 처자식 부양하는 돈을 벌고 있다.

그런데 인공지능이 만개하면 더 많은 일자리가 없어진단다. 나같이 IQ 100인 평범한 사람은 할 일이 없어진다, 그러면 정부에서 주는 쥐꼬리만 한 사회보장 수당으로 먹고 살아야 하나? 내가 정년퇴임할 때까지는 그런 세대가 오지 말아야 할 텐데, 앞으로 몇 년 내에 자율자동차가 나온다니 그럼 운전수가 없어지니 내가 퇴직하고서 하려고 계획한 모범택시 기사도 못 하겠네….

내가 이 회사 사장이라도 사사건건 악악대며 파업하겠다고 공갈치는 노조가 귀찮아서 사람을 덜 쓰고 기계에 생산을 맡기는 시스템을 도입할 거다. 이렇게 자동화하는 것이 추세로 선진국은 노조의 일감이 많이 약화 되어가고 있다는데, 우리 회사라고 언제까지나 그 추세를 어기고 노조가 버티겠어? 그러면 내 자리는? 내가 기계에 밀려 실업자가 되면 아직 초등학교에 다니는 내 아들과 딸들은 누가 부양하지? 내 아들 딸들은 자라서 뭣을 해 먹고 살지?

나는 쉬지 않고 움직이는 규칙적인 로봇팔의 움직임을 보며 내가 해결할 수 없는 문제에 대한 생각이 많다. 골이 지끈거리고 머리가 아프다.

초등학교 5학년인 아들, 철희는 방과 후 학습으로 로봇 교실에 등록하고 실습을 한다. 철희가 조립하는 것을 좋아하여 나는 여러 종류의 레고를 사줬다. 철희는 닌자고, 스타워즈 등 복잡한 레고 조형물을 안내 도면을 보고 쉽게 조립한다. 도면을 보고 조립에 열중할 때 보면 아들의 눈에서 광채가 난다. 때로는 공업고등학교를 나온 나보다 훨씬 잘 조립한다.

아내는 아들을 인문계에 보내 판검사를 시켜 권력을 잡는 방향으로 살도록 인생을 설계하기를 바라지만, 나는 아들 녀석은 이공계를 보내 그 방면의 기술을 익히도록 할 생각이다. 아직 초등학교 학생인 아들의 진로 문제로 아내와 다투기 싫어 아내의 눈치만 보고 있다.

아들이 대전 대덕연구단지에서 로봇국제경연대회가 있다고 구경을 가자고 졸랐다. 나는 주말 시간을 내서 아들의 원을 들어줬다.

1990년대 엑스포가 열렸던 공지에 들어선 컨벤션센터에서 로봇국제경연대회가 열렸다. 입장료는 무료였다. 아들은 안내소에서 나눠준 경기 일정표를 죽 훑어보더니 축구경기를 보러 가자고 했다.

축구경기는 두 군데에서 열렸다. 실제 축구장 넓이의 1/10 정도로 축소한 크기의 실내 축구장 양편에 경기를 관람할 수 있도록 관중석이 설치되어 있었다. 아이들의 등살에 끌려온 어른들과 아이들이 섞여 앉아 관람석을 거의 다 메웠다. 나와 아들은 관람석 구석자리를 겨우 차지하고 앉았다.

대만과 일본팀이 경기를 준비하고 있었다. 축구장 한 편에 키가 40㎝쯤 되는 로봇 선수 6명씩 자리를 잡고 섰다. 공격수 세 로봇은 센터라인에 마주 보고 섰고, 두 로봇은 풀백 위치에, 골키퍼는 골문을 지켰다.

골문 뒤에 각국 인간 선수들이 노트북을 보며 마우스로 로봇을 조종했다. 심판이 양쪽 인간 선수를 불러 동전을 던져 선공을 정했다. 대만팀이 선공으로 정해졌다. 대만팀의 로봇 선수 두 명이 센터라인에 놓인 탁구공보다는 크고 테니스공보다는 작은 플라스틱 공을 찰 준비를 했다.

심판이 호각을 불었다. 대만팀이 공을 일본 진영으로 찼다. 일본팀 로봇이 뒤뚱거리며 달려오는 공쪽으로 달려가서 공을 대만 골쪽으로 찼다. 양 팀은 옥신각신하며 공을 다투고 경기장을 오갔다. 일본팀 진영으로 몰고 들어온 대만팀이 공을 골문을 향해 찼다. 골키퍼가 공을 차냈다. 골라인 밖으로 공이 나가면 드로잉 비슷한 동작도 하며 일진일퇴 경기를 했다.

일본팀이 선제골을 넣었다. 골을 넣은 로봇은 전혀 환호의 기색이 없는데 골문 뒤에서 로봇을 조종하는 인간 선수들이 박수를 치며 환호했다.

나는 로봇이 축구를 하는 광경을 보며 아직은 로봇의 움직이는 동작이 매끄럽지 못하고 좀 둔하지만 몇 년만 지나면 진짜 축구선수같이 잘 찰 날이 올 거다. 그러면 전후반 90분을 뛰어도 지치지 않는 로봇 선수가 올림픽 경기 선수로 출전할 날이 올지도 모른다. 지금 내가 하는 일을 자동화 로봇에게 빼앗긴 것같이 축구선수도 그 자리를 로봇에게 물려줄까? 로봇이 야구 투수를 하면 기가 막히게 프로그램된 대로 잘 던질 텐데….

아들은 박수를 치며 로봇 축구경기를 즐기는데, 나는 그 광경을 보며 마음이 착잡했다.

'저런 로봇이 우리 아들의 직업을 빼앗아 가겠지?'

아들과 나는 축구경기를 보고, 자리를 옮겨 두 로봇이 미로를 찾아서 종착점에 먼저 도착하면 이기는 경주를 보고, 로봇이 불이 난 집에 들어가서 인형을 구조하는 경기를 보았다. 그렇게 두 시간 넘도록 로봇 경기를 보다가 나는 좀 지루해지고, 배도 고프고, 우울하기도 하여 아들에게 그만 점심을 먹으러 가자고 했다. 아들은 자못 아쉬운 표정으로 내 말을 따랐다.

로봇국제경진대회를 보고 승용차를 운전하여 집으로 돌아가면서, 머지않아 자율운전 전기자동차가 나오면 나는 가만히 차에 앉아 있고, 자동차가 알아서 나를 집에 데려다 주겠네, 하며 옆으로 휙휙 지나가는 버스와 택시를 보며 저 차를 운전하는 운전기사도 내 동료들과 같이 기계에게 직업을 빼앗기겠지, 했다.

2.

나는 신문에서 MOOC 교육을 받으면 미국 명문대학인 MIT에서 학점을 인정해 준다는 기사를 보고 MOOC가 뭘까, 하며 인터넷에서 찾아봤다.

MOOC는 Massive Open Online Course의 약자로 온라인 강좌 서비스를 말했다. 나는 그냥 온라인 무료 강좌 서비스, 했으면 내가 바로 알아들었을 텐데, 왜 영어 약자로 기사를 쓸까, 우리 같은 무식한 사람들 기죽이려는 건가, 하고 투덜대며 MOOC 홈페이지를 열었다.

무료 강의를 개설한 학교가 첫 페이지에 죽 떴다. 서울대학교를 비롯하여 우리나라 일류 대학은 다 그 강좌에 참여하고 있다. 나는 먼저 회원가입을 하고, 내가 제일 가 보고 싶었던 서울대학교에서 여는 강좌를 찾고, 그 중 '로봇의 부상' 이라는 과목과 '생명의 유래' 라는 과목을 신청했다.

나는 당장 로봇에 밀려 직장의 일자리에 위기감을 느끼고 있어 로봇이 부상하면 어떤 일이 벌어질까, 궁금해 하며 첫 강의를 열었다.

서울대학교 명예교수라는 흰머리가 멋지게 흩날리는 교수가 '쓰임새가 다양한 로봇' 이라는 제목을 내걸고 첫 강의를 시작했다.

교수는 지금 여러 분야에서 쓰이고 있는 여러 로봇을 소개했다.

차를 조립하고, 공장에서 물건을 나르고, 폭탄을 해체하고, 농약을 살포하고, 햄버거를 만들고, 심지어 스시까지 만든다고 소개했다. 그는 특화된 로봇의 등장으로 폭발적인 제4차 산업혁명의 문턱에 서있다고 강조했다. 그는 우리나라는 통계가 없지만 미국의 통계에 의하면 일할 수 있는 연령대의 노동력 참여율이 2000년 84.3%에서 2013년 81%로 떨어졌으며, 노동생산성은 1960년 대비 254.3% 증가했으나, 그 이익의 상당 부분은 로봇을 설치한 사업주에게 돌아가고, 노동자의 보상액은 113.1%에 불과했으며, 산업의 자동화로 이런 현상은 더 심화될 것이라고 말했다. 그는 다음 시간에는 인공지능에 대하여 강의하겠다고 하며 강의를 마쳤다.

나는 은빛 백발을 날리는 교수의 강의를 들으며, 이거 로봇이 못하는 일이 없네, 이러다 우리같이 아이큐 100인 평범한 사람들의 일자리를 다 로봇에게 빼앗기는 것 아냐, 했다.

당장 오늘 들은 강의만 해도 만일 이 강의를 듣고 시험을 치러 학점을 인정해 준다면, 나같이 대학을 못간 사람이야 돈 안 들이고 학위를 받을 수 있어 좋겠지만, 그렇잖아도 취학 인구가 줄어 구조 조정해야 하는 우리나라 대학들은 어떻게 하나, 철밥통 대학교수 자리도 온라인 쇼핑에 많은 고객을 잃는 오프라인 매점처럼, 강단의 자리를 잃겠네, 하고 쓸데없는 걱정을 했다. 이렇게 자리를 기계에게 다 빼앗기면 우리 아들이 자라서 뭘 해 먹고 살지, 하고 걱정이 됐다.

두 번째 강의. 노 교수는 인공지능의 발달 사례부터 강의를 시작했다.

그는 1997년 딥블루 컴퓨터가 세계 서양장기 선수권자 카파스파로프를 이긴 사례부터, 2011년 인공지능 컴퓨터가 퀴즈 프로그램에 나가 미국 퀴즈대회에서 50연승의 신화를 쌓은 인간을 이긴 이야기로 이어갔다. 2016년에는 천여 대의 클라우드 컴퓨터로 연결된 알파고가 바둑경기에서 세계 최강자의 한 기사인 이세돌을 이긴 사례도 들었다.

나는 이세돌과 알파고의 경기를 두 판은 생중계로 보고 세 판은 재방을 보았다. 머리가 보통인 나는 바둑실력도 아마추어 정상에 이르지 못하고 4급쯤 두어 아마추어 중에서는 제법 두는 편이다.

나는 알파고가 바둑을 두는 것을 보고 어떻게 죽은 기계인 컴퓨터가 저렇게 바둑을 잘 둘까, 하며 몇 번을 감탄했었다. 어떻게 기계가 저렇게 그 어려운 바둑을 잘 둘까, 하며 소름이 끼치기도 했었다.

노 교수는 인공지능 컴퓨터가 쓴 스포츠 기사도 보여주고, 2012년 런던심포니 오케스트라가 연주한 컴퓨터가 작곡한 〈심연 속으로〉라는 곡도 들려줬다. 컴퓨터가 그런 곡을 작곡하는 데 5분도 걸리지 않는다며 고개를 내저었다. 컴퓨터가 그린 추상화도 보여주고, 컴퓨터가 대학생 주관식 문제를 채점하는 예도 보여주면서, 인공지능은 단순노동자의 일자리뿐만 아니라 화이트칼라의 일자리도 빼앗는다고 했다.

나는 컴퓨터가 논술문제까지 채점한다는 강의를 들으며, 객관식 문제야 이미 컴퓨터가 채점하고 있는 것을 알았지만 주관식 문제까지, 하며 경악했다. 노 교수는 자율운전 자동차와 3D 프린터를 소개하면서 두 번째 강의를 마쳤다.

나는 그날 퇴근하고 동료들과 회식자리에서 내가 들은 강의 내용을 설명하며 아는 체를 좀 하고 지금 노조에서 추진하는 회사의 2차 자동화 계획을 반대하는 운동에 적극 참여하자고 부추겼다. 아님, 우리들의 일자리가 인공지능 컴퓨터에 다 빼앗기고, 언제 실업자가 될지 모른다고 강조했다. 회식에 참석했던 노조 부위원장이 오늘 술 먹으면서 한 이야기를 정리하여 다음 상집회의 때 특강을 해달라고 청했다. 나는 내가 그렇게 전문지식이 있는 것이 아니라고 사양하며 그 분야 전문 대학교수를 초빙하여 들으라고 했다. 노조 부위원장은 대학교수의 명강의보다 현장에서 근무하는 니 강의가 더 설득력이 있을 거라며, 내일 점심시간에 노조사무실에서 보자고 했다.

나는 술자리에서 술김에 무크 강의를 들은 내용을 노가리 깐 것이 계기가 되어 로봇과 인공지능에 조예가 깊은 사람이 되어 노조 상집에서 30분 강의를 하게 되었다.

노조 상집위원 40여 명이 긴 원탁의자에 빙 둘러 앉았다. 나는 원탁의자의 모서리 부문에 섰다. 내 뒤에는 칠판이 세워져 있었다. 회사 측에서 나온 노무부장과 노무과장도 자리를 차지하고 있었다.

노조 부위원장이 제조3부에 근무하는 로봇에 대해 일가견을 가진 우리의 동지 김창성 동지라고 나를 소개했다. 지금 회사에서 제2차 자동화계획을 추진하는데, 우리 노조에서는 반대 투쟁을 벌이는데, 로봇의 문제점을 아는 것이 투쟁에 도움이 될 것 같아 전문가를 모셨다고 하며 나를 소개했다. 나는 전문가라는 소개에 어리둥절해지며 상집들을 향해 꾸벅 인사를 했다. 박수가 터져 나왔다. 나는 로봇 전문가라는 소개에 수줍고 어색하여 몸이 막 떨렸다.

"저는 로봇 전문가가 아니고 무크에서 로봇에 대하여 몇 번 강의를 들은 것 밖에 아는 것이 없습니다."

나는 솔직히 내 실력이 얕음을 털어놓았다.

"무크가 뭐요?"

상집 한 사람이 물었다.

"그거 세계적으로 유행하는 온라인 강좌인데 인터넷을 통하여 유명

대학의 강의를 무료로 들을 수 있는 온라인 강좌입니다."

"그런 공짜 강의도 다 있어요?"

다른 상집이 놀라는 표정을 지었다.

나는 로봇이 대체할 수 있는 일들을 열거하고 로봇의 등장으로 미국의 일자리가 줄어든 통계를 말했다. 나는 인공지능 컴퓨터의 발달로 없어질 일자리를 나열하고 노 교수에게 들은 없어질 일자리와 통계를 읊었다.

"이렇게 일자리가 로봇이나 인공지능에 의해 내가 일하는 공장 생산직, 블루칼라 직장뿐만 아니라 관리직 화이트칼라 직장도 없어집니다. 이렇게 로봇과 인공지능이 직장을 꿰어 차면 생산성이 높아지나 인건비 등 지출이 줄어, 로봇이나 인공지능 개발에 투자한 사업가나 투자자는 돈을 벌지만 고용자는 고용의 기회를 잃게 됩니다. 미국의 경우 2000년에서 2013년까지 기업의 생산성은 254.3% 증가했으나, 인건비 몫은 113.1% 밖에 늘지 않아 결국 노동생산성이 증가한 부문의 이익은 사업자나 투자자가 차지하게 되어 빈익빈 부익부 현상이 더 심화되고 있습니다."

어떤 상집은 내 강의 내용을 노트에 필기하며 들었다.

"결국 인공지능의 발달과 자동화는 블루칼라나 화이트칼라의 일자리를 빼앗아가며, 국가 전체로 보면 생산성도 늘고, 산업도 발달하고 국가 경쟁력도 높아지겠지만 제 좁은 의견으로는 우리 노동자에게는 일자리를 빼앗아가는 쥐약이라고 생각합니다. 멀리 볼 것 없이 우리 공장에서 내가 일하는 공정의 경우 제1차 자동화가 추진되기 전에는 40명이 3교대하며 일을 했었으나, 지금은 4명이 로봇의 시중을 들고 있습니다. 그것도 좀 더 인공지능이 개발되어 로봇의 판단으로 일을 할 수 있게 되면 제 일자라도 없어지지 않을까 걱정이 됩니다. 노조에서는 제2차 자동화

계획을 사측과 협의하면서 일자리를 지키는 일뿐만 아니라 공장을 자동화함으로써 사측이 보는 이익의 일부를 어떻게 노동자에게 분배해 줄 것인가도 협의해야 할 것으로 생각합니다. 말단 공장에서 로봇의 시중을 드는 제 말씀을 경청해 주셔서 감사합니다. 그리고 저는 말씀 드린 것 외에 더 아는 것이 없어서 질문은 받지 않겠습니다."

내가 강의를 마치자 우레와 같은 박수가 터져 나왔다. 나는 멋쩍어서 머리를 극적이며 자리에 앉았다.

"위원장님, 우리 김창성 씨 강의 잘 들었는데 이런 강의를 노조원들에게도 해 주면 어떻겠어요?"

상집 한 사람이 노조위원장에게 건의했다.

"예, 좋은 의견입니다. 그 문제는 제가 김창성 씨와 협의하겠습니다."

노조위원장이 선선히 대답했다. 나는 아는 것도 없는 나더러 노조원을 상대로 강의를 하라고 할까 봐 가슴이 덜컥 내려앉았다. 나는 무크 강의 몇 번 듣고 졸지에 로봇 전문가가 되고, 어이가 없어 저절로 웃음이 나왔다.

나는 나의 짧은 지식으로 노조원을 상대로 로봇에 대한 강의를 한다는 것이 어불성설 같아 더 이상 말이 나오기 전에 상집 회의장을 나왔다.

"당신 노조 간부들 상대로 로봇 강의했다며?"

내가 현관에 들어서자 아내가 현관까지 뛰어나오며 말했다.

아내는 나와 같이 착하고 평범한 여인이다.

"어, 어떻게 알았어?"

"응, 앞집 순자 엄마가 당신이 강의했다고 대단하다고 하던데. 그것도 로봇에 대하여. 당신이 언제 공부하여 그런 강의를 했지?"

아내가 신기해 하는 눈으로 나를 쳐다봤다.

"응 그게…."

나는 대답할 말이 없어 말을 얼버무렸다.

"아빠, 아빠가 로봇 강의했다고?"

나와 아내의 이야기를 듣고 있던 아들이 내 턱밑까지 달려와서 눈을 반짝이며 물었다.

"응, 너랑 대전 로봇경진대회 구경 갔다 온 것도 이야기했다."

나는 둘러댔다.

"그래? 그날 정말 축구경기 재미있었는데, 나는 점심도 안 먹고 더 보고 싶었는데, 아빠 배고플 것 같아 그만 봤지."

아들이 신이 나서 재잘거렸다. 나는 얼떨결에 끌려가서 한 강의에 아내와 아들이 아주 긍정적으로 반응하자 기분이 좋았다.

저녁을 먹고 나는 아들이 로봇에 대하여 물으면 아무 대답도 할 수 없는 무식을 면하려고 인터넷으로 로봇에 관한 책을 두 권 샀다.

다음날 회사에 출근하자 내 직속상관인 제조부장이 나를 보잔다며 여비서가 전화해 왔다. 나는 일 년 가도 전혀 만날 필요가 없는 그 높은 부장이 왜 나를 보자는지 몰라 주눅이 들어 어깨를 움츠리고 부장 방에 들어갔다.

부장은 소파에 앉으라고 하며 여비서에게 녹차를 내오라고 했다.

나는 혹시 나더러 그만 두라고 말하려고 부장이 이렇게 친절하게 대하나, 하며 덜컥 겁이 났다.

"김창성 씨 어제 노조 상집회의장에 가서 강의하셨지요?"

부장이 안경을 밀어 올리며 진지하게 물었다.

"네."

나는 공손히 대답했다.

"당신 언제 그렇게 로봇에 대해 공부했어?"

부장이 신기하다는 눈빛으로 나를 쳐다보며 물었다.

"별 공부한 것 없어요. 무크에서 몇 번 강의 들은 것 외에."

"그런데 그런 실력으로 강의를 했어?"

"하다 보니 그렇게 됐습니다."

"로봇에 대하여 잘 모르는 사람이 그래 로봇이 사람을 대신하여 일을 하여 생산성이 오른 부문의 이익을 노측에도 나누라는 위험한 말을 했어?"

"그게 위험한 말입니까?"

"자본주의 사회에서 아주 위험한 말이지. 투자가가 자기 자본 투자하여 번 과실을 그 투자와 아무 관련이 없는 노측과 나누라고?"

"그렇게 거창한 생각을 하고 한 말이 아닙니다. 자동화로 우리 같은 힘없는 노동자 일자리를 자꾸 빼앗기는데, 사측은 인건비도 안 들이고 생산물량 늘어 막대한 이익을 혼자 챙겨서 불공평한 것 같아 말한 것뿐입니다."

"그렇게 별 생각 없이 자기 생각을 말하면 안 되지. 노사 협의에 큰 걸림돌이 될 수 있어요. 앞으로 조심하세요. 그리고 노조에서 노조원 상대로 강의해 달라고 해도 못한다고 하세요. 알았지요?"

나는 내가 노조원을 상대로 강의를 할 실력도 못 되지만 부장이 일방적으로 강의를 하지 말라고 하자 오기가 나서 대답을 않고 부장을 빤히 쳐다봤다.

"그럼 그렇게 알고 있을게요. 나가 봐요."

부장이 일방적으로 자기 말만 하고 나를 몰아냈다.

점심시간이 끝나고 오후 일과가 시작하자마자, 노조 부위원장이 내 자리로 와서 2주 후에 노조 교육시간이 있는데, 이번에는 노동법 등 강의를 않고 김창성 씨 강의를 듣기로 했으니 딴 소리 말고 강의를 해 달라고 하며, 시간은 50분, 강의료도 주겠다고 했다.

나는 아침에 부장에게 불려가서 주의를 들었다며 강의를 하려면 부장의 허락을 받아야 한다고 했다. 부위원장은 그런 건 다 노조에서 알아서 할 테니 강의 준비나 하라고 했다. 강의 자료 초안을 주면 파워포인트 등 작업은 노조 사무실 비서를 시켜서 하겠다면서 잘 부탁한다고 하며 내가 거절할 시간도 주지 않고 내 자리를 떠났다.

나는 아침에 부장이 강의를 하지 말라는 말에 반발심이 나서 강의를 하는 쪽으로 마음을 정했다. 2주 후면 주문한 책을 읽을 시간적 여유가 충분하다.

나는 택배로 부쳐온 로봇에 관한 책 두 권을 이틀 만에 다 읽었다.

나는 로봇의 발달사를 시작으로 로봇이 빼앗아갈 직업들을 열거하고, 로봇과 자동화로 빈익빈 부익부 현상이 심화되는 세상을 전망하며, 그렇게 됐을 때 일자리를 잃은 노동자들의 구매력이 줄어들어 소비가 위축되고 궁극적으로 경제에 악영향을 미칠 거라는 전망을 담고, 그런 사회적 불균형을 해소하기 위하여 경제학자들 사이에 논의되는 기본소득 보장제도에 대하여 언급하며 강의를 마치는 것으로 줄거리를 짜고 강의를 준비했다.

나는 내 강의 내용을 요약한 브리핑 차트식 원고를 노조에 넘겼다. 나는 아들과 대덕에 가서 보았던 로봇국제경연대회 축구시합 사진도 넘겼다. 3일 후 차트가 다 됐다며, 이메일로 원고를 나에게 보내줬다. 나는 원고를 받아보고 파워포인트를 사용하여 색깔을 넣고 적당한 곳에 그림도 삽입하여 만든 자료에 흡족했다. 내가 생각했던 것보다 강의 내용이 훨씬 잘 짜인 것 같았다.

나는 강당에서 500명도 넘는 노조원 앞에서 강의를 했다. 사회자가 나를 로봇 전문가라고 소개할 때는 가슴이 덜컥하고 떨렸다. 학교에서나 사회생활을 하면서 평범한 사람이었던 나는 남의 앞에서, 더구나 그렇게 많은 사람들 앞에서 연설이나 강의를 해 본 적이 없다. 나는 단상에 올라서자 다리가 후들거리고, 가슴이 뛰고, 목소리가 떨리고, 입술이 탔다. 나는 강단에 미리 준비해 놓은 물을 마시며 초조함을 달랬다. 단하를 내려다보니 사측에서 노무부장과 노무과장이 앞자리에 앉아 있다.

나는 어떻게 강의를 했는지 모른다. 마지막 화면 '감사합니다' 가 뜨자 나는 한숨을 내쉬며, 반사적으로 질문이 없으십니까, 하고 물었다.

앞자리에 앉은 한 직원이 손을 번쩍 들었다. 나는 질문을 받겠다고 한 자신이 미웠다. 직원은 기본소득 보장제도에 대하여 물었다.

"기본소득 보장제도는 아직 구체적인 밑거름이 없고 경제학자들 사이에 논의사안으로 로봇과 자동화로 일자리를 빼앗기는 노동자들에게 최소 생계를 유지할 수 있는 수입원을 제공하는 아이디어입니다. 부자가 자동화로 더욱 부자가 되면 사치품 구매는 늘겠지만 부자 한 사람이 자동차를 1,000대, 휴대폰을 1,000대나 살 리가 없으니 일반 상품 구매는 줄어 소비가 위축되고, 결국 산업이 황폐화 될 수 있습니다. 소비를 늘려 산업 생산 수준을 유지하자는 논의로 주식을 배분한다든지, 지금 주는 극빈자 지급금을 주는 범위를 확대하는 방법 등이 제시되었습니다."

나는 더 이상 질문이 나오기 전에 서둘러 단상에서 내려왔다. 우레와 같은 박수로 격려가 이어졌다.

내 등은 촉촉이 땀에 젖어 있었다. 노조 간부가 노조 사무실에 가서 차 한 잔 하자면 나를 노조 사무실로 데리고 갔다.

차를 마시며 노조위원장은 2차 자동화계획 협의 노사협의장에 나더러 참석하여 사측이 엉터리 말을 하면 조져주라고 했다. 나는 그 요구에 대답을 하지 않았다.

나는 강의료로 받은 돈으로 케이크를 사들고 집에 들어갔다. 이미 내 강의 소식을 전해 들은 아내는 나를 우러러보는 시선으로 맞았다.

아내는 가볍게 술상을 봐 놨다. 나는 아내가 따라주는 소주를 마시며, 웃음이 나와 허공을 쳐다보고 실실 웃었다.

무크 강의 두어 번 듣고 술김에 객기를 부린 것이 계기가 되어 졸지에 로봇 전문가가 되었다. 세상이 어떻게 돌아가는지…. 어떻게 내가 로봇 전문가냐? 그런 얇은 지식으로 강의를 할 용기를 내다니….

나는 소주를 연거푸 마시며, 터져 나오는 웃음을 겨우 참았다. 아들이 친구들한테 아버지가 로봇에 대해 직원들을 상대로 강의를 했다는 말을 듣고 와서 아버지를 빤히 쳐다보며 엄지손가락을 치켜세웠다.

나는 가족들까지 내 강의에 대하여 뜨거운 반응을 보이자, 내가 로봇에 대하여 많이 알아야 하는 것 같은 일종의 의무감이 생겼다.

나는 인터넷을 열고 책을 구매하는 창을 열고, '로봇 & 인공지능' 을 쳤다. 로봇과 인공지능에 관한 책이 수십 권 떴다. 나는 책 제목이 그럴 듯한 책을 열고, 책 저자와 목차를 꼼꼼히 체크하고, 그럴 듯한 책 3권을 샀다. 고등학교를 졸업한 이후 신문과 직장에서 기계를 사용하는 방법을 기술한 자료 외에는 활자를 보지 않던 내가 내 돈을 내고 책을 다 사서 본다! 천지가 개벽할 기적이다!

어떻게 내가 로봇과 인공지능에 대한 전문가라는 소문이 났는지 이웃 회사 노조에서 노조 사무국장을 통하여 자기들 노조원을 상대로 강의를 해달라는 청탁이 들어왔다. 나는 다른 회사까지 원정 강의를 하는 것은 내 분수에 넘치는 것으로 여겨져서 정중히 못하겠다고 거절했다.

노사 협상테이블에서 나는 인공지능과 로봇을 채용하여 자동화 기술을 도입하여 노동 인력을 줄인 대가로 사측이 얻는 이익의 일부를 우리 노동자에게 환원하는 협의가 이루어져야 한다고 주장하며 사측을 난처하게 했다. 노사 협상 후 나를 부른 제조부장은 며칠 전 나를 완전히 부하로 대하며 깔보는 자세를 버리고 전문가에게 보내는 대등한 태도로 나에게 노조 간부도 아닌 당신은 노사 협상테이블에 나가지 않는 것이 어떠냐는 제의를 해 왔다. 나는 그런 이야기는 노조위원장하고 말하라며 내 뜻을 내비치지 않았다.

제2자동화 관련 노사 협상 후 노조위원장이 저녁을 사면서 회의에서 내가 제의한 사항이 사측을 한방 먹였다며, 다음 회의에도 꼭 참석하여 자기들을 도와달라고 부탁했다. 나는 제조부장이 다음 회의 참석을 허용하지 않을 것 같다고 귀띔했다. 위원장은 그런 문제는 자기들이 해결하겠다고 했다.

그렇게 세월이 흘러가는 동안 나는 급히 구입했던 책 세 권을 다 읽었다. 전문 용어인 빅데이터, 알고리즘, 기계학습 등 용어가 낯설기는 했으나, 나 나름대로 인공지능과 인조 노동자가 등장에 따른 문제점을 어슴푸레 알 수가 있었다.

옆 회사에서 다시 강의를 청탁해 왔다. 노조 부위원장의 간곡한 부탁에 마음이 약한 나는 별 수 없이 용감하게 강의를 수락했다. 나는 우리 회사에서 했던 내용을 보완하여 자료를 만들었다. 특히 인공지능과 인조 노동자, 로봇의 등장에 따른 실업자 증가와 그에 대한 대책이 있어야 하며, 그 대책은 정치권에서 나서서 입법 형태로 틀을 갖추어야 한다고 강조했다. 강의료로 내 이틀 치 일급만큼 줬다. 강의료가 든 봉투를 만지며 나는 행복했다.

토요일 등산을 다녀와서 맥주를 한 잔 마시며 거실에서 티브이로 야구 중계를 보며 한가하게 휴식을 취하고 있을 때 아내가 전화가 왔다며 안방에서 내 핸드폰을 가져다 줬다.

"김창성 씨지요?"

내가 전화를 바꿔 들자 바로 젊은 찰진 여자 목소리가 들렸다. 나는 여자한테 전화 올 데가 없는데, 하며, 네, 하고 대답했다.

바로 여기 신창조산데요, 하는 목소리가 들려 나는, 신창조사가 뭐요, 하고 물었다.

"로봇 전문가시면서 신창조사도 모르세요? 최신 기술개발 동향을 다루는 전문 잡지입니다."

여자가 또렷하게 말했다.

나는 잡지사에서 왜 전화를 했나, 하며 묵묵히 여자의 말을 들었다.

"저 신창조사 이혜경 기자예요. 원고 청탁할까 하고."

"원고 청탁이요? 저한테."

"로봇과 인공지능에 대하여 A4용지로 5매쯤 글을 써주시면, 크기는 10포인트로 하시고요. 그럼 저희들이 필요한 그림은 찾아서 넣을게요. 이달 말까지."

"저더러 원고를 써달라고요? 저 글 못써요. 연애편지도 한 번 안 써봤는데."

나는 딱 잘라서 거절했다.

"제가 부탁하는 글은 연애편지같이 나이브한 것이 아니고 선생님 전문지식을 그냥 서술식으로 써주시면 되는데…."

"저 그런 글도 한 번도 써본 적이 없어요. 그럼 이만."

내가 전화를 끊으려고 하자. 여기자가 잠깐, 하며 제동을 걸었다.

"노조원들에게 강의하신 내용을 그냥 글로 써주시면 되는데."

"강의는 말로 하지만 글은 저 못써요. 또 로봇에 대하여 글을 쓸 만큼 많이 알지도 못하고."

"그럼 이렇게 하시면 어때요?"

여기자는 끈질겼다.

"어떻게?"

"제가 질문을 하고 김창성 님이 대답하면 글은 제가 쓸게요."

"뭐 저를 인터뷰하시자고? 그건 더 싫은데. 언론사랑 인터뷰하려면 홍보실 허락도 받아야 하고."

나는 인터뷰를 거절하려 홍보실을 들먹였다.

"그래요? 그럼 홍보실을 통해 정식으로 요청할게요. 김창성 선생님은 고졸 출신으로 박사 학위를 가진 사람들도 어렵다는 인공지능과 로봇에 일가견을 가지셨다니 존경스럽습니다."

나는 꼭 그 여기자가 나를 조롱하는 것 같아 기분이 별로였다. 전화를 끊고 등산 후의 나른하고 평화롭던 마음이, 정말 여기자가 홍보실을 통해 인터뷰를 요청하면 어쩌나, 하는 걱정 때문에 깨졌다.

이틀 후 나는 김선희 홍보과장의 전화를 받았다. 신창조사 기자와 내일 열시에 인터뷰 시간을 잡았으니 홍보실로 올라오라고 했다. 복장은 그냥 작업복을 입고 오면 된다고 했다. 김선희 홍보과장은 사장의 처조카로 사보를 만들고 광고업체와 회사 선전 영상 촬영 등을 조율한다. 사장의 친인척이라 회사에서 과장 이상의 힘이 있다.

나는 그 전화를 받고 가슴이 덜컥 내려앉았다. 나는 인터뷰를 안 하려고 홍보실을 핑계 댔는데 잡지사에서는 홍보실을 등에 업고 나를 꼼짝 못하게 인터뷰 장에 나오게 만들었다.

나는 다음날 오전 소가 도살장에 끌려가는 심정으로 홍보실에 들어갔다. 30대의 여자와 20대의 여자가 홍보과장과 수다를 떨고 있었다. 빨간 입술만 보이는 20대는 큰 카메라를 안고 있었다.

“김창성 씹니다.”

내가 홍보실에 들어서자 홍보과장이 나를 두 여인에게 소개했다.

“저 이혜경 기자입니다. 이쪽은 카메라우먼 조성령입니다.”

이 기자가 손을 내밀었다. 나는 황송한 마음으로 젊은 여자의 손을 잡았다. 손이 따뜻하고 감촉이 부드러웠다. 그녀는 위아래 진을 입고 있었다. 조 사진사도 손을 내밀었다. 그녀는 어깨가 다 보이는 헐렁한 원피스에 팬티처럼 짧은 청바지를 입고 있었다. 얼굴이 퍽 예쁘고 노출된 몸매가 섹시하게 보여 사진사를 하기는 아깝다는 생각이 들었다.

나는 두 기자를 마주보고 앉았다. 홍보과장이 내 옆에 앉아서 응원의 눈길을 보냈다.

“그럼 인터뷰를 바로 시작하지요. 인공지능과 로봇의 등장으로 제4차 산업혁명의 막이 열렸는데 앞으로 우리 직업전선에 어떤 영향을 줄 것으로 생각하십니까?”

사진기자가 계속 셔터를 눌러대어 어리둥절한 나에게 이 기자가 질문을 던졌다. 나는 목이 콱 막혀 헛기침을 두어 번 하고 느릿하게 말했다.

“약 10만 년 전부터 우리 인류는 본격적으로 수렵 채취 생활을 하다가 약 만 년 전부터 농업혁명이 일어나서 정착을 하게 되었으며, 농업은 수렵 채취인보다 일자리가 더 늘어나서 놀고 먹는 그런 일은 일어나지 않았습니다. 약 300년 전에 산업혁명이 일어났는데 기계가 노동자의 일자리를 무자비하게 빼앗아 실업자가 속출하여 노동자가 방적기를 때려 부수는 러다이트 운동 등이 일어났었으나 결과적으로 산업혁명으로 많은 일자리가 생겨나고 자본가와 협상을 할 수 있는 노동조합 운동이 보장되어 노동자의 임금이 인정되어 우리의 삶의 질이 높아질 수가 있었지요. 선진국에서는 인구의 대부분을 차지하던 농업에 종사하는 숫자가 인구의 10% 미만으로도 백성들을 먹여 살릴 수 있게 됐고요. 수십 년 전부터 정보산업이 정착되면서 새로운 고급 일자리가 창출되어 생산성이 높아지고 국가의 부가 축적되었지요."

이 기자는 내가 하는 말을 열심히 받아 적었다. 조 사진기자는 계속 사진을 찍었다. 홍보과장은 내가 말실수를 하지 않을까 걱정되는지 옆눈으로 걱정스럽게 나를 쳐다보았다.

"그런데 제4차 산업혁명이라고 하는 인공지능과 로봇의 등장은 직업세계에 너무 큰 영향을 주고 있어요. 예를 들어볼까요. 몇 년 내에 완전 산업화가 예상되는 전기자율자동차의 경우, 우선 운전기사 직업을 다 없앨 거고, 엔진 대신 전지가 동력이 되어 자동차 구조가 간단하게 되어 정비할 부문이 줄어들어 자동차 정비업소의 대폭적인 감소가 불가피하며, 음주운전 단속도 필요 없고, 교통위반도 거의 없을 거니 단속 경관도 불필요하고, 주유소도 문 닫아야 하니 얼마나 많은 일자리가 없어져요. 공장에서 노동자 한 사람이 보통 생산하는 제품의 가격이 1억 원 내지 2억 원인데, 구글 등 업체에서는 한 사람당 매출액이 100억 원이 넘는데요. 얼마나 일자리를 빼앗는지 알 수 있지요."

나는 세 여인이 내 이야기를 열심히 듣는데 기분이 좋았다. 무크 강의를 듣고, 관련 책 몇 권을 읽고 아는 체하는 내 자신이 우습기도 했다.

"길게 말씀드릴 것 없이 지금 내가 일하는 자리만 해도 40명이 3교대로 일했었는데 자동화되면서 네 사람이 일을 해요. 서른여섯 사람은 로봇에게 일자리를 고스란히 내줬어요. 사업주들이 자동화하는 것은 이해가 되요. 국제적인 경쟁사회에서 원가절감은 필수적인 경쟁 요소인데, 비싼 인건비 쓰고 공장 돌리는 것보다 노조결성도 없이 24시간 묵묵히 일하는 자동화하여 원가절감을 하려는 것은 당연하지요. 그렇지 않으면 국제 경쟁에서 질 것이 뻔하잖아요."

나는 대답을 계속하며 내 말에 내가 취하는 기분이었다.

"그런데 이렇게 자동화를 하여 국제 경쟁력을 높이는 것은 어쩔 수 없는 일이지만 노동자의 일자리를 인조 노동자에게 넘겨주고 일자리를 잃은 노동자는 가난해지는데 자본가와 경영층은 더 부자가 되어 부익부 빈익빈 상태가 심화되는 것이 문제지요."

"그럼, 그런 빈부의 격차를 줄이기 위해 어떤 조치가 따라야 한다고 생각하십니까?"

이 기자가 내 눈을 빤히 쳐다보며 물었다. 나는 그녀의 눈빛 매력에 가슴이 흔들거렸다.

"결국 그런 부익부 빈익빈 상태가 지속되면 소비가 줄어서 산업생산을 지속할 수 있는 여력을 잃고 투자자와 경영층도 어려움을 겪게 되지요. 저야 이 공장의 기능공에 불과하여 어떻게 그런 불균형을 해소하는 방법까지 생각하기는 한계가 있고, 경제학자들도 보니까 너무 변화가 빨라 아직 구체적인 구제 방법은 제시하지 못하고 있는 거 같던데, 일부 의견을 소개하면 소득불균형을 해소하는 방법으로 기본 생활급을 지불한다든지, 회사의 지분을 노사가 공유한다든지 하는 방안이 제시되고 있어요. 어느 것이나 문제점이 있고 그런 제도를 도입하기 위하여 정치권에서 깊이 숙고하여 입법조치를 취해야 하는데 우리 정치권이 얼마나 미래를 보는 눈이 있는지 모르겠습니다."

"제가 알기로는 김창성 님은 그런 분야를 전혀 전공하지 않은 것으로 알고 있는데 어떻게 그런 생각을 가지게 되었어요?"

이 기자가 까만 눈동자를 깜박이며 물었다. 나는 이 기자가 참 매력적이라고 생각하며, 저런 여자랑 연애하면 참 좋겠네, 하는 주제 넘는 욕심을 숨기고 말했다.

"저야 고졸인데 그런 공부는 근처도 못 갔지요. 우연히 저한테 그런 기회가 와서 책을 조금 읽고 아는 체를 하다 보니 송구스럽기도 하고…."

"무슨 말씀을. 인류 역사를 통관하시면서 하시는 말씀 감명 받았어요. 아드님과 따님이 한 분씩 있다고 들었는데 아버님이 자랑스럽겠어요."

이 기자가 눈을 깜박이며 말했다.

"무슨, 고졸 아버지가 강의를 했다고 하니 좀 놀라기는 했어요."

"그런데 무슨 계기로 그런 어려운 분야를 공부하게 됐어요?"

나는 무크 강의 두 번 듣고 술 한 잔 마시며 아는 체했다가 그렇게 됐다는 사실을 말하기도 뭐해서 우물우물했다.

이 기자는 몇 가지 더 묻고, "시간 내줘서 감사합니다. 그럼", 하며 손을 내밀었다. 나는 그녀의 손을 잡고 흔들며, 무어의 법칙도 이야기하고, 알고리즘이니 기계학습이니 하는 용어도 쓰며 저렇게 매력적인 여인 앞에서 좀 더 아는 체할 걸, 하는 후회도 생겼다.

내가 예쁜 잡지사 기자와 인터뷰를 했다는 말을 아내에게 했더니, 아내는 당신 이제 유명인사 되어 좋겠네, 하며 썰쭉했다.

3.

나는 밤 10시 40분에 출근했다. 오늘은 밤근무 날이다. 내일 아침 7시에 교대한다. 나는 내 앞조 근무자와 하이 파이브를 하고 교대했다. 전 근무자는 기지개를 켜며 수고해, 하며 자리를 떴다. 교대하면 항상 하는 대로 근무일지를 훑어봤다. '이상 없음' 이라고 적혀 있다. 기계가 하는 일에 이상이 있을 수가 없다. 이상이 있었으면 수리공들이 와서 정비를 하느라 수선했을 거다.

나는 1번 기기부터 10번 기기까지 죽 둘러보며 로봇이 용접할 패드 재고가 넉넉한지를 점검했다. 로봇은 그를 감시(?)할 근무자가 바뀌었는지도 모르고 그냥 하던 일을 계속했다. 정말 묵묵히 계속했다. 나는 1번에서 10번 기기까지 두 번을 오가며 점검했다. 전혀 이상이 없이 로봇의 팔을 움직이고 있었다.

나는 1번 로봇 앞자리에 마련된 책상에 앉았다. 켜진 컴퓨터 화면에는 생산 현황이 계속 입력되어 흘러갔다. 나는 선 채 화면에 나타나는 숫자를 보다가, 그것도 평상과 같아 의자에 앉았다. 밤근무에는 높은 분이 공장을 순시하지 않아 이 공간을 찾을 사람이 없어 이 공간은 나와 로봇에게만 허여된 공간이다. 나는 로봇의 팔이 움직이는 소리 외에 아무 소리도 들을 수 없는 적막이 흐르는 무료한 시간을 죽여야 한다. 그렇게 내 인생에 허여된 시간 중 하루 8시간을 죽이면 회사에서는 나에게 보수를 준다.

내 책상에 놓인 컴퓨터는 외부와 완전히 차단되어 이메일도 주고받을 수가 없고, 뉴스도 검색할 수가 없다. 시스템이 외부와 연결되어 바이러스에 오염되어 로봇에게 이상한 신호를 보내 생산라인을 개판으로 만들지 않도록 했다. 나는 컴퓨터 화면에서 숫자가 춤을 추는 것을 멍하니 쳐다보다가 다시 1번부터 10번까지 기기를 죽 둘러보고 책상으로 돌아와서 의자에 앉아 스마트폰을 꺼내 켰다. 카톡과 메시지를 확인하고 밴드도 확인했다. 같은 근무조 동료가 야간근무를 하며 무료해 할 나를 위하여 포르노 영상을 보내줬다. 나는 내가 포르노 영상을 봐도 감시할 사람이 없는 것은 알지만 습관대로 주위를 한 번 둘러보고 아무도 눈에 띄지 않자 영상을 열었다. 일본에서 제작된 작품이었다.

전철 옆자리에 탄 남녀가 눈이 맞아 바로 러브호텔로 가서 정사를 벌이는 줄거리다. 나는 어떻게 난생 처음 보는 남녀가 저렇게 섹스까지 갈 수 있지, 하며 영상을 봤다. 애무를 하고 옷을 벗기고 하더니 피스톤 운동을 시작했다. 그 동작이 꼭 로봇이 패드를 용접하는 것같이 규칙적이고 반복적이다. 로봇은 작업을 하면서 소리를 내지 않는데, 남녀는 신음소리를 내는 것이 다르다.

나는 섹스를 하는 장면에 낯이 뜨거워져 화면을 끄고 정사장면을 보며 자동적으로 발기한 페니스를 한 번 쓱 바지 위로 쓸고 수줍게 기지개를 켜고 기계 사이를 왔다 갔다 하며 지금 집에 있었으면 마누라랑 그 짓을 할 수 있는데, 하고 아쉬워하며 로봇이 용접을 하는 양을 물끄러미 쳐다봤다. 로봇은 정말 감정이 없다. 24시간을 같은 동작을 하며 한 번도 하품도 않고, 기지개도 안 켠다.

나는 우두커니 로봇이 움직이는 것을 쳐다보고 있다가 문득 나도 저 기계의 한 부분 같은 느낌이 들었다. 나는 무료하여 다시 핸드폰을 켰다. 핸드폰 액정 화면에 1:30이 떴다. 오밤중이다. 세상이 다 잠을 잘 시간이다. 나는 크게 하품을 하고 내일 아침 교대시간 일곱 시가 되려면 아직 다섯 시간 반은 더 버텨야 하네, 하며 가방에 넣어온 책을 꺼냈다. 인공지능이 세상을 어떻게 바꿀 것인가 하는 책이다.

지금 읽고 있는 장은 인공지능이 발달하고, 로봇이 산업계를 휘어잡으면 부익부 빈익빈 현상이 심화될 거라는 내용을 예시를 들며 설명하고 있다.

책 저자는 자기가 사는 현황을 먼저 소개했다. 5,000평 대지에 3층 저택에 산다. 실외에는 정구장, 수영장도 있다. 실내에는 전용극장, 탁구대, 당구대, 홈바, 100명이 연회를 할 수 있는 홀 등이 있다고 자랑하며, 그러나 자기는 자가용 비행장 등이 없어 포브스지가 발표하는 100대 부호와 비교하면 가난한 편이라고 엄살을 떨었다.

나는 그 저자가 어떤 인물인지 잘 모르는데, 인공지능 분야에서 돈을 번 갑부로 그 저자의 재산은 천억 달러. 일 년에 백억 달러를 번단다. 그는 하루에 270만 달러를 번다. 연봉 4만 달러인 보통의 미국사람 3명이 평생 버는 돈을 하루에 번다고 기술하며, 자동화가 계속되면 부의 편중화가 더 커질 거라고 강조했다.

그 저자가 하루에 270만 달러를 벌면 우리 돈으로 약 30억 원을 버는데, 내가 20년 회사를 다녀 모은 재산이 2억 원짜리 집 한 채가 전부다.

그 친구는 하루에 내가 20년 벌어서 모은 재산의 15배를 버네, 이거 참….

밤의 정적 속에 철컥철컥 기계음만 들린다.

그 작은 돈을 벌려고 나는 밤잠도 안 자고 이렇게 기계의 시중을 들고 있다. 그나마 이 돈벌이도 없어질까 두려워하며….

신창조사 잡지에 내 기사가 났다. 작업복을 입은 내 사진이 근사하게 나오고, 내가 인터뷰한 내용이 내가 말한 내용에 살을 붙여 멋있게 기술됐다. 정말 기자는 타고난 글재주가 있는 모양이다. 기사에 나를 고졸의 한계를 극복하고 가장 첨단 사업인 로봇과 자동화에 일가견을 가진 전문가로 성장한 성공 신화라고 추켜세웠다.

잡지의 위력은 대단했다. 바로 강의 청탁이 세 건 들어왔다. 지방 신문에서도 인터뷰 요청을 해 왔다.

나는 이렇게만 잘 풀리면 이제 로봇의 시중을 드는 직업을 때려치우고 좀 더 고급 직종으로 직업을 바꿀 수 있겠다는 믿음이 생기기 시작했다. 나는 강의를 마치고 강의를 청탁한 회사 높은 분들과 차를 마시며 담소도 나누면서 내 신분이 로봇을 시중들던 계급에서 몇 단계 높아진 것 같은 미망에 빠졌다.

자연히 교대근무를 들어가는 것이 싫어지고, 교대근무를 들어가서도 내가 이런 일이나 할 군번은 아닌데, 하는 자만심에 그 일에 열심을 낼 수가 없었다. 하기야 기계가 일을 다 하니 열심을 낼 일도 없지만.

이 기자가 나를 전문가라고 평하면서 고졸 출신의 신화로 추켜세웠다. 이 기자를 따라왔던 카메라우먼 조 기자의 섹시한 모습이 떠올랐다. 인공지능사업으로 돈을 번 그 친구만큼 돈을 벌면 그 카메라우먼에게 선물공세를 하고 애인으로 가까이 두고 즐길 수도 있는데….

꼭 이렇게 청승맞게 밤잠도 안 자고 기계 시중을 들어야 해?

나는 갑자기 내가 하는 일에 회의가 몰려와서 당장 이 일을 때려치우고 시간단가가 더 높은 일, 전문 강사로 나간다든지 하는 일을 하는 게 어떨까, 하고 고민했다.

한 번 마음에 충동이 일자 나는 자리에 그냥 앉아 있을 수가 없어 1번에서 10번 로봇 앞 공간을 왔다 갔다 하며, 어떻게 하면 직업을 바꾸고 좀 더 나은 세계로 도약할 수 있을까, 머리를 굴렸다.

강의를 하고 단상을 내려올 때 터졌던 박수소리가 연속 귓속에서 쟁쟁거리며 너는 이런 기계보조나 하고 있을 사람이 아니라고 나를 부추겼다.

나는 밤새 전업을 해야 한다는 유혹에 시달리며 근무시간을 마치고 다음 근무조에게 로봇을 인계하고 퇴근했다.

나는 인공지능과 로봇, 자동화에 관한 서적을 구입하여 읽으며 강의 청탁이 들어오기를 기다렸으나 잡지에 났던 선전 효과가 끝났는지 어느 직장에서도 나를 부르지 않았다. 나는 공연히 직업을 바꿔야 한다는 헛꿈에 빠진 것이 아닌가, 나를 반성하며 준비한 자에게 기회가 온다는 말을 믿고 쉬지 않고 책을 구입하여 읽으며 다음 강의 청탁을 기다렸다.

아내는 내가 겉도는 것을 눈치 채고, 송충이는 솔잎을 먹으라고 은근히 충고했다. 나는 아내의 충고를 듣고 아내가 내 마음의 동요를 어떻게 알았을까, 의아했다.

4.

친구들이 이메일로 어떻게 인생을 설계할 것인가? 하는 석학들의 강의 모음집을 보내왔다. 강사진은 유명한 대학교수, 스님, 신부 등으로 짜여있었다.

나는 회사 높은 사람들이 현장 순시가 없는 오후 근무와 밤 근무시간에 핸드폰을 켜고 그 강의를 들었다.

91세의 노교수가 일갈했다. 그는 대학교수로 명성을 날라다가 장관도 했고, 국회의원도 했다.

"여러분은 노력하면 공자가 되고 석가가 될 수 있다고 생각합니까? 아닙니다. 내가 90년 넘게 살아보니까 인간은 노력으로 넘을 수 없는 한계가 있다는 것을 알게 됐어요. 에디슨이 천재는 99%의 땀과 1%의 영감이라고 했지요. 여러분 막 죽도록 노력하면 에디슨 같은 발명가가 될 수 있다고 생각하세요? 여러분이 죽도록 노력하면 타이거 우즈 같은 골퍼가 될 수 있다고 생각하세요? 아닙니다, 평범한 사람이 아무리 노력해도 에디슨이 될 수 없고, 타이거 우즈가 될 수 없어요. 평범한 사람이 넘을 수 없는 한계를 빨리 파악하고 자기 분수에 맞게 사는 것이 가장 행복하게 사는 지름길이에요. 나도 더 크게 살 수 있다고 생각하고 발버둥쳤었는데, 이 나이 되어서 보니 다 나를 잘못 안 탓이었어요."

나는 검버섯이 거멓게 핀 얼굴을 들고 포효하는 노 교수의 강의를 들으며 등에서 땀이 나는 기분이었다.

겨우 아이큐 100인 보통 사람이 자꾸 침을 멀리 뱉으려 과욕을 부려?

나는 근무시간 내 나를 생각하며 시간을 보냈다.

다음날 야간근무 때 나는 평생 들판을 헤매며 야생동물을 채집하여 수천종의 야생식물 씨앗을 수집한 생물학 교수의 강의를 들었다.

그의 강의 결론은 어떤 풀도 잡초가 없으며, 논에 보리가 자라면 보리가 잡초가 되고, 밭에 벼가 자라면 벼가 잡초가 된다고 했다. 어떤 풀이나 자기가 있어야 할 곳에 있어야 귀한 풀이 된다. 사람도 자기가 있어야 할 곳에서 자기 본분을 다하고 있을 때 귀한 인물이 된다. 그는 자기 분수를 알고 있을 곳에 자기 본분을 다하고 사는 인생이 성공하는 인생이라고 결론을 내렸다.

그의 강의가 내 귀에 쏙 들어왔다.

고등학교 동창회에서 가을 야유회를 갔다. 졸업생이 240명이었는데. 졸업한 지 20년이 지나자 모두 먹고 살기 바쁜지, 겨우 버스 한 대를 채워서 갔다.

동창 중 누구도 신창조에 나온 내 기사를 읽은 놈이 없는 모양이다. 아무도 나에게 잡지에 난 기사를 들먹이며 나를 칭찬하는 놈이 없다.

나는 최소 한두 놈은 잡지를 읽고 로봇 전문가를 알아봐줄 줄 알았는데, 말을 거는 놈이 한 놈도 없어 많이 섭섭하고 화도 났다.

우리들은 가볍게 등산을 하고 음식점에 둘러앉아 술을 펐다. 직원 몇을 데리고 공장을 돌리는 인호가 돈 벌어서 어디다 쓰냐며, 자기가 점심값을 내겠다고 큰소리 쳤다. 큰 박수갈채를 받았다. 나는 겨우 중소기업 사장하는 주제에, 하는 얄보는 마음을 숨기고 따라서 박수를 쳤다.

술이 한 잔 오른 나는 내가 인호보다는 더 잘 나가는 로봇 전문가라고 자랑하고 싶어 입이 근질거렸으나, 잡지 한 줄도 안 읽는 무식한 놈들에게 나를 자랑해 봐야, 하며 들썩거리는 엉덩이를 잡아끌었다.

돌아오는 버스 속에서도 술잔을 돌리며 강제로 술을 먹였다. 고속도로 주행 중 관광버스 내에서 가무가 금지되어 흥을 풀지 못하고 삼삼오오 둘러앉아 이바구를 했다. 버스 속이 시끄러웠다.

3학년 때 내 짝이었던 교진이가 자리에서 벌떡 일어나서 운전기사에게 알릴 말이 있다며 마이크를 달라고 했다. 운전기사가 노래는 안 된다고 못을 박고 마이크를 켜줬다.

"내가 이렇게 마이크를 잡은 것은 우리 동창 중에 난 놈이 한 놈 있는데, 요새 자기 피알 시대에 그 친구가 입을 다물고 있어 내가 대신 나섰다."

떠들던 동창들이 조용해졌다.

"고3때 내 짝꿍이었던 창성이가 잡지에도 나고 지방 신문에도 나고 고졸 신화로 유명인사가 됐는데 짝꿍으로서 대신 선전하러 마이크를 잡았다."

교진이 고함쳤다.

"무슨 잡지에 났고 무슨 전문가냐?"

교진이 옆줄에 앉은 대호가 물었다. 대호는 택시 운전을 한다.

"그 어려운 로봇과 인공지능 전문가다."

"로봇과 인공지능 전문가라고? 그거 처음 듣는 말인데, 그렇게 잡지에도 나고 신문에도 났으면 돈도 좀 벌었을 텐데, 오늘 같은 날 와서 밥도 사고 술도 사고 해야지. 그냥 입 닫고 있으면 되나, 서울 도착해서 저녁 사라."

대호가 자리에서 일어서서 마이크도 없이 큰소리를 질렀다.

동창들이 그래야지, 하며 박수를 치며 대호의 말에 힘을 실어줬다.

나는 교진이 나를 소개할 때, 동창들이 나를 격려해 줄 줄 알고 가볍게 흥분됐었는데, 전혀 나를 인정하지 않고 그냥 술이나 사라고 하자 힘이 빠졌다. 마이크를 잡고 밥을 산다든지 못산다든지 해야 하는 분위기인데 밥을 사는 것도, 안 사겠다고 하는 것도 내 맘에 들지 않는다. 나는 버스 속의 소란을 못 들은 체하고 눈을 감고 자는 척했다.

"우리가 밥과 술을 사주면서 친구를 격려해 줘야지. 그 녀석 공부할 때 한 톨도 보태주지 않은 우리가 술을 사라고 하면 안 되지."

교진이 난처한 나를 대신해서 변명해 줬다.

"교진이 말도 일리가 있는데, 그럼 저녁은 점심을 인호가 사서 회비가 남았으니 그 걸로 먹자."

대호가 말했다. 모두 좋다고 박수쳤다.

"우리 이렇게 만났고 마침 창성이가 로봇과 인공지능 전문가가 됐다니, 고졸 출신이 얼마나 전문가가 됐는지는 모르지만 내가 한 마디 할 말이 있다. 나 택시 운전하면서 들은 가슴에 닿았던 말 한 마디 하겠다."

대호가 마이크를 빼앗아 들고 목소리를 다듬었다.

할 말은 무슨 할 말, 노래나 해라, 하고 버스 속이 소란해졌다.

대호가 소란을 무시하고, 흠, 하고 목을 가다듬고, 너희들 스티브 잡스 알지, 하고 물었다.

스티브 잡스 모르는 촌놈이 어디 있냐, 하는 항의가 날아왔다.

"스티브 잡스가 마지막 임종하면서 남긴 유언이 있는데 의미심장하다. 내가 말해 줄게 조용히 해라."

대호가 목소리를 높였다.

"야, 이 좋은 날에 무슨 유언, 아직 우리 갈 날 많이 남았다. 때려치워라."

학교 다닐 때 주먹으로 휩쓸던 광석이 고함쳤다.

"야, 그 말 정말 가슴이 찡한데, 내 이야기 들어봐라 의미심장하니."

대호가 말을 이어갔다.

광석이가, 무슨 의미심장, 하며 대호로부터 마이크를 빼앗아 들고, 창성이 너 잡지에도 나고 신문에도 나고 고졸 신화라고 풍선 탔냐? 그거 다 잡지사나 신문사에서 장사하려고 사람 허수아비 만들어 붕 띄우는 거니 거기에 현혹되어 병신 되지 말고 분수껏 살아라. 고졸이 그 어려운 분야를 알면 얼마나 알겠냐? 공연히 헛바람 들어 같이 날뛰다가 패가망신 당하기 딱 좋다, 알아들었지? 하며 내 자리까지 와서 어깨를 툭 쳤다. 나는 광석의 강한 주먹에 간이 출렁했다.

버스 속이 소란해지자 운전기사가 마이크 전원을 껐다. 전원이 나간 마이크를 들고 두어마디 떠들던 광석이가 제풀에 죽어 자리에 앉았다.

갑자기 버스 속이 조용해졌다.

나는 버스 차창 밖으로 흘러가는 초가을 광경을 내다보며, 한 달 전만 해도 저 나무 잎들이 푸르르 창창했었는데, 하며 인생도 세월도 다 흘러가는데, 내가 헛꿈에 빠진 것은 아닌지 생각했다.

신창조사 잡지에 나고 한 1주쯤 사회가 나에게 관심을 보내는 것 같더니 그것으로 끝이다.

그래서 잠시 지금 로봇의 시중을 드는 직장을 그만두고 전문 강사로 나갈까, 고민도 했었다. 그런데 사회의 관심이 끊겼다.

당신이 24시간 잠도 안 자고 연습한다고 타이거 우즈 같은 골퍼가 될 것 같아, 하던 노 교수의 일갈이 떠올랐다.

아이큐 100인 내가 너무 멀리 침을 뱉으려고 한 것은 아닌가? 정말 우연히 술김에 객기를 부리고, 어쭙잖게 로봇 전문가가 되고, 관련 강의도 해 보고…, 그리고 한때 헛꿈에 빠지고…, 진짜 강사를 전문으로 하며 먹고 사는 인사들은 학벌이 빵빵하고, 학위도 있고, 또 무슨 연구소 책임자 하는 직위도 있고, 한데 나는?

아이큐 100인 공고 출신 공장 직공.

분수도 모르고 전업을?

한 순간 흘러가는 해프닝에 현혹되어, 내 분수에 맞지 않게 지금 하는 일을 때려치우고 전업을 하려고 했나?

만용?

나는 고개를 살살 흔들며 내 인생을 어떻게 살아갈까 생각해 봤다.

내가 진정한 로봇 전문가가 되려면 상식적인 책 몇 권을 읽고 아는 체하는 수준이 아닌 로봇을 설계하고 인공지능을 프로그램할 정도는 되어야 하는데, 독학으로는 어림도 없고, 내 머리로는 무리다. 분수를 알아야지! 친구가 카톡으로 보내줬던 스티브 잡스가 병상에서 남긴 글이 떠올랐다.

'평생 일만 하고 그래서 부는 항상 따라다녔다. 좀 쉬면서 인간답게 살 걸 하는 후회다. 병석에 누워보니 운전은 대리를 시킬 수 있고, 일도 대리로 시킬 수 있는데, 아픈 것은 아무리 돈을 줘도 대리로 시킬 수 없다. 인생을 좀 여유롭게 살 걸 하는 후회만 남는다.'

내가 진정한 로봇 전문가가 되려면 모든 것을 다 버리고 365일 거기에만 매달려 가정도 친구도 다 버려야 한다. IQ 100인 내 머리로 독학해서 될까? 모든 것을 다 바쳤다가 얻는 것도 없으면, 그리고 누가 나를 알아주고 나를 인정해 주지? 헛꿈에 속고 마지막 순간에 스티브 잡스같이 후회를 해?

나는 고개를 살래살래 흔들며 지금 참 편하게 사는데, 내 능력을 모르고 왜 먼 곳까지 침을 뱉으려고 해, 인생의 본질까지 잃으면…. 고졸에 아이큐 100인 내가 있을 곳은 이 친구들과 같이 그냥 공장에 다니며 로봇 시중이나 들며 월급 받아 처자식 먹여 살리고, 로봇과 인공지능에 대해 조금 아는 체하며 즐겁게 사는 것이 잘 사는 인생이 아닐까, 했다.

옆구리가 시리다

I.

어둠이 기어오는 창밖에 가을비가 부슬부슬 내린다.

이동호는 어디서 저녁을 때울까, 생각하며 마음이 무거웠다. 아파트 상가 중국집에 가서 간단히 짜장면이나 한 그릇 사먹으면 되지만, 중국식당에 들어서면 주인이 항상 혼밥을 하러 오는 그를 아는 체하며 친절을 베푼다.

주인이 혼자 오셨어요, 하고 인사를 하고 편한 데 앉으세요, 한다. 이동호는 네 명이 앉아서 먹을 수 있는 식탁을 독차지하고 달랑 혼자 식사를 하며, 손님이 들어왔다가 자리가 없어 두리번거리다가 나가는 것을 보면 식당주인에게 미안했다.

그렇다고 이동호는 차갑게 비도 오는데 20분쯤 걸어서 식당가까지 가기는 싫었다. 차를 운전해서 가면 금방 갈 수 있지만 식당가 거리는 주차가 만만치 않다. 저녁을 굶고 잘 수는 없고, 저녁시간에 같이 식사하자고 불러낼 친구도 없다. 그는 아파트 내 상가 지하로 내려가서 김밥을 한 줄

사고, 어묵 꼬치 국물을 일인분 샀다.

이동호가 김밥과 국물을 담은 시커먼 비닐봉지에 들고 가는 것을 커피점 아주머니가 빤히 쳐다봤다. 그 아주머니는 지하상가 구석 한 평쯤 되는 공간에 커피점을 냈다. 30대 후반으로 보이는 그녀는 큰 눈이 퍽 슬퍼 보이고 얼굴에 핏기가 없다. 앞치마를 두른 자태가 퍽 초라하다.

어쩌다 독거노인이 된 이동호는 혼자 먹고 사는 음식, 우유, 달걀, 햇반, 컵라면, 조리된 반찬 등을 사러 일주일에 두세 번은 지하 슈퍼에 들르는데 그때마다 그녀와 마주친다.

이동호는 한 번도 그녀의 커피점 손님이 되어 본 적이 없다. 그녀는 손님도 없는 커피점 주위를 서성이며 슈퍼에 드나드는 손님들을 슬픈 눈으로 건너다본다. 그럴 때 이동호는, 저 여자는 저렇게 손님도 없는데 가게 임대료나 벌까, 저 정도면 얼굴도 예쁜 편인데, 하며 안쓰러운 생각이 든다.

이동호는 사온 음식을 식탁에 펼쳐놓고 의자에 걸터앉아 후닥닥 먹어치우고 빈 종이 그릇을 쓰레기통에 버렸다. 그는 소파에 앉아 칼을 안 대고 손으로 껍질만 까면 쉽게 먹을 수 있는 귤을 까서 한 입 넣으며, 마누라의 빈 자리를 절감하며, 자식새끼가 셋이나 있는데, 힘들여 키워놨더니 진지드셨냐고 묻는 놈 한 놈도 없다고 속으로 투덜대며 티브이를 켰다. 바둑 채널을 열었다.

중국 갑조 리그를 재방하고 있다. 그 판은 우리나라 기사가 중국 기사에게 진 판이다. 이동호는 이미 그 방송을 생방송으로 보아 결과를 알고 있다. 이동호는 우리나라 기사가 진 바둑을 다시 보기 싫어 티브이를 끄고 소파 앞 탁자에 널려 있는 책을 하나 집어 들고 소파에 벌렁 누웠다.

탁자 위에는 여러 종류의 책이 놓여 있다. 《생명 공학》, 《우주 과학》, 《동서양 역사》, 단편집 하나, 《아함경》, 《성경》 등이 아무렇게나 놓여 있다. 마누라가 살아있었으면 정신없다며 책을 잘 챙겨서 서재에 꽂아놓았을 거다.

이동호는 탁자에 놓여 있는 책 중 하나를 손에 잡히는 대로 집어 2,30분 읽고 또 다른 책을 집어 들고 본다. 그는 요 근래 책 한 권을 한 번에 끝까지 다 읽는 법이 없다. 읽어봐야 10분도 안 돼 내용을 다 잊어버린다. 그래서 그는 너무 긴 장편소설은 읽지 않는다. 그냥 새로 나온 책을 읽으며, 새로운 지식을 보고 아, 그런 것도 있었나, 하고 깜짝 새 지식을 즐기고, 몇 분 후에는 그 내용을 잊어버린다. 이동호는 여러 장르의 책을 죽 늘어놓고 이 책을 보다가 저 책을 보다가 한다.

이동호는 손에 잡힌 《아함경》을 들고 중간쯤을 펼쳤다. 부처님의 '인생을 걷는 네 가지 길' 설법이 나왔다.

> 이 세상에서 두 사람에게 아무리 착한 일을 많이 해도 그 은혜는 갚을 수가 없다. 아버지와 어머니 두 사람이다. 어떤 사람이 왼쪽 어깨에 아버지를 모시고 오른쪽 어깨에 어머니를 모시고 천만 년 의복과 음식과 평상과 침구와 의약을 풍족하게 하여 봉양했다고 하자. 또 그 부모가 어깨 위에서 오줌과 똥을 누더라도 자식은 그 은혜를 다 갚지 못한다.

이동호는 뭐야, 하며 팍 화를 냈다. 내 자식 놈들은 나를 어깨에 올려놓고 호강을 시키기는커녕 돈 안 준다고 혼자 사는 아버지의 집에 발길을 끊었다.

큰 아들놈은 아버지가 사는 집을 팔아서 사업자금 대달라는 것을 안 된다고 했더니, 나중에 제사 지내줄 사람인데, 하고 공갈치고 발길을 끊었다. 막내 놈은 자기들 집을 사는 데 돈이 부족하니 이 집을 담보 잡아 은행에서 돈을 빌려달라는 것을 모른 체했더니 그놈도 남이 되었다. 둘째 놈은 아예 내 생명줄인 연금을 일시불로 받아 현금을 달라고 했다. 그럼 무엇 먹고 살게, 하며 말을 안 들어 줬더니 그놈도 남이 됐다.

자식 셋이 있는데 셋 다 홀로 된 늙은 아버지를 모실 생각은 없고 돈만 바라본다. 이 집을 처분하여 돈을 보태줄 기미가 없자 셋 다 발길이 뜸하다. 평생 선생질하며 박봉에 저희들 대학까지 가르치고, 장가갈 때는 전셋집이지만 집도 얻어줬는데 아버지를 어깨에 모시기는커녕 잘 계시나 문안 전화도 없다.

이동호는 이 무슨 쓸데없는 말씀, 하며 불경을 탁자에 휙 던졌다. 그는 성격 책을 집어 들고 아무 페이지나 열었다. 잠언이 열렸다.

마른 떡 한 조각만 있고도 화목하는 것이 육선이 집에 가득하고 다투는 것보다 나으리라.

이동호는 펼쳐진 잠언 한 구절을 읽고, 그냥 고기반찬이라고 하지 왜 어렵게 육선이라는 단어를 써, 하고 투덜대며, 김밥 한 줄만 있어도 화목한 것이, 하다가, 이 집에는 화목할 사람이 아무도 없고 혼자네, 하며 허허 웃었다.

이동호는 성경을 탁자에 던지고 티브이를 켰다가 끄고 다시 켰다가 또다시 껐다. 빗줄기가 유리창에 부딪히며 물방울이 되어 흘러내렸다.

이동호는 유리창으로 흘러내리는 빗물을 보며 누군가와 말을 나누고 싶었다. 아들들에게 전화를 할까 하다가, 그놈들 전화해 봐야 반갑게 받을 것 같지 않고, 전화를 할 친구를 생각하다가, 지금 저녁 먹을 텐데, 하고 망설였다.

그 순간 문득 지하 커피점 아주머니의 슬픈 눈망울이 떠올랐다. 그녀도 혼자 사나? 지하 커피점에나 가서 커피나 한잔 팔아주며 젊은 여자와 주절거려 봐?

이동호는 비닐우산을 받쳐 들고 상가로 가서 지하로 내려갔다. 커피점 아주머니가 장사를 접을 준비를 하고 있었다.

"오늘 장사 다 하셨어요?"

이동호가 눈망울이 슬프게 보이는 여인에게 말을 걸었다. 그는 그 커피점을 지나치기만 했었다. 손님으로는 처음 왔다.

"아니요, 커피 드시게?"

그녀가 손님을 반겼다.

"우리 상가 커피점 중에 아주머니가 제일 맛있게 커피를 탄다고 하던데, 모카커피 한 잔 줘요."

이동호가 수작을 걸었다.

3층 상가에 커피점이 4군데나 있다. 유명 상표 체인점이 두 곳, 1층 구석에 지하 커피점 아주머니와 같은 규모로 청년이 차린 미니 커피점 하나. 생존경쟁이 치열하다.

"그래요?"

여인의 눈이 이동호의 칭찬에 반짝했다. 파란 호수에 불빛이 반짝하는 것 같았다.

"장사 잘 돼요?"

이동호는 쓸데없는 것을 묻는다고 생각하며 말했다.

"잘 아시면서, 할아버지 자주 슈퍼에 오시잖아요. 참, 할머니는 좋으시겠어요. 할아버지가 다 장 봐다 드리니."

그녀가 커피 기계에 커피를 장전하며 말했다.

"그게, 할머니가 없어요."

"아유, 죄송해요. 그럼 그 큰 집에서 혼자 사세요?"

"큰 집 아니요, 겨우 서른 평 조금 넘는데."

"혼자 사시기에는 크지요. 저 같은 사람은 두 식구가 단칸방에서 사는데."

"이 근처에 사세요?"

"이 근처는 세가 비싸서 못 살고 남한산성 밑에서 중학교 다니는 딸과 월세방에 살고 있어요."

"애 아버지는?"

"도망갔어요."

아주머니가 후, 한숨을 내쉰다.

이동호는 아직 커피를 받기도 전에 그녀의 신상에서 중요한 부분을 다 알게 되었다.

이동호는 그랬어요, 하는 말을 하려다가, 마치 당신이 혼자라서 좋네요, 하는 말로 들릴 것 같아 말을 꿀컥 삼켰다.

이동호는 더 할 말이 없었다. 그는 커피를 한 모금씩 씹어 마시며 그녀를 찬찬히 쳐다봤다. 그녀의 슬퍼 보이는 눈이 퍽 고왔다. 얼굴 형태도 고왔다. 이동호는 남편이라는 작자는, 저 정도면 예쁜데, 왜 버리고 도망갔을까, 했다.

그 후 이동호는 상가에서 밥을 먹을 때마다 불쌍한 아주머니 커피점에 가서 커피를 팔아주며 젊은 여자와 말을 나눴다.

2.

이동호는 간밤에 화장실을 다섯 번이나 들락거렸다. 어제 친구들과 새꼬시를 안주하여 좀 과하게 마신 소주가 위장을 뒤흔든 모양이다.

동지가 며칠 남지 않아 아침 7시가 됐는데도 창밖이 어둡다. 이동호는 침대에서 빠져나와 거실로 나와 소파에 누워 몸에 담요를 덮었다. 입술이 타고, 힘이 하나도 없다. 따뜻한 차라도 한 잔 했으면 했으나, 부엌으로 가서 정수기에서 물을 받고 끓이기가 귀찮았다.

이동호는 추위에 사지를 오므리며, 나이 드니 술도 한 잔 신나게 못 마시나, 마누라가 죽으니 이 무슨 청승, 하며 혼자 속을 끓였다. 아직 동네 병원을 열려면 몇 시간을 더 기다려야 하고, 설사 정도인데 병원 응급실에 가기는 그렇다. 입술이 탄다. 그렇다고 그냥 찬물을 마셨다가는 위장이 더 비틀어질 것 같다. 밤새 뱃속을 비웠으니 뭐라도 좀 위장에 넣어야 하는데, 죽이라도 먹으려면 손수 끓여야 한다.

아들놈이 셋이나 있고, 며느리도 셋이나 있는데, 한 놈도 전화를 않는다. 하기야 이 새벽같이 지 놈들이 아쉬운 일이 없으니 전화할 일이 없을 거다.

이렇게 하다가 내가 죽어도 알 리가 없으니, 신문에 난 것같이 죽고 며칠씩 혼자 그냥 누워 있다가 부패되고 난 후에라야 자식 놈들이 알 것 아닌가?

이동호는 힘겹게 현관문을 열고 신문을 주워들고 들어와서 소파에 누운 채 읽었다. 야당 국회의원 놈들이 또 국회를 보이콧하고 농성질이다. 회사원 같았으면 저렇게 회사 일을 안 하고 농땡이를 피웠으면 벌써 해고다.

그런데 저 치들은 자기 할 일은 안 하고 국민을 위한다며 더 큰소리다.

이동호는 9시 반까지 신문을 구석구석까지 다 읽고 버티다가 동네 병원이 문을 열 시간에 맞춰 동네 가정의를 찾았다. 여자 가정의는 이동호를 침대에 눕히고 청진기로 진단하고, 급체였다고 하며 사흘 치 약을 처방해 주고, 속이 안정될 때까지 미음이나 죽을 드시라고 했다.

이동호는 약국에서 약을 받아들고, 미음을 끓이기는 귀찮고, 즉석 스프라도 끓여 먹어야겠다고 생각하며 즉석 스프를 사러 지하 슈퍼로 내려갔다. 커피점 아주머니가 나와서 장사 준비를 하고 있다가, 지하로 들어서는 이동호를 보고 인사를 했다.

"할아버지 안색이 안 좋으세요. 어디 아프세요?"

이동호는 커피점 아주머니의 친절한 목소리에 울컥해지려는 마음을 다 잡으며 말했다.

"아니 좀 체해서 스프나 하나 사서 끓여 먹으려고요."

"아유, 즉석 음식은 안 좋은데, 저 아직 장사 시작 안 했는데, 집에 가서 미음이라도 끓여 드릴까요?"

커피점 아주머니가 단골 커피 손님인 이동호에게 살갑게 말했다.

"아유, 고맙지만 어떻게."

이동호는 젊은 여자의 말에 코끝이 찡해지며 사양했다.

커피점 아주머니가, 할아버지 저희 단골이신데 가요, 하며 앞장서서 계단을 올라갔다. 이동호는 마지못해 그녀를 따라서 계단을 올라갔다.

커피점 아주머니는 베란다에 있는 쌀통에서 쌀을 꺼내 와서 능숙하게 죽을 쒔다. 이동호는 소파에 앉아 미안한 마음으로 부엌에서 여자가 요리하는 것을 건너다봤다.

커피점 아주머니는 죽을 쒀서 대접에 담아 식탁에 놓고, 냉장고에서 김치를 꺼내 잘게 썰어 접시에 담아놓고, 그럼 잘 드세요, 하고 현관쪽으로 갔다.

"이거 감사해서 어쩌지? 참 여러 번 뵈었는데 아주머니 성씨도 모르는데 성씨는?"

이동호가 현관까지 따라 나오며 말했다.

"저 그 흔한 김가에요."

그녀가 대답을 하며 현관문을 열고 나갔다.

그날 이후 이동호는 더 자주 커피점에 들렀고, 그녀가 살아가는 이야기도 듣게 되었다. 그녀와 자주 만나다 보니 그녀가 남 같지 않게 가깝고 다정하게 느껴졌다. 오랫동안 함께 살던 사람 같은 정도 느껴졌다.

이동호는 침대에 누워 그녀의 착하게 생긴 눈을 떠올리다가, 에이 노인이 무슨 망령, 하고 혼자 혀를 끌끌 찼다.

"김 아주머니, 갈 데 없으면 우리 집에 들어와서 살 거요?"

이동호가 김 아주머니 커피점에서 그녀가 타주는 커피를 마시며 그녀의 착하게 생긴, 하지만 슬퍼 보이는 눈을 빤히 쳐다보며 말했다.

그녀는 살고 있는 집에서 턱도 없이 월세를 많이 올려달라고 하는데, 그 돈을 댈 수가 없어 남한산성 밑에서 하남시로 이사를 가야 할까 보다고 지나가는 소리로 말했었다.

지나가는 말로 한 그녀의 푸념을 듣고 그는 이틀을 생각한 끝에 그녀에게 그의 집에 들어와서 살라고 말했다. 그녀가 그의 집에 들어와서 살면 동네에 이상한 소문이 돌지도 모르고, 아들들도 이상한 눈으로 볼 거다. 그도 그녀에게 칙칙한 감정을 느낄지 모른다.

이동호는 이 나이에 인심 한 번 쓰는데 남의 눈치는 볼 것 뭐 있어, 하며 그녀를 그의 집에 들어와서 살게 하자고 마음을 정했다.

"예? 할아버지 집에 들어와서 살라고요?"

김 아주머니의 눈이 커졌다.

"그래 우리 집에 노는 방이 세 개나 있는데, 월세는 필요 없고, 지금 일주일에 두 번 파출부 아주머니가 와서 청소를 해 주는데 한 달에 40만원 들어요. 우리 집 들어와서 살며 청소나 해 주면 파출부 아주머니 안 불러도 되고."

"그래도…."

"망설일 것 없어요. 건넛방은 안방과 마주 보니 그렇고, 부엌방은 너무 작으니 문간방 써요. 내가 다 치워놓을게. 그리고 이거 우리 집 열쇠 비밀번호요, 아무 때나 이사와요."

이동호는 아파트 현관문 비밀번호를 적은 쪽지를 김 아주머니에게 넘기고 그녀가 딴말을 할 시간을 주지 않으려고 바로 커피점을 나왔다.

3.

전철에서 내린 이동호는 사는 것이 참 허무한 거야, 하며 그의 아파트로 들어가는 가로수 길을 천천히 걸어가며 중얼거렸다.

"저 이동호 씨 전화지요, 여기 관악경찰선데."

이동호는 아침 일찍 걸려온 전화를 받으며, 내가 잘못한 것이 없는데 왜 경찰서에서 전화가 왔지, 하며 가볍게 떨리는 마음으로 전화를 받았다.

"네, 맞는데요. 무슨 일로?"

"저 김병술 씨 아세요?"

"제 초등학교 동창인데요."

"아, 그분이 며칠 전에 돌아가셨어요. 그분 가족분 아시면 전화번호를 좀 알려주시면."

"예. 동생 전화번호를 아는데 잠시 기다리세요. 그런데 어떻게 죽었어요?"

"하루에 만원씩 내고 자는 원룸에서 며칠 전에 돌아가셨는데, 오늘 새벽에야 신고를 받았어요. 핸드폰에 선생님과 통화한 기록이 몇 번 있어서."

"아 그랬어요?"

이동호는 초등학교 때부터 60년 넘게 알고 지내던 김병술이 죽었다는 소식에 정신이 멍해져서 얼떨결에 그의 동생 전화번호를 경찰에게 알려줬다.

김병술은 3류 소설가다. 평생 소설을 쓰는 데 정열을 다 바쳤으나, 한 번도 지가를 올린 적이 없다. 당연히 지지리 가난했다. 돈은 못 벌어오면서 소설을 쓴다고 큰 소리 치며 궁상을 떠는 무능한 남편을 시장에서 장사를 하여 생계를 책임지던 아내가 쫓아냈다. 그는 무료급식소를 전전하며 식사를 해결하고, 지하철 역사에서 종이 상자를 깔고 잤다.

이동호는 어릴 적부터 친구가 딱하여 술을 사줬다. 김병술은 술을 안주랑 같이 마시라는 이동호의 충고는 들은 체도 않고, 깡소주를 마시면서 간암 판정을 받았다며 자조의 웃음을 웃었다.

이동호가 간암이면 어느 정도 진행되었는지 모르지만, 3년은 더 살겠네, 하였더니, 이 녀석 3년이 뭐야, 10년은 더 살 거야, 하며 죽기 전에 최후로 대작을 하나 써야 하는데, 하며 아직 작가로서 꿈을 버리지 못하고 진하게 미련을 토했었다.

그는 지하철 구내에서 잔다는 친구가 불쌍하여 여인숙에서라도 잠을 자라고 하며 30만원을 찔러줬다. 김병술은 이동호가 준 돈으로 원룸에서 기거를 했을 거다. 간암이 많이 진전된 상태에 알부민 수치가 떨어졌을 거고, 그러고 혼수상태에 빠졌을 거다. 누가 옆에 있었으면 119에 연락하여 긴급조치를 취했으면 소생시킬 수 있었는데, 원룸에 혼자 있다 보니 아무 도움도 받지 못하고 죽은 것 같다.

이동호는 공연히 인심 쓰고 용돈을 주어 친구를 일찍 죽인 것 같아 마음이 무거웠다. 이동호는 친구의 시신이 있다고 경찰이 알려준 병원에 조상을 갔다. 장례식장에 빈소가 차려져 있고, 어떻게 연락이 됐는지 동창 세 사람이 와서 소주를 마시고 있었다. 이동호도 그 축에 끼었다.

퍼질고 앉아서 어렸을 때의 추억을 씹으며, 인생이 무상하다, 건강이 최고다, 장례식은 삶에서 죽음으로 이어지는 통로로 언제 우리도 그 통로에 설 건데 누가 먼저 갈지 모른다, 하며 술을 마시며 한 시간쯤 노가리를 깠다.

이동호는 문상을 온 동창 친구 아들의 결혼식에 가지 않은 것 같아 어렵게 봉투를 구해 축의금을 봉투에 넣어 가지고 그 친구에게 축의금을 전달했다. 그 친구가 너 결혼식에 왔었어, 했다. 그 혼주의 옆자리에 앉은 동창이 그날 나랑 한 테이블에서 밥 먹었잖아, 하며 병원 가서 치매 검사를 해 보라고 했다. 그 말을 듣는 순간 이동호는 얼굴이 달아오르고, 내가 치매라고, 하고 오기가 뻗치며 창피했다.

일행은 한 시간쯤 떠들다가 모두 거나하게 술이 취해 자리에서 일어섰다. 동창들은 전철역에서 건강하자고 구호를 외치며 악수를 하고 헤어졌다.

이동호는 전철 경로석에 앉았다. 동창이 죽은 것이 가슴 아프고, 치매 환자 취급을 받은 것도 기분이 나빠 그는 축 처진 기분으로 눈을 감고 깊은 숨을 내쉬었다.

그의 옆자리에 앉은 노인이 말을 걸었다. 동호는 고개를 돌려 옆자리에 앉아 말을 거는 노인을 힐끗 봤다. 백발에 바바리코트를 입었다. 점잖게도 생겼다.

"저 오성식이라는 사람 아세요?"

옆자리의 노인이 이동호에게 말을 걸었다.

"누구신지 잘 모르겠는데요."

"그분 강릉시장이었는데."

"저 서울서만 살아서 강릉 분은 잘 몰라요."

"그러시겠지. 제가 그 오성식입니다."

이동호가, 아 그러세요, 하면서 노인을 쳐다봤다. 전직 시장을 해서인지, 오 노인의 얼굴이 깨끗하고 품위가 있어 보였다.

"강릉에 놀러 오신 적 있으세요?"

오 노인이 술이 취해 보이는 이동호에게 말을 걸었다.

"예, 있지요. 여름에 휴가 갔지요."

"아, 그러세요. 혹시 홍씨호텔 아세요?"

"아 거기서 잔 적이 있어요. 이름이 영어로 HONG C 호텔이라고 간판이 쓰여 있어 기억이 나요. 1층 벽면이 다 유리창으로 깨끗했어요."

"아, 그러시구나. 이거 인연이 대단하네요. 제가 그 호텔 사장이에요. 이렇게 옆에 앉는 것도 인연인데 강릉 오시면 한 번 들르세요. 제가 회 대접할게요."

"뭐 그렇게까지. 명함이나 한 장 주세요."

"그것이, 제가 손가방에 돈, 증명서, 카드, 핸드폰을 다 넣고 다녔는데 가방을 잃어버렸어요. 지금 강릉을 가야 하는데 전철은 공짜라 가고 있지만 버스를 공짜로 태워줄지 모르겠어요. 강릉 가서 갚아주겠다고 하면."

"전화를 하시지."

"서울에 있는 친구 전화번호를 하나도 못 외워요. 핸드폰에 다 저장되어 있어 외울 필요가 없잖아요?"

이동호도 겨우 집 전화만 외우고 있다. 아들 전화번호도 못 외운다. 핸드폰을 잃어버리면 연락을 할 길이 없다.

"그러시겠다. 저도 애들 전화번호도 몰라요."

"정말 난처해요. 고속버스 매표소에서 사정 이야기하면 표를 줄까요?"

오성식이 처량한 목소리로 이동호에게 물었다.

"매표소 아가씨들에게 그런 융통성이 없을 것 같은데요."

"그럼 어떻게 한다. 파출소 가서 사정해 볼까?"

오성식이 혼자 독백을 했다.

"파출소요? 파출소에서 해결해 줄까요?"

"그럼 선생님 통장 좀 빌려 주실래요?"

"제 통장이요? 뭐하게?"

"강릉에 전화해서 그 통장으로 돈을 좀 부치라고 하고 찾게요."

"통장 안 가지고 다니는데, 그런데 강릉까지면 한 2만원이면 버스비 되지요."

이동호는 강릉시장까지 했다는 사람이 지갑을 잃어먹고 고생하는 것이 딱해 보였다.

"2만원이면 충분하지요."

이동호는 그래도 지방자치단체 장을 했는데, 하고 생각하며 지갑에서 3만원을 꺼내서 주면서 인심을 썼다.

"제가 3만원 드릴게요. 가시다가 버스가 서면 커피라도 한 잔 마셔야죠."

"아니 3만원이나, 이렇게 고마울 데가, 성함이 어떻게 되세요?"

"이름은 알 거 없고 저 이가요."

"아이 이 선생님 정말 감사합니다. 강릉 오시면 저희 호텔 꼭 들러 주세요, 제가 몇 배로 갚아드릴게요."

오성식이 자리에서 일어서서 허리를 90도로 숙이며 인사를 했다.

술에 취한 이동호는 난처한 환경에 빠진 노인을 돕는 좋은 일을 하고 기분이 우쭐했다. 이동호는 작은 선심을 쓰고 더 이상 자리에 앉아 오성식의 인사를 받는 것이 멋쩍었다.

이동호는 지금 집에 가 봐야 반길 사람도 없고, 오늘쯤 커피점 김씨 아주머니가 이사를 들어올 것 같은데, 공연히 일찍 집에 들어가서 서성이면 그녀가 불편해 할 것 같아, 극장에 가서 영화나 하나 보고 집에 가자고 생각했다.

이동호가 전철을 내리려 하자 오성식은 전철을 따라 내리며 감사 표시하려는 것을 이동호가 말렸다.

이동호는 비몽사몽간에 영화를 봤다. 우주인이 화성에서 고립되어 혼자 생존하며 구조선이 오기를 기다리는 줄거리 같은데, 상가에서 마신 술에다가, 친구가 죽은 데 따른 정신적인 충격과 치매 환자같이 행동한 것에 대한 속상함으로 피곤했던지, 영화를 보다가 잠이 들어 거의 끝날 무렵, 국제 공조로 우주 미아가 됐던 우주인을 구하는 장면이 나올 때 겨우 잠에서 깨어났다.

이동호는 그 친구는 그 먼 화성에 혼자 됐어도 누군가 구하러 왔네, 나보다 낫네, 생각하며 영화관에서 나와 집에 가려고 전철을 탔다. 경로석에 앉아 앞자리를 건너다보다 이동호는 움칫했다.

오성식 전 강릉시장이 앞자리에 앉아서 그 옆자리에 앉은 노인과 진지하게 이야기를 나누고 있었다. 이동호는 저 친구가 왜 버스를 타러 안 가고 저기 앉아 있지, 하다가, 바로 사기꾼, 하며 왜 강릉 안 갔냐고 따지려고 자리에서 벌떡 일어섰다가 아유 바보, 하며 도로 자리에 앉았다.

병신같이 사기를 당해 놓고 따지자고? 그냥 모른 척하고, 저 노인이 사기를 당하나 보자, 하며 흥미롭게 앞좌석에서 펼쳐지는 장면을 건너다보았다.

오성식 옆자리의 노인이 이야기 잘 들었다며 자리에서 일어섰다. 그 노인은 사기를 당하지 않은 것 같다.

오성식은 그를 빤히 쳐다보는 이동호를 건너다보고도 아무 표정의 변화가 없다. 아마 이동호를 알아보지 못하는 모양이다. 이동호는 완전히 병신노릇을 한 자신을 탓하며 혼자 북북거리다가 전철을 내렸다.

이동호는 전철에서 내려 어둠이 가볍게 깔리는 보행로를 걸으며, 공연히 친구에게 인심 썼다가 독방에서 죽게 하고, 또 사기꾼에게 인심 쓰다가 사기나 당하고, 결혼식에 참석해 놓고 잊어버리고는 축의금을 준다고 헤프게 굴다가 치매 환자 취급이나 당하고……, 하며 자신의 바보 같은 행동에 실망하여 기분이 축 처졌다.

그의 아파트에 다가가며, 커피점 김씨 아주머니가 이사를 왔으면 집에 누군가 사람이 있겠네, 하며 축 처졌던 기분이 펴졌다. 젊은 여자가 집에 있다는 생각에 가슴이 환해졌다.

이동호는 상가를 비껴서 샛길로 걸어가며 그의 아파트 동 1층부터 눈으로 층수를 헤아려서 8층에 눈을 멈추고 올려다 보았다. 803호, 사람이 있으면 거실에 불이 켜져 있을 텐데 캄캄하다. 그는 이사를 안 왔나, 인심 쓰고 거저 집에 들어와서 살라는데 이사를 왜 안 와, 하며 배신감을 느끼다가, 그녀가 이사를 온다고 한 적이 없는데 혼자, 하며 끌끌거리며 자기도 모르게 발길이 지하상가로 내려갔다. 커피집 아주머니는 가게 문을 닫고 퇴근하고 없었다.

오늘도 김씨 아주머니가 그의 집에 이사를 오지 않았다. 그가 현관문 비밀번호를 알려준 지 벌써 열흘이나 지났는데, 그녀는 이사를 오지 않았다.

이동호는 축 처진 마음으로 엘리베이터를 탔다. 그는 컴컴한 현관을 들어서며, 꼭 감옥에 들어서는 기분이었다. 그는 거실의 불을 켰다. 어둠이 전깃불에 밀려간 공간이 더 휑하게 보였다.

이동호는 고개를 젖히고 눈을 감고 깊은 숨을 들이쉬고, 그대로 한참을 서 있다가 눈을 떠서 텅 빈 거실을 쳐다보며 또 저녁으로 무엇을 먹어야지, 하며 부엌으로 걸어갔다. 그는 식탁 의자에 걸터앉아 싱크대를 쳐다보며, 이놈의 여편네는 왜 일찍 죽어 나를 이렇게 만든 거야. 자식 놈들 다 키워봐야 헛 거야, 하며 자신을 들볶다가, 그까짓 저녁 한 끼 안 먹는다고 죽는 것도 아닌데, 하며 소파로 가서 팍 퍼질러 누웠다.

그는 소파에 누워서 눈을 감고 자신을 한탄하다가, 이렇게 혼자 살 수는 없고, 여자를 하나 얻을까, 했다. 문득 그와 한 학교에서 근무했던 국어 선생 최정미가 떠올랐다. 그녀가 최근 이혼을 하고 혼자 됐다는 말을 들었다. 예쁘장하고 성질도 싹싹한데 왜 이혼을 했을까? 한 번 만나자고 해? 그렇게 젊은 여자를 만나서 뭐하게? 결혼이라도 하자고 하려고, 하다가, 이동호는 그의 대학교 친구를 떠올리며 고개를 살살 흔들었다.

이동호의 대학교 동창 친구 중에 돈을 제일 많이 번 친구가 있다. 그 친구는 사업에 크게 성공하고, 아들들에게 사업체를 물려줬다. 부인이 몇 년 전 죽자 그의 비서였던 나이가 거의 40년은 차이가 나는 아가씨와 결혼했다. 양평에 별장을 짓고 신혼살림을 차렸다.

젊은 여자와 결혼을 하고 보니 섹스가 문제였다. 정력에 좋다는 약은 다 사먹고 비아그라, 시알리스 등 발기촉진제까지 썼으나, 나이 든 몸이 약발이 듣지 않아 젊은 마누라를 육체적으로 만족시켜 주지 못했다.

젊은 마누라가 운전기사와 바람이 났다. 운전기사는 파면하면 그만이었으나, 젊은 부인은 파면을 할 수가 없어 이혼을 수속중이다. 헤어지면 2,3년 같이 산 대가로 50억 원을 줘야 하나 100억 원을 줘야 하나, 로 고민하고 있다.

30년이나 젊은 최 선생을 꼬여 호텔에 간다고 쳐도…. 이동호는 젊은 여자를 만족시키기 위해 용을 쓰는 자신의 모습이 떠올라 소름이 끼쳤다. 최 선생을 만나서 알짱거리기는 싫다. 가난하고 힘없는 커피점 아주머니에게 집에 들어와서 살라고 한 것은, 혹시 기회가 되면 섹스 파트너로 삼고 싶은 것은 아니었나, 하며 자신의 진의를 떠봤다. 전혀 그런 마음이 없었다고 부인할 수가 없었다. 그런 관계로까지 발전하면 좋은 일하고 나쁜 과보를 짓는 일 아닐까?

이동호는 내일 커피점에 가서 김씨 아주머니에게 집에 들어오지 말라고 할까, 하다가 다 큰 어른이 어린 여자에게 뭐 이랬다 저랬다 해, 하며 고개를 흔들었다.

4.

일요일 아침.

이동호는 인스턴트 스프를 끓여서 아침을 때우고 뒤로 젖혀지는 소파에 누워서 도배한 지가 오래 되어서 누렇게 퇴색한 천장을 올려다보며 오늘은 무엇을 하며 하루를 보낼까 생각했다. 주말이라 젊은 관객들로 붐비는 영화관에 가기도 그렇고, 친구와 만날 약속도 없다. 오후에 시내에 대규모 집회가 있다는데 그거나 구경 갈까, 했다. 주말인데 아들놈 한 놈이라도 손자를 데리고 왔으면 했으나 그것은 상상 속의 일이다.

그때 현관 열쇠를 여는 소리가 들렸다.

이동호는 이 아침부터 누구지, 하며 현관에 대고 누구세요, 하고 고함을 질렀다.

커피점이에요, 하는 여자 목소리가 들렸다.

이동호는 반가움에 반사적으로 몸이 자리에서 벌떡 일으켜졌다. 김씨 아주머니가 이사를 오네, 하며 그의 전신 세포에 생기가 돌며 얼굴에 홍조를 띠며 젊은 여인이 집에 들어오는 것을 반겼다.

현관문이 열리고, 김씨 아주머니가 이불 보따리를 들고 어렵게 현관에 들어섰다. 이동호는 달려가서 문간방 문을 열어주고 이불 보따리를 받아서 방안에 옮겨줬다.

김씨 아주머니 뒤에 책가방을 든 교복을 입은 여학생이 따라 들어오며, 안녕하세요, 했다. 이동호는, 딸이에요, 하고 김씨 아주머니에게 묻고, 이름이 뭐니, 하고 여학생에게 물었다. 아주머니가, 선희예요, 했다. 이동호는 이름이 예쁘네, 하며 들여놓을 짐이 많으면 들어다 주겠다고 했다.

그녀의 이삿짐은 정말 간단했다. 비닐 옷장 하나, 주방기구를 담은 다라니 하나, 옷 보따리 하나가 전부였다. 이동호가 짐을 들어주자 경비 아저씨도 짐을 하나 들어주어 금방 이삿짐을 다 옮겼다.

이동호가 문간방에 치우지 않고 남겨놓은 책상은 선희가 책상으로 쓰겠다고 했다.

이동호는 그녀의 주방기구를 베란다에 가져다 놓고, 그녀에게 그냥 부엌에 있는 취사도구를 쓰라고 했다. 금방 이삿짐 정리를 마친 아주머니는 베란다로 가서 청소도구를 챙기고 청소를 시작했다. 그녀가 청소하는 모습이 다부졌다. 이동호는 소파에 앉아 젊은 여인이 청소하는 모습을 보며 꼭 그림 속의 광경을 보는 것 같았다.

이동호는 김씨 아주머니가 청소를 거의 끝낼 무렵, 커피를 두 잔 타서 식탁에 놓고, 청소하시느라 수고하셨는데 커피나 한 잔 합시다, 했다.

"커피를 맛있게 탔어요."

김씨 아주머니가 커피를 한 모금 마시고 칭찬했다.

"커피 만드는 전문 바리스타가 계시는데, 선희 양은 냉장고에 음료수 있는데 꺼내 마셔."

이동호가 말했다.

선희가 냉장고에서 오렌지 주스를 꺼내 와서 식탁에 걸터앉아 마셨다.

"이제 우리 한 집에 살게 됐으니, 몇 가지 정해야겠는데…."

이동호가 혼잣말로 중얼거렸다. 김씨 아주머니가 눈을 상큼 뜨며 집주인을 쳐다봤다. 이동호는 김씨 아주머니가 상큼 뜨는 눈매가 참 매력적이라고 느끼며 말했다.

"우선 호칭을 정해야 하는데, 김씨 아주머니라고 부르기는 그렇고, 선희엄마라고 부를게요."

"저는 그럼 사장님이라고 부를까, 아님 어르신, 아니 할아버지?"

"선희가 나를 할아버지라고 부를 건데, 그 엄마도 나를 할아버지라고 부르면 촌수가."

"아, 그럼 아버님이라고 부를게요."

이동호는, 아버님, 하면 한 세대가 차이가 나서 마음에 들지 않았으나, 별로 달리 부를 말도 생각나지 않아, 꼭 며느리 같네, 하며 좋다고 했다.

"화장실은 두 개니 하나씩 쓰면 되고, 부엌은 아침 식사는 내가 아침에 빵을 먹으니 선희엄마 식사 준비하는 데 별 방해되지 않을 거고, 저녁은 나는 외식을 많이 하고 여섯 시에 저녁을 먹으니 선희엄마 퇴근하고 해먹으면 되니 방해되지 않을 거고…."

"아버님, 식사는 제가 해 드릴게요. 저희들 아침에 밥 먹었는데, 선희가 옛날부터 빵식하자고 했어요. 빵식이 밥 먹는 거보다 돈이 더 들어 못했는데 우리도 아버님 식성 따라 빵식으로 바꿀게요."

"뭐 그렇게까지."

"저 이 집으로 이사 와서 아침에 한 시간 저녁에 한 시간 두 시간 벌었어요. 남한산성 집에서 여기 상가 오려면 마을버스 타고 오금공원까지 와서 버스 갈아타고, 버스정류장에서 내려 상가까지 15분 걸어와야 했는데, 이제 2분이면 가잖아요. 그 시간에 은혜 베풀어주신 아버님께 따뜻한 밥 해 드릴게요. 그런데 저녁은 제가 7시쯤 가게 문을 닫으니 7시 반쯤 드셔야 해요."

선희엄마가 환한 얼굴로 살살 웃으며 말했다. 젊은 여인이 미소를 지으며 제의하자 이동호는 가슴이 살살 녹는 기분이 되며 그냥 좋다고 고개를 끄덕였다.

"나야 그러면 좋지. 혼자 밥 안 먹어도 되고. 그럼 식비로 매달 100만원쯤 내놓을까?"

"그렇게 많이요? 그 돈이면 우리 세 식구 먹고도 남아요. 제가 돈을 잘 벌면 거저 해 드려야 하는데 30만원만 주세요."

이동호는 '우리 세 식구'라는 말을 들으며 마음이 벌렁했다.

"30만원은 너무 적고, 나 혼자 먹고 사는 데 한 백만 원 들었는데 그냥 받아요."

"그거야 외식을 많이 해서 그러셨지요."

"나 매일 뜨듯한 밥 먹을 수 있는데 많다고 하니 70만원만 줄게요. 살다가 모자라면 더 드리고."

이동호의 말에 선희엄마가 별 이의를 달지 않았다.

"그럼 부엌 쓰는 문제는 됐고, 거실은 편히 써요. 저녁에 티브이 연속극 보고 싶으시면 보시고. 나는 연속극 그리 좋아하지 않아, 선희엄마가 연속극 볼 때 안방에 들어가서 책 볼게요. 그런데 축구나 야구 중계를 볼 때는 선희엄마가 좀 양보해 주고. 그럼 거실 쓰는 문제도 됐고, 선희엄마 여기가 자기 집이라고 생각하고 편히 살아요."

이동호가 입맛을 다셨다.

"저 하나 말씀드려도 돼요?"

선희엄마가 빤히 이동호를 쳐다보며 말했다. 이동호가 눈짓으로 무슨 말, 했다.

"어떻게 아버님이 저한테 존댓말을 써요, 지금부터 말 놓으세요."

"알았어."

이동호가 고개를 주억거렸다.

서로 다른 가족이 한 지붕 밑에서 살아가는 간단한 규범을 정한 이동호는 나 볼 책이 있어서, 하고 안방으로 들어갔다. 거실에서 티브이 소리와 선희와 엄마가 조잘거리는 말소리가 났다. 이동호는 그 소리를 들으며, 사람 사는 집에서 이렇게 사람 말소리가 나야지, 하며 커피점 아주머니에게 들어와서 살라고 한 일이 잘한 일인 것 같아 기분이 흐뭇했다.

이동호는 잠바를 걸치고 상가 은행 ATM 부스로 가서 현금 70만원 찾아서 선희엄마에게 건넸다. 선희엄마는, 천천히 주셔도 되는데, 하며 얼굴을 붉히며 돈을 받았다. 얼굴에 홍조를 띤 선희엄마가 퍽 예뻤다.

선희 엄마는 바로 장바구니를 들고 나가더니 배추, 무 등 김장감을 사와서 식탁에 올려놓고 다듬어 다라니에 담고 소금을 뿌려 절였다.

이동호는 소파에 앉아 젊은 여인이 부엌에서 일을 하는 모습을 보며, 몇 년 만에 부엌에서 여자가 일을 하는 것을 보나, 하며 가슴이 뭉클했다.

선희엄마는 김치를 담갔으니 저녁은 풋김치와 함께 돼지 목살을 삶았다며 푸짐하게 삶은 고기를 내오고, 소주도 한 병 준비했다.

이동호는 세 식구가 오붓하게 저녁을 들고, 소주를 마시며 그들이 퍽 오랫동안 한 집에서 산 것 같은 기분이 들었다.

이동호는 선희엄마가 설거지를 하는 동안 티브이를 보다가 설거지를 마치자, 연속극 보라고 거실을 양보해 주고, 나 책 볼 것 있다, 하고 안방으로 들어가서 컴퓨터를 켜고, 이메일이 보고, 카페를 들락거리며 카페에 실린 글을 보고, 인터넷 뉴스를 읽고, 배구 중계를 보았다.

이동호는 평소와 같이 열시에 잠자리에 들었으나 거실에서 티브이를 보는 젊은 여인이 자꾸 가슴에 밟혀 잠을 이루지 못하고 뒤척거리며, 이러면 안 되지, 하고 자신을 나무랐다.

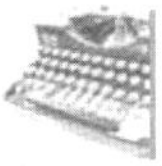

5.

이동호는 같은 학교에 근무했던 교사의 부인이 타계했다는 문자 메시지를 보며, 그의 부인이 죽었을 때 눈앞이 캄캄했던 순간이 떠올랐다.

그는 선희엄마에게 그의 저녁은 준비할 필요가 없다는 것을 알리려고 문자메시지를 보냈다.

상가에 가서 저녁 먹고 올 거야.

그는 선희엄마에게 문자를 보내며 꼭 부인에게 문자를 보내는 기분이 들어 죽은 부인에게 미안한 마음이 들었다.

이동호의 부인은 띠 동갑 연하였다. 계모 밑에서 자란 아내는 그 때 계모로부터 받았던 억압이 성인이 되어서도 잠재의식에 남았는지, 그 트라우마에서 벗어나려고 과격한 운동을 했다. 산악자전거를 타고 암반등반을 했다.

이동호는 나이 70을 넘어서자 열두 살이나 어린 아내와 같이 운동을 하기에 힘이 벅차 아내 혼자 동호회원들을 따라 다니며 운동을 즐겼다. 어느 따뜻한 봄날 아내는 백운대로 암벽등반을 갔고, 등반 도중 낙반사고로 저세상으로 갔다. 사전에 죽을 거란 징조가 전혀 없었고, 유언 한마디 없이 죽었다.

이동호는 아내의 낙반 소식을 119로부터 연락받고 병원에 도착하여 시신을 확인하고, 이것이 현실인가 꿈인가 구분을 못하고 허둥댔었다.

이동호는 옛 동료 부인의 상가에 가서 동병상련의 아픔을 털려고 옛 직장동료들이 건네는 소주잔을 막 받아 마시다가 그만 술이 취했다.

그는 비틀거리면서 집에 들어섰다.

"상가에 잘 다녀오셨어요?"

연속극을 보고 있던 선희엄마가 현관으로 나오며 인사를 했다.

이동호는 젊은 여자에게 술에 취한 모습을 들키지 않으려고 안방으로 들어가서 세수를 하고 침대에 털썩 쓰러졌다. 집에 사람이 없었으면 거실로 나와 퍽 쓰러져서 티브이를 켜놓고, 곁눈질하며 티브이를 보다가 천장을 쳐다보다 하다가 잠이 들었을 텐데, 집에 사람이 있어, 그것도 생판 남인 젊은 여인이 있어 그렇게 할 수가 없었다. 집에 사람을 들여 빈 집에 들어오는 고독감은 달랠 수 있었으나, 덤으로 그런 불편함이 생겼다.

이동호는 침대에 쓰러져 잠을 청했으나 자꾸 신경이 거실에 있는 젊은 여인에게로 달려가서 잠이 오지 않았다. 그는 가슴이 벌렁거리고, 손을 뻗으면 손에 넣을 수도 있을 것 같은 젊은 여인을 안고 싶은 욕망이 집요하게 그를 괴롭혔다. 그는 이 나이에 이 무슨, 하다가 이게 본능인데 뭐, 하며 자신을 정당화하다가 했다.

이동호는 거실로만 나가면 그녀에게 달려들 것 같아 이를 악물고 욕망을 눌렀다.

6.

"아버님 잘 주무셨어요? 어제 술 좀 드시고 들어오신 것 같아 북어 해장국 끓여놨어요."

이동호가 아침에 일어나서 거실로 나오자, 선희엄마가 부엌에서 거실로 나오면서 환하게 웃으며 아침 인사를 했다.

그녀의 얼굴이 환하고 아름다워 이동호는 눈이 부셔 비칠했다.

"응. 해장국 끓여놨다고 고마워."

이동호가 식탁에 앉아 환하게 빛나는 젊은 여자의 얼굴을 감탄하는 눈으로 쳐다보며 말했다.

선희엄마는 이 아파트로 이사를 오고 한 달 사이에 얼굴을 덮었던 슬픈 분위기가 많이 가시고 맑고 온화한 기운이 들었다. 슬퍼 보이던 눈은 맑은 호수처럼 평화롭게 세상의 그림자를 비췄다.

이동호는 해장국을 큰 수저로 떠서 입에 넣으며, 말년에 이 무슨 호강, 했다.

"아버님, 오늘 일요일이라 저 가게 안 나가는데, 점심은 무엇을 해 드릴까요? 매일 식당에 가셔서 조미료 가득 든 음식만 드시는데."

"허 오늘이 일요일이야? 점심? 점심, 뭐 간단한 거 먹지, 카레 먹을까?"

"카레요? 그래요 카레가 몸에 좋다고 하던데."

이동호는 몸에 좋다는 말에 섹스를 연상하며 그래, 했다.

선희엄마는 세탁기를 돌릴 거라며 빨래를 내놓으라고 했다.

빨래를 해서 건조대에 걸어놓고, 선희엄마는 저 방에서 바느질할 일이 있으니 거실에서 티브이 보시라고 하며 그녀의 방으로 들어갔다.

점심을 차려주고, 두시에 결혼식이 있어 다녀오겠다며 선희엄마가 딸을 데리고 현관을 나갔다.

이동호는 집에 사람이 다 나가고 거실에 달랑 혼자 남게 되자 허전한 느낌이 들었다.

이동호가 바둑 프로를 보고 있을 때, 현관문 비밀번호를 누르는 소리가 들렸다.

이동호는 벌써 선희엄마가 결혼식 다녀오나, 하며 반가운 마음에 고개를 빼고 현관쪽을 쳐다봤다.

큰아들이 들어오고 큰며느리가 따라 들어오고, 둘째 아들이 들어오고 둘째 며느리가 따라 들어오고, 셋째 아들이 들어오고 셋째 며느리도 따라 들어섰다. 거실에 장정들로 가득 찼다. 아들들은 소파에 찡겨 앉고 며느리들은 식탁의자에 걸터앉았다.

이동호는 이놈들이 무슨 일로 떼로 몰려왔나, 하며 아이들을 둘러봤다.

"아버지 집에 누구를 들였다면서요?"

큰아들이 말문을 열었다.

"응, 집은 크고 혼자 살기에 적조하여 문간방 세놨다."

이동호가 건조한 목소리로 말했다.

"세든 사람이 장사하는 젊은 여자라던데."

둘째 아들이 거들었다.

"그래 우리 상가에서 장사하는 아줌마다."

이동호가 당당하게 말했다.

"아버지 그렇게 젊은 여자 데려 놓고 혹시 그 여자랑 새장가 가실 생각이세요?"

막내아들이 지놈들이 걱정하는 주제를 꺼냈다.

"새장가를 가다니?"

이동호는 세를 든 젊은 여인의 육체를 안고 싶은 욕망이 일기는 했었으나, 그녀와 결혼을 한다는 생각은 해 본 적이 없었다.

이동호는 문득 선희엄마와 결혼, 하고 생각하다가, 그녀와 내가 결혼하면 너희보다 더 젊은 새 엄마를 갖게 되나? 몇 푼 되지 않는 이 집 상속 때문에, 하고 짜증이 났다.

세 자식 놈들은 절대 젊은 여자와 재혼은 안 된다고 못을 박고 모처럼 만에 찾아와서 아버지에게 용돈 한 푼도 안 주고 우르르 현관문을 나갔다.

이동호는 자식 놈들로 가득했던 거실이 텅 비자, 후 한숨을 몰아쉬며 또 혼자 남았어, 하고 한숨을 내쉬다가 자식 놈들 놀라자빠지게 선희엄마랑 확 결혼해 버려, 하다가, 선희엄마가 이 늙은이랑 결혼해 준대, 하며 이 나이에 무슨 오기, 하며 허허 웃었다. 웃음 뒤끝이 쓸쓸했다.

이동호는 소파에 앉아서 결혼식에 갔다가 돌아온 선희엄마가 저녁준비를 하는 것을 쳐다보며, 저 여자와 결혼을 확 해 버려, 했다. 그 생각이 선희엄마를 보는 눈을 어색하게 했다.

7.

이동호는 상가 2층 이발소에서 이발을 하고 내려오며 문득 커피가 생각났다. 이동호는 지하 커피점으로 내려갔다. 커피점의 문이 닫혀 있었다. 이동호는 지하상가에 있는 누구에게, 선희엄마의 행적을 물을 처지가 아니어서 지상으로 올라와서 집으로 가며, 선희엄마가 아침에 아무 말도 없이 나갔는데, 어디 갔을까, 하고 혼자 궁금해 하며, 그녀가 행적을 미리 알려주지 않은 것이 섭섭했다. 하지만 그녀가 어디 간다고 나한테 보고할 의무는 없지, 그런 관계도 아니고, 하며 섭섭한 마음을 달랬다.

저녁을 지을 시간이 넘도록 선희엄마는 아무런 연락도 없이 집에 오지 않았다. 선희도 엄마가 어디 갔는지 몰랐다. 이동호와 선희는 7시가 넘도록 선희엄마를 기다리다가 상가 중국집에 가서 선희는 짜장면을, 이동호는 볶음밥을 사먹었다.

저녁 아홉시 뉴스가 끝나고 이동호가 10시가 넘어 잠자리에 들려고 할 때 선희엄마가 현관에 들어섰다.

"사촌 형부가 돌아가셔서 안산에 있는 상가에 다녀왔어요."

선희엄마가 신발을 벗으며 말했다. 이동호의 눈에 평소와 달리 빨갛게 칠한 그녀의 새빨간 입술이 보였다.

이동호는 그녀의 새빨간 입술에서 색정적인 유혹을 받으며, 상가에 간 사람이 뭐 저렇게 진하게 입술을 칠했어, 안산까지 다녀오는데 뭐 그리 시간이 많이 걸려, 문상 가면 미리 문자라도 주었으면 기다리지 않지, 하며 그의 방으로 들어갔다.

이동호는 침대에 누워서도 그녀의 새빨간 입술이 떠올라 색정이 일고 그녀가 미리 그녀의 행방을 알려주지 않은 것이 섭섭하여 북북거리다가, 에이 점잖지 못하게, 하고 자신을 나무라며 잠을 청했다.

며칠 후 이동호는 상가 2층에 있는 우체국에서 편지를 부치고, 커피나 한 잔 마실까, 하고 지하 커피점으로 내려갔다.

선희엄마가 40대의 남자와 마주 보고 앉아서 깨가 쏟아지게 대화를 나누고 있었다. 40대의 남자는 상가에 있는 안경점 남자였다. 이동호가 두어 번 들러 안경을 맞춰 얼굴을 알고 있다. 이동호는 선희엄마가 안경점 남자와 다정하게 이야기를 나누는 것을 보고 팍 화가 났다. 질투가 났다.

이동호는 왜 내가 질투를 하지, 하며 얼른 지하상가에서 도망쳐서 1층으로 올라왔다. 그는 불쾌한 감정을 털어내지 못하고 그의 집으로 가며, 이 나이에 무슨 일탈, 하며 자신을 꾸짖었다.

8.

이동호는 선희엄마가 차려준 저녁을 먹고, 소파에 앉아 티브이를 보며 아무래도 선희엄마의 표정이 어색한 것 같아 무슨 일일까, 하며 혼자 궁금해 했다.

"커피 한 잔 타 올릴까요?"

설거지를 마친 선희엄마가 앞치마에 손의 물기를 닦으며 말했다.

이동호는 고개를 크게 끄덕였다.

"무슨 할 말 있지?"

이동호는 선희엄마가 타준 커피를 음미하며, 식탁 의자에 마주보고 앉는 선희엄마를 건너다보며 물었다.

"네 별것은 아니고, 오늘 점심 때 둘째 아드님이 저희 커피점에 오셨어요."

선희엄마가 조심스럽게 밀을 꺼냈다.

그 소리를 들은 이동호는 아들놈이 선희엄마에게 무슨 못할 말을 했지, 하며 가슴이 덜컥 내려앉았다.

"그래 무슨 말을 했어?"

"얼마에 세 살고 있냐고 묻고, 딴 뜻은 없지요, 했어요."

이동호는 고개를 주억거리며, 선희엄마에게 솔직히 자식들이 걱정하는 것을 이야기해 주는 것이 났다고 생각하며 말을 했다.

"좀 이상하게 들릴지 모르지만, 자식 놈들이 젊은 여자와 결혼이라도 하고 이 집을 물려줄까, 하고 감시를 하는 것 같아."

"젊은 여자랑? 그럼 저랑 아버님이 결혼을 한다고요?"

선희엄마가 화들짝 놀라는 반응을 했다.

이동호는 선희엄마가 그와의 결혼이라는 말에 너무 강하게 반발하자, 우리 결혼 못할 사이도 아닌데, 하고 생각하며 그녀의 반응이 진하게 섭섭했다.

"그런 아들놈들 생각 걱정 말고 편히 살아. 그럼 나 방에 들어가서 이메일 좀 확인할 테니 마음 편하게 연속극 봐."

이동호가 소파에서 일어서서 안방을 들어갔다. 선희엄마가 공손히 이동호의 뒤통수에 대고 목례를 보냈다.

이동호는 안방에 들어가서 컴퓨터를 킬 마음이 나지 않아 침대에 펄썩 누웠다.

선희엄마를 집에 들어와서 살라고 한 것은 젊은 여자가 힘들게 사는 것이 불쌍하고 나도 혼자 살기가 너무 적적해서였는데….

집안에 사람이 사니 훈기가 나서 좋기는 한데, 젊은 여자와 한 집에 살다 보니, 혼자 살 때보다 옆구리가 더 시렸다. 술이라도 한 잔 먹고 오면 그녀를 안고 싶은 욕망을 다스리느라 힘이 들고, 아이들에게 걱정을 안겨주고, 그녀에게도 결국 부담을 주는구나…. 참 살아가는 것이 마음먹은 대로 안 되네…, 어느 날이나 모든 것을 다 털어내고 자유로운 삶을 살까?

이동호는 인생살이에 공짜는 없네, 하나를 얻으면 하나를 잃는구나, 하며 천장을 빤히 올려다보며 살처럼 흘러가는 삶을 생각했다.

위험한 동거가 이어지는 동안 이동호의 아들놈들이 교대로 아버지를 방문하여, 아버지에게 이상한 낌새가 없나, 확인하고, 지하 커피점에 들러, 선희엄마에게 자신들이 이동호의 아들이라고 알리고, 딴마음을 먹지 말라고 주제 넘는 압력을 넣으며 선희엄마를 힘들게 했다. 선희엄마는 이동호에게 아들들이 다녀간 사실을 말하지 않았다. 그렇게 반년이 흘러갔다. 이동호는 자신이 여색에 얼마나 담담한가, 육체의 유혹을 얼마나 견딜 수 있는가, 자신의 수양 정도를 실험하며 나날을 보냈다. 그 과정은 고통이기도 했고, 짜릿한 승리의 쾌감도 있었다.

가을. 가로수의 낙엽이 다 떨어져서 나무들이 완전히 옷을 벗고 추위에 떨 때, 밤만 되면 홀로 사는 노인의 옆구리가 더 시려지는 때, 어느 날 저녁 선희엄마가 저녁으로 생선회를 준비하고, 소주도 한 잔 올리며 정성으로 이동호를 받들어, 그를 가볍게 감격하게 했다.

"아버님. 저 이번 주말에 집을 나갈까 해요."

선희엄마가 조심스럽게 말을 꺼냈다.

"나가다니? 이사 간다는 말이야?"

가볍게 술에 취한 이동호가 목소리를 높이며 물었다.

"저 시집가기로 했어요. 제가 이 집에 살면 아버님 공연히 아드님들한테 의심 받고 힘드실 것 같았어요. 그런데 커피점 해서는 먹고 살기도 바쁜데 집을 얻어나갈 수가 도저히 없어서 고민했었는데, 마침 저를 좋아한다는 홀아비가 나서서 재가하기로 했어요. 집도 있고, 하니 이번 주말에 먼저 이사 들어가고 다음 주 신혼여행 가기로 했어요."

"결혼식은?"

"둘 다 재혼인데, 돈 들여 식 올리지 말고 바로 호적에 신고만 하고 합치고, 여행하기로 했어요."

"그래? 잘 했네, 신랑은 누구야? 어디로 신혼 여행가기로 했어?"

"상가에 안경점하는 아저씨에요. 아버님도 아실 것 같은데. 제주도로 가기로 했어요, 저 비행기 한 번도 안 타 봤거든요."

이동호는 축하해, 하면서도, 꼭 손안에 있던 참새가 날아가는 기분이었다.

이동호는 또 혼자 살아야 하나, 인생은 결국 혼자 가는 거잖아, 하며 긴 한숨을 내쉬었다.

저세상 어디로 가야지?

I.

나는 70년 동안 나를 가두고 싣고 다녔던 암 덩어리가 몸 여기저기를 점령하여 진한 마약으로도 통증이 가시지 않았던 현세의 부산물, 몸에서 빠져 나왔다. 빠져 나오자마자 바로 씻은 듯이 아픔이 사라졌다.

내가 내 육신을 빠져 나오면서 보니, 심전도의 지그재그 곡선이 직, 一, 일직선으로 바뀌며 한 줄로 진한 직선을 그었다.

40년을 한 이불을 덮고 살아온 마누라가 계기를 올려다보다가 옆에 앉은 딸에게 빨리 의사를 부르라고 고함쳤다.

나는 바로 병실을 떠나지 못하고 천장을 짚고 내가 누웠던 침상을 내려다보았다. 의사와 간호사가 달려오고, 의사가 내 육신의 눈까풀을 뒤집어 보고, 코에 손을 대보고, 가슴에 청진기를 대더니 잔잔한 목소리로 17시 25분 운명하셨습니다, 하고 선포했다.

나는 3분 전에 육신에서 빠져 나왔는데, 의사는 내가 죽은 시간을 3분

늦춰서 공식화했다. 마누라와 딸이 통곡하고, 의사와 간호사는 잘못한 것도 없이 미안한 표정을 지으며 병실을 나갔다. 하기야 의사는 폐암 3기라고 하며 수술을 했고, 열 번도 넘게 항암치료를 받게 하며, 마누라와 자식들에게 물려줄 내가 애써 모아놓은 돈 중 상당부분을 의료비로 빼앗아가고, 치료한다고 나를 지독히 힘들게 하고, 반년도 못 살리고 죽게 했으니 미안하기는 할 거다.

나는 거짓말같이 통증이 가셔 희한해 하며, 가족들이 애통해 하는 모습을 내려다보며, 이미 내가 죽는 것은 기정사실이었고, 오늘이냐 내일이냐, 임종 시간만 세고 있었는데, 통곡은 무슨 통곡, 하며 꼭 쇼 같아 보이는 슬픈 장면을 연출해야 해, 하며 그들의 애통해 하는 모습에 별로 감동을 받지 못했다.

내 육신에서 벗어나서 돌아다녀 본 적이 없는 나는 병실을 떠나지 못하고 어물거렸다. 그렇게 한 시간 쯤 무료하게 병실 허공을 어슬렁거리고 있을 때 아들 녀석이 허겁지겁 병실로 들어오더니, 아버님 임종도 못한 불효 녀석을 용서하십시오, 하고 남자답지 못하게 통곡하며 슬픈 척했다.

나는 아들이 내 현세의 부산물을 부둥켜안고 통곡하는 것을 보며, 지금 저 침대에 누워있는 현세의 부산물인 시체가 현재명이라는 이름으로 불리던 나인지, 허공에 떠있는 사람들이 영혼이라고 부르는 내가 나인지 헷갈렸다. 나는 저 시체에게 현재명이라는 내 이름을 빼앗겨서 이름이 없다. 나는 그림자도 없다. 무명(無名), 무영(無影)인데, 그럼 내 영혼의 새 이름을 무명영이라 할까? 명영은 발음하기 어려우니 무영명이라 하자.

그때 네 바퀴가 달린 수레를 밀고 흰 가운을 입은 두 사람이 들어와서 내 전신을 흰 헝겊으로 덮고, 뼈만 앙상하여 40㎏도 안 나가는 내 육신을 달랑 들어 수레에 싣고 병실을 나갔다. 가족들이 울며 수레를 따라갔다. 나도 허공에서 그 뒤를 따라갔다. 엘리베이터를 타고 지하로 내려가 냉동실이라는 간판이 붙은 방으로 들어가서, 육중한 문을 열고 가로 60㎝, 세로 40㎝도 안 되는 좁은 공간에 내 육신을 밀어 넣고 문을 쾅 닫았다.

냉방 칸 문에 현재명이라는 이름표를 붙였다. 내가 빠져 나간 내 육신이 부패하지 않도록 냉동 칸에 집어넣은 모양이다. 현세의 부산물에서 빠져나온 나는 그 좁은 상자 안이 아주 추울 것이라고 생각됐지만, 나, 무영명은 전혀 추운지 몰랐다.

가족들이 계단을 걸어서 1층으로 올라가서 장례식장 사무실로 들어갔다. 어디로 가야 하는지 모르는 나도 허공을 날아 가족들을 따라서 사무실에 들어섰다.

장례식장은 큰 칸은 얼마, 작은 칸은 얼마인데 어느 칸으로 하실 건가? 수의로 삼베, 한산 모시, 안동 명주 등을 열거하며 값을 죽 말하며, 무엇으로 하실 건지 물었다. 나는 땅속에 묻던지 화장을 할 건데 비싼 것을 하지 말라고 권하고 싶었으나, 내 목소리가 그들에게 들릴 것 같지 않아 그냥 보고만 있었다.

나는 내 장례식장을 201호로 정한다는 말을 듣고 사무실을 나와 장례식장 건물을 벗어났다.

장례식장을 빠져 나오자 무영명은 스르르 하늘로 날아올랐다. 막힘없이 한없이 위로 올라갔다. 지상에서 만 미터, 비행기가 운항할 때 고도만큼 오른 것 같다. 지상 만 미터 상공이면 밖의 온도가 섭씨 영하 40도는 될 거고, 공기도 퍽 희소할 텐데 나는 춥지도 않고 숨도 가쁘지 않다.

나를 담고 다녔던 육신에서 빠져 나오니 주위 환경으로부터 완전 자유다. 나는 그렇게 마냥 올라가다가 성층권을 벗어나고 지구 중력권을 벗어나면 다시 지구에 진입할 때 어려울지도 몰라 그만 땅으로 내려가자고 생각했다. 내 생각만으로 내가 스르륵 땅쪽으로 내려갔다.

나는 내 생각만으로 자유자재로 이곳저곳을 다닐 수 있다는 사실을 알고 나는 크게 고무되어 올림픽대교 횃불 장식 위에도 올라가 보고, 남산타워 안테나에 앉아 서울 시내를 내려다보고, 청와대 뒤뜰을 거닐기도 했다. 나는 내가 쏘다니는 모습이 마치 눈 오는 날 개가 눈밭을 신나게 뛰노는 모습 같아, 이 무슨 치기, 하며 싱긋 웃었다.

나는 내 장례식장을 가봤다. 현재명 시절에 내가 설악산 대청봉을 정복하고 환하게 웃는 모습을 찍은 사진을 국화꽃 가운데 영정으로 모셔놨다. 나는 그 영정을 아들이 선택했는지 마누라가 선택했는지는 모르지만 참 잘 선택했다고 생각했다.

초등학교 때 동창인 순자가 검정색 저고리를 입고 와서 국화꽃을 영정 앞에 공손히 놓고 향불을 피우고 두 손을 모으고 기도했다. 내가 소년일 때 그녀는 우리 반 여학생 중 제일 예뻐 남학생들의 선망의 대상이었었는데, 이제 홀로 할머니가 되어 내 장례식장에서 웃고 있는 내 영정을 쳐다보며, 옛 추억에 잠기다가 내 아들 딸과 목례를 나누며, 아빠 초등학교 동창이야, 하고 자기를 소개했다.

아들이 고마워하는 시선으로 인사를 하고, 순자를 접객실로 깍듯이 안내했다. 나는 순자가 내 상가를 찾아온 것에 살짝 기분이 좋아졌다. 짝사랑까지는 아니었지만 어린 마음에 나는 가끔씩 그녀를 좋아했었다. 아들이 예의 바르게 내 몇 십 년 친구를 모시는 것을 보고 흐뭇했다.

접객실에는 초등학교, 고등학교, 대학교 동창, 옛 직장 동료들이 끼리끼리 모여 앉아서 소주나 음료수를 마시며 인생이 어쩌고, 죽는다는 의미가 어떻고 하며 떠들고 있었다. 나는 인생은 돈 따러 왔다가 딴 돈 다 놓고 가는 노름판이다, 하고 설파해 주고 싶었다.

죽는다는 것은 탐진치를 벗고 안식처에 드는 과정이요, 색즉시공이요 공즉시색이라고 설파하고 싶었다. 그러나 그들은 내 말을 못 알아듣지 못한다.

접객실에서 벗어나서 복도를 보니, 고등학교, 대학교, 옛 직장에서 검정색 조기를 보내 상청 입구에 진열해 놨다. 조화도 열댓 개 진열되어있다. 어느 놈이 조화를 보냈나, 힐끗 조화에 달린 리본을 훑어보고, 그래도 조화가 열댓 개 들어온 걸 보니 그런대로 잘 살았었네, 하고 나를 위로하고 장례식장에서 나왔다.

막상 장례식장을 나오니 마음은 더 없이 한가한데, 오라는 데가 없다. 마땅히 갈 데도 없다. 내가 직장을 그만 두고 다음날 습관처럼 아침을 먹고 집을 나섰다가 갈 데가 없어 여기저기 헤맸던 때와 같다.

죽을 때가 되면 촛불을 든 저승사자가 나타나서 죽은 자를 명계로 데려가는 것을 영화에서 봤는데, 내 앞에 저승사자가 나타나지 않았다. 하나님 우편에 앉으신 예수님의 심판을 받아야 하는지 모르는데, 천사 쪽에서도 아무런 연락이 없다.

나는 장례식장 근처에서 얼쩡거리기도 그래서 평생 가 보고 싶었던 곳 구경이나 할까, 하며 하늘로 핑 날아올라 서쪽으로 날아갔다.

그래, 산악인의 꿈이라는 에베레스트 14좌를 올라 볼까?

나는 건강관리를 위하여 퇴직 후에 일주일에 3일은 산을 올랐다. 그러나 에베레스트는 가기에 너무 멀고, 돈도 많이 들고, 내 나이에 너무 높은 산이라 가볼 생각도 못했다.

나는 해발 8,848m로 세상에서 제일 높다는 에베레스트 정상에 사뿐섰다. 산소가 희박할 텐데, 산소마스크를 쓰지 않아도 숨이 가쁘지 않고, 섭씨 영하 40도는 될 텐데 추운지도 모르겠다. 나는 세계 최고봉 정상에 우뚝 서서 운해로 휩싸여 봉우리만 허공에 덜렁 모습을 드러낸 최고봉

들을 죽 돌아보며, 어느 봉우리가 안나푸르나고, 어느 봉이 K-2지 했다. 나는 등산 전문가가 아니라 14좌 봉우리들의 이름을 다 모른다.

단지 언젠가 오은선 여자 등반가가 여성 최초로 히말라야 산맥 해발 8,000m가 넘는 14좌를 정복했다는 기사가 떠올라서 주위에 둘러 서 있는 봉우리들이 14좌겠지, 하고 유추했다. 어깨 높이로 보이는 어떤 봉우리는 파도가 넘실대는 것 같고, 어떤 봉우리는 우락부락하고, 어떤 봉우리는 날카롭게 보였다. 흰 눈에 뒤덮인 풍경이 고결하고 거룩하게도 보이고, 슬프게도 보였다.

나는 세계 최고봉에서 맨눈으로 어깨 아래로 늘어선 까마득히 보이는 14좌를 둘러보며, 산악인들이 이 산을 오르려고 그렇게 목숨을 걸었나, 했다. 이 14좌중에 한 봉우리라도 대한민국의 태백산맥에 턱 버티고 섰으면, 그 주위에서 단연 우뚝 솟아, 겨우 5,000m급 높이로도 이름을 날리는 맥킨리봉, 킬리만자로봉보다 더 이름을 날릴 텐데, 이곳 14좌는 그만 높이가 비슷한 군봉 속에 끼어 있다 보니 에베레스트와 등산가를 많이 죽인 험한 몇 봉을 제외하곤 이름도 잘 알려져 있지 않다.

그럼 나는 어떻게 살았지? 그냥 동네 뒷산 봉우리 정도의 높이로 살았나? 그럼 어때? 그래도 아들 딸 다 대학 보내고 장가 시집 보내고, 그리고 70 정도 살았으니 천수를 누리고 암에 걸려 고생은 했지만, 이제 그 고통 속에서 빠져 나왔잖아. 그만하면 됐지, 꼭 세상을 에베레스트 산처럼 살아야 해?

나는 왜 등산가들이 이 산을 오르려고 목숨을 거나, 하며 히말라야를 뒤로 하고 아프리카 야생동물이 뛰노는 초원을 구경하려 인도를 가로질러 아프리카로 날아갔다.

나는 케냐 세렝게티국립공원 분지 위에 도착했다. 아래를 내려다보니 물웅덩이 가장자리에 사자 여러 마리가 즐비하게 누워 있는 것이 보였다. 갈기가 위엄 있게 안면을 감싼 수사자가 누워 있는 주위로 암사자들과 새끼 사자들이 누워 있다. 사파리 트럭을 탄 관광객들이 50m쯤 떨어져서 흙길 위에 사파리 차를 빙 둘러 세워놓고 사진 찍기에 여념이 없다. 사자들은 사파리 차를 전혀 의식하지 않고 유유자적이다.

사자들이 누워 있는 물웅덩이에서 100m쯤 거리의 초원에 사슴들이 바로 근처에서 자신을 잡아먹을지도 모르는 사자가 쉬고 있는지도 모르는지 한가하게 풀을 뜯고 있다. 그 옆으로 수천 마리 누가 떼를 지어 행군을 하고 있다. 그 너머 물웅덩이에는 하마 떼들이 물장구를 치며 놀고 있다. 얼룩말들은 고개를 들고 멀건 눈으로 하마들이 코로 물을 내뿜는 광경을 정말 여유롭게 쳐다보고 있다. 어디엔가 표범도 있겠지. 이곳 분지에는 서로 먹고 먹히는 먹이사슬이 잘 균형을 유지하며 살아가고 있다.

우리 인간들도 강약의 우위를 내려놓고, 저렇게 평화롭게 살면 좋을 텐데, 왜 그렇게 서로 못 잡아먹어서 테러를 하고 난리일까? 사람들이 만든 신의 이름을 빌려 싸우며, 왜 그렇게 잔인하게도 동종의 사람을 죽일까?

30~40m 고원 언덕 위로 코끼리 떼가 느릿하게 걸어가는 것이 보였다. 나는 동물 세계가 서로 균형을 이루며 평화롭게 살아가는 광경을 부러운 눈으로 한참을 둘러보다가, 세계 3대 폭포라는 빅토리아폭포나 보자며 남쪽으로 날아갔다.

빅토리아폭포의 물줄기가 떨어지는 소리가 정말 웅장하여 멀리서도 들렸다. 폭포에 다가가니 사방으로 흩날리는 물보라가 대단했다. 나는 관광객의 안전을 위해 쳐놓은 철책을 두 손으로 잡고 끝 모를 심연으로 떨어지는 안개에 휘둘리는 거대한 물줄기를 내려다보았다. 밑은 보이지 않고 물보라가 온통 튀어 나를 적셨으나 젖는 기분은 들지 않았다.

끝이 보이지 않는 안개에 싸인 폭포수 아래를 내려다보다가 문득 저 밑에 떨어지면 가루도 안 남겠네, 하며 무서움증이 일어 두어 걸음 뒤로 물러났다가, 이미 죽은 몸, 뭐가 무서워, 하며 나의 소심함에 미소를 보냈다. 이런 비경을 살아생전에 와서 봤어야 했는데, 겨우 제주도에 있는 삼방폭포나 보고 감탄했던 내가 좀 불쌍했다.

이왕 빅토리아폭포를 봤으니 이구아수폭포도 볼까, 하며 나는 남미로 날아갔다. 관광객들이 사진을 찍고 폭포를 잘 볼 수 있도록 폭포수 아래 강줄기를 가로질러 죽 나무로 관관용 다리를 건설해 놨다. 다리 중간 중간에 사진을 찍을 수 있도록 넓게 광장을 만들어 놨다. 나는 여러 나라에서 온 관광객들 틈에 끼었다. 한국말을 하는 관광객들도 있었다, 폭포의 장관을 올려다보며 세상은 정말 크고 넓다고 생각했다.

천왕성폭포, 천지연폭포 등만 보아오던 내가 토론토에 출장 갔다가 짬을 내어 들러서 본 나이아가라폭포는 정말 장관이었다. 그런데 나이아가라폭포는 이구아수폭포나 빅토리아폭포에 비하면 어린 아이 장난감 같다. 천지연폭포만 본 사람은 천지연폭포가 세상에서 제일 거창한 폭포라고 믿을 거고, 나이아가라까지 본 사람은 인식을 바꿔 나이아가라폭포가 세상에서 제일 큰 폭포라고 여길 거다.

그런데 세상에는 이구아수폭포나 빅토리아폭포같이 정말 거창한 폭포가 있다. 우리 인식의 한계는 자기가 경험한 것을 벗어날 수 없겠지. 그러니 내가 인식하고 살아온 세계는 내 경험을 크게 벗어나지 못할 거다.

나는 멍청히 폭포를 마주하고 서서, 내 옹졸했던 생을 뒤돌아보며, 나이아가라폭포만 본 사람이 그 폭포가 세상에서 제일 큰 폭포라고 알고,

그 폭포를 처음 봤던 감격을 안고 살다가 죽는 것이 뭐 나쁠 것 있어, 하며 나에게 항의했다.

나는 코르코바도 언덕에 위치한 세계 7대 불가사의라고 하는 예수상의 머리 위로 달랑 올라가 앉았다. 밤하늘에는 별들이 반짝였다.

이 머리 밑에 150명의 신자가 예배를 볼 수 있는 예배당이 들어있다고? 교회당이 뭐 다르겠어, 하며 나는 교회당에 들어가는 것은 그만 두었다.

나는 눈 아래 전기 불빛에 반짝이는 리우데자네이루 시가를 내려다보며 저 도시가 세계 3대 미항이야, 살아생전에는 못 와보고 죽어서 와서 오밤중에 내려다보네, 했다. 밤에 보는 세계 3대 미항이라는 리우데자네이루의 야경은 서울 남산에서 내려다보는 서울 야경보다 더 화려하지는 않았다.

나는 눈을 들어 하늘을 올려다보며, 이름으로 자주 듣던 남십자성을 찾았다.

별자리에 조예가 없는 나는 어느 별자리가 남십자성 자리인지 쉽게 찾지 못했다. 한참을 정말 별이 쏟아지는 하늘을 올려다보다가 큰 별 네 개가 좌우상하로 열십자 모양으로 펼쳐진 별자리를 찾고 저 별자리가 남십자성인가 했다. 저 두 별 거리의 4.5배 떨어진 곳이 남극 하늘이라고?

노르웨이의 아문센과 영국의 스콧이 처음 남극 대륙을 탐험하는 경쟁을 하다가 한 달 차이로 아문센이 이겼다는 교과서에서 배웠던 사실이 떠올랐다.

남극 가면 금이 나오는 것도 아니고 은이 나오는 것도 아닌데, 뭐 할 일이 없어 그렇게 죽기 살기로 가지?

얼마 전 뉴스에서 들었던 기사가 떠올랐다. 영국의 어떤 탐험가가, 이름은 모른다, 혼자 아무 도움도 없이 남극탐험을 나서 1,500㎞를 이동하고는 남극점에서 겨우 50㎞ 남기고 탈진하여 구원을 요청했고, 병원에 후송했으나 끝내 사망했다고 했다. 개썰매라도 타고 가지? 헬리콥터를 타고 가면 바로 갈 수 있는데, 무엇을 위하여 그런 무모한 도전을 하지?

나는 평생 한 번도 그런 엄청난 도전을 해 본 적이 없다. 도전할 생각도 해 본 적이 없다. 그냥 정말 평범하게 살았다. 농촌에서 태어나 가난한 농부의 아들로 시골 초등학교를 다니고, 공부가 별로여서 대처로 나가지 못하고 시골에 있는 중학교를 졸업했다. 고등학교도 시골에 있는 고등학교를 나오고, 서울 근처 대학은 꿈도 꾸지 못하고, 지방에 있는 국립대학도 엄두를 못 내고, 입학정원 채우기에 급급한 사립대학에 들어갔다.

다행히 이공계, 전기공학을 전공하여 엄마 사촌이 운영하는 공장에 전기 기술자로 취직했다. 그곳에서도 별로 두각을 나타내지 못하고 그냥 성실한 기술자로 과장까지 진급하고 퇴직했다. 다행히 부모님이 잘생긴 외모를 주셔서 은행원과 연애를 하고, 처갓집 반대를 극복하고 그녀와 결혼하고 아들 딸 낳고 살았다.

그녀는 나보다 월급이 많았으며, 그녀는 지점장까지 하고 퇴직했다. 그녀는 재테크 재주가 있어 지금 사는 집도, 매달 국장급 공무원 연금만큼 월세가 나오는 상가도 그녀가 마련했다. 그래서 노후를 별 걱정 없이 편안하게 살았다.

60대 후반 건강보험공단에서 검진을 받으라고 해서 검진을 받고, 재검을 하라고 해서 재검을 받고, 폐암 판정을 받고 수술을 하고, 수술이 잘 됐다는 의사의 말에 안도하다가, 의사가 시키는 대로 항암치료를 받았으나, 의사가 암이 재발하여 몸 여기 저기 암이 전이됐다는 청천벽력 같은 진단을 받고 암과 싸우다가 70을 갓 넘기고 암 덩어리인 몸에서 나는 빠져 나왔다.

이제 통증도 없고, 목마름도 없고, 허기짐도 없이 세상 여기저기를 다니며 유유자적한다. 이제 저승세계에 가야 할 텐데, 불교에서 말하는 윤회의 길에 접어든다면, 내가 살아온 전생에 별 좋은 일은 안 했지만, 나쁜 일도 안 했으니 다시 사람으로 태어날까?

그럼 또 초등학교도 다니고, 중학교, 대학교를 다니며 숙제에 시험지옥에서 헤매야 하나? 내가 성년이 되는 2040년 이후에는 많은 평범한 일자리를 인공지능을 가진 로봇과 컴퓨터에 빼앗기고 창조적인 일자리만 인간 몫이라는데, 나같이 머리가 별로인 인간은 결국 취직도 못하고 실업자로 빌빌대며, 정부가 주는 실업수당이나 받아먹고 살 거면, 인생이 퍽 비참할 거다.

그렇다고 금수로 다시 태어나면, 그것도 별로이고…. 그냥 다시 태어나지 않고 여기 다니며 종말을 맞으면….

예수교에서 말하는 하나님 오른편에 앉은 예수의 심판을 받으면, 나는 예수를 안 믿었으니, 천당은 보낼 리가 없고, 지옥에 보낼 텐데. 그럼 불가마 속으로 던질 건가? 불가마 속에서 얼마나 고행을 해야 그곳을 벗어날 수가 있을까?

지옥에 가는 것도 별로이다.

다음 내가 갈 곳은 어디지?

그건 뒤에 생각하고, 아니 닥치는 대로 당하고 그냥 살아생전 못 본 데가 구경 가자. 시리아 내전으로 여행금지 구역이라 갈 생각도 못했던, 실크로드 종착지, 나라 전체가 박물관이라는 메소포타미아 문명의 중심지 시리아나 가 볼까?

아니, 내가 몸을 빠져 나온 지 이틀은 된 것 같은데, 내 자식들이 내 육신을 어떻게 처리했나 가 볼까? 땅속에 묻기로 했을까, 불가마에 태우기로 했을까?

2.

나는 내가 가 보고 싶었던 다른 명소를 다음에 보기로 하고 내 몸이 냉동고에 누워 있는 병원으로 갔다. 영안실 201호로 날아가 보니 내 영정은 치워지고 할머니 영정 주위에 국화꽃을 장식하며 새로운 손님을 맞을 준비를 하고 있었다.

나는 내 아들딸들이 내 몸을 묻는 것보다 화장을 택했을 것 같아 원지동 추모공원으로 날아갔다.

원지동 추모공원을 둘러싼 야산을 수놓은 진달래 꽃 장식이 보기에 좋았다. 나는 청계산을 갈 때마다 추모공원 건립을 결사반대하는 플래카드가 나부끼던 광경을 떠올리며, 이렇게 깨끗한 시설이 들어서는데, 왜 그렇게 반대했을까, 하며 건물 안으로 날아들어 갔다. 커피숍에 검정색 옷을 입고 검정 넥타이를 맨 남자들, 검정색 계통의 옷을 입은 여자들이 가득 앉아서 비싼 커피를 마시며 침통한 표정으로 앉아있다. 저들은 정말 슬퍼서 저렇게 슬퍼하는 걸까, 아님 그냥 슬픈 척하는 걸까, 좀 엉뚱한 생각을 하며 공중에 매달린 스크린을 봤다.

9번 화장실에 전세의 내 이름, 현재명이 떠있고, 화장중이란 글씨가 보였다.

나는 아, 내 몸이 천 몇 백도의 열 속에 분해되는구나, 하며 9호실 휴게실로 갔다. 마누라는 창밖을 내다보고 있고, 아들은 바닥을 내려다보고 있고, 딸은 이모랑 무슨 말인가 주고받고 있다. 초등학교 동창 놈 셋이 침통한 표정으로 천장을 쳐다보고 있다.

그 친구들은 나랑 60여 년을 알고 지냈다. 참 같이 술도 많이 마셨다. 서로 인생 상담을 주고받으며 우정을 나눴다. 녀석들도 지금 저승 가는 번호표를 받아들고 차례를 기다리고 있다.

나는 그들의 무거운 표정에 내 맘도 무거워지는 것 같아, 화장장 앞으로 갔다. 철문이 닫혀 불꽃이 보이지 않았다. 나는 스크린에 보이는 현재 명 화장중이라는 안내를 보며, 평생 나를 담고 다녔던 몸속의 원소들이 강한 열에 산소, 수소, 질소, 탄소 등 원소로 분리되어 대기로 날아가고, 저 화장장에는 인, 칠, 등 휘발성이 없는 원소만 남겠구나, 했다. 나는 허공을 물끄러미 바라보며 저 허공 속에 내 몸을 담았던 원소도 섞여 있겠네, 하다가 결국 날아갈 원소는 다 날아가고 남은 찌꺼기만 납골함에 담아 납골당에 모셔지겠지, 했다.

나는 몇 십 년을 같이 살아온 마누라를 위로할 능력도 없어, 공연히 그들이 우는 광경을 보고 우울해 할 것이 아니라, 시리아나 보러 가지며 추모공원을 떠났다.

나는 정신없이 시공을 초월하여 세상을 쏘다니다가 가족들이 어떻게 지내고 있나 궁금하여 집에 돌아왔다.

가족들은 내 혼백의 평안을 빌기 위해 초우, 재우, 삼우 등 35재를 마치고, 77재를 드리고 있었다. 슬픔이 많이 가신 표정들이었고, 곧 49재를 지내면 망자를 위한 기도가 끝나고 내 유족들은 이제 내가 중유상태를 벗어나서 좋은 세상에 다시 태어났다고 믿고 나를 잊어갈 것처럼 보였다.

가족 중 평생 한 이불을 덮고 잔 나랑 같은 처지가 될 날이 며칠 남지 않은 마누라를 제외하곤 아들딸들은 벌써 나를 잊고 자기 생활에 충실하고 있었다. 나는 아들딸의 의연한(?) 생활 자세를 보며, 한 편으로는 아쉽고, 한 편으로는 대견하게 느껴졌다.

나는 이제 그만 구천을 헤매고, 내가 정착할 곳으로 가야 하는데 어디로 가야 하는지 알 수가 없었다. 전 세계를 누비며 다녀도 어디에도 저승으로 가는 안내 표지판이 보이지 않았다.

염라대왕의 부하 저승사자가 나를 데리러 온 적도 없고, 하나님 오른편에 앉아서 우리를 심판하실 예수께로 가는 길을 안내하는 천사도 보이지 않고, 어떤 이정표도 보이지 않았다. 하기야 나는 예수도 석가도 믿지 않았으니, 예수께 가는 하늘 길을 안내하는 천사가 올 리도 없고, 염라대왕이 사자를 보내 나를 데려가지 않을 것이다.

그럼 어떻게 해야 한다? 이제 절이나 예배당에 나갈 수도 없고, 나가봐야 스님이나 목사가 내가 절이나 교회에 온 것을 모를 테고, 나를 불교신자 기독교신자로 만들어 줄 수가 없을 거다. 그러면 예수의 심판이나 염라대왕의 심판을 받을 수가 없다. 그럼 어떻게 명계로 들어가지? 명계에 들어가려면 꼭 그렇게 심판을 받아야 하나?

그렇다고 이렇게 한없이 세상구경만 하고 다니며 구천을 헤맬 수는 없는데….

나는 내가 어떻게 해야 하는지 방향을 잡을 수가 없어 답답했다. 스님이나 목사랑 상의를 하고 싶어도 이생과 저생에서 사는 처지가 달라 서로가 소통이 되지 않을 테고….

나는 관광지를 보려고 여기저기 다니면서 관광에 정신이 빠져 저승으로 가는 이정표를 그냥 놓치고 지나쳤나, 했다. 나는 저승으로 가는 이정표를 찾으러 지구를 한 바퀴 돌아볼까, 했다. 지구에서 우리나라 서울이 있는 위도에 사람이 가장 많이 살고 있으니 이정표를 붙여놨으면 그 위도 위에 어딘가 달아 놓았을 것 같았다.

나는 5,000m 상공에 붕 떠서 지구를 한 바퀴 돌았다. 어디에도 이정표가 걸려 있지 않았다. 이정표가 걸려 있지 않을 뿐만 아니라, 창공 어디에도 공기뿐으로 이정표를 걸 장소조차 보이지 않았다. 나는 비행기가 지상 10,000m 상공을 나는데 비행기를 타고 다니면서 그런 이정표를 봤다는 기사가 없는 것이 비행기가 다니는 항로보다 더 높은 상공에 걸어놓았는지도 모른다고 생각하고, 15,000m 상공을 한 바퀴 돌기로 하고 죽 한 바퀴 돌았다. 이정표는 보이지 않았다.

나는 마지막으로 대기권 위까지 올라가서 한 바퀴 돌까, 했다. 나는 균질권인 대기권 100㎞ 상공까지 올라가서 지구를 한 바퀴 돌았다. 어떤 이정표도 보이지 않고 저승사자가 영혼을 데리고 가는 것도, 예수에게 심판을 받으러 천사가 데리고 가는 모습도 보이지 않았다.

여기 저기 다니면서 구경을 하고, 이정표를 찾고 하다가, 가족들이 어떻게 사나 보러 집에 들렀다.

추선(追善)의 불사 49재까지 지낸 가족들은 평정을 찾고 생업에 종사하고 있었다. 내 49재는 남한산성 내에 있는 절에서 지낸 모양이다. 마누라 언니가 독실한 불교 신자라서 동생에게 절에서 지내라고 한 모양이다. 나는 내 위패가 모셔져 있는 남한산성 절로 가봤다. 주불 석가모니불 양쪽에 협시불로 문수보살과 보현보살이 모셔져 있다.

나는 불상 앞에 써 붙여놓은 안내판을 보고 협시불의 이름을 알았다. 문수보살은 지혜의 보살이라고 알고 있었으나, 보현보살은 어떤 분야에 뛰어났는지 나는 모른다.

세 부처님 왼쪽 벽에 위패들이 촘촘히 세워져 있다. 그 위패 아래쪽에 내 이름 을해생 현재명이라는 위패가 보였다. 나는 내 이름을 무영명으로 하기로 했는데, 아직도 가족들은 현재명이라는 옛 이름을 쓰고 있다. 위패 맞은편에는 탱화가 걸려 있다.

가족들이 나를 왕생극락하라고 절에 내 위패를 모신 모양인데, 극락은 몸과 마음의 고통이 없고 깨달음의 즐거움만 있는 곳이라고 한다. 서방으로 기십만 국토를 지나서 있다고 한다. 기십만 국토를 지나려면 보통 우리가 쓰는 ㎞나 마일 등 단위보다는 훨씬 큰 광년 단위를 써야 다다를 수가 있나? 그렇다면 겨우 지상에서 몇 100㎞ 올라가서는 찾을 수 있는 거리가 아니네. 훨씬 멀리 찾아봐야겠네. 금, 은, 유리, 수정 사보로 된 연못이 있고, 산호, 마노, 호박 등 7보로 장식된 곳으로, 하늘에서는 새들이 노래 부르고, 땅은 황금색으로 장식되고, 하루 세 번씩 꽃비가 내리고, 새들의 노래는 부처님의 설법이라고?

항상 즐거움만 있으면 즐거움이 무엇인지 모를 것 아닌가?

가족들이 나를 그렇게 좋은 곳에 보내려고 스님들에게 돈을 바치며 절에 위패까지 모셨는데, 극락이 그렇게 먼 곳에 있으면 세상에서 제일 빠른 빛의 속도로도 몇 년을 가야 하면, 휴, 나는 절로 한숨이 나왔다.

그럼 기독교에서 말하는 천국은 얼마나 멀리 있나?

천국은 하나님이 거처하는 곳으로 초자연적인 행복의 장이며 그런 상태가 영원히 지속되는 곳. 천국에는 천사와 성인과 지상에서 예수를 지성으로 믿던 사람들이 거주한다고? 사람들은 지상에서 하나님을 섬긴 정도에 따라 은총의 정도가 다르며, 천당에서 지복을 받는 사람은 지상에 살고 있을 때 의인으로 살던 사람만 해당된다는데, 나는 의인축에는 들지 못하니 천국은 포기할까? 그럼 극락에 매달려야 하는데 극락이 너무 멀리 있다. 그냥 6도 윤회의 길에 들어서서 이생에서 내가 살아온 업보에 따라 다시 태어나면….

아귀도에 떨어지면 한없이 배가 고프다는데, 내가 어렸을 때 보릿고개 때마다 겪었던 배고픔을 끝없이 겪으라고? 나는 고개를 살살 저으며 차라리 이렇게 떠돌고 말지, 염라대왕에게 심판을 받으러 가지 말자, 했다.

그래도 내가 전생을 살며 그렇게 모진 일은 안 했고 남을 모함하여 위기에 빠뜨린 적도 없는데, 아귀도에야 떨어지겠어, 하며 천도에는 못 들더라도, 인도에는 들겠지, 하며 나를 위로했다.

인도로 들어가면 어느 나라 백성으로 태어날까? 미국이나 우리나라, 유럽국가의 백성으로 태어나면 다행이지만 아프리카 백성으로 태어나든지, 김정은이 설치는 북한에 태어나면…. 육도를 순회시킨다는 염라대왕 말고, 하나님 우편에 계신 예수를 찾아갈까?

그런데 하나님이 계신 하늘나라가 어디 있을까? 죽었다가 다시 살아난 예수가 하나님 우편에 앉아 있다고 하니 의자에 앉아 있는 것 같은데, 하나님은 어좌에 앉아 계시고 예수는 태자나 왕비가 앉는 어좌 옆자리의 의자에 앉아 있는 것 같은데, 그 많은 인공위성이 지구와 대기권 너머를 날며 그런 증좌를 찾지 못했으니, 그 하늘나라는 대기권 안에는 없고 대기권 한참 밖에 있는 것 같은데 은하계 안에 있나, 아님 안드로메다 별자리에 있나? 안드로메다 별자리면 빛의 속도로도 250만 년이나 걸리는데, 극락보다 더 멀리 있는 거 아냐?

베드로가 천국의 열쇠를 받았다는데 천국에 들어가려면 천국문을 통과해야 하나? 아님 열쇠를 받았다는 말이 그냥 상징적인 비유인가?

나는 의인축에 들지 못하니 하나님의 천국은 포기하는 것이 맞는 것 같다. 천국이나 극락을 지름길로 가는 웜홀의 입구가 있나? 석가나 예수가 블랙홀이나 웜홀을 몰랐을 테니 그런 입구나 있겠어?

유란시아서에서 말하는 맨션 월드는 삼천 층이라는데 그건 또 무슨 개념? 그것도 모르겠다.

조로아스터교에서 말하는 저승으로 가는 보응의 다리는 정말 어디 있는 걸까?

그렇다고 이렇게 구천을 마냥 헤맬 수는 없으니, 육도의 한 길로 들어가든지, 천국으로 가든지 해야 하는데 어디로 가야 심판을 받을 수 있지?

나는 영화에서 본 검은 옷을 입은 저승사자가 초롱불을 들고 앞장서서 암흑세계로 사자를 인도하는 장면, 흰 옷을 입고 날개를 펄럭이며 천사가 사자의 양 겨드랑이를 끼고 하늘로 올라가는 장면을 떠올리며, 저승사자도 천사도, 아무도 나를 데리러 오지 않는데 어디로 갈 건가는 차차 생각하기로 하고 당장 닥치는 대로 그냥 살아생전 못 본 데나 더 구경 다닐까, 아님 그만 떠돌고 다른 영혼이 가는 뒤를 따라갈까?

내가 전생에 불교도 안 믿고, 기독교도 안 믿었으니, 잘 믿었던 신자의 줄을 잡고 따라가 볼까?

불교를 열심히 믿던 고승은 저승사자가 모시고 갈 테니 그 뒤를 따라 염라대왕 앞에 가든지, 목사나 신부는 천사가 모시고 갈 테니 그 뒤를 따라서 하나님 오른편에 계신 예수께 가 보자.

나는 내가 몸에서 빠져 나온 병원에 가봤다. 목사나 신부, 중이 입원한 흔적이 없다. 찬송가가 울리는 걸 보니 교회에 열심히 다닌 분의 임종이 가까운 모양이다. 나는 그 병실로 갔다. 검정 옷을 입은 여신도들이 침대에 죽 둘러섰고, 목사처럼 보이는 남자가 성경을 들고 기도하고 있다.

"김창수 장로님, 이제 이 세상에서 하나님이 주신 사역을 마치고 하나님 곁으로 가려고 합니다. 하나님 그의 영혼을 거두어 주십시오."

목사는 환자의 이마에 손을 얹고 기도했다.

나는 아 저분이 장로였어, 하며 그를 데리고 갈 천사가 어디 있나, 하며 병실을 둘러봤다. 어디에도 흰 날개를 펄럭이는 천사가 보이지 않았다.

나는 지금 천사가 오는 중인가 하며 복도로 나와 복도 좌우를 살펴봤다. 어디에도 흰 날개를 펄럭이며 천사가 내려오는 것이 보이지 않았다.

장로면 믿음도 좋고, 물질과 신앙으로 교회에 크게 봉사했을 텐데. 그 정도 믿음을 가진 신자를 하나님의 천사가 거들떠보지도 않나? 하나님의 은총을 받을 만큼 기도가 부족했나? 아님 우리가 모르게 10계명을 위반하는 무슨 죄를 지었나?

나는 유족들의 통곡을 듣고 병실로 들어갔다.

의사가 내 임종을 선언한 것같이 오후 13시 27분 운명하셨습니다, 하고 선언했다.

목사가 찬송가를 선창했다.

"며칠 후, 며칠 후, 요단강 건너가 만나리."

나는 사후에 시리아를 구경 갔을 때 요단강을 건넜다. 관광객 꽁무니를 따라가서 가이드가 해설하는 말을 들으니, 요단강은 요르단강을 성경에서 이르는 말로 길이 300여 ㎞의 강으로 모세의 인도로 출애굽을 한 이스라엘 민족 중 여호수아와 갈렙만 요단강을 건너 가나안 땅으로 들어가고, 나머지 사람들은 다 늙어서 죽었다고 설명했다. 나는 요단강을 건너 서쪽에서 동쪽으로 날아가 봤는데 하늘나라는 보이지 않았었다.

그런데 왜 요단강을 건너서 만나자고 하지?

나는 고개를 갸웃하며 천사가 나타나서 믿음 좋은 장로를 모시고 가기를 기다렸다.

운구차가 와서 시신을 냉동 보관소에 넣기 위해 싣고 나가도 천사는 나타나지 않았다.

나는 믿음이 없는 내 눈에는 천사가 보이지 않나, 하며 장례식장 상공으로 올라가서 장로의 혼백을 찾았다. 혼백도 보이지 않았다.

나는 찬송가 가사의 함의를 몰라 고개를 갸웃하며 천사가 나타나서 믿음이 좋은 장로를 모시고 가기를 기다렸다.

한참을 허공에서 기다려도 천사는 나타나지 않았고 장로의 영혼이 하늘나라로 올라가는 것도 보이지 않았다.

나는 믿음이 없는 내 눈에는 천사도 다른 영혼도 보이지 않나, 하며 장례식장 높은 상공으로 올라가서 눈을 부릅뜨고 천사와 장로의 혼백을 찾았다. 천사도 혼백도 보이지 않았다.

그럼 어떻게 한다?

이럴 때 옛 친구라도 나랑 같은 처지가 되면 내가 조언을 받을 수 있을 텐데.

나보다 먼저 간 불알친구를 찾아볼까? 믿음이 있었던 친구들은 다 그가 믿었던 종교의 교주가 데려갔을 테니 말고, 나처럼 믿음이 없었던 친구가 누가 있지? 그 친구를 만나 조언을 들을까?

순호 녀석.

그 녀석은 기독교도 불교도 안 믿었었다. 그런데 총각 때 너무 여러 처녀를 울려 좋은 데는 못 갔을 텐데. 그래도 그 친구를 만나면 내가 갈 길을 안내해 줄 건데. 어디 가서 찾지. 허공에 대고 이름을 불러봐?

장례식장에도 오고 화장장에도 왔던 초등학교 친구, 승수, 형호, 봉옥이는 잘 있나?

나는 승수의 아파트로 날아갔다. 내가 거의 승수만큼 오랫동안 알고 지낸 그의 마누라가 혼자 달랑 집을 지켰다. 저녁 늦은 시간까지 기다려도 승수가 집에 들어오지 않는다. 녀석이 나랑 같은 길에 들어섰나? 승수 마누라가 딸과 전화를 하며, 내일 절에 가서 아버지 7일재를 지내자고 했다.

아! 승수도 나랑 같은 길에 들어섰네. 그 녀석, 평생 빠리빠리 했으니 그 녀석을 만나면 자문을 받을 수 있을 텐데. 내일 절에 승수 마누라를 따라가면 승수 영혼이 올지 모르겠다.

나는 남산 타워 꼭대기에 앉아 서울 시내를 내려다보며 어디에서 나보다 먼저 간 순호의 영혼이나, 며칠 전 타계한 승수의 영혼을 찾아서 만날 수 있을까, 했다. 좋은 아이디어가 떠오르지 않았다.

우면산 쪽에서 번개가 번쩍 치고 우렛소리가 들려왔다. 나는 이렇게 뾰쪽한 첨탑에 앉아 있다가 번개를 맞을 텐데, 하며 한 번 죽은 몸이 번개를 맞으면 또 죽을까? 또 죽는다는 의미는 뭐지, 하며 번개를 맞고 한 번 더 죽어볼까, 하며 첨탑에 버티고 앉아서 한강 남쪽에서 번쩍거리며 치는 번개가 이곳까지 오기를 기다렸다. 순간 우르르 쾅하는 우렛소리가 들리고 내가 깜짝 놀라 움찔하는 사이 알 수 없는 힘이 나를 확 첨탑에서 끌어내렸다. 나는 순식간에 강한 힘에 끌려 전류를 타고 허공을 헤매다가 동굴 속으로 끌려들어갔다.

수억 마리의 정충이 난자를 향하여 달음질쳤다. 나는 맨 앞에 달리는 정충의 등에 올라타서 난자로 돌진했다.

나는 누군가의 자식으로 잉태되어 구천을 헤매는 방황을 마치고 인간으로의 삶을 새롭게 시작하는 과정에 뛰어들었다. 다시 태어나면 불교나 기독교를 믿어 다시 죽었을 때 구천을 헤매는 고난을 피해 볼까?

그런데 내가 다시 태어나면 내가 죽었던 것, 구천을 헤매었던 것을 알까?

뇌물

I.

김, 이, 박, 세 중소기업 사장이 갈매기살 집에서 회식을 했다. 길 하나 건너편의 1인분에 8,000원 하는 갈매기살을 3인분에 15,000원하는 허름한 식당에서는 젊은 남녀 손님들로 가득했다.

세 사장은 손님 중에서 가장 나이든 축에 들었다. 그들은 갈매기살에서 나오는 기름이 흘러내리도록 불판에 파놓은 홈을 묵은 김치로 막고 갈매기살이 익으면서 삐져나오는 기름을 빨아들이게 했다. 그들은 기름에 쩐 김치를, 이 맛이 최고라며 찢어먹었다.

"뭐 인사를 그 따위로 해. 김병찬을 승압과장으로 불러오면 어떻게 해?"

김 사장이 소주잔을 입에 탁 털어 넣으며 투덜댔다.

김 사장은 110V 전압을 220V로 승압하고, 220V 전압을 110V로 감압하는 변압기를 만드는 종업원이 20명쯤 되는 회사 사장이다.

"그러게 말야. 물 좀 만났다 했더니 그 치가 오면 어렵겠지?"

이 사장이 김 사장의 말을 받았다. 이 사장은 김 사장과 같은 제조업을 하는 종업원이 열 명쯤 되는 회사 사장이다.

"김병찬 그 친구 이제 나이도 50줄에 들어서고 또 지점에 근무하며 조금은 세상과 타협하는 것을 배우지 않았을까?"

박 사장이 말했다. 박 사장은 변압기에 꽂는 어댑터를 생산하는 회사를 운영한다. 종업원은 다섯 명이다.

그들의 입술에 오르내리는 김병찬은 한국전력공사의 중간간부로, 지점에 근무하다가 이번 정부와 한전의 결정으로 국책사업으로 추진하는 가정에 공급하는 100V 전압을 200V로 승압하는 사업을 추진하는 한전의 실무 책임자인 승압과장으로 발령받아 본사로 부임했다.

김 과장은 직원 때도 계장 때도 송변전 업무에 종사했었다. 과장으로 진급하고 지점으로 발령받아 지방에서 근무하다가 박정희 대통령의 특단으로 추진하는 승압사업의 주무 과장으로 본사로 발탁됐다.

정부는 같은 시설로 시설 증설 없이 배전 중 전력손실을 1/4로 줄이고, 전기 공급능력을 4배로 높이기 위하여 가정용 전력 공급 전압을 100V에서 200V로 승압하기로 결정했다. 전기를 생산 판매하는 한국전력은 이미 100V 가전제품을 구입하여 사용하는 가구들에게 200V용 신제품을 구입하여 교환해 주든지, 200V를 100V로 감압할 수 있는 변압기를 공급할 예정이다. 앞으로 1년간 변압기 구매비용만 1,000억 원을 계상하고 있다.

김병찬은 직원, 계장 시절 원리원칙대로 일을 처리하여 업자들에게 뇌물이 통하지 않는 깨끗이로 알려져 있다. 담당과장이 조금만 봐줘서 구입단가를 1%만 올려줘도 업자들은 큰 이익을 볼 수가 있다. 그런데 원리원칙주의자인 뇌물이 통하지 않는 김병찬이 담당과장으로 온다니 업자들이 긴장할 수밖에 없다.

"어떻게 그 친구를 구워삶아 원가를 5%만 올려도 몇 억은 거뜬히 남는데."

김 사장이 입맛을 다셨다.

"김병찬이 뭐 약점 없어?"

이 사장이 비명을 질렀다.

"여자를 좋아하나?"

박 사장이 말했다.

김, 이, 박 사장은 나이가 비슷하여 서로 말을 트고 지낸다.

"아니. 더 없이 가정적이래. 아주 잉꼬부부로 소문나 있어."

"돈도 안 되고 여자도 안 되면 힘으로 누를까?"

김 사장이 말했다.

"힘? 누구?"

박 사장이 말했다.

"청와대 경제수석. 내 사촌동생인데."

"그런 빽 있으면 김 과장 못 오게 하지."

박 사장이 말했다.

"김 과장이 발령받을 줄 알았나? 미리 알았으면 내가 사촌동생한테 부탁하여 한전 사장한테 압력을 넣었지."

김 사장이 입맛을 다셨다.

"이제 발령이 났으니 바로 취소하라고 할 수는 없고, 어떻게 구슬를까?"

"진급을 가지고 거래하면?"

이 사장이 말했다.

"어떻게?"

김 사장이 말했다.

"그 친구 차장 진급할 때가 다 된 것 같은데 우리 봐주면 진급 힘써 준다고."

이 사장이 코치했다.

"그럴까?"

김 사장이 솔깃하여 말했다.

"당신 납품물량도 제일 많을 거니 한 번 시도해 봐? 그런 의미에서 오늘 술값은 내가 낸다."

이 사장이 말했다.

"그거 좋은 생각인데."

박 사장도 동조했다. 김 사장이 고개를 주억거리며 시도해 보겠다는 의사를 밝혔다. 이 사장이 술과 고기를 더 주문했다.

"그러기 전에 우리 떼로 몰려가서 한 번 기를 죽이는 게 어때?"

박 사장이 말했다.

"떼로 몰려간다?"

이 사장이 박 사장의 말을 받았다.

"응, 우리 업자 십여 명이 단체로 몰려가서 우리 힘을 과시하는 거지. 일종의 시위야."

"시위? 그거 괜찮겠는데. 당장 내일 시행하지."

"그럼 내일 오후 2시에 시행하는 거로 하고, 1시 50분에 을지로 한전 본사 신관 로비에서 만나지. 내가 업자들 동원할게."

이 사장이 말했다.

"좋았어. 내일 시위를 하고 김 사장이 빽을 동원하여 힘으로 누르고. 뭐가 되어가는 거 같네. 몇 %만 단가가 올라도 형편이 좀 피겠는데."

박 사장이 소주잔을 김 사장에게 권했다.

다음날 오후 1시 50분 변압기를 만드는 업자 십여 명이 한전 본사 로

비에 모였다. 회사 규모가 큰 축에 드는 김 사장이 앞장서서 김병찬의 자리로 쳐들어갔다.

업자들이 떼로 몰려오자 김병찬 과장이 당황하는 표정이었다.

김 과장 자리에는 그렇게 많은 손님이 앉을 자리가 없어 업자들이 김 과장을 삥 둘러섰다.

"이거 자리가 없어, 회의실로 가시지요."

김병찬 과장이 앞장서서 업자들을 회의실로 모시고 갔다.

김병찬이 가운데 앉고 업자들이 그의 앞과 좌우로 죽 둘러앉았다.

"이렇게 찾아뵌 것은 우리의 생사여탈권을 가지신 김 과장님이 부임하셨는데 인사를 해야 할 것 같아서."

김 사장이 업자를 대표하여 인사말을 했다.

"무슨 거창하신 말씀을. 이렇게 뵙게 되어 반갑습니다."

"김 과장. 김 과장 손에 여러 회사 직원 수백 명 목숨이 달렸어요."

김 사장이 죽는 소리를 냈다.

"무슨 말씀을?"

"김 과장님이 금년에 구입할 변압기 원가를 계산하여 계약가격을 정하실 텐데 어떤 인자 하나라도 좀 후하게 봐주시면 저희 회사가 살아나고, 그렇지 않으면 저희는 다 죽습니다."

이 사장이 두 손을 모으고 흔들며 죽는 소리를 했다.

한국전력은 변압기를 경쟁 입찰로 구입하면 출혈경쟁으로 영세한 중소기업들을 다 죽일 수도 있어 중소기업을 보호 육성하는 차원에서 원가를 계산하여 적정 이윤을 붙여 단가를 정해서 구입하기로 했다.

"그거 외부 원가계산 기관에 의뢰하여 계산할 겁니다. 공정히 해 드릴 테니 너무 걱정 마십시오."

"계산이야 원가계산 기관에서 하지만 중요 지침은 다 김 과장이 주실

거 아닙니까? 또 계산 끝나면 이윤 폭은 김 과장이 정해서 위에 결재 올리실 거고."

"이윤도 먹고 살 만큼 드리겠습니다."

"저희들 그래도 이윤이 10%는 돼야 장사를 할 수 있으니 최소 10% 반영해 주십시오. 더 이상 주시면 아주 감사하고."

박 사장이 말했다. 다른 업자들 사장이 고개를 끄덕이며 박 사장의 말에 힘을 실어줬다.

"이윤 폭은 결정 전에 윗분과 상의하여 정할 겁니다. 제가 어떻게 그런 중요한 것을 혼자 정해요. 저 그냥 과장입니다."

김병찬 과장이 강하게 말했다.

"윗선과 상의하실 때 좀 후하게 안을 가지고 올라가셔서 저희를 살려주십시오. 윗선은 저희들이 다 미리 말씀드려놓겠습니다."

김 사장이 눈을 번뜩이며 말했다.

이윤의 폭은 사장이 정한다. 김 과장은 이윤을 세 가지 안으로 만들어 사장에게 올리면 사장이 그 중 한 안에 동그라미를 쳐준다. 사장은 보통 가운데 안을 동그라미 친다. 김 과장이 5%, 10%, 15%로 안을 올리면 10%로 될 가능성이 크며, 3%, 5%, 7%로 결재를 올리면 5%로 될 가능성이 크다. 김병찬은 가타부타 답이 없이 업자 대표들을 둘러봤다.

업자 대표들은 30분도 넘게 김병찬에게 잘 봐달라는 부탁 겸 공갈을 치고 김병찬의 직속 상사인 부장을 만나러 간다며, 자기들이 부장과도 잘 통한다는 점을 과시하며 물러갔다.

김병찬은 속으로 이윤은 5%만 주면 되지, 뭐 10%씩이나 달래, 생각하며 그 앞에서 쪽수로 시위를 하는 업자들을 돌려보냈다.

일주일 후, 김, 이, 박 사장이 순댓국집에서 만났다. 그들은 모듬순대한 접시를 시켜놓고, 국물을 달라고 하여 목을 축이며 소주를 마셨다.

"지난 수요일에 김병찬을 저녁에 불러내서 만났지. 나랑 비서관이랑 셋이 만났지."

김 사장이 깍두기를 맛있게 먹으며 두 사장에게 보고했다.

"그래서 어떻게 됐어?"

박 사장이 조급하게 물었다.

"한전 과장 좀 만나는데 아무리 사촌형 부탁이지만 수석이 나올 수는 없잖아. 그래서 비서관이 대신 나왔어. 그 비서관 상공부 국장하다가 청와대 비서관으로 들어가서 한전을 잘 알지."

김 사장이 술잔을 비우고 이 사장에게 권하며 말했다.

이 사장은 술잔을 받으며 김 사장의 입만 쳐다봤다.

"김병찬이 과장 되고 시골 현장에만 박혀 있어 중앙관서에 출입이 없어 비서관을 몰라보더군. 비서관이 자기를 소개하며 수석의 부탁으로 나왔다고 하며, 모르는 척하며 일본이나 미국은 왜 200V로 승압하지 않냐고 묻더군. 김병찬이 청와대 비서관이 그런 것도 모르나, 하는 눈치로 대답하더군."

"그거 뻔한데 그런 거 왜 물어? 미국이나 일본은 이미 100V 전용 전기 전자기기가 너무 많이 보급되어 전기회사에서 200V로 승압하면서 200V로 쓰게 해 주려면 천문학적으로 돈이 들어가서 못하지."

이 사장이 게거품을 품으며 말했다.

"그거 비서관이 몰라서 물은 거 아니지. 우선 그렇게 이야기를 시작해야지. 이것저것 이야기하다가, 내가 수석 사촌형이라고 소개하며, 잘 부탁한다고 하고, 잘 되면 다음 진급 때 수석에게 말하여 한전 사장에게 압력을 넣겠다고 넌지시 힌트를 주더군."

김 사장이 승전 장군처럼 말했다.

"그러니 반응이 어때?"

"김병찬 그 치 꽉 막혀 가지고 그게 무슨 말인지 못 알아듣는 것 같아. 그냥 눈만 끔벅거리며, 넙죽넙죽 술만 받아먹더라고. 그렇다고 청와대 근무하는 비서관이 단가 좀 잘 봐주라고 직접적으로 말할 수는 없잖아, 돌려서 말을 하던데 영…."

김 사장이 고개를 절레절레 흔들었다.

"비서관이 알아듣도록 힌트를 주는데 김 과장이 영. 콱 한 대 쥐어박고 싶은 것을 참았지. 그래서 다음날 반응을 보러 김 과장을 회사로 찾아갔지. 그 친구 어제 잘 먹었다는 말을 하고, 어제 비서관이라는 사람 진짜 비서관이냐고 나한테 묻던데."

김 사장이 한숨을 내쉬었다.

"그게 무슨 말이야?"

이 사장이 물었다.

"마치 비서관을 사칭하는 사기꾼 아니냐는 투였어."

"뭐라고? 그럼 전혀 약발이 안 먹혔다는 이야기네. 원가계산 용역을 시작한 것 같던데, 약발이 들어가야 하는데 어쩐다?"

박 사장이 비명을 질렀다.

"그 친구 애처가라고 소문났던데, 금년이 결혼 20주년이라고 하더군. 마침 내가 아는 건축업하는 친구가 김 과장이랑 고등학교 동창이고 친하다누먼. 그 친구 시켜 결혼기념 선물 주라고 하며 진주 목걸이나 하나 앵길까 하는데, 한 오백 주면 괜찮은 거 살 수 있을 거야."

김 사장이 말했다.

"김 과장이 받을까?"

박 사장이 말했다.

"친한 친구가 주는 건데 안 받겠어? 우선 쥐약을 먹여놓고 좀 있다가 그것이 쥐약인 것을 알려주면 지가 어쩌겠어? 마누라가 이미 목에 건 목걸이를 빼앗아서 반납하지는 못할 거 아냐?"

김 사장이 심각한 표정으로 말했다.

"그래서 5백을 우리 업자끼리 분빠이해서 걷으면…."

김 사장이 두 사장의 의향을 물었다.

"그거 걷는 것은 내가 앞장설 테니 김 사장은 친구 시켜서 쥐약을 잘 치라고."

이 사장이 큰소리쳤다.

"그렇게 해서라도 코를 꿰야지. 우리 말발이 좀 들어가지. 참 장사해 먹기 어렵다. 어떻게 거저 생기는 돈 싫어하는 놈이 다 있어?"

박 사장이 투덜댔다.

"그럼 그렇게 알고 내가 내일 백화점 가서 5백짜리 목걸이 사서 바로 내일 저녁에 전달할 거니 이 사장은 5백 걷어서 날 줘."

김 사장이 이 사장에게 말했다.

"걱정 마. 내일 바로 걷어줄게, 한 사업체에서 한 30만원씩만 걷으면 되니 뭐 힘들겠어?"

세 사람은 의기투합하여 소주를 마시며, 김병찬에게 진주 목걸이를 뇌물로 먹이고 계약 단가를 올려 이익금이 늘어나는 상상을 했다.

3일 후 김 사장이 이, 박 사장을 곰탕집에 불러냈다.

초대된 박 사장이 밥집에 들어서서 김 사장을 마주보고 앉자, 김 사장이 수육 중자 한 접시와 소주를 주문하며 입맛을 다셨다.

"만난 지 며칠 안 됐는데, 무슨 일?"

성미가 급한 박 사장이 소주잔을 비우며 성급하게 물었다.

김 사장이 손가방에서 보석함을 꺼내서 뚜껑을 열었다.

"그거 진주 목걸이잖아? 김 과장이 안 받았어? 동창을 시켜 준다더니."

이 사장이 비명을 질렀다.

"그 동창이 소주를 마시며 제수씨한테 몇 십 년 알고 지내 선물을 하고 싶다고 하며 건넨 모양이야. 술자리에서 펴보지도 않고 고맙다고 받아갔다는데, 어제 동창 사무실까지 찾아와서 선물을 반납하며 이거 니가 하는 선물 같지 않다며 돌려주디래. 너 때문에 마누라에게 진주 목걸이 하나 사줘야 하여서 2년 후에 사주겠다고 약속하고 그 돈 마련하려 월 20만 원짜리 적금 들었다고 하면서, 또 친구 덕에 마누라한테 점수 따게 생겼다며. 월급쟁이 처지에 그런 큰 선물은 생각도 못했는데, 친구 잘 둔 덕분이라며 허허 웃고 갔대."

김 사장이 길게 한숨을 내쉬었다.

"이거 며칠 내 원가계산이 끝날 텐데, 어떻게 김 과장에게 초를 치지. 그 친구 뭐 그렇게 꽉 막혔어?"

이 사장이 투덜댔다.

"김 과장 그 친구 또 빡빡하게 이윤 보고할 텐데. 윗사람에게 이야기해 봐야 어떻게 부하 직원에게 가격 후하게 주라고 지시하겠어? 김 과장 그 친구를 구워삶아야 하는데 빽도 안 되고, 선물도 안 되고, 뭐 좋은 수 없나?"

김 사장이 말했다.

"다음 주에 휴가 간다고 하던데 휴가비를 좀 챙겨주면."

이 사장이 말했다.

"그 친구가 휴가비를 받겠어? 휴가 가기 전에 결재 맡아 놓고 갈 가능성이 큰데."

"그래도 쥐약을 먹여놓으면 금년은 아니라도 내년에 볼 수도 있잖아. 발령받아 온 지 며칠 안 됐으니 일 년은 그 자리에 있을 거 아냐."

이 사장이 의견을 냈다.

"길게 보자? 그거 좋다."

박 사장이 동의했다.

"그럼 얼마나 할까?"

"휴가 어디로 간대?"

"회사 속초 휴양소로 간대. 그럼 회사에서 차비도 주고 다 먹여주기도 한대."

김 사장이 말했다.

"거 좋은 회사 다니는군. 휴가 가도 별 돈이 필요 없겠네?"

박 사장이 말했다.

"그래도 해변으로 가니 회사 식당에서 주는 밥만 먹겠어? 식구끼리 바닷가에 가서 회도 한 사라 사먹어야 하고. 구경도 다니려면 돈이 들지."

김 사장이 말했다.

"그럼 한 돈 백 찔러주지. 목걸이 사려고 걷은 돈 중 좀 남은 것 있어 어떻게 처치하나 했는데."

이 사장이 말했다.

"그럴까? 그럼 이 사장이 슬쩍 전해 줘. 그런 수완 좋잖아."

김 사장이 임무를 이 사장에게 떠넘겼다.

"알았어, 그러지 뭐. 휴가비 몇 푼 주는데 그것도 거절하겠어?"

이 사장이 시원스럽게 임무를 맡았다.

"그건 됐고, 그럼 이 목걸이는 어떻게 한다? 다시 팔면 산 돈 8할도 못 받을 텐데."

김 사장이 목걸이를 꺼내 손에 걸며 말했다.

진주알이 전기 불빛에 영롱하게 반짝였다.

"그거 지네 마누라한테 선물해. 참 마남 김한테 선물하면 되겠다."

이 사장이 빙긋 웃으며 말했다. 김 사장은 카페를 운영하는 마담 김을 치근거리며 목을 매는 것을 이 사장이 알고 있다.

"이렇게 비싼 것을?"

"젊은 여자 꼬이려면 그 정도는 투자해야지. 재미 보면 나한테 술 한 잔 사."

이 사장이 느긋하게 말했다.

"그럼 나더러 내 몫 빼고 470만원 물어내라는 말이네."

김 사장이 비명을 질렀다.

"그래도 젊은 여자 기 받으면 젊어질 텐데."

이 사장이 말했다.

이 사장은 백만 원을 새 지폐로 바꿔 흰 봉투에 담고, 흰 봉투를 누런 서류 봉투에 넣고 퇴근시간이 다 되어 김병찬의 자리로 찾아갔다.

김병찬은 그의 자리로 찾아온 거래업체 사장을 친절하게 모셨다. 김병찬은 주전자에 물을 끓여 커피를 타서 대접했다. 이 사장은 너스레를 떨며 김병찬의 친절에 감사를 표시하고, 업계의 동향 등을 알려주며 원가를 좀 후하게 쳐주라고 부탁했다. 그러면 알아서 보답하겠다는 힌트도 줬다.

김병찬은 빙긋 웃으며 손해는 보지 않게 해 드리겠다고 약속했다.

이 사장은 20분 정도 김병찬의 시간을 빼앗고, 퇴근시간이 살짝 지나자 내가 너무 오래 있었다고 미안해 하며 악수를 나누고 책상 위에 돈이 든 흰 봉투를 담은 누런 서류 봉투를 김병찬의 책상 위에 던져놓고 휴가 잘 다녀오시라고 인사하고 뒤도 안 돌아보고 내뺐다.

김병찬이 서류 봉투를 돌려주려고 이 사장의 뒤를 좇아 복도로 나갔다. 이 사장은 벌써 엘리베이터를 타고 있었다. 김병찬이 엘리베이터에

다가갈 때 벌써 엘리베이터 문이 닫혔다. 김병찬은 다음 엘리베이터를 타고 현관으로 내려갔으나 어디에서도 이 사장을 찾을 수가 없었다.

김병찬은 현관에서 한참 이 사장을 찾았으나 보이지 않자 사무실로 올라와서, 누런 서류 봉투 속에 무엇이 들었는지 확인했다. 흰 봉투 앞면에 매직펜으로 쓴, 휴가 잘 다녀오세요, 하는 문구가 보였다.

흰 봉투 속에는 빳빳한 새 돈 현금이 들어있었다.

김병찬은 씁쓸하게 웃고 계장을 불렀다. 그리고는, 이거 돈인데 나 내일 휴가 떠나야 해서 시간이 없어요, 신문사에 수재의연금 내고 영수증 받아서 나 휴가 다녀오면 줘요, 하며 흰 봉투를 부하 직원에게 건넸다.

휴가를 다녀온 김병찬 과장은 감사실에서 호출을 받고 감사과장에게 갔다. 감사과장은 그와 입사 동기이다.

"웬일로 불렀어?"

김 과장이 감사과장 앞에 앉으며 물었다.

"응, 투서가 들어왔어."

감사과장이 딱한 눈으로 입사동기를 쳐다보며 말했다.

"투서? 무슨?"

"감사원에서 이첩된 건데 김 과장이 휴가비 명목으로 백만 원을 받았다고 누가 투서를 했어. 혹시 한국승감압기 제조회사 이 사장 아나?"

"우리 출입업자야? 200V를 100V로 감압하는 변압기 만드는 회사."

"누가 투서를 했는데, 이 사장이 김 과장 휴가비 줬다고. 그 돈은 이 사장이 변압기 만드는 여러 회사에서 걷어서 줬다고. 100만원이라고 하는데. 이 사장이 8월 3일 18시에 김 과장 자리에서 전했다는데. 김 과장이 휴가 간다고 넌지시 미리 알려줘서. 사안이 너무 구체적이야."

"8월 3일 그날 이 사장이 내 자리 왔었어. 한 20분 떠들다 갔지. 그날 내가 휴가 가기 전날이라 날짜를 기억하고 있지."

김병찬 과장이 담담하게 말했다.

"그 때 돈을 전달했다고 투서에 쓰여 있어."

"이 사장이 떠나면서 내 책상에 누런 서류 봉투를 놓고 간 것 같아 전해주려고 사무실을 나갔는데 어디 가고 없어서 사무실로 와서 그 누런 봉투를 열어보니 그 안에 흰 봉투가 들어있더군. 흰 봉투를 열어보니 현금이 들어있어 계장에게 내가 더 연락이 없으면 신문사에 가서 수재의연금 내라고 했지. 그 다음날 휴가 가서 이 사장 사무실로 전화하여 어제 내방에 뭐 놓고 가시지 않았냐고 전화했더니 예스도 노도 아니게 어물거려서, 봉투를 맡긴 계장에게 신문사에 의연금 내라고 다시 지시했지. 신문에 난 것하고 신문사 영수증 있는데 가져올까?"

"그래 가져와. 이 사장이 대답을 안 했다고?"

감사과장이 확인했다. 김병찬 과장은 그렇다고 고개를 끄덕이고, 영수증 가져오겠다며 감사실을 나왔다.

김 과장은 그의 책상 속에 잘 보관해 둔 신문사에서 발행한 수재의연금 접수 영수증과 수재의연금을 낸 독지가 이름을 보도한 신문 스크랩을 감사과장에게 전달했다.

"아주 철저히 잘했네. 내가 영수증 가지러 간 사이 이 사장에게 전화해서 확인했어. 이 사장이 8월 4일 오전에 김 과장이 자기에게 전화했었다고 하더군. 이 건은 이렇게 종결할게. 누군가 김 과장 책상 위에 돈을 놓고 갔는데, 누구 돈인지 몰라 그 돈을 수재의연금 냈다고."

"그래 고맙다."

김병찬은 투서건을 깨끗이 마무리해 준 입사 동기에게 감사를 표했다.

"감사하기는 니가 아주 처신을 잘한 거지. 감사실에 있다 보면 이렇게 업자들 농간에 놀아나서 피 보는 친구들 더러 있다. 조심하고 근무해야지 불명예 안 당하고 정년퇴임하려면."

감사과장이 손을 내밀었다. 김병찬은 감사과장의 손을 잡고 흔들며 세상 참 무섭다고 생각했다.

2.

"투서건도 안 통했다고?"

이 사장이 박 사장을 보며 말했다. 김, 이, 박 세 사장이 삼겹살집에서 만나 소주를 마시며 구수회의를 했다.

"응, 미꾸라지같이 빠져 나갔어. 그 돈을 수재의연금으로 냈대. 영수증도 있고 하여 그냥 끝난 거야."

"그럼 공연히 우리 피 같은 돈 100만원만 날렸네. 금년은 그렇고, 내년까지 그치가 그 자리에 있으면 안 되는데 어떻게 몰아낸다?"

이 사장이 이맛살을 잔뜩 찌푸리고 말했다.

"쥐도 새도 모르게 쥐약을 먹여서 퀙시켜야 하는데. 좋은 방법이 없을까?"

박 사장이 심각한 표정으로 말했다.

"비싼 술집은 안 갈려고 할 거고, 허름한 니나노 집으로 불러내서 요이뻉을 먹이고 여자를 붙여줘?"

김 사장이 묘수를 냈다.

"요이뻉? 그거 흥분제잖아? 젊은 놈이 그거 먹으면 못 참지. 그리고 사진 찍어놨다가 들이대자고?"

이 사장이 말했다.

"그거 좋은 생각이네. 그런데 우리가 술집 가자면 잘 안 나올 텐데."

박 사장이 말했다.

"그거 친구를 동원해야지. 고등학교 친구나 대학교 친구. 술값을 우리가 댄다며 술 한 잔 사주라고 하면 되지."

김 사장이 말했다.

"김 사장은 역시 머리가 좋아. 그런데 친구가 그런 역을 하려고 할까?"

"술집까지 데리고 오면 그 다음 단계는 술집 주인에게 부탁해서 우리가 해야지. 나한테 무교동에 단골 있어. 주인이 그 정도는 들어줄 거야."

김 사장이 득의에 찬 표정으로 말했다.

"그럼 거기 들어가는 술값은 우리가 분빠이해서 대줄게."

이 사장이 말했다.

"그래 내가 무교동으로 불러내라고 할게. 거기 술값 그렇게 안 비싸. 여자도 안 비싸고. 그럼 내가 추진하고 든 돈 알려줄 테니 나누기다."

김 사장이 말했다.

그리고 세 사장은 기분 좋게 잔을 부딪치며 건배를 했다.

김병찬은 김 사장이 들이대는 사진을 보며 얼굴이 사색이 되었다.

그가 술집 작부와 어울려 뒹구는 장면이 찍혔다. 박 사장과 이 사장은 김병찬을 빤히 쳐다보며 그의 질린 얼굴 표정을 보며 은근히 즐기는 표정이다.

김병찬은 사흘 전 고등학교 친구로부터 술 한잔 하자는 전화를 받았다. 무교동 낙지집에서 한잔 하자고 했다. 무교동은 한전 본사에서 걸어서 갈 수 있고, 낙지집은 술값도 저렴하여 회사 동료들이 자주 가는 곳이다. 더구나 술을 팔아주면, 재수가 좋으면 별도로 팁을 안 줘도 작부 여자가 시중을 들어줘서 젊은 사원들에게 안성맞춤인 술집이다. 친구의 전화를 받은 김병찬은 별 부담 없이 술집에 갔다.

친구는 동창 친구 한 사람을 더 데리고 와서 낙지집 뒷방에서 셋이 술판을 벌렸다. 술집에 들어서자마자 친구는 얌체같이 생긴 주인아줌마에게 우리가 후하게 팔아줄 테니 미스 김을 들여보내라고 했다. 친구는 자주 그 집에 가는지 주인아줌마와 잘 통하는 것 같았다. 술상이 들어오고, 술병을 들고 미스 김이 들어왔다.

미스 김은 20대 후반 아니면 30대 초반 쯤 되는 여자로 몸이 통통하고 얼굴이 둥글었다. 옛날 어머니들이 며느리 감으로 좋아할 타입이다. 친구는 미스 김을 김병찬의 옆자리에 앉으라고 하며, 귀한 손님이니 김 사장 잘 모시라고 했다. 김병찬은 니가 불러놓고 왜 내 옆에 앉히나, 하며 사양했으나, 친구는 고개를 저으며 그녀에게 김 사장 옆에 앉으라고 강권했다. 막걸리에 소주를 타서 마셨다.

세 친구는 신나게 떠들며 술을 마셨다. 미스 김은 옆자리에 앉아 분위기를 잘 맞췄다. 거의 두 시간 쯤 술을 마시자 셋은 술이 취했다. 술에 취한 김병찬은 옆자리에 앉은 여자가 자꾸 예쁘고 섹시하게 보였다. 평소 그는 여자에게 담담한 편이었는데, 그날 저녁은 유난히 몸이 스멀거리고, 열이 나고, 아랫도리가 불끈 성을 내며 터트려 달라고 보챘다.

그는 평소 술을 마실 때와 달리 여자의 몸에 손을 대며 치근거렸다. 젖무덤도 만지고, 가랑이 사이로 손을 넣어 음부도 만졌다. 그럴 때마다 여자는 몸을 비틀며 교성을 지르며 바지 속으로 손을 넣어 김병찬의 성기를 주물렀다. 여자의 교성이 더욱 김병찬을 몸달게 했다.

김병찬이 몸을 비틀며 정욕을 이기지 못하여 몸을 비틀자 여자가 김병찬의 기둥을 잡고 흔들며 저 못 참겠는데 어떻게 좀 해달라고 보챘다. 그 광경을 본 친구 둘이 슬쩍 방을 비켜줬다.

김병찬은 끓어오르는 욕정을 참지 못하고 그녀를 쓰러트렸다. 김병찬이 색정을 채우고, 내가 왜 그랬지, 하며 옷을 주워 입고, 어색한 표정으로 주머니에서 돈을 꺼내 여자에게 건넸다. 여자는 자기도 좋아서 했는데 돈은 필요 없다며 돈을 거절했다.

그녀가 막걸리를 따라주며 목을 축이자고 했다. 두 사람이 막걸리로 목을 축일 때 두 친구가 방에 들어와서 두 사람 불이 나던데 만리장성 잘 쌓았냐고 농담을 던졌다. 김병찬은 술이 취한 속에서도 왜 평소답지 않게 객기를 부렸지, 하며 친구들에게 덕분에, 하며 농담으로 받았다.

그런데 그때 미스 김과 어울리는 사진을 김 사장이 사무실로 들고 와서 김병찬 과장 앞에서 흔들며 자기도 거기 한 번 데려가 달라며 야릇한 미소를 지었다. 김병찬은 얼굴이 달아오르고, 자신의 행동이 후회스럽고, 그런 사진을 찍어 업자에게 넘긴 친구가 야속했다.

"여기 부하들도 있는데 더 말 안 할게요. 저녁에 만나서 이야기합시다."

김 사장이 느긋하게 말했다.

김병찬 과장이 착잡한 표정으로 김 사장을 쳐다봤다.

"저녁 6시 반에 무교동 삼조복집에서 봅시다."

이길 수 있는 패를 쥔 김 사장이 느긋하게 말하고 김 과장의 대답도 듣지 않고 손을 흔들고 김 과장의 사무실을 나갔다. 항상 김 과장에게 설설 기는 자세를 보이던 때와는 180도 다른 태도다.

코가 꿴 김병찬은 여섯시 반, 시간에 맞춰 김 사장이 말한 식당으로 가서 김 사장이 예약해 놓은 방에 들어갔다.

김, 이, 박 사장이 그를 기다리고 있었다. 김병찬은 형식적으로 악수를 했다. 그들은 김병찬더러 세 사람을 마주 보고 앉게 했다. 김병찬 옆자리에는 방석만 있고, 아직 손님은 오지 않았다. 김병찬은 그의 옆자리에 누가 올 거지, 하며 세 사장의 눈치를 봤다.

김 사장이 여종업원에게 복 튀김과 아귀찜을 주문하고 히레 정종을 대포로 다섯 잔 주문했다.

김병찬은 손님이 네 사람인데 왜 다섯 잔을 주문하나 했다. 바로 입술을 빨갛게 칠한 무교동 낙지집 미스 김이 방에 들어왔다.

김병찬은 어, 하며 그녀가 이 집에서 근무하나, 했다.

김 사장이 미스 김더러 김병찬의 옆 빈자리에 앉으라고 했다.

"오늘 술자리에 저희들이 김 과장님 모시려고 김 과장님 애인을 모셔왔습니다."

김 사장이 너스레를 떨었다. 박 사장과 이 사장이 고개를 주억거리며 김 사장의 말에 박자를 맞췄다. 김병찬은 그들의 수작에 숨이 콱 막혔다.

"솔직히 김 과장님이 여색에 담담한 걸로 알고 있었는데, 미스 김을 특별히 좋아하시는 것 같아 우리 업자들이 그동안 김 과장 취향을 못 알아 제대로 대접을 못해 죄송합니다."

박 사장이 말했다.

김병찬은 끙, 신음을 하며 북한을 방문했던 인사들이 술 한 잔 먹고 누워 있는 호텔방에 젊고 예쁜 여인을 들여보내 섹스를 하도록 유도하고, 그 장면을 사진 찍고 사진을 증거로 공갈을 치며 북한 편을 들게 한다는 소문을 떠올리며, 그도 그런 올가미에 걸린 것 같아 황당하고, 어떤 공갈을 견뎌야 하나 위기위식이 들었다.

안주와 정종 대포 다섯 잔이 들어왔다. 정종 대포 잔에서 김이 모락모락 났다. 이 사장이 건배를 제의했다. 다섯 손님은 잔을 부딪치며 건배를 했다.

김병찬은 따끈한 정종을 꼭 독배를 마시는 기분으로 한 모금 삼켰다.

"금년은 김 과장이 잘 봐 줘서 겨우 굶어죽지 않을 정도로 사업이 될 것 같네요. 내년 원가계산 때는 좀 잘 봐 주시면, 김 과장 펜 끝 하나에 우리 여러 회사 운명이 달렸어요, 우리도 뭔가 좀 남아야 먹고 살고 이렇게 김 과장님이 좋아하시는 미스 김 모시고 술 한 잔 살 수 있지요. 미스 김, 김 사장님 잘 모셔."

김 사장이 정종을 맛있게 들이키고 내려놓으며 말했다.

김 사장의 말에 미스 김이 김병찬의 팔을 끼며 얼굴을 그의 어깨에 기댔다. 싸구려 분 냄새가 김병찬의 코를 가득 채웠다. 김병찬은 껌같이 착 달라붙는 여자를 밀쳐 내지도 못하고 얼굴만 옆으로 젖히고 한숨을 푹 내쉬었다.

"우리 남자끼리 혁대 아래 문제를 가지고 이러고저러고 하는 것은 도리가 아니고, 저희들 그런 일로 가정이나 직장에 분란 일으키고 싶지 않습니다. 김 과장님 내년에는 잘 부탁합니다."

이 사장이 잔을 김병찬의 잔에 부딪쳐 오며 말했다.

김병찬은 어쩌지도 못하고 잔을 부딪치며 이 난관을 어떻게 헤쳐 나갈지 몰라 영혼이 덜덜 떨렸다.

김병찬은 술자리가 끝날 때까지, 지옥에 떨어진 심정으로 자리를 지켰다. 그는 평소의 그답지 않게 술을 대접하는 세 사장의 비위를 거스르지 않으려고 아부까지 하며 인내심을 발휘했다. 그리고 옆 자리에 앉아 세 사장의 꼭두각시 노릇을 하는, 한 번 몸을 섞었던 미스 김의 육탄 공세를 피하느라 전전긍긍했다.

술자리가 끝나 자리에서 일어서며, 김 사장은 미스 김에게 만 원짜리 지폐 몇 장을 건네며, 김 과장님을 잘 모시라고 했다. 길 건너 호텔에 예약을 해놨다며 방 열쇠를 미스 김에게 넘겼다.

김병찬이 방을 나서자 미스 김이 구두 주걱을 들고 그가 구두를 신는 것을 도와주고, 바로 김병찬의 팔을 끼고 호텔로 끌었다. 김병찬이 저항하자, 저 사장님 모실 돈 다 받았는데, 저 봐서 호텔 로비까지만 가 주세요, 하며 사정했다. 세 사장은 가지 않고 길거리에 서서 두 사람의 행보를 감시했다.

김병찬은 아무 잘못도 없는 여자를 난처하게 할 것까지는 없지, 하고 그녀가 끄는 대로 호텔로 들어갔다. 김병찬은 로비에 잠시 서 있다가, 깊은 숨을 몰아쉬며 성욕의 유혹을 누르고, 그럼 잘 주무시라고 미스 김에게 인사하고 호텔에서 나왔다. 그는 도망치듯 호텔을 벗어나서 택시를 타고 집으로 도망쳤다.

김병찬은 택시를 타고 집으로 가며, 어쩌다가 이렇게 덫에 걸렸나, 그 친구 나를, 하며 그를 덫에 몰아넣은 고등학교 친구를 원망하다가, 평소에 의지가 강한 그가 어떻게 그렇게 쉽게 여체에 무너졌나, 의아해 하며, 이 밤도 젊은 여체를 안고 즐길 수 있는 기회를 내팽개치고 그냥 나온 것을 아쉬워하며, 이왕 버린 몸 팁도 다 지불해 놨는데, 미스 김이나 안고 즐길 걸 그랬나, 하는 아쉬움을 삼켰다.

다음날 퇴근 시간 무렵, 박 사장이 김병찬의 자리에 들러 비릿하게 웃으며 어제 저녁 만리장성을 잘 쌓았냐고 지나가는 말로 물었다.

김병찬은 어제 미스 김을 그냥 보냈다고 할 수도 없어, 난처해 하며 박 사장의 너스레에 어색한 미소로 답했다.

박 사장은 금년 계약 단가는 이미 결정됐으니, 내년에 잘 좀 봐 주시라고, 하며 잘 봐 주면 섭섭지 않게 보답하겠다고 귓속말로 은밀히 말을 던지고, 오늘은 어제 무리하시어 고단하실 테니 그만 가 보겠다고 하며 손을 흔들고 자리를 떠나갔다.

김병찬은 업자가 부하들 보는 앞에서 귓속말을 하자 마치 업자와 무슨 담합을 하는 현장을 들킨 것 같아 얼굴이 화끈거렸다. 김, 이, 박 사장이 교대로 김병찬의 자리로 찾아와서 그의 약점을 잊지 않도록 상기시키며 압력을 넣었다.

그렇게 반년의 세월이 흘러가고 연말이 되고 정기 인사철이 다가왔다. 김병찬은 내년까지 본사에 있으면, 다시 원가계산을 할 때 업자들이 그의 약점을 흔들며 그들의 요구사항을 들어주도록 강요할 것 같았다. 그가 강하게 버티면 그 사진을 아내에게 보인다고 공갈을 칠 것이다. 아니면 그 사진을 익명으로 감사원에 보내 업자한테 성상납을 받았다고 투서를 할 수도 있다. 그러면 그의 치부가 만천하에 공개되고 회사를 더 다닐 수가 없게 된다.

그렇다고 회사를 그만 둘 수도 없고, 업자 편을 들어 회사에 손해를 끼칠 수도 없다. 본사에 올라온 지 몇 달도 안 됐는데 상사에게 다시 지방으로 보내달라고 해야 하나? 무슨 핑계를 대고? 본사에 있으면 다음 진급에 유리한데 그 이점도 버리고….

김병찬은 세월이 갈수록 회사에 출근하는 것이 재미없었다. 김, 박, 이 사장이 한 달에 한 번 꼴로 나타나서 술자리를 마련하겠다고 제의하며 김병찬이 거절하면 정말 그럴 거냐며, 그 때 일을 상기시키며 김병찬을 압박했다. 그들에게 술을 얻어먹을수록 더 수렁에 빠진다.

김병찬은 어떻게 처신을 해야 할지 누구와 상의를 할 수도 없어 전전긍긍했다.

그냥 현실과 타협하고, 내 돈도 아닌데 회사 돈 몇 억 원 더 주고, 다음 진급에 빽도 얻고 용돈도 얻어 쓰고 할까? 대부분 다 그렇게 현실과 타협하며 사는데 너만 고고한 척할 거야?

그래도….

내가 순순히 지방으로 물러가면 업자들 계책이 성공하게 도와주는 거잖아? 그럼 버텨야 하는데, 그러다 업자들이 막 나가 가정이 파탄나면?

김병찬은 부장에게 간절히 부탁했다.

“부장님. 저 본사 체질이 아닌 거 같아요. 이번 정기 인사 때 현장으로 보내주시면….”

김병찬의 목소리가 떨렸다.

“본사 온 지 일 년도 안 됐는데? 그리고 김 과장이 본사 체질이 아니면 누가 본사 체질이야?”

부장이 강하게 반문했다.

“그게 말 못할 사정이 있는데 그 사정은 묻지 말고 그냥 인사 상신해 주시지요.”

김병찬이 간절히 말했다.

“업자들하고 마찰이 있나? 그 친구들 나한테 와서 김 과장이 너무 꼬장꼬장하다고 불평이 많던데. 사회 생활하려면 그 정도는 극복해야지, 이제 곧 고급간부 돼야 하는데.”

부장이 진지하게 말했다.

김병찬은 차마 부장에게 업자들 덫에 걸렸다고 고백할 수는 없었다.

“다시 생각해 보고 와. 김 과장이 업자들 뇌물 받을 것 같지 않고, 무슨 코 꿰일 일을 당한 모양인데. 나도 이 자리 지키는 데 중상모략이 많아. 업자들 자기 입맛에 맞지 않게 일 처리되면 그러는 것이니 크게 괘념치 마. 자네 연간 천 억 짜리 계약 단가를 산정하는 자리니 모략이 많을 거야. 소신껏 일해. 음해는 내가 막아줄 테니. 그럼 나가 봐.”

부장이 김병찬의 청을 들어주지 않았다.

김병찬은 부장실에서 물러나오며, 이 나이에 회사를 그만 둘 수는 없고, 업자들 농간에 놀아날 수도 없고, 어떻게 이 난관을 극복해야 하는지 길이 보이지 않아 눈앞이 캄캄했다.

머피의 법칙

I.

나는 성남시 분당 신도시 신규 아파트 분양 신청을 냈다가 또 떨어졌다. 다섯 번째 떨어졌다. 나는 비록 아파트 청약이지만 낙방에 이골이 나면 안 되는데, 하며 입맛이 씁쓸했다.

주택청약부금을 들은 지 벌써 5년째, 1순위 중에 상위 순위가 됐는데 또 떨어졌다. 나는 아내에게 뭐라고 낙방 소식을 전해야 할지 난감했다. 아내는 틀림없이 채권액수를 좀 넉넉히 쓸 것이지, 누가 은행원 아니랄까봐 또 짜게 조금 써 넣은 거 아니냐고 툴툴거릴 거다.

다섯 번이나 청약에 떨어지자, 우리 부부는 우리는 신도시와는 인연이 없는 거 같으니 포기하고, 큰아들 학교 다니기 쉽고 나 회사 다니기 편한 종암동에 있는 새 아파트나 사서 들어가자고 했다.

큰 아들은 종암동에 있는 K대에 다니고, 나는 조흥은행 미아리 지점장으로 근무하고 있다.

큰 아들이 대학을 졸업하고 ROTC 장교로 군복무를 시작했고, 나는 미아리 지점에서 천호동 지점으로 발령이 났다. 종암동에서 천호동까지 출퇴근하기가 너무나 멀다.

우리 부부와 대학에 막 들어간 딸, 세 식구는 종암동 집을 전세 놓고 천호동 지점 근처인 명일동에 있는 아파트에 전세로 옮겨갔다.

"그런 흉가를 전세 놓으면 어떻게 해요."

천호동으로 이사 온 지 반년 쯤 지나 종암동 집 세입자가 전화로 거칠게 항의했다.

"흉가라니 무슨 말씀인지?"

나는 세입자의 거친 항의에 당황하며 물었다.

"우리 아들이 학교 갔다 오다가 교통사고를 당했어요."

"아 그러세요, 안 됐습니다."

자기 아들 교통사고 난 것과 나와 무슨 상관이지, 생각하며 말했다.

"그런 흉가를 세놓고 도망가서 안 됐다고만 하면 돼요?"

세입자가 거칠게 항의했다.

"무슨 말씀인지?"

"몰라서 하는 말씀이요? 처음 입주하신 분 부인이 그 집에서 목매달아 죽었다는데."

"네, 그랬어요?"

"그렇게 시침이 떼기요? 첫 번째 입주한 집 부인이 목매달아 죽고, 우리는 아들이 교통사고를 당하고 그런 흉가에서 더 살 수 없으니 당장 전세 돈 빼 줘요."

"처음 입주했던 부인이 그 집에서 자살했다고요?"

내가 물었다.

"전세 돈 안 내주려고 그렇게 모른 척하지 마세요."

"아닙니다. 저희도 그런 사실을 모르고 그 집을 샀어요. 언제 이사 나가시고 싶으세요?"

"당장 전세금을 주는 대로 나갈 거요."

"계약기간이 아직 1년 반이나 남았는데."

"그래서 이런 흉가를 전세 놓고 우리 보고 일 년 반이나 더 살라는 말이요? 누구 죽일 일 있어요?"

"아니 그런 것은 아니고. 알았습니다. 나가는 곳이 정해지면 알려 주세요."

나는 계약기간 전에 나가려면 복덕방비나 물으라고 하려다가, 그러다가는 크게 언쟁이 벌어질 것 같아 말을 삼켰다.

나는 은행 지점장의 끗발로 은행에서 돈을 빌려 전세금을 내주고, 세입자를 내보냈다. 그 집이 흉가(?)라고 하는데 또 전세 놓기가 뭐해서 복덕방에 팔아달라고 내놨다. 나는 시세보다 3천만 원 싸게 매물로 내놨다. 집을 시세보다 싸게 내놔서인지 집이 바로 팔렸다.

강북은 집값이 오르지 않아 샀을 때보다 3천 만 원 깎아서 내놓은 만큼 손해를 보고 팔았다. 새집을 사들어 갔다가 고스란히 내 반년 치 월급만큼 손해를 봤다.

아내는 이제 우리도 강남에서 한 번 살아보자며, 나를 끌고 강남구 대치동과 삼성동으로 가서 아파트를 둘러봤다. 아파트 값이 종암동보다 50%는 더 비싸 웃돈 일억 5천만 원은 보태야 같은 평수 아파트를 살 수가 있다. 내가 1억 5천만 원이나 빌려 집을 사고 갚으려면 생활이 쪼들릴 텐데, 하며 강남에 집 사는 것을 망설이자, 아내는 당신 은행 다니는데 그 정도 돈도 융통 못해, 하며 강남에 살려면 무리를 좀 해야지, 하며 나에게 무리를 강요했다.

우리나라에서 가장 안정된 직장이 공무원과 국영기업체 직원, 그리고 은행원이다. 은행이 망한다는 것을 아무도 상상하지 않는다. 그런데 내가 다니던 은행이 사라졌다.

1887년 일제 침탈기가 시작될 무렵 한성은행으로 설립되어 명맥을 이어오다가, 1942년 조흥은행으로 명칭을 바꾸고 명실 공히 우리나라 최고(最古)의 은행으로 군림하던 조흥은행이 2006년 4월 해체되고 하나은행에 흡수됐다.

나는 새 은행에서 내 자리가 그대로 유지될지 전전긍긍했다. 직장이 불안해진 나는 강남에 집을 사는 일을 추진하지 못했다.

2.

나는 다행히 구조조정 대상에서 빠져 계속 하나은행 직원으로 남게 되었다. 아내가 다시 강남 집 사는 문제를 꺼냈다. 우리 부부는 다시 집을 보러 대치동에 갔다가 질겁했다. 내가 종암동 집 판돈을 은행에 예치해 놓고 직장이 흔들거려 머뭇거리는 반 년 사이 강남의 집값이 또 몇 10%나 올랐다. 종암동 집을 팔고 바로 강남의 같은 평수 아파트를 샀으면 1억 5천만 원만 더 보태면 됐는데, 몇 달 머뭇거리는 사이 이젠 3억 원을 더 보태야 한다.

나는 몇 달 사이에 내가 평생 다녀야 받을 수 있는 퇴직금의 반만큼 돈을 날렸다. 나는 어이가 없고 억장이 무너졌다. 아내의 성화에 져서 내가 근무하는 지점에서 3억 원을 빌려 강남에 있는 아파트를 샀다.

주말에 친구들과 등산을 갔다.

하산하여 친구들과 어울려 하산주를 마시다 보니, 돈을 만지는 은행까지 다니면서 그렇게 재테크를 못하고 집값을 바가지 쓴 것이 마음을 쳐서 울화가 치솟아 화를 달래느라 연거푸 술을 받아 마셨다.

나는 얼큰하게 취하여 버스를 타고, 전철을 타고, 하며 우리 아파트에 도착했다. 나는 술도 취하고 좀 피곤하여 빨리 씻고 쉬고 싶었다. 우리 동 앞에 경찰 백차가 경고등을 번쩍이며 서 있다. 경찰 몇 명이 서성거리고 동네 사람들도 여럿 나와 무슨 구경이 났는지 서성이며 기웃거렸다.

나는 무슨 일이 났나, 하며 엘리베이터를 타러 아파트 현관에 들어섰다.

"이분이 그 집 주인입니다."

경비가 경찰에게 나를 가리키며 말했다.

"802호에 사세요?"

이파리 두 개 계급장을 단 경찰이 나에게 물었다.

"네 그런데요?"

나는 경찰의 묻는 태도가 공손하지 않아 불퉁스럽게 대답했다.

"집에 강도가 들었어요."

경찰이 차분히 말했다.

"강도요? 우리 집에 뭐 훔쳐 갈 것이 있다고?"

"하마터면 부인께서 큰 변을 당할 뻔했습니다."

"네?"

나는 도둑놈이 집에 쳐들어와서 아내를 폭행했나, 하고 상상하며 물었다.

"우선 집에 올라가시지요."

경찰이 엘리베이터의 단추를 눌렀다.

"도둑들이 부인을 납치했어요."

엘리베이터가 움직이자 경찰이 말했다.

"납치를 하다니요?"

"지금 부인께서 정신이 다 나간 상태이니 잘 보살피셔야 합니다."

나는 알코올 기운을 털어내려 고개를 흔들며 사태를 파악하려고 멍청하게 경찰의 입을 쳐다봤다. 우리 집 아파트 현관문은 열려 있고, 집안에도 경찰 두 사람이 무엇인가 조사하고 있었다.

아내는 부엌 식탁 의자에 넋을 내려놓고 앉아 있었다. 내가 집에 들어서도 못 알아보는 것 같았다.

뒤에 들은 이야기를 종합하면 경위가 이렇다.

아내가 장을 보고 지하 주차장에 승용차를 세우고, 장을 본 반찬 가방을 들고 차에서 내리자, 청년 두 사람이 다가왔다.

"몇 호에 사시지요?"

색안경을 낀 건장한 청년이 아내에게 물었다.

"802호요"

아내는 검은 옷을 입고 색안경을 낀 청년 두 사람이 다가오자 위협을 느끼며 한 걸음 뒤로 물러서며 대답했다.

"802호 사시지요? 트렁크에 이상한 물건이 있다는 신고가 들어왔는데 열어보시지요."

색안경이 말했다. 아내는 무슨 말인지 제대로 알아듣지 못하고 트렁크를 열었다. 두 청년은 트렁크 안에서 무엇인가 찾는 척했다. 아내는 겁에 질려 벌벌 떨며 두 사람이 하는 양을 쳐다봤다.

"트렁크에는 없는데 집에 감춰놓은 것 같은데. 집 열쇠 이리 줘요."

색안경이 말했다.

"그럼 같이 올라가요."

아내가 앞장섰다.

"열쇠를 달라는데 같이 가자고?"

색안경이 아내를 가로 막아섰다.

"열쇠는 없고 번호 키인데요."

"그럼 키 비밀번호 알려줘요."

"누구세요? 집에 같이 올라가자는데 비밀번호를 알려달라고 하시는?"

"당신 남편이 돈을 먹었다는 신고가 들어와서 그러는데 무슨 말이 많아."

색안경이 꽥 소리를 지르며 아내 머리를 쥐어박았다.

아내는 비틀하며 놀라 얼굴이 하얘졌다.

색안경이 아내의 두 팔을 움켜잡고 노려보며 비밀번호를 다시 물었다. 아내는 놀라서 엉겁결에 비밀번호를 알려줬다.

"알았어. 우리들 조사하고 올 동안 이곳에 있어야겠어."

색안경이 열어놓은 트렁크 안을 가리키며 말했다.

아내는 말뜻을 못 알아듣고 멍청히 색안경을 쳐다봤다.

"들어가라는데 뭐하는 거야."

색안경이 아내를 번쩍 들어 트렁크에 집어넣으며 꽥 고함쳤다.

색안경이, 우리 조사하고 올 때까지 꼼짝 말고 있어, 소리 지르거나 트렁크 속에 있다는 신호 보내면 당신 남편 재미없어, 하고 고함치며 트렁크를 쾅 닫았다.

완전히 겁에 질린 아내는 죽은 듯이 트렁크 속에 웅크리고 있었다.

얼마나 시간이 흘렀을까? 자동차 트렁크가 열렸다.

색안경이 아내를 트렁크에서 들어서 꺼냈다.

"은행 비밀번호는 뭐야?"

색안경이 물었다. 겁에 질린 아내는 머리가 하얗게 되어 아무 생각도 나지 않았다. 색안경이 아내의 볼을 찰싹찰싹 때리며 다시 비밀번호를 물었다. 공황에 빠진 아내는 아무 말도 못했다. 색안경이 사정없이 볼따구니를 주먹으로 가격했다. 아내가 비틀 쓰러졌다.

그때 자동차 한 대가 지하 주차장으로 들어왔다.

"이거면 됐으니 그만 텁시다."

또 한 명의 색안경이 다급한 목소리로 말했다. 색안경이 아내를 번쩍 들어 트렁크에 밀어 넣고 트렁크를 탕 닫고, 두 청년은 유유히 사라졌다.

트렁크에 갇힌 아내가 필사적으로 트렁크를 주먹으로 쳤다.

차를 주차하고 계단으로 가던 입주자가 이상한 소리가 저만치 주차한 차속에서 나자 그 차에 접근했다.

"안에 누구 있어요?"

입주자가 물었다. 아내가 더 세차게 트렁크를 쳤다.

입주자는 트렁크를 열려고 하다가 열리지 않자 경비원에게 달려갔다. 경비원도 트렁크를 열 수가 없었다. 112에 신고했다. 경찰이 와서야 트렁크를 열고 아내를 꺼냈다.

극도의 공포로 정신이 오락가락하는 아내를 달래며 경위를 파악한 경찰은 아내를 데리고 802호로 올라갔다. 아파트 문을 열고 들어가자, 안방의 장롱이 다 열려 있었다. 경찰은 무엇을 도둑맞았는지 확인하려 했으나, 아내는 그런 물음에 대답할 기력도 정신력도 없었다.

내가 현관에 들어서자, 경찰이 나에게 무엇을 잃어버렸는지 확인해 보라고 했다. 나는 부엌에 넋을 놓고 앉아있는 아내를 힐끔 보고 분실물을 확인했다. 장롱에 보관했던 보석류가 다 없어졌다. 결혼반지도 없어지고, 지금까지 30년 가까이 직장생활을 하면서 받은 금붙이가 다 없어졌다.

나는 아내에게 패물을 은행 안전금고에 보관하자고 했었으나, 아내는 비싼 물건도 없는데, 하며 미온적이라 그냥 집 장롱에 보관하고 있었다. 시세로 거의 3천만 원 어치는 도둑맞은 것 같다. 내가 평생 모은 보석을 다 도둑맞았다. 은행 통장도 도장도 보이지 않았다. 아내가 은행 비밀번호를 알려줬으면 통장에 있는 돈도 다 도둑맞을 뻔했다.

3.

아내의 정신적 충격을 치료하러 병원에 다녔다. 아내가 정신적 쇼크로 소형차는 타지 않으려고 하여, 버스나 전철을 타고 다녀야 했다. 버스나 전철을 타고 갔다가 충격으로 정신이 온전치 못한 아내에게 혹시 무슨 일이 일어날지도 몰라 나나 딸이 동행했다.

아내의 병 치료를 위해 시간을 쪼개다 보니 자연히 은행 일에 소홀해졌다. 그래서 시간제 간병인을 쓸까, 했으나 아내가 모르는 사람을 무서워하여 그것도 할 수가 없었다.

병원 의사는 아내를 트라우마에서 벗어나게 하기 위해 평소에 해 보고 싶어 했으나 하지 못했던 일을 하게 하라고 권고했다. 아내는 평소에 자기 동창들 중 골프를 치는 동창을 부러워했었다.

나는 아내를 골프 숍에 데리고 가서 골프채 세트를 사주고, 옷도 사주고, 집에서 걸어서 갈 수 있는 거리에 있는 실내 연습장에 등록해 줬다.

강남의 집을 사느라 은행에서 융자를 받은 빚을 갚느라 살림에 주름살이 간 터에, 아내 병원비까지 부담하다 보니 월급으로 생활이 정말 빠듯했다.

좋은 봄 월요일 오후, 본사 은행장 비서실장이 나에게 전화를 했다.

"행장님 뜻을 전하는데요, 오늘 4시쯤 신호건설 김상열 사장이 찾아가면 잘 대해 줘요."

김상열 사장은 나도 이름을 들어본 40대의 신흥재벌로 언론에도 회자되는 떠오르는 별이다. 내가 근무하는 지점 근처에 4,000여 세대의 아파트를 짓고 있다.

김상열이 본사에서 말한 시간에 맞춰 지점을 찾아왔다. 나는 본사 은행장 비서실장의 전화를 받고 그를 기다리고 있었다.

수인사를 하고 명함을 교환했다. 김상열은 30대 중반같이 젊어 보이고 이목구비가 뚜렷하게 잘 생겼다.

"이거 선배님이 여기 계신지 알았으면 본사에 줄을 대느라 힘들일 것 없이 바로 선배님 찾아뵙는 건데 그만 본사에서 전화 오게 해서 미안합니다."

김상열은 나의 고등학교 13년 후배라고 하면서 친밀감을 내비췄다. 그의 말하는 솜씨가 워낙 붙임성이 좋고, 또 그가 고등학교 13년이나 후배라고 하자 나는 그가 친밀하게 느껴졌다.

김 사장은 첫날은 너스레만 떨고 갔다. 이틀 후 다시 찾아와서 융자를 부탁했다. 그가 요구한 액수가 너무 커서 내 결정권한 밖이었다. 지점에서 융자신청을 받아 본사에 상신하면 본사에서 융자여부를 결정한다. 당연히 융자 결정 전에 본사에서 조사팀이 나와서 지점에서 올린 서류의 정확성을 점검한다.

나는 김상열 회사에서 제출한 대출신청 서류를 검토한 결과 회사 재무구조도 나쁘지 않고, 담보도 튼튼하여, 긍정적인 의견을 달아 본사에 서류를 이첩했다. 본사에서 보름도 되기 전에 대출 승인이 떨어져서 우리 지점을 통하여 대출을 해줬다.

대출을 받아가며, 신호건설 재무본부장은 김상열 사장님 지시라며 앞으로 건설회사 거래는 우리 지점을 통해서만 하겠다고 했다. 그렇게 큰 회사 금전출납을 우리 지점을 통하여 하게 되면 큰돈이 오고가서 우리 지점은 당연히 좋은 경영평가를 받을 수가 있다.

다음 날, 김상열이 지점을 찾아와서 이렇게 협조적으로 선배님이 봐주시는데, 하며 리베이트라고 하며 일억 원을 챙겨줬다. 돈이 궁한 나는 후배가 주는 돈을 덥석 받았다. 그 돈을 풀어 쓰면 돈 가뭄이 해소될 거다. 나는 김상열 후배에게 전화를 하여, 고맙다며 골프를 모시겠다고 했다. 김상열은 선배님이 내시는 건데, 하며 기꺼이 응했다.

그 후 김상열은 요정에 몇 번 나를 초대했고, 주말에 골프 초대도 했다. 나는 부담 없이 후배의 초대에 응했다.

4.

나는 지난밤 사나웠던 꿈자리를 떠올리며 지점에 들어섰다.

고도에 나 혼자 달랑 떨어져서 사방을 두리번거리는데 갑자기 앞에서 사자가 달려왔다. 나는 놀라 뒤돌아서서 도망치려는데 그 쪽에서 악어가 입을 짝 벌리고 기어왔다. 왼편으로 도망치려니 아나콘다가 스르르 기어오고, 오른편으로 도망치니 강도가 칼을 들고 달려왔다.

사방의 적에 갇힌 나는 땅속으로 꺼질 수도 없어 그 자리에 풀썩 주저앉아 두 손으로 얼굴을 감싸고 어이 울다가 잠에서 깨어났다.

"박성희 씨, 이수만 대리 오늘도 안 나왔어요?"

나는 창구 여직원에게 물었다. 이수만 대리가 지난 수요일부터 출근을 않고 있다. 집과 이동전화로 연락해도 연결이 되지 않았다.

"아직 핸드폰을 안 받아요."

박성희가 미안해 하며 대답했다.

"계속 연락해 봐요."

나는 말을 던지고 지점장실로 들어갔다.

나는 5일씩이나 무단결근을 한, 사업수완이 좋아 단골 고객이 제일 많은 이 대리를 어떻게 처리할까, 머리를 갸웃갸웃했다.

나는 점심시간 전에 지점을 나서 집에 가서 아내를 데리고 병원에 들러 진료를 받고 집에 데려다주고 지점에 들어섰다. 두 시가 조금 넘었다. 지점에 자주 오는 50대 여인이 창구를 기웃거리기에 내가 먼저 인사를 했다. 그는 이수만 대리의 고객이다.

"안녕하세요? 이 대리 찾으세요?"

내가 물었다.

"네, 자리에 없는데 어디 출장 나갔어요?"

"네, 본사에 좀 보냈어요. 무슨 일로?"

"아 펀드 관련 좀 상의 드릴 일이 있어서"

"그럼 제 방으로 가시지요."

나는 50대 여인에게 차를 대접하며 상의할 일이 무엇인지 친절한 목소리로 물었다.

"제가 이 대리 권고를 받고 중국 펀드에 들었는데, 제가 들 때는 3,500이었었는데, 최근에 4,700까지 올랐어요. 그래서 지금 팔 땐가 하고."

"아 중국 펀드 잘 드셨어요. 조금 더 오를 가능성은 남아 있지만, 지금 파시는 것도 괜찮을 것 같네요. 그래서 갈아타시게?"

"예. 당장 쓸 돈이 아니니 좋은 펀드 하나 추천해 주세요. 지점장님은 더 잘 아실 테니."

"중국 펀드 파시고 브릭스로 갈아타시지요."

"브릭스가 뭐예요?"

"브라질, 러시아, 인도, 중국의 첫 자를 딴 말로 신흥 4개국입니다. 앞으로 뻗어나가 세계를 이끌 신흥국들입니다."

"BRIC, 신문에서 본 것 같아요. 그럼 지점장님 말씀대로 할게요. 이거 해약해 주세요."

50대 여인이 통장과 도장을 맡겼다. 나는 박성희를 불러, 이 통장을 해

약해 드리라고 지시하며 50대 여인에게 내 방에 계시다가 서류 작업 끝나면 비밀번호를 눌러주시라고 했다.

"이거 해약하시면 현금이 한 3일 있어야 들어와요. 그 때 브릭스로 갈아타시지요. 이 대리에게 그렇게 하라고 말해 놓을게요."

나는 여성잡지를 권하며 말했다.

"이 방에 있어도 괜찮아요?"

50대가 미안해 했다.

"네, 서류 처리가 다 되면 창구에서 연락이 올 겁니다."

나는 내 앞에 놓은 녹차를 마시며 말했다.

5분쯤 후 박성희가 내 방문을 빠끔히 열고 안을 들여다보며 눈짓으로 나에게 잠시 보자는 신호를 보냈다. 나는 무슨 일일까, 하며 방 밖으로 나왔다. 박성희가 나를 구석으로 끌고 가더니, 사색이 된 얼굴로 어렵게 말을 꺼냈다.

"이 계좌 지난 주에 해약하고 지난 화요일에 돈도 다 찾아갔는데요."

"그게 무슨 말이야? 오늘 해약하러 왔는데."

"이 대리가 다 해약 처리했는데요."

그 말을 듣는 순간 나는 바로 금융 사고를 직감하며, 나직이 말했다.

"우선 저분 보내고 자세히 따져보자. 저분 비밀번호 찍으려고 기다리고 있으니, 내가 가서 비밀번호 찍으라고 할 테니, 쇼를 좀 해."

박성희가 바로 내 말을 알아들었다.

50대 여인을 돌려보내고 나는 지난 주에 펀드를 해약하고 현금을 찾은 케이스를 조사하라고 박성희에게 지시했다.

30분 뒤에 박성희가 다섯 건 총 17억 원이 지난 화요일에 인출됐다고 보고했다. 다섯 건 전부 이수만 대리 담당이라고 했다.

나는 박성희에게 그 돈을 예금주가 직접 찾아갔는지, 상대방이 눈치 채지 않게 조심하며 확인하라고 지시하고 내 방으로 들어왔다.

이거 이수만이 해 먹고 토꼈으면, 하는 걱정으로 내 머리에서 쥐가 났다. 17억 원이면 지점에서는 해결할 수 없고 본사에 보고하여야 한다. 그럼 그 손해에 대한 책임을 져야 한다. 더구나 아내 일로 자주 지점을 비웠다는 것까지 본사가 알게 되면 업무태만까지…. 그럼?

나는 고개를 마구 흔들며 초조하게 박성희의 보고를 기다렸다.

박성희는 미안해 하며 주눅이 든 목소리로 예금주들이 돈을 찾아가지 않았다고 보고했다. 나는 부지점장을 불러 사태를 협의했다.

둘이 마주 앉아 머리를 짠다고 뾰쪽한 방법이 나올 리가 없다. 나는 하루를 고민하다가 본사에 사실을 보고했다. 본사에서 조사가 나오고, 본사는 이수만 대리를 경찰에 고발했다. 그 사실이 언론에도 보도됐다.

본사 조사가 끝난 날, 나는 아내를 돌보기 위해 6시 정각 퇴근했다.

다음날 아침 출근을 하니, 지점 분위기가 뒤숭숭한 것 같았다. 조상만 대리가 보이지 않았다.

"조 대리 아직 출근 안 했나?"

나는 이 대리도 출근 않는데 조 대리까지 출근 안 하면…, 생각하며 물었다.

"저 조 대리 경찰서에 있는데요."

부지점장이 머리를 긁으며 말했다.

"조 대리가 경찰서에 있다니?"

나는 내 방으로 들어서며 말했다. 부지점장이 내 방에 따라 들어오며 경위를 말해 줬다.

어제 감사도 끝나고 지점장이 일찍 퇴근하자, 직원들이 지점 길 건너편에 있는 수협직판장에 회식을 갔었단다. 그 식당에서는 수조에 헤엄치는 물고기를 지정하면 회를 떠주고, 야채 등 곁들여먹는 식품 값으로 일인당 3,000원을 받는다. 아주 싸게 회를 먹을 수 있는 식당이다.

술이 과하여 사소한 말다툼이 벌어졌고, 박 대리와 조 대리가 싸움이 붙었단다. 신고를 받고 경찰이 출동했고, 덩치가 큰 조 대리가 싸움을 말리는 경찰을 업어치기로 바닥에 메어쳤단다. 그로 인해 조 대리가 공무집행방해죄로 유치장에 갇혀 있단다.

경위를 듣고 나는 아찔했다. 그렇잖아도 부실 대출로 본사 감사까지 받은 터에 직원 단속도 제대로 못했다고 난리일 거다. 엎친 데 덮친 격이다. 어떻게든지 사건을 키우지 말고 내 선에서 수습해야 한다.

나는 바로 경찰서 강력계장을 하는 고등학교 동창에게 전화를 했다. 동창은 그런 일이면 별 것 아닌 것같이 대수롭지 않게 전화를 받아, 사건이 쉽게 마무리되는 것으로 생각했다.

10분 후 동창한테 전화가 왔다. 경찰서장이 공무집행을 하고 있는 경찰을 폭행한 흉악범은 어떤 압력이 들어와도 조사하여 검찰청에 송치하라는 특명을 내려 자기 힘으로는 어떻게 할 수 없다고 알려왔다. 마침 형사과장이 동향이라 사정을 이야기해 놨으니, 가서 빌어보라고 했다.

나는 황급히 경찰서로 달려가서 형사과장을 만나 선처를 부탁했다. 형사과장은 사정을 하는 나에게, 조 대리가 자기랑 같은 동향이라 봐주고 싶은데 서장의 엄명이 있어 별 수 없다며 이미 청에 보고하여 어쩔 수 없다며, 조 대리나 데리고 나가라고 했다.

내가 청에 보고했다는 말이 무슨 말이냐고 하자, 검찰청에 사건을 보고했다며, 자기 손은 떠난 사건이라고 했다. 나는 조 대리를 유치장에서 빼내오며, 검찰로 넘어갔으면 검찰 누구를 동원하여 사건을 무마할까, 인맥을 꼽아봤다. 내 고등학교 동창 중 한 사람이 지방검찰청 부장검사를 하고 있고, 사촌 형이 중수부 과장이다. 누구에게 부탁할까, 재면서 이 사건이 언론에 보도되면 고약해지니 언론의 입을 막아야겠다고 생각하고, 아침 조간 중앙지에는 보도되지 않았으니 기사화 될 것 같지 않고, 구내 지방지에서 충분히 다룰 가능성이 있어, 입을 막아야겠다고 생각하고 지방지 편집국장에게 전화를 했다. 그 편집국장이 얼마 전 2억 원 대출을 부탁하여 담보가 약간 부실했지만 대출을 해 준 적이 있다. 선처를 부탁하면 몇 억 원 대출 부탁을 또 들어줘야 한다.

나는 엎친 데 덮친 격, 머피의 법칙이 있다고 하더니 내가 그 주인공, 하며 혼자 속을 끓였다.

나는 이 대리 금융사고로 부하를 잘못 관리한 책임을 지고 본사로 무보직 발령이 났다. 조 대리 건은 수면 아래 잠겨 떠오르지 않았다. 이수만 대리는 현금을 챙겨 어디론가 사라졌다. 이 사건이 제대로 수습되지 않으면, 나는 불명예스럽게 옷을 벗어야 한다. 설령 이수만 대리를 잡는다 해도 그 돈을 다 탕진했을 거고, 다시 보직을 받은 가능성은 없다.

5.

본사로 무보직 발령을 받고 윗사람의 사형선고를 기다리는 나는 본사에 출근하여 신문을 보는 것이 일과의 전부였다.

아침에 출근하여 조간을 펼치니 정치면 하단에 여권의 실세 중 실세인 김종달 의원이 내사를 받고 있다는 기사가 조그맣게 났다. 김종달 의원은 VIP와 동향에 대학 동문으로 아주 젊었을 때부터 VIP를 모셔왔으며, VIP를 대신하여 감방에도 다녀왔고, VIP가 대권을 잡는 데 결정적인 보좌를 한 의원이다. 현 정권 들어서서 YS 정권 때 소통령, DJ 정부 때 세 아들과 같이 정부와 국영기업체 임원 등 주요 요직 인선에 깊이 관여

하는 것으로 소문나 있다. 실세 중의 실세로 알려져 있다.

나는 그 기사를 읽으며, 권불 10년이네, 하며 VIP에게 무엇을 잘못 보였나, 하며 나하고는 관계없는 일이라 바로 관심을 접었다.

이틀 후, 혼자 회사 근처 식당에서 점심을 먹고 사무실로 들어서자 이동전화가 울렸다.

"지점장님, 오전에 검찰에서 나와 신호건설 대출 관련 서류를 다 압수해갔어요."

부지점장이 숨넘어가는 소리를 했다. 신호건설은 김상열 회사다.

"그래? 딴 일은?"

"아직 서류만 압수해 갔어요. 서류를 검토하고 소환할 것 같습니다."

"그 대출 본사 승인받은 거니 걱정 마."

나는 나를 위로하는 심정으로 말했다.

"이번 김종달 의원 조사건과 관계가 있는 것 같습니다."

"그래 연락 고마워. 또 무슨 일 있으면 알려주고."

내가 먼저 전화를 끊었다.

본사 은행장의 비서실장이 나한테 김상열 사장 잘 봐주라고 전화하게 한 배경이 김종달 의원이었나?

김상열이, 선배님 다음 임원 인사 때 힘써 드리겠다고 큰소리 친 것이 김종달 빽을 믿고서였나? 김상열이 김종달의 돈줄?

대출은 본사 승인받아 한 거니, 내가 걸릴 거 없고, 문득 리베이트로 받았던 1억 원이 떠올랐다.

감상열로부터 1억 원을 리베이트를 받은 나는 차명계좌로 세탁하여 그 돈을 예금했다. 당장 돈 쓸 데가 많았으나, 수입이 뻔한 은행원이 큰 돈을 막 쓰면 의심을 받을 것 같아 몇 백만 원만 꺼내 쓰고 그 동장은 십에 뒀다가 아내한테라도 들킬까 봐 은행 안전 금고에 타인명의로 도장과 함께 보관해 놓았다. 그 돈은 가능하면 퇴직하고 쓸 계획이다. 김상열이 선배에게 겨우 1억 원 리베이트 주고 불지는 않을 거고, 그럼 검찰이 찾아내지 못할 거다. 그동안 대출해 줄 때마다 푼돈으로 받은 리베이트는 은행 관행이고 이번 사건과 관계없으니 뒤질 리가 없다.

나는 내가 천호동 지점에 근무하며, 김상열과 관계하며 특별히 법을 어긴 일은 없다고 여기면서도 초조해지고 입술이 탔다.

검찰이 우리 집도 압수 수색했다. 은행원 생활을 거의 30년을 한 내가 집에 증거가 될 만한 물건을 남겨놓았을 리가 없다.

내 징계 건은 신호건설 대출 건으로 은행장이 바빠서 차일피일 미뤄졌다. 나는 내 목숨이 붙어나리라고는 생각지 않았지만 의외의 일로 내 목이 잘리는 사형 선고일이 연기되자, 신문만 보며 월급을 받는 날이 길어졌다.

검찰청에서 나에게 소환장이 날아왔다. 나는 정해진 시간에 서초동 검찰청으로 갔다. 검찰청은 친구 아들 결혼식에 가느라 가보고 불려서 가는 것은 처음이다. 나는 자가용을 타고 가면 건방지다는 말을 들을까 봐 전철을 타고 서초역에서 내렸다. 나는 티브이 장면이나 영화에서 보던 장면에 내가 주인공이 되어 검찰청에 들어서며 가슴이 떨려 숨이 가쁘고 다리가 팍팍했다.

나는 잘못도 없는데 무슨 새가슴, 하며 떨리는 가슴을 달래려 심호흡을 여러 번 하고 소환장에 적힌 호실을 찾아갔다. 문을 노크하고 방에 들어서자, 검사실 안은 티브이에서 봤던 장면과 비슷했다. 나는 입구의 여직원에게 소환장을 보였다.

"조 계장님, 이주환 씨 오셨어요."

여직원이 누군가를 쳐다보며 말했다.

안경을 쓴 40대가 손으로 방향을 가리키며 따라오라고 했다. 영화나 티브이에 자주 보여주던 취조실에 40대와 내가 마주보고 앉았다.

40대가 내 인적사항을 묻고, 노트북에 입력했다.

"김상열 씨와 고등학교 동문이시던데 언제부터 아셨어요?"

"네. 대부 신청서를 가져오기 전에 인사 왔다며 내 방에 들러 후배라고 하여 처음 알았습니다."

"김상열이 찾아오기 전에 누가 김상열이 찾아갈 거라고 귀띔한 것은 없어요?"

"네."

나는 행장 비서실장으로 전화를 받았다고 할 수 없어 거짓말을 했다.

"정말이요? 거짓말 하시면 안 됩니다."

40대가 윽박질렀다. 나는 또 거짓말을 하기 싫어 고개만 저었다.

"통화기록을 보니 그날 오전 11시에 은행 비서실장이 지점에 전화했던데."

40대가 서류를 뒤적이며 물었다.

"가끔 전화하십니다. 그날 전화를 받았는지 기억이 없습니다."

"사실이지요? 거짓말하면 위증죄에 걸려요. 그건 비서실장에게 확인하면 되고, 대출 서류를 받고 '대출 가' 의견으로 본사에 보고했던데, 외부의 압력을 받았다든지 아님 리베이트 제의를 받은 것 없어요?"

"담보도 튼튼하고, 신호건설의 김 사장은 우리나라에서 막 뜨는 젊은 사업가로 언론에서 자주 봤고, 우리 지점 바로 코앞에 4천 가구 아파트를 짓고 있어 믿을 만했습니다. 그러니 본사에서도 대출 조사 나왔었는데 담보도 튼튼하고 하여 대출 승인해 준 거겠지요."

나는 은근히 이번 대출은 본사 대출 승인을 받고 해 준 거라는 뉘앙스를 풍기며 대답했다.

"김상열이랑 골프도 치고 요정도 가고 했던데, 리베이트는 얼마 받았어요?"

"신호건설 거래 은행으로 우리 지점을 정해 준다고 해서 제가 고객 접대차원에서 한 번 대접했고, 답례라며 선배님 모시고 치고 싶다고 하여 두어 번 접대 골프 받았어요. 어떻게 한참 후배한테 리베이트를 받아요? 더구나 내 권한으로 대출해 준 것도 아닌데…."

"그럼 요정은?"

"건설현장이 우리 지점 근처라 인허가 받는 데 필요한 로비를 하면서 선배인 제 젓가락 하나 더 놓은 거죠."

"그럼 같이 술 마신 사람 누군지 말해 줄 수 있어요?"

"그건 좀…, 이미 다 알고 계시면서 왜 저한테 묻습니까?"

내가 역공했다.

40대는 김상열과 관계되는 사항과 김상열과 김종달 의원과의 관계에 대하여 무엇인가를 나한테 확인하려 했으나, 솔직히 나는 김상열에 대하여 별로 아는 것이 없어 답을 해 줄 수가 없었다. 더구나 나는 김종달 의원과 김상열의 관계는 전혀 모른다.

나는 네 시간 넘게 조사를 받고 풀려났다. 경제사범들이 보통 열댓 시간씩 조사를 받았다는 신문보도를 여러 번 봐온 터에, 열 시간 쯤 조사받을 거라고 각오를 했던 나는 일찍 풀려나자 힘이 빠졌다.

6.

나는 무보직 한 달만에 의원면직을 당했다. 내가 상부의 압력으로 김상열 회사에 대출을 해 줬다는 진술을 안 한 것이 위 사람의 마음에 들었던지, 인사위원회에서 해고나 파면이 아닌, 내 뜻에 따라 회사를 그만두는 형식을 밟게 해 주는 배려를 해 줬다.

50대 초반에 수입이 끊기자 당장 일자리를 찾아야 했다. 은행은 공무원이나 선생님들같이 연금이 많지 않다. 국민연금은 있으나 그 액수가 너무 적다. 그것도 60이 넘어야 받을 수가 있다. 아들은 대학을 나오고 군대에 갔지만, 딸은 아직 대학교에 다닌다. 학비를 대줘야 하는 부모의 책임(?)이 있다. 또 그들을 결혼시키려면 혼수를 마련해 줘야 한다.

나는 대학 졸업하고 은행 창구에서 빌빌댄 것 외에 세상을 모른다.

무엇을 해서 돈을 벌까, 하며 먹자골목에 들어서서 죽 늘어선 음식점을 두리번거렸다. 삼겹살집, 통닭집, 복집, 횟집, 갈빗집, 김치찌개집…, 정말 식당 종류가 다양했다. 나는 몇몇 식당에 직접 들어가서 음식을 시켜먹으며 장사가 잘 되나 확인했다. 저녁 시간인데, 좌석이 50%도 안 차는 식당이 많았다. 나는 그 식당의 판매고와 종업원 수, 가게 임대료 등을 계산하며 손익을 계산해 봤다. 대부분의 식당이 가게를 임대 놓은 집주인의 임대료를 챙겨주려 장사를 하는 것 같았다.

나는 복덕방이나 할까, 하고 여러 아파트 단지 상가를 둘러봤다. 2,000가구가 넘는 아파트에는 복덕방이 대여섯 개는 있었다. 복덕방 가게 임대료를 확인하니 10평 남짓한 가게의 월세가 3백만 원이 넘었다. 한 달에 10억 원짜리 아파트 한 채만 거래하면 임대료를 빼고 내 수고비를 뺄 수 있을 것 같았다. 나는 식당은 어렵고, 복덕방을 하기로 했다.

공인중개사 자격증을 따려면 무슨 과목 시험을 준비해야 하는지 산업관리공단 홈페이지에 들어가서 확인했다. 1, 2차 시험을 위해 8개 법률을 공부하면 됐다. 그것도 부동산 관련 조항만 익히면 됐다. 법대 4년을 다니며 법률 기초는 다 배웠고, 나름대로 고시를 본다고 준비도 하며 법을 공부한 적이 있어, 공인중개사 시험 정도는 어려울 것 같지 않았다.

나는 학원에 가서 배워야 하나, 하며 인터넷에서 학원을 뒤졌다. 수강료는 비싸지 않았으나, 그래도 법대까지 나온 내가 학원을 다니면 쪽 팔릴 것 같았다. 나는 인터넷 무료강의를 하는 사이트를 찾고, 무료강의를 듣기 위해 책을 주문했다. 인터넷 무료강의는 1차 시험 60강, 2차 시험 55강이었다. 나는 강의 시간에 맞춰 인터넷 강의를 들으며 시험 준비를 했다.

시험 원서를 인터넷으로 접수하고, 시험일자에 시험장소인 고등학교에 갔다. 학교정문에 꾸역꾸역 몰려드는 수험생을 보며 나는 수험생이 많은 것에 놀랐다.

100분 동안 1차 시험을 보고, 한 시간 쉬었다가 점심도 굶고 두 시간 반 동안 2차 시험을 봤다. 시험을 보고 나오며 나는 시험을 잘 본 것인지 잘못 본 것인지 판단이 서지 않았다. 내 경험으로는 시험을 잘 봤는지 잘 못 봤는지 모른다는 것은 그만큼 시험에 몰두했다는 증거로 시험 성적이 괜찮을 것 같았다.

한 달 후 합격자 발표를 인터넷으로 했다. 내 이름이 없었다. 집 사람은 내가 공인중개사 시험을 본 것을 모르지만, 법대까지 나온 사람이 그런 쉬운 시험에 떨어진 것을 알면 창피할 것 같아 시험 봤다는 말을 꺼낼 수도 없었다. 나는 대단하지도 않은 공인중개사 시험에 떨어진 것이 무슨 착오가 아닌가, 하며 믿기지 않았다. 나는 공인중개사 시험을 재수를 해야 하나, 판단이 서지 않았다. 그렇다고 뭐 할 일이 따로 없고 앞날이 암담했다.

요 몇 년 계속 일이 꼬이는데 내가 무엇을 해서 먹고 살지, 하며 우리나라 말로 삼재수, 서양말로 머피의 법칙에서 언제 벗어나지, 했다.

여린 저항

I.

한국수력원자력주식회사(한수원) 고리 원자력본부 제1발전소 부소장을 끝으로 58세에 정년퇴임한 원영일은 오늘도 회사 출근할 때와 같이 오전 7시에 아침을 먹고, 7시 30분에 집을 나서 공원으로 산책을 나간다.

그는 건강을 지키기 위하여 매일 아침 공원을 세 바퀴 돈다. 그러면 대략 4㎞를 걷는 셈이다. 임마누엘 칸트는 매일 오후 시계같이 정확하게 산책 시간을 지킨 것으로 유명하다. 원영일은 매일 아침 정확하게 시간을 지키며 공원을 돌고, 나는 칸트같이 유명한 철학자는 못되지만, 무엇을 하며 나머지 인생을 보람 있게 살까 생각한다.

아침부터 매미가 울고 더위가 슬슬 공원을 뒤덮는다.

원영일은 이제 날씨가 더워져서 돈 안 드는 산책도 어렵겠네, 하며 이번만 돌면 세 바퀴째지, 하며 휘적휘적 걸었다.

"안녕하세요? 산책하시네요?"

원영일은 소리 나는 쪽을 쳐다봤다. 아파트 같은 동 아래층에 사는 이름은 모르고 은행 지점장으로 퇴직했다는 것만 아는 남자가 말을 걸었다. 그는 이 더위에 정장 차림이다.

"네. 안녕하세요? 모임에 가시는 모양이지요?"

원영일이 응대를 했다.

"네. 시골 결혼식에 가요. 탈원전해도 괜찮아요?"

정장 차림이 물었다.

"네?"

원영일은 무슨 말인지 알아듣지 못해 되물었다.

"문재인 대통령이 탈원전한다며 짓고 있는 발전소를 중지하라고 했는데 짓고 있는 발전소를 막 중단하는 것은 너무 한 것 아니요?"

정장 차림이 말했다. 그는 원영일이 원자력발전소에 근무했던 것 정도는 알고 있다.

"네, 문제가 있지요."

원영일은 탈원전과 건설 중인 신고리 5,6호기를 중지하겠다는 문재인 대통령의 대선 공약을 떠올리며 말했다.

"속상하시겠어요."

정장 차림이 위로의 말을 던지고 전철을 타러 갔다.

원영일은 지난 연말부터 신문을 보지 않고 방송도 듣지 않는다.

그는 박근혜 대통령 탄핵 심판 때 양쪽 주장을 듣고 공정하게 판단하기 위하여 촛불 집회와 태극기 집회에 모두 참석했었다. 그는 두 집회 관련 보도를 보고 언론의 왜곡에 크게 실망했다. 그는 언론의 허위 편파 뉴스를 보며, 저런 엉터리 뉴스를 보며 시간 빼앗길 것 없잖아, 하며 보던 신문 구독을 끊고 티브이 뉴스도 보지 않는다.

원영일은 부랴부랴 집으로 가서 샤워도 않고 바로 컴퓨터를 켜고 SNS

뉴스를 검색했다. 문재인 대통령이 고리 1호기 폐로식에서 앞으로 원전은 더 이상 건설하지 않을 것이며, 건설 중인 신고리 5,6호기도 중지하겠다고 선언했다는 기사가 나왔다.

고리 1호기 원자력발전소 부소장을 했던 원영일은 SNS 뉴스를 보며, 정말 고리 1호기가 죽었네, 하며 푹 땅이 꺼지는 기분이 들었다.

“당신 산책 다녀와서 샤워도 안 해? 뭐 그리 급한 기사가 있어?”

마누라가 서재로 들어서며 말을 걸었다.

“문통이 탈원전 선언했다고 하여.”

“신문에도 나오고 방송에도 나왔는데 당신 뉴스를 안 보니 모르지.”

마누라가 퉁을 줬다.

“당신 몇 십 년 그렇게 살뜰히 살피던 발전소가 죽어서 안 됐다. 엎질러진 물이니 샤워나 해. 당신이 그런다고 바뀔 것 없으니.”

마누라가 말을 던지고 서재를 나갔다.

원영일은 마누라의 말이 맞는 것 같았다. 이미 주사위는 던져졌고, 평생을 돌보던 발전소가 대통령의 말 한 마디로 죽었다. 원영일은 열패감으로 전신의 힘이 쭉 빠져나가 넋을 놓고 퍼질고 앉아 멍청히 천장을 쳐다봤다. 그가 평생 땀 흘리며 일하던 장면들이 주마등같이 흘러갔다.

원자력발전소의 건설 초창기에 신입사원으로 입사하여 고리로 발령받았다. 허허벌판 숙소도 없고 식당도 없는 곳에서 고생했다. 기술이 없어 웨스팅하우스 기술자들로부터 괄시를 받았다. 웨스팅하우스로 교육을 갔을 때 웨스팅하우스 직원들이 퇴근하기를 기다려 대외비 자료를 복사하며 기술 자료를 빼냈다. 시운전 때는 아예 야전 침대를 사무실에 들여놓고 사무실에서 자면서 몇날 며칠을 퇴근도 않고 강행군했다.

그렇게 밤낮으로 고생하여 기술 자립하고 우리 기술을 해외에 수출까지 했는데, 대통령의 말 한 마디로 이 모든 노력의 결과가 한여름 밤의 꿈이 됐다. 법치국가에서 그게 맞는 일인가?

"당신 샤워 안 할 거야?"

원영일은 마누라의 독촉을 받고서야 목욕탕으로 갔다. 그는 머리에 물줄기를 맞으며 끙끙 신음소리를 냈다.

박정희 대통령 때 원자력발전소 건설을 시작했으나, 반핵 운동은 노태우 대통령 때부터 시작됐다. 환경단체는 원자력발전소 인근에서 태어난 무뇌아, 기형송아지가 원자력발전소 때문이라고 억지를 썼다. 한국전력은 그런 억지를 해명하느라 많은 돈과 시간을 들여 역학조사를 했다. 그리고 무뇌아나 기형송아지가 원자력발전소 때문이 아니라는 것을 과학적으로 입증했다. 그러나 환경단체는 끊임없이 원자력발전소를 핵폭탄같이 위험하다고 과장선전하며 줄기차게 반핵운동을 펼치며 제도권을 압박했다.

문재인 정부는 시민단체가 주도한 촛불 집회의 여세를 몰아 정권을 잡았다. 시민단체가 제도권을 눌렀다. 싸움에서 패퇴한 제도권은 탈원전이라는 핵폭탄을 맞았다.

원영일은 생각에 생각이 꼬리를 물어 샤워장에서 계속 물줄기를 맞고 서있었다.

"당신 샤워장에서 그렇게 오래 뭐해? 때 빼고 광내는 거야? 춘자한테 잘 보이려고?"

마누라가 목욕탕 문을 탕탕 치며 소리쳤다.

오늘 점심시간에 초등학교 반창회가 있다. 원정일은 산골에서 남녀공학으로 초등학교를 다녔다. 서울로 거주를 옮긴 초등학교 동창들이 한 달에 한 번씩 반창회를 한다.

오춘자는 여자 동창 중 한 명이다. 술이 취한 남자 동창 김창선이 원영일과 오춘자가 그렇고 그런 사이였다고 마누라 앞에서 떠드는 바람에 마누라는 반창회만 나간다면 신경을 곤두세운다. 그런데 원영일은 오춘자와 관계가 없고, 오히려 김창선이 그녀를 좋아했었다.

샤워장에서 나온 원영일은 아무 것도 하기 싫어 멍청하게 소파에 누워 전혀 타당성이 없는 탈원전 정책을 바꿀 수 없는 자신의 무능과 무기력을 닷하며 시간을 죽였다. 원영일은 점심 안 나가, 애인 잘 만나고 와, 하는 마누라의 독촉에 밀리듯 집을 나섰다.

선릉 근처 갈빗집에서 반창회를 했다. 남자 동창 넷과 여자 동창 셋이 나왔다. 그래도 서울에서 살고 있는 촌놈, 촌년들이 옛정을 생각하며 특별한 일이 없으면 반창회에 꼭 나온다.

음식이 나오기 전부터 단연 원영일이 화제의 주인공이 되었다.

"영일이 너 섭섭하겠다. 평생 해 오던 일을 하루아침에 나쁜 일 한 것 같이 매도당하며 문을 닫으니."

김창선이 말했다. 그는 구청 과장으로 퇴직했다.

"뭐 힘이 없으니 별 수 있나. 너희 불쌍한 백성들은 전기요금이나 더 낼 생각해라."

원영일이 달관한 사람처럼 말했다.

"정부에서 전기요금 안 오른다고 했는데."

오춘자가 말했다.

"야 어떻게 전기요금이 안 오르나? 제일 싼 발전소 죽이고 비싼 발전소 돌리는데."

원영일이 투덜댔다.

"야, 정부가 거짓말 하겠냐?"

교통경찰을 했던 손현성이 말했다. 그는 이파리 세 개까지 달았다.

"지금 우리나라 발전량의 약 30%는 원자력, 40%는 석탄, 나머지는 LNG와 수력이다. 그 중 발전원가가 제일 싼 게 원자력이고, 다음 석탄 순이다, 그런데 미세먼지 나온다고 석탄발전소 죽이고 위험하다고 원자력 죽이면 비싼 발전소만 남는데 무슨 재주로 전기값 안 올리겠냐?"

원영일이 긴 설명을 했다.

"그래도 산자부 장관이 문 정부에서는 전기값 안 올린다고 했는데."

손형성이 원영일의 말을 받았다.

"그래, 문 정부 5년간은 전기값 안 올려도 될 거다. 건설 중지시킨 신고리 원자력 5,6호기 준공 연도가 문 정부 마지막 해와 새 정부 첫해니 영향 없다. 석탄도 낡은 발전소 몇 개 죽였다. 그래서 문 정부 임기 내는 별 영향이 없고 다음 정부에서 전기값을 올려야 한다."

"정말 원자력이 싼 거냐? 폐기물 처리비용 등을 고려하면 비싸다고 하던데."

초등학교 교장을 했던 노문영이 말했다.

"폐기물 처분 비용이 많이 드는 것은 맞지. 그래서 1980년대부터 추후에 들어갈 처리 처분비용을 적립하고 있다. 해마다 핵연료비보다 더 많이 적립한다. 며칠 전 고리 1호기 40년 돌리고 폐쇄됐는데, 약 6000억 원을 발전원가에 넣어 이미 적립해 놨다. 지금 발전원가라고 하는 돈에는 폐기물 처분비용이 다 들어있다. 한전에서 사주는 단가 기준하면 원자력은 kwh당 약 60원, 석탄은 약 70원, LNG는 약 150원이다. 그런데 60원 짜리 하고 70원 짜리를 죽이고 150원 짜리를 늘리면 전기요금이 오르는 것은 당연하잖냐?"

원영일이 목소리를 높였다.

"그런데 한전이 사주는 가격이 뭐냐? 한전이 전기를 팔아먹지 왜 사주냐?"

왕애자가 고개를 갸웃하며 물었다.

그녀는 중학교 국어 선생을 했었다.

"아 그거. 한전은 전기를 만들지 않고, 6개 발전회사에서 만든 전기를 사서 우리들한테 팔아먹는다."

"그럼 한수원이라고 하는 회사도 발전하는 회사냐?"

오춘자나 나섰다.

"응 원자력과 수력 발전을 담당하는 회사지. 2002년 DJ 때 한전에서 분리됐다."

그 때 돼지 갈비가 나왔다. 왕애자가 갈비를 굽기 시작했다.

"자 원자력 공부는 한 잔 하고 하자."

손영성이 소주병을 따며 말했다.

술잔이 죽 돌고, 손영성이 '노발대발' 을 선창하고 모두 따라서 합창하고 죽 첫잔을 비우고 박수를 쳤다.

"노발대발이 뭐냐?"

왕애자가 물었다.

"노인이 발기하면 대한민국이 발전한다, 이다"

손영성이 건배사의 뜻을 해설했다.

"영성이 너 꿈도 야무지다. 뭐 발기하면? 니 나이 몇이냐?"

입을 다물고 이야기를 듣고 있던 이옥자가 말했다. 그녀는 고등학교만 졸업하고 결혼했다. 국영기업 다니는 남자와 결혼하여 평생주부로 평탄하게 산다.

"왜 니 남편이 안 서냐?"

손영성이 느글거리며 말을 받았다. 초등학교 1학년 때부터 60년 넘게 알고 지낸 초등학교 동창들은 서로 거침이 없다.

"야 숙녀한테 무슨 소리. 영일이 니가 하던 말 계속해 봐라."

노문영이 교장선생님 출신답게 대화를 정리했다.

"내가 어디까지 이야기했더라?"

원영일이 무슨 말을 했었지, 하며 말했다.

"니가 원자력이 60원 한다고 하며 우리나라 전기값이 싸다고 했다. 난 그거 몰랐네. 일본의 거의 반값이라고? 그거 니 덕분이었네. 내 술 한 잔 받아라."

김창선이 잔을 원영일에게 건넸다.

"우리나라 산업용 전기값이 싼 것이 수출에 효자 노릇을 한다. 산업용 전기값은 우리가 쓰는 주택용보다 훨씬 싸다. 삼성전자의 이익 중 최소 1조원은 싼 전기값 덕분이다."

"그래? 너 애국자였었네. 그런데 내가 이해 못하는 일이 있다. 너 원자력발전소에서 오래 근무하면서 방사선을 듬뿍 받아 그것이 안 섰을 텐데 어떻게 아들 딸 만들었냐?"

김창선이 물었다.

"창선이 너 일전에 미국 그랜드캐넌 다녀왔다고 했지. 비행기 타고 다녀왔지?"

원영일이 물었다.

"그럼 비행기 탔지 헤엄쳐서 다녀왔겠냐?"

김창선이 반박했다.

"비행기 타고 미국 왕복하면 우주선을 맞아 원자력발전소에서 일 년 근무한 만큼 방사선을 맞는다."

"에이 사기? 비행기 안에 어디 방사선이 있다고?"

"비행기 안에 있는 것이 아니라 우주에서 방사선이 온다."

"그래? 그럼 비행기 안 타야겠네."

"그런 걱정은 안 해도 된다. 우리 몸은 그 정도 방사선에 견디도록 다

적응이 되어 있다. 방사선은 우리 몸에서도 나오고 지금 먹는 음식에서도 나오고 이 식탁에서도 나오고 하는데 그 정도 약한 방사선은 우리 몸에 아무 피해가 없어."

"에이, 우리 몸에서도 방사선이 나온다고?"

오춘자가 눈을 크게 뜨며 물었다.

"응 니 남편 한 70kg 나가면 7,000 베크렐의 방사신이 나와. 둘이 같이 자면서 그 방사선을 맞으면 오히려 몸에 좋아. 혼자 사는 사람이 몸이 안 좋은 것은 상대방 방사선을 안 맞아서야."

원영일이 웃으며 말했다.

"오늘 별 말 다 듣네. 나 각방 쓰는데 오늘 저녁부터는 합방해야겠네."

오춘자가 호들갑스럽게 말했다.

"발전소 근무해야 일 년에 엑스레이 한 번 찍는 정도보다 적게 방사선 맞아. 그러니 아들 딸 낳는데 아무 문제없다."

"뭐 엑스레이가 방사선이라고 그 무서운?"

이옥자가 비명을 질렀다.

"엑스레이가 방사선이야. 그래서 많이 쬐면 건강에 나쁘지."

원영일이 대답했다.

"의사 놈들 나쁜 놈들이네. 엑스레이가 몸에 나쁜 방사선이라는 말도 안 해 주고 막 찍어대고."

이옥자가 얼굴이 벌개지며 투덜댔다.

"그 정도는 맞아도 건강에 아무 지장 없어. 걱정 마."

원영일이 초등학교 여자 동창을 안심시켰다.

"그런데 문 정부는 왜 원자력을 죽이려 하느냐?"

"노문영이 물었다."

"위험해서 그렇다는 거지."

"그런데 일전에 신문 보니 중국은 막 짓는다는데 위험한 걸 몰라서 그러냐?"

"중국은 전력 수요는 막 늘어나고 석탄용을 지으면 황사의 원인이 되고 하니 원자력을 짓는 거지. 동해안에 60기나 짓는다."

"그럼 우리 서해안과 마주 보이는 데네. 우리나라에서 안 지어도 중국에서 사고 나면 다 망하겠네."

"황사랑 같이 막 방사선 물질이 날아오는 거지."

"그럼 중국도 짓지 말라고 못 하나?"

"어떻게? 중국이 우리보다 센데. 관리만 잘 하면 안전해. 세상에 인간이 만든 기계중 제일 안전설비가 많아."

"그래? 영일이 덕에 상식이 많이 늘었네. 그건 그렇고 춘자야, 내가 요새 마누라 손을 잡아도 전기가 안 온다. 니 손 한 번 줘 봐라."

김창선이 웃으며 말했다.

"손 주면 뭐할 건데?"

오춘자가 쌜쭉해서 말했다.

"전기 오나 보려고."

"전기가 오면 뭐할 건데?"

"그거…."

김창선이 말을 잇지 못했다.

"춘자야. 창선이 너 초등학교 때부터 좋아했다. 알고 있지? 이제 다 늙어가는 마당에 손 한 번 주라. 그래서 전기가 오면 한 침대에 누워서 영일이 말한 대로 서로 방사선을 나누고 건강을 증진하면 좋지."

손영성이 춘자의 손을 김창선 쪽으로 끌고 가며 말했다.

"야, 춘자 좋겠네. 60년이나 좋아하던 남자가 손잡아 주니."

왕애자가 둘을 놀렸다.

"그래 좋다. 부럽냐?"

오춘자가 김창선에게 잡힌 손을 흔들며 말했다.

"심조불산 호보연자의 경지네."

원영일이 말했다.

"그건 또 뭐냐? 원자력 이야기냐?"

이옥자가 물었다.

"성철 스님 알지?"

원영일이 물었다.

"성철 스님 모르는 사람이 어디 있냐? 평생 기운 옷 입고 사신 고승이잖아."

노문영이 대답했다.

"성철 스님이 해인사에 계실 때 제자들과 가야산을 오르며 심조불산 호보연자의 뜻을 하산하면 말해 보라고 했대. 제자들은 마음 심자도 들었지, 부처님 불자도 들었지, 하니 높은 뜻이 있는 모양이다, 하고 머리를 굴렸으나 그 뜻을 알 수가 없었대. 그래서 하산하여 무슨 뜻이냐고 스님께 여쭈었더니 성철 스님이 산에 쓴 플래카드를 가리켰어. 산불조심, 자연보호를 거꾸로 읽은 거야. 스님은 제자들을 한방 먹이고 깨달음을 줬지. 너희들이 방사선이 뭔지도 모르고 원자력이 위험하다는 선전에 놀아나는 것과 꼭 같지. 답은 쉬운데 어렵게 풀려는 탈원전 정책과 같은 맥락이지."

원영일이 소주를 맛있게 마시며 말했다.

초등학교 동창들은 멍청히 선문답하는 친구의 입만 쳐다봤다.

2.

원영일은 한전 입사 시험에 떨어지고 나락에 빠진 기분으로 비통해 하는 꿈을 꾸다가 잠에서 깨어났다. 원영일은 꿈에서 깨어나며, 나는 한전 자회사 한수원을 정년퇴임했는데 왜 입사 시험에 떨어진 꿈을 다 꾸지, 하며 침대에서 빠져나와 화장실로 갔다. 거실에 걸린 시계가 새벽 다섯 시를 가리키고 있다. 더 잠을 자다가는 늦잠을 잘지도 모르니 그만 자고 티브이나 보자, 하며 티브이를 켰다. 영화 채널에서 철거를 반대하는 달동네 주민과 건설회사에서 동원한 덩치들이 대치하는 장면이 방영됐다.

원영일은 어렸을 때 달동네에 살며 배고팠던 장면이 영상과 겹쳤다. 19공탄 구멍에 매듭을 맨 새끼줄을 꿰고 손을 호호 불면서 연탄을 들고 가다가 눈밭에 미끄러져 넘어져서 연탄이 깨어져서 낭패 당했던 장면이 떠올랐다.

그런데 지난 몇 십 년 사이 우리나라의 경제가 발전하여 아직도 달동네에 사는 분들이 있지만 배고픔은 면했다. 원영일은 아파트에 살며 가끔은 문화 행사에 참여하며 여생을 편안하게 보내고 있다. 그렇게 잘 살도록 우리나라 산업을 일구는 데는 안정적인 전력 공급이 크게 기여했다.

원영일은 휴일도 반납하고 원자력발전소 운전을 하며 그가 고생하며 값싼 원자력 전기를 생산 공급하여 수출경쟁력을 높여 국가 경제에 이바지하고 있다고 은근히 자부하며 살아왔는데, 문재인 정부가 들어서며 원자력은 악마처럼 국민들의 건강을 해치는 독소같이 취급당하며, 계획했던 발전소 건설은 물론 건설하고 있는 발전소까지 건설을 중지한다고 한다.

원영일은 내가 평생 나쁜 짓을 했나, 그동안 국가 경제에 기여하며 살았다고 자부했었는데, 말년에 정부로부터 완전히 팽 당하고 패배자가 되었네, 하며 열패감이 들어 온몸에 힘이 죽 빠졌다.

원영일은 오늘 울산에서 열리는 탈핵 및 신고리 5,6호기 건설중지 반대 시위에 갈 예정이다. 한수원 퇴직자 동호회에서 버스를 내서 한수원 노동조합이 울산에서 개최하는 시위에 참여하며 힘을 보태기로 했다. 아침 7시에 버스가 떠난다.

원영일은 전철을 타고 집결지로 갔다. 옛 동료들과 후배들이 관광버스 옆에 서서 수군거리고 있었다.

"내 평생 추석과 설도 못 쉬고 발전소 돌렸는데 뭐 원자력이 위험하다고? 세상에 문명의 이기치고 안 위험한 것이 어디 있어? 지난 40년 동안 원자력 돌렸는데 방사선으로 죽은 사람 한 사람도 없다. 나쁜 놈들. 정부는 왜 아무 책임도 안 지는 환경단체 말만 듣고 그런 결정을 한 거야?"

원영일과 함께 발전소 부소장을 했던 이기선이 원영일과 악수를 나누며 투덜댔다.

"물태우 때부터 반핵하던 친구들과 같은 패거리인 촛불세력이 승리하자 우리들에게 총부리를 들이대는 거지."

원영일이 이기선의 말을 받았다.

7시 정각에 버스가 떠났다. 평생 국영기업체에서 절제된 생활을 했던 습관이 퇴직 후에도 그대로 남아 모두 정확하게 출발시간을 지켰다.

원영일은 관광버스 앞자리를 선배들에게 물려주고 버스 중간쯤에 이기선과 나란히 자리를 잡았다. 원영일은 머리가 하얗게 센 80을 바라보는 선배들이 그 먼 울산까지 시위에 동참하러 따라나선 것을 보며, 저 선배님들은 무엇을 항의하러 나섰을까, 했다.

버스가 경부고속도로로 접어들었다.

"경부고속도로로 가네. 그럼 경부로 가서 울산 언양고속도로를 탈 건가?"

원영일이 이기선에게 말을 걸었다.

"아닐 걸. 죽전에서 회원들 태우고, 신갈에서 영동고속도로로 바꿔 타고 여주에서 김천 양평고속도로를 탈 거야. 우리 제대하고 고속도로가 많이 생겼다. 요 근래 나 부산 가면서 한 번도 경부고속도로 안 탔다."

"그래 세월이 바뀌면 가는 도로도 바뀌고 생활도 바뀌지. 우리나라 발전소 믹스도 우리 입사할 때하고는 많이 바뀌었지."

"그렇지. 우리 입사했을 때는 석유 때는 발전소가 주였는데, 두 차례 석유파동으로 석유값이 천정부지로 올라가자 값싼 석탄과 원자력으로 바뀌었지. 벌써 그렇게 탈유 전원개발을 한 지 40년이 되어가네."

"그런데 문재인 정부는 값싼 원자력과 석탄을 버리고 비싼 LNG로 바꾸겠다고 하니, 그 비싼 LNG 발전소 돌려 어떻게 전기값을 다 당하려고 하는지 모르겠다."

이기선이 한탄조로 말했다.

"그러니 말이야. 발전원가 40원, 60원 하는 원자력, 석탄 죽이고 150원짜리 돌린다면서 전기요금 안 오른다고?"

"말도 안 되는 소리야. 흙 퍼서 발전하나? 외국에서 연료를 다 사와야 하는데, 외국 천연가스업자가 우리 정부 예쁘다고 값싸게 팔 리 없잖아?"

"석탄은 미세먼지가 나와서 안 되고, 원자력은 방사성폐기물 처분 문제가 있어 안 된다는데, LNG는 초미세먼지 문제가 있고 인체에 더 위험하잖아?"

이기선이 열을 올렸다.

"그것만 문제가 아니고 전원 계획에서 원자력 빼려고 예비율을 낮춘다면서?"

"그거 옛날 노무현 때 하던 짓거리잖아. 발전소 건설 계획을 할 때 예비율은 국제관례에 따라 약 15%를 잡는데 높다고 노통 때 발전소 건설을 늦췄다가 MB 때 전력 공급능력이 부족하여 정전사태가 났었잖아?"

“그러니 지금 건설하던 발전소 죽이면서 탈석탄 탈핵하고 예비율 낮추면 문 정부 때야 전기요금 안 올려도 되고 전력 부족 사태도 안 오겠지만, 다음 정부에서 전기요금 올려야 하고, 전기 모라라 발을 동동 구르겠지.”

“그래서 전원개발 계획은 15년 앞을 보고 하잖아.”

두 친구가 정부가 전원개발 계획을 막 바꾸려는 태도를 열을 내며 성토하는 사이 버스는 영동고속도로에서 충주로 가는 고속도로로 접어들었다. 오전 8시가 다 되어 가는데 도로는 안개로 뒤덮여 앞길이 부옇다. 원영일은 안개에 덮인 길을 질주하는 버스 속에서 꼭 탈원전 정책에 붙잡혀 앞날이 투명하지 않은 원자력의 운명 같네, 하며 한숨을 내쉬었다.

집회 장소가 울산 태화강역 광장에 마련되어 있었다.

수많은 깃발이 휘날리고 빨간색 검정색 조끼를 입은 젊은 노조원들이 소속 본부의 깃발 밑에 옹기종기 모여 있다. 고리, 영광, 울진, 월성 원자력발전본부와 대전 중앙연구원, 삼랑진, 무주 등 양수발전소에서도 노조원이 참여했다. 서울에서 온 선배들에게는 연단 바로 앞자리가 배정됐다. 만 오천 명이 모였다고 했다.

원영일은 깔개를 깔고 맨 앞줄에 앉으며, 토요일도 쉬지 못하고 시위에 참가한 후배들을 뒤돌아보며, 이 무슨 쓸데없는 국력 낭비인가, 하고 탄식했다.

원영일이 왜 정부에서 뜬금없이 탈원전을 한다고 하여 쓸데없는 시간과 국력을 낭비하게 하는 거야, 하며 북북거리는 사이 행사가 시작됐다. 국민의례에 이어 임을 위한 행진곡을 불렀다.

노조지부장, 주민대표, 대학 교수가 차례로 연사로 나왔다. 천편일률적으로 다 알고 있는 정부의 탈원전의 부당성을 지적하는 내용이라 원영일은 지루했다. 그래도 연설 중 원영일의 마음을 울린 대목은, 노조위원장이, 우리는 설, 추석 연휴도 놀지 못하고 하루 24시간 일 년 내내 원자력 발전소를 안전하게 돌리려고 노력한 죄밖에 없는데 마치 국민을 다 죽이는 위험한 시설을 돌린 것같이 매도당하여 억울하다고 호소할 때와 주민 대표가 원전이 돌아가면 원전 옆에 사는 우리들이 제일 위험한데 자기들은 그 위험을 감수하고 발전소를 짓자는데, 서울 사는 양반들이 감 놔라 배 놔라 하며 원전을 짓지 말자고 한다며 건설을 계속하자고 호소하는 부분이었다.

또 대학교수가 정부는 2030년 온실가스 배출량을 2030년 예상치 8억 5천만 톤의 37%를 감축하겠다고 약속했는데 발전 에너지원 중 현저하게 탄산가스 배출이 적은 원전을 죽이면 무엇으로 그 목표를 달성할 거냐고 핏대를 올릴 때 공감이 갔다.

원영일은 한 시간 이상 맨 바닥에 앉아있었더니 엉덩이가 배기고 허리도 아파 자리에서 일어서서 시위대열 맨 뒤로 가서 선 채로 연설을 들었다. 집회를 시작한 지 두 시간이 지나자 원영일은 목이 말라 음료수를 사먹으러 역구내로 들어갔다.

"부소장님도 오셨어요?"

원영일은 여자 목소리가 나는 쪽으로 고개를 돌렸다.

"어 미스 김. 미스 김도 왔어?"

미스 김은 원영일이 부소장을 할 때 소장실에서 비서로 근무했다.

"네. 부소장님이 멀리 서울에서 오실 것은 생각도 못했는데. 건강하시죠?"

처녀로 입사했던 미스 김은 이제 30대 여성의 완숙함을 보였다.

"응. 건강하니까 왔지. 결혼했다는 소식은 들었는데 애들이 몇이야?"

"네, 아들 하나 딸 하나 둘이에요."

"애국했네, 지금은 어디 근무해?"

"네. 방사선실에 근무해요. 부소장님은 어떻게 지내세요?"

"하루 놀고 하루 쉬고 지내지. 잘 있어. 반가운데."

"목마르시면 제가 주스 한 잔 사드릴게요."

"아니, 내가 사야지."

"저는 현식이고 부소장님은 OB신데 제가 사야죠. 현직 때 많이 얻어 먹었는데."

미스 김이 역 대합실에 있는 커피점으로 달려가서 바로 주스 잔을 들고 왔다. 10년도 더 지나 만난 상사와 부하는 다정하게 옛일을 이야기하며 음료수를 마셨다.

"계획 중인 원전을 안 짓겠다는 것은 공론을 거쳐 결정하면 되지만 왜 짓던 신고리 5,6호기 건설을 중지하는지 모르겠어요."

미스 김이 빨대로 음료수를 빨아 마시며 말했다.

"반핵하는 놈들이 촛불 데모 주동인 시민단체 중 하나잖아? 그러니 자기들이 이겼다고 승전가를 부르는 거지."

"신고리 5,6호기를 건설 중단하면 약 3조 정도 손해를 본다는데 그게 자기 돈이면 그렇게 하겠어요?"

미스 김의 목소리에 분노가 느껴졌다.

"그래 자기 돈이면 그렇게 함부로 쓸 리가 없지. 1조면 매일 백만 원씩 3천 년을 쓸 수 있는 돈이야."

"정말 그렇게 큰돈이에요? 나는 조라는 돈이 큰돈인 줄 알았지만 그렇게 큰돈인 줄 몰랐어요."

"지금 문 정부가 부자 증세한다는데 그래 봐야 4조 정도 세금이 더 걷힌대."

"그런데 왜 탈원전 탈석탄할까요?"

"환경에 나쁘다고 그러는 모양인데 LNG는 안전한가? 탄산가스는 석탄보다는 덜 나오지만 원자력의 60배는 더 나오는데."

"문 정부에서 전기요금 안 오른다고 거짓말하잖아요? 풍력과 태양열이 더 비싸다는데."

미스 김이 투덜댔다.

"어떻게 발전단가가 제일 싼 원전과 석탄을 죽이고, 그보다 몇 배나 비싼 LNG, 풍력, 태양광하면서 전기요금이 안 오르나? 더구나 풍력과 태양광은 우리나라 입지가 좋지 않아 그 효율이 극도로 떨어지니 공급능력도 문제 될 거야. 그럼 또 비싼 LNG 지어야 하고. 그럼 전기요금이 더 오를 거고, 탈원전한 독일은 재생에너지 발전 용량이 전체 발전 용량의 40%를 차지하는데 시원찮게 돌아서 모자라는 전기를 프랑스에서 사오고, 전기요금이 몇 배나 올랐어."

"정부도 그런 것을 알 텐데, 왜 그런 정책을 할까요?"

"해일로 후쿠시마 원전이 터졌을 때 방사성물질이 환경에 노출됐지만, 방사선으로 죽은 사람은 한 사람도 없어. 그런데 문통이 얼마 전 탈원전 선언하면서 몇 백 명이 죽었다고 하여 일본 정부에서 어떤 자료에서 나온 거냐고 항의를 했었지. 그렇게 엉터리 정보가 최고 통치자에게 보고되고, 그 자료를 사용하여 정책을 결정하니 그런 결정을 하는 거지. 그런데 모처럼만에 만나 가벼운 이야기를 해야 하는데."

"사모님은 건강하세요?"

"교회일로 바빠. 그래도 그렇게 움직이는 것이 아파 누워 있는 거보다 낫지."

"부소장님은 마음이 툭 트여 그렇게 이해를 해 주시네요."

"음료수도 다 마셨으니 나가볼게. 곧 시가행진할 것 같은데. 참여해야지."

"행진까지 하실 거예요?"

"그럼 여기까지 왔는데 해야지. 잘 마셨어. 행복하게 잘 살아."

원영일은 손을 흔들어 주고 대합실을 나섰다. 연단에서는 노조 간부 네 사람이 탁발식을 하고 있었다.

원영일은 퍽 오랜만에 탁발식 광경을 보며, 무슨 잘못을 바로 잡으려고 저 사람들이 미리를 깎으며 지랑하지, 하며 서글픈 생각이 들었다.

해가 서산마루에서 세 발쯤 남았을 때 시가행진을 시작했다.

선두차가 앞장서고 수많은 깃발이 그 뒤를 뒤따르고 본부별로 순서에 따라 행군을 시작했다. 행렬이 도로 3차선을 점령했다. 서울에서 온 선배들은 맨 뒤에서 따라갔다.

원영일은 행렬 후미에서 따라가며 지난해 말부터 서울 광화문 광장과 서울 시청 광장에서 있었던 촛불집회와 태극기집회에 참여하여 행진했던 때가 떠올랐다. 그 때 주최 측은 동원된 청중의 마음을 흔드는 진행을 했었다. 오늘 울산 집회는 그냥 자기들이 할 말만 하고 청중과는 호흡이 척척 맞지 않은 감을 느끼며, 이 친구들은 집회 기술을 민주노총에게 한참 배워야겠다고 생각했다.

"부소장님도 오셨어요?"

원영일은 소리 나는 쪽으로 고개를 돌렸다. 부소장 시절 운전과장으로 제어실에서 근무했던 김창일이다.

"어 오랜만이야, 잘 있었어?"

"네. 이렇게 멀리까지 응원 와주셔서 감사합니다."

"우리가 미안하지. 이런 사태를 오게 하여."

"선배님이 잘못하신 거 없는데요. 제가 고리 1호기 제사지냈어요."

"그럼 폐로 선언할 때 고리 1호기 근무했었나?"

"네. 정말 가슴이 아팠어요. 정말 고리 1호기 잘 돌았었거든요. 고리 2호기보다 고장도 안 나고 훨씬 잘 돌았어요. 그런데 그렇게 씽씽 돌아가는 발전소를 죽였어요. 정말 억울해요."

"정치적인 결정이지. 정치적인 결정은 언제나 경제성 손해를 보던데. 내가 살아오면서 보니."

"그래도 우리나라 첫 발전소 연장운전하려고 어지간한 부품은 다 갈았는데."

"한수원 사장이 경제지에 경제성이 없어서 고리 1호기를 죽인다고 했던데."

"선배님도 아시다시피 원자력 발전단가의 80%는 자본비인데 이미 감가상각이 다 끝나 연료비와 운영비만 들면 되는데 어떻게 경제성이 없어요?"

"귀하가 다니는 회사 사장이 그렇게 썼었어. 그러니 결정권자는 경제성이 없는 걸로 알고 죽였겠지."

원영일은 옛 부하를 위로할 말이 없어 어깃장을 놨다.

"선배님이 그렇게 말씀하시면. 그 사장 낙하산이요. 고리 1호기 죽인 장관은 지역에서 국회의원 됐고."

"알고 있어. 그게 세상인데 우리 힘없는 백성은 이렇게 시위나 하며 저항할 수밖에. 오늘 데모하는 데 돈 좀 들었겠던데 전국에서 다 왔으니."

원영일은 하늘에 흘러가는 흰 구름을 올려다보며, 정부는 국민의 뜻을 받들어 정치를 하라고 국민으로부터 위임 받은 주체인데, 왜곡 보도나 잘못된 정보에 바탕을 두고 엉터리 정책을 펼칠까, 했다. 그런데 국민들은 엉터리 정책의 방향을 바꿀 방법이 없다!

원영일은 행군 도중 롯데백화점 앞 광장에서 반핵 단체의 신고리 5,6

호기 건설을 중단하라는 맞불집회 광경을 보며, 저 친구들은 전기도 안 쓰나, 천 명 쯤 모인 것 같은데, 언론에서는 만 명도 훨씬 넘게 모인 친원전단체와 비슷한 청중이 모였다고 하며 같은 비중으로 보도할 거지, 했다. 반핵시위 군중 사이에서 나부끼는 정의당과 노동당 깃발을 보며 우리나라에 노동당도 있나, 하며 전기값이 오르면 서민이 더 피해를 보는데 왜 서민 편이라는 놈들이 탈원전하면 전기값 올라가는데 저렇게 데모를 할까, 했다.

3.

원영일은 원자력 살리기 국민연대에서 주관하는 1인 시위에 나섰다.

원자력 살리기 국민연대는 원자력발전 시설을 건설 운영하는 한수원 퇴직 동우회를 비롯하여 원자력발전소를 설계 감리하는 회사, 정비회사, 핵연료 제조회사, 연구기관 등 원자력관련 기관 퇴직자들이 그들이 평생을 몸 바쳐 일했던 직종을 지키기 위해 자생적으로 결성한 시민단체이다.

원영일은 힘없는 퇴직자가 일인 시위라도 하며 잘못된 정책에 반대의사를 표시하여야겠다며 그가 배당받은 시간, 오후 두 시에 맞춰 광화문 빌딩 앞으로 갔다.

동화 면세점이 있는 광화문 빌딩 안에 원자력공론화위원회가 위치한다.

공론화위원회는 2017년 7월 국무총리 훈령으로 설립되었다. 위원장을 포함 9인의 위원으로 구성되었으며, 신고리 5,6호기 건설 중단여부를 공론화하여 의견을 수렴하고, 3개월 내에 그 결과를 정부에 보고하는 임무를 띤 조직이다.

빌딩 앞에 붉은 글씨로 원자력 수호, 탈원전 반대 구호를 쓴 플래카드와 정의당에서 탈원전 설명회를 12시에서 한시 사이에 한다는 플래카드가 나란히 걸려 있다.

시간이 되자 국민연대 사무국 간사가 '원전 건설은 계속되어야 합니다' 라고 쓰인 피켓을 원영일에게 건넸다. 신고리 5,6호기 건설을 즉각 재개해야 합니다, 라는 제목의 리플릿도 건넸다. 같이 1인 시위를 할 원자력연구원 출신 송 박사도 제 시간에 도착했다.

두 사람은 탈원전을 반대하는 플래카드 밑에 피켓을 세워 들고 나란히 섰다. 이른 가을바람이 광화문통을 휩쓸고 지나갔다. 차갑게 느껴지지는 않았다.

난생 처음 1인 시위를 하는 원영일은 잠시 쑥스러운 감정을 감추려고 헛웃음을 쳤다. 그는 지나가는 행인들에게 전단지를 돌리려 하였으나, 번번이 손사래를 당했다.

시커먼 중절모자를 쓰고 색안경을 쓴 검정색 잠바를 입은 50대가 얼굴을 잔뜩 찌푸리고 다가왔다. 옷매무새나 얼굴 빛깔이 투박하게 보였다.

"당신들 어떻게 여기 서울 한복판에서 이런 피켓을 들고 있어요?"

50대가 시비조로 말했다.

"탈원전이 잘못 됐다는 것을 알리려 나왔어요."

원영일이 공손하게 말했다.

"잘못 되다니? 우리나라에 지진 횟수가 점점 늘고 강도도 세어지는 것 몰라요?"

50대가 원영일은 꼬나보며 시비조로 말했다.

"네 알고 있어요. 최근 경주에서 진도 5.1의 지진도 났지요."

"그런 것을 아는 사람들이 원자력발전소를 계속 짓자는 거요?"

50대가 큰소리를 쳤다.

"원자력발전소는 다 내진 설계가 되어 있어요. 옛날에 지은 발전소는 진도 6, 최근 짓는 발전소는 진도 7에 견디도록 짓고 있어요."

"거짓말 말아요. 진도 5.1 나왔는데 겨우 진도 6이요?"

"진도 5와 6은 그 강도 차이가 열 배는 넘어요. 신라시대부터 지진 자료를 보고 정한 거요."

"그렇게 막 속일 거요? 지진 대비를 했다고? 후쿠시마 원전이 지진에 무너져서 만 오천 명이나 죽었어요."

"만 오천 명은 해일로 죽은 숫자이고, 후쿠시마 원전이 지진은 견뎠으나 해일에 무너졌어요. 방사선으로 죽은 사람 한 사람도 없어요."

"에이 거짓말. 자료 찾아 보여줄까요? 만 오천 명 죽었다는데."

50대가 핸드폰을 켜고 자료를 찾는 척한다.

"후쿠시마 원전이 지진에는 견뎠으나, 15m가 넘는 해일에 전력시설이 다 침수되어 비상전원이 나가서 원자로를 제대로 냉각 못하여 핵연료가 녹은 거요. 방사선 1렘 이상 받는 지역의 주민이 22,000명 정도인데 보통 주민의 약 20%는 암으로 사망하니까 4,400명이 암으로 죽어요. 후쿠시마 원전에서 나온 방사선으로 약 200명이 추가로 암으로 죽을 확률이 있다는 전문가의 보고입니다."

"그거 아베 정권이 사기 치는 거요."

"사기 아니에요. 미국 콜로라도 덴버 시는 약 1,600미터 고원에 있는데 60만 명이 살고 있어요. 주변에 우라늄 광산이 많아 자연 방사선량이 3렘이 넘는데 다들 잘 살고 있어요."

"내가 미국 안 가봤다고 사기 치는 거요?"

"사실을 알려드리는 겁니다."

"사실은 무슨 사실? 대두아도 나오고 무뇌아도 나오고 물고기 300년

간 먹으면 안 된다는데."

"그거 다 거짓 정보입니다. 속지 마시오."

"속기는 내가 아니라 당신들이 속고 있어요. 원천기술도 없으면서 왜 발전소는 자꾸 지어요?"

"원자력 초창기엔 기술이 없었지요, 그래서 기술을 사와서 배우고 익히고 개발하여 우리 것으로 만들고 새로운 기술을 개발하여 지금은 세계에서 최고 기술을 가지고 있어요."

"내가 모른다고 막 뺑을 치는데, 원천기술 없잖아요?"

"예를 하나 들까요? 지금 건설 중단된 신고리 5,6호기는 제3세대 원전인데, 우리나라 APR 1400, 일본 도시바사가 소유한 웨스팅하우스의 APR 1000, 프랑스가 개발한 EPR 1600이 있어요. 기존 발전소보다 안전성이 열 배 이상 향상된 모델이에요."

"뭐 그렇게 영어 쓰며 어려운 말하지 말고 원천기술 없다고 자백하시오."

"세 회사 중 웨스팅하우스 APR 1000은 중국과 미국에 건설 중인데 당초 공기보다 몇 년씩 늦어져서 손해를 보고 도시바가 큰 적자를 보고 어려움에 처해 있고, 프랑스도 프랑스와 핀란드에 짓고 있는데 거기도 죽을 쑤고 있어요. 우리나라가 개발한 APR 1400만 상업운전을 시작했어요. 지난해 말 준공한 신고리 3,4호기가 그 노형이에요. 아랍 에미리트에 수출했는데 잘 건설되고 있고."

원영일은 진지하게 설명했다.

"당신 박사요?"

"나 박사 아니요. 발전소 근무했던 사람이요."

"박사도 아닌 사람이 아는 체하기는. 발전소 근무하면 막 암 걸리고 한다면서요?"

"나 발전소에서 20년 이상 근무했어요. 이렇게 멀쩡해요."

"에이 거짓말. 나이도 드신 분이 이렇게 거짓말만 하시지 말고 집에 가서 쉬세요."

50대가 도망치듯 멀어져 갔다.

"저렇게 엉터리 정보를 듣고 아집에 빠진 사람을 어떻게 설득하지요?"

옆에서 두 사람의 대화를 듣고 있던 송 박사가 혀를 찼다.

"현장 근무하며 보면, 반핵 하는 친구들이 발전소가 원폭처럼 터진다느니 무뇌아가 나왔니 기형 송아지가 나왔니 하며 과장된 허위 정보로 사람들을 현혹해요."

원영일이 푸 하고 한숨을 내쉬며 말했다.

많은 사람들이 오고 갔으나, 1인 시위에 관심을 보이는 사람은 거의 없었다. 아예 눈길을 주지 않거나, 달 쳐다보듯 하며 지나갔다. 가끔 주먹을 흔들며 반대 의사를 표하는 사람도 있고, 두 손을 마주 잡고 격려의 뜻을 표하는 사람도 있었다.

시위를 시작한 지 두 시간이 지났다. 원영일은 한 자리에 마냥 서 있었더니 다리가 뻣뻣해졌다. 목도 말랐다. 나이가 지긋이 드신 잠바차림에 중절모자를 쓴 할아버지가 멈춰 서서 시위를 하는 두 사람을 딱하다는 시선으로 쳐다봤다. 할아버지가 두 주먹을 마주 쥐고 손을 흔들며 격려의 표시를 하고 자리를 떴다. 그 할아버지가 비닐봉지를 들고 다시 나타났다.

"나이도 드신 분 같은데 고생이 많아요. 이거 하나 드세요."

할아버지가 비닐봉지에 담아온 박카스를 건넸다.

"감사합니다. 잘 마시겠습니다."

두 사람이 박카스를 받으며 감사를 표시했다.

"고맙기는. 선량한 시민을 이렇게 고생시키는 놈들이 나쁜 놈들이지.

그래 왜 멀쩡하게 잘 짓고 있는 발전소는 죽인대요?"

"잘 모르겠습니다."

"그놈들 자기 돈으로 지으면 그렇게 짓다가 말겠어? 뭐 국민 안전을 위한다고? 전기 없이 살 수 있나. 당신들 같은 노인이라도 있어 다행이요, 원자력발전소에서 근무하셨던 것 같은데 역적 취급받아 억울하겠어요. 그럼 수고하세요."

할아버지가 손을 흔들고 멀어져 갔다.

원영일은 할아버지의 격려에 가슴이 뭉클하며, 왜 내가 여기에 와서 이렇게 고생을 해야 하지, 이런 소극적 저항으로 방향이 바뀔 수 없을 텐데, 그렇다고 이런 저항도 안 하면…, 하며 푹 한숨을 쉬었다.

동아일보 전광판에서 계속 뉴스가 흘러갔다. 두 시간 넘게 보고 있으니 반복되는 뉴스를 다 외울 것 같다. 북핵 위기와 미국 트럼프 대통령 대응이 계속 흘러갔다. 외국에 있는 친구들은 우리나라에 전쟁이라도 날까 걱정하는 메시지가 오는데 우리나라는 정말 태평하다.

우리도 비대칭 전력을 보완하기 위하여 핵을 가지는 것이 바람직한데, 원자력을 죽이고 기술자가 다 해산하면 무슨 수로 핵전력을 가지지? 원영일은 그런 생각을 하며 혼자 울분을 터트리며 그 자리에 서있었다.

4.

추석, 개천절, 한글날, 대체 공휴일을 포함하여 열흘이나 공휴일이 계속된다. 하루 놀고, 하루 쉬는 은퇴자, 원영일에게 공휴일이 특별한 의미가 없지만, 그래도 남들이 논다니까 덩달아 살짝 기분이 좋아지며 이 긴 연휴를 무엇을 하며 보낼까, 했다.

현직이었다면 휴일이 뭔지도 모르고 그냥 발전소를 돌렸을 텐데…, 그래도 퇴직을 하니 휴일을 챙기려 한다.

원영일은 주인이 없는 공기업에 다녀서 잘 몰랐지만, 사업하는 경영자분들은 열흘이나 놀려주고 월급을 주려면 얼마나 아까울까? 주문 물량을 채우려고 연휴에 공장을 돌리려면 일당을 50%나 더 주고 노조에 사정을 해야 한다!

사실 대부분의 노동자들은 긴 연휴를 즐길 돈이 없어 방콕을 하며 재방 삼방하는 티브이와 벗을 해야 할 거다. 정부는 연휴가 국내 경제 활성화에 도움이 된다고 하는데, 200만 명이 넘게 해외에 나간다니, 일인당 500불만 써도 10억불이 해외로 날아간다.

원영일은 추석날 문막에 있는 공원묘지로 부모님 묘소에 성묘를 갔다. 연휴가 길어서인지 고속도로가 밀리기는 했지만 딴 해보다는 수월했다.

부모님은 원영일이 한전에 입사했을 때 퍽 기뻐하셨었다. 더구나 원자력분야에서 근무한다고 했을 때 최신 기술 분야에서 근무한다며 아들을 대견해 했었다.

그런데 어떻게 하다가 그가 종사했던 분야가 국민에게 위험을 주는 일로 매도당하고 있다. 밤잠을 안 자고 야간 근무를 하며 내가 생산하는 전기가 가정을 밝히고 산업의 원동력이 된다는 자부심이 있었는데, 그런 희생(?)이 국민들에게 위험 물질을 양산하는 작태였단다!

원영일은 가슴이 답답하여 어머니의 묘비를 잡고 애통해 했다.

추석 다음날, 원영일은 평소같이 산책을 다녀왔다. 목욕을 하고 나오자 연휴인데 그냥 보낼 수 없어 마누라에게 어디 놀러 가자고 했다. 마누라는 추석 준비하랴, 어제 성묘를 다녀왔더니 피곤하다며 당신 혼자 등산이라도 다녀오라고 했다.

원영일은 서울 근교 산이나 갈까 하다가 문득 아라뱃길을 한 번 가 보고 싶었다. 원영일은 해외에 가면 기회가 닿으면 유람선을 타는데 그 좋은 한강을 다니는 유람선을 타지 않았다. 원영일은 컴퓨터를 켜고 아라뱃길 홈페이지에서 선착장을 찾아가는 길을 찾고 집을 나섰다. 공항철도를 타고 청라국제역에 내리면 15분에 한 번씩 셔틀 버스가 있다고 안내했다. 지금 나서면 13시 30분에 떠나는 유람선을 탈 수가 있다.

전철을 타러 길거리에 나서자 네거리가 온통 플래카드로 지저분하다. 구의원, 시의원, 구청장, 국회의원, 각당 당협위원장 등이 풍성한 한가위를 맞으라며 다투어 자리를 차지하고 플래카드를 무질서하게 내걸었다. 원영일은 이맛살을 찌푸리며 내년 지자체 선거를 겨냥한 선전이네, 하며 자식들 저런 것 걸 돈 있으면 추석명절에 부모 친척도 못 만나는 고아원에나 기부하지, 했다.

원영일은 9호선을 타고 김포공항역에서 내려 공항철도로 갈아탔다. 계양역을 지나자 기차가 땅 위로 나왔다. 철로 옆 공항고속도로에서 버스와 승용차가 쌩쌩 달리며 기차를 추월했다. 원영일은 눈앞에 휙휙 지나가는 푸른 들과 하늘을 보며, 저렇게 깨끗한 자연을 후손들에게 넘겨줘야 하는데, 하고 생각하며 에너지원 중 그래도 원자력이 제일 환경에 영향을 덜 주는데 왜 죽이지, 하며 안타까운 생각이 들었다.

원영일은 청라국제역에서 내려 버스 정류장으로 가서 셔틀버스를 타는 안내판을 찾았다. 안내판이 보이지 않아 역구내롤 들어가서 커피점 주인에게 물었다. 커피점 주인은 셔틀버스가 없다며 정서진으로 가려면 1번 버스를 타라고 했다. 원영일은 분명 셔틀버스가 있다고 했는데, 하며 버스 정류장에서 1번 버스를 기다렸다. 한참을 기다려 1번 버스가 왔다. 세 정거장을 지나 경인 아라뱃길 터미널에 버스가 도착했다. 버스를 내리며 보니 거창한 건물 두 동이 보이고 반대편에 K-WATER라는 선전문을 기둥에 새긴 풍력발전기 두 대가 돌고 있다.

원영일은 어느 건물에서 승선표를 파는지 몰라 높은 탑이 있는 건물로 들어갔다. 아무리 둘러봐도 매표소가 보이지 않았다. 원영일은 커피점 주인에게 어디서 표를 파는지 물었다. 주인은 예전에는 여기서 유람선이 떠났으나, 검암역에 가서 타라고 했다.

원영일은 1시 반 유람선이 떠나는 시간까지 한 시간 이상 여유가 있어, 자식들 홈페이지를 고쳐놔야지, 하고 투덜대며, 이왕 여기까지 왔으니 전망대나 올라가서 구경하고 가자며 23층 전망대를 오르는 승강기를 탔다.

승강기의 바다 쪽은 유리창이다. 젊은 관광객들은 툭 틔인 밖을 내다보며 무섭다고 비명을 지른다. 유리창으로 내다보이는 광경은 뻘뿐이다. 푸른 바다는 저 멀리 있다. 원영일은 23층에서 내려 전망대를 한 바퀴 빙 돌며 주변의 경치를 관망했으나 푸른 가을 하늘을 빼고는 경치가 별로여서 감동을 받지 못했다.

그는 24층 카페에서 파는 점심 메뉴와 음료수의 값을 보며, 비싸네, 하며 승강기를 타고 내려와서 유람선을 타러 검암역으로 가기 위해 그가 내렸던 버스 정류장으로 갔다. 가을 햇볕이 따갑게 머리에 내려쪼였다. 한참을 기다려도 버스가 오지 않는다. 택시도 보이지 않는다. 한참 만에 버스가 보였다.

버스는 원영일이 서있는 정류장을 거치지 않고 그가 서있는 정류장에서 50m는 떨어진 곳에 멈춰 섰다가 터미널을 빠져 나갔다. 원영일은 왜 버스가 그냥 지나쳤지, 투덜대며 방금 버스가 떠난 곳으로 갔다. 그곳에도 버스 정류장 표시가 있다. 청라역 쪽으로 가려면 그곳에서 버스를 타야 한다.

원영일은 녀석들 안내판을 잘 붙여놔야지, 하고 투덜대며 반 시간은 또 기다려야 버스가 올 것 같아 우선 전망대 카페에 가서 점심이나 먹고 가자며 전망대 카페로 올라가서 창가에 자리를 잡았다.

종업원이 공휴일에는 점심이 안 된다고 했다. 원영일은 그냥 내려가서 버스를 기다릴까 하다가 목이 말라 생과일주스를 주문했다. 옆자리에 잘 차려입은 곱게 늙은 할머니가 혼자 앉아 커피를 마시고 있다.

원영일은 눈앞에 펼쳐진 뻘을 내다보며 자식들 유람선 타는 데가 바뀌었으면 홈페이지를 바꿔놔야지, 하며 속으로 투덜댔다.

"어떻게 혼자 오셨어요?"

옆에 앉은 할머니가 먼저 말을 걸었다.

"네. 집사람이 추석 쇠느라 고단하다며 산에나 다녀오라고 하여 자주 가는 산 대신 한 번도 구경한 적이 없는 아라뱃길이나 구경하러 왔어요."

할머니는 아들이 차로 여기까지 데려다 주며 유람선 타시고 오시면 두 시간 후에 데리러 온다고 하여 허탕을 치고 밥도 안 팔고 하여 별 수 없이 두 시간을 때우려고 차를 마시고 있다고 했다.

두 사람은 잠시 정보를 제대로 알려주지 않는 여객선 회사를 성토했다.

"아들이 내일 브루나이 칠성급 호텔로 데리고 간다고 했어요."

할머니가 자랑했다.

"아, 7성급 호텔. 세계에 두 군데 밖에 없어요. 두바이하고, 브루나이하고. 두바이는 우리나라가 원자력발전소를 지어주는 아랍에미리트에 있지요."

"아 거기요? 어제 동화 면세점에 면세품을 사러 갔는데 그 건물 앞에 탈원전 반대한다는 플래카드가 걸려 있던데 그게 뭐요?"

"우리나라는 40여 년 전부터 원자력발전소를 건설 운영하고 있는데 이제 더 이상 원자력발전소를 안 짓겠다고 하여 반대하는 겁니다."

"그래요? 그럼 전기는 뭣으로 만들지요? 전기 없으면 안 되는데."

"저기 풍차 보이지요?"

원영일이 주차장 너머에서 돌고 있는 풍차를 손가락으로 가리켰다.

"저것으로 전기를 만든다고? 돌다 안 돌다 하던데, 안 돌 때는 뭘로 전기를 보내줘요?"

"돌 때 만든 전기를 쓰고 남으면 배터리에 저장했다가 안 돌 때 보내줘요."

"에이 저거 몇 개 돈다고 전기를 해결한다고? 2030년까지 전기 20%를 저런 걸로 만들어 보낸다는 문 대통령 연설 들은 거 같은데."

"네 2030년까지 우리나라에서 쓰는 전기 20%을 재생에너지, 태양열과 풍력으로 공급하겠답니다."

"20%? 그거 얼마 안 되네."

"2030년이면 우리나라 전력 수요가 1억 kw 넘을 테니 20%면 2천만 kw나 됩니다. 원자력발전소 스무 개만큼 되지요."

"그렇게 많이를 저런 풍차나 지붕을 덮어 만드는 전기로 대준다고요?"

"저 젊었을 때 한전 다녔어요. 그래서 좀 구체적으로 말씀 드릴까요?"

"좋은 직장 다니셨네. 나도 좀 배웁시다. 며느리 손자에게 아는 척 좀 하게."

"태양광발전소나 풍력발전소는 하루 종일 돌릴 수가 없어요. 밤이나 햇빛이 안 나면 태양광발전소는 쉬고, 바람이 안 불면 풍차도 쉬고."

"그렇지요. 그래서?"

"그래서 가동률을 20%로 잡으면 2천만 kw 전기를 만들려면 약 1억 kw 정도 발전소를 지어야 해요."

"그럼 우리나라 발전소 전부를 합한 만큼 발전소를 새로 지어야 한다고요? 어디다 지어요?"

"천만 kw는 태양열, 천만 kw는 풍력으로 한다고 하면 태양열발전소를 짓는데 약 1억 5천만 평, 서울시 땅만큼 땅이 필요하고, 저기 보이는 풍력발전기를, 최신 대형 대당 5천 kw 발전기를 짓는다고 해도 2만 5천 개를 지어야 해요."

"우리나라같이 좁은 땅에 그런 땅이 어디 있어요?"

"풍력은 바다에다 지어야 할 거요."

"그럼 짓는 비용이 많이 들 텐데."

"보통 저거 하나 짓는데 50억이 들어요."

"그렇게 많이 들어요. 나 사는 아파트 열 채 값이네."

"바다에 지으려면 훨씬 비용이 많이 들지요. 그래서 태양광 풍력을 많이 하는 나라는 전기값이 많이 올라요. 독일도 몇 배 올랐어요."

"그런데 왜 풍력 태양광 하자는 거요?"

"오늘 가을 날씨 아주 좋지요. 하늘은 맑지요, 바람은 살랑, 뭉게구름은 두둥실. 이런 좋은 환경을 후손들에게 물려줘야 하는데 전기는 안 쓸 수는 없고, 전기를 만든 것 중 원자력이 제일 싼데 몇 만 년 관리해야 하는 방사성 폐기물이 나오고, 그 다음에 싼 석탄은 미세먼지가 나오고, 탄산가스가 많이 나와 2030년까지 우리나라가 약속한 37% 탄산가스 감축 목표를 지키기 어렵고, 미세먼지가 안 나오고 탄산가스가 석탄의 절반 나오는 LNG 가스를 때면 값도 비싸고 초미세먼지가 나오고, 수력은 더 지을 곳이 마땅히 없고, 그래서 고민이지요."

"그럼 전기를 아껴 쓰면 되겠네요."

"아껴 써야죠. 그런데 아껴 쓰는 것도 한계가 있어요. 집에 냉장고를 끌 수도 없고, 여름에 에어컨 안 돌릴 수도 없고."

"그러네요. 그런데 정부는 왜 탈원전하자는 거요?"

"지진이 자주 일어나는데 위험하다고요."

"그렇기는 하네. 일본 무슨 발전소가 지진 때문에 터지고 방사선이 막 나오고 했다는 거 뉴스에서 봤어요. 근처에서 잡힌 생선도 못 먹는다고."

"그 발전소는 지진 때문에 선 것이 아니고 해일 때문에 섰어요. 우리나라 발전소는 지난해 경주에서 발생한 지진의 열배 백배 더 센 지진에도 견디게 설계되었어요. 그래서 우리나라에서 일어나는 지진에는 끄떡없어요."

"그래도 지진이 자주 나는데 겁나네. 선생님한테 들어보니 전기는 안 쓸 수 없고, 다 문제가 있고 잘 배웠어요. 오늘 집에 가서 며느리 손자들한테 아는 체 좀 해야지. 고맙습니다."

할머니가 정중히 인사를 하고 먼 바다로 시선을 돌렸다.

원영일은 한가하게 푸른 바다를 구경하는 곱게 늙은 할머니를 보며, 나도 저렇게 곱게 늙어가야 할 텐데, 하며 젊었으면 지금 놀지 못하고 발전소 돌리느라 땀을 뺄 텐데, 하며 하나님은 왜 인간의 욕망을 채워줄 싸고 깨끗한 환경에 영향이 없는 에너지를 주시지 않았나, 하며 뭉게구름을 올려다봤다.

유전자 검사

1.

아내가 43세에 첫 아이를 임신했다는 진단이 나왔다. 산부인과 의사가 남아라는 암시를 줬다고 했다.

나는 거의 오십이 다 되어 만혼을 하고 신혼 여행지에서 여섯 살 아래인 아내와 우리 아이 가질 생각은 말고, 우리 두 사람이 정답게 평생을 해로하자고 했었다. 그런데 아내가 임신했다는 기쁜 소식이다.

아내의 임신 진단을 듣고 나는 단전으로부터 열기가 뻗쳐오르고 가슴이 떨리고 숨이 가빴다. 내 나이 70이 다 되어 우리 아이가 대학교에 들어가겠구나, 하고 계산하며 책임감도 생겼다. 나에게 아내의 임신은 구약성경에 나온 아브라함이 100세에 본처인 세라에게 임신을 시킨 것과 같은 기적이다.

어머니는 나이는 들어가는데 결혼을 안 하고 미적거리던 아들이 결혼을 한다고 했을 때보다 더 경사라고 기뻐하시며, 손자를 임신한 장한 며느리가 나이가 있어 유산 위험이 크니 몸조심하라고 당부하며 힘든 일은 다 나더러 하라고 하시며, 어지간하면 아내더러 직장도 쉬라고 했다. 아내는 너무 몸을 움직이지 않으면 오히려 출산이 어려워진다며 직장은 그냥 다니겠다고 했다.

우리 부부는, 연속극을 보면 아이의 태명을 짓던데 우리도 태명을 짓자고 하며 태아가 건강하고 오래 살라는 의미로 건강과 장수 네 글자를 조합하여 건장, 건수, 장건, 수강 등 태명을 작명해 보다가, 너무 태명이 딱딱한 것 같아 행복하게 잘 살라는 뜻으로 그냥 복복이로 했다.

고등학교 동창 친구, 이성호와 한 잔 하면서 술김에 슬쩍 아내가 임신한 사실을 자랑했더니 성호는 크게 축하하면서, 너 늦게 아이를 가졌으니 요새 태아의 건강을 진단하는 유전자 기법이 발달했고, 간이검사하는데 비용도 얼마 들지 않으니 검사를 한 번 받아보라고 권했다.

성호는 대학교 다니는 딸이 있다. 성호는 자기 친구가 책임연구원으로 있다며 게놈닥터사를 소개하며 조명철 박사에게 전화해 놓을 테니 찾아가라고 했다. 성호는 자식을 가지는 것이 어려울 때도 많지만 좋을 때가 더 많다고 하며 다시 한 번 축하한다고 너스레를 떨며, 산모 건강 잘 챙기라고 했다. 몇 십 년 친구인 성호는 차마 만혼에 아이를 가지면 기형아가 생길 수도 있다는 말은 못했지만 그의 말의 뜻은 그런 우려를 나타내는 것 같았다.

가볍게 술이 취한 나는 친구의 말이 솔깃하여 집에 돌아와서 인터넷을 뒤져봤다. '유전자 검사' 라고 검색어를 치자 유전자 검사를 전문적으로 하는 기관이 죽 떴다. 성호가 소개한 게놈닥터사도 떴다. 게놈닥터사 홈페이지를 여니 대한민국 1위 국제공인연구소라는 선전 문구가 떴다. 그 기관의 첫 번째 사업으로 친자확인 DNA 검사가 떴다.

나는 다른 몇 기관 홈페이지도 검색했다. 그 기관들도 첫 번째 사업으로 친자확인 DNA 검사가 떴다. 나는 가끔 연속극에서 친자확인 유전자

검사를 하는 장면을 보며, 그것은 연속극에서나 나오는 일일 거라고 생각했었으나, 여러 유전자 검사기관의 첫 번째 사업으로 DNA 검사를 제시한 것을 보면 실제로 친자확인 DNA 검사를 하는 사람이 많은 모양이네, 하며 태아 유전자 검사 항목을 쳤다.

태아 유전자 검사는 임신 12주차에 하며, 태아의 목둘레와 산모의 혈액에서 태아의 DNA를 분리하여 할 수 있다고 했다. 정확도는 80%라고 했다. 21번 염색체 이상 증후인 다운증후군, 18번 염색체 이상 증후인 에드워드 증후군, 13번 염색체 이상 증후인 파타우 증후군 등을 검사할 수 있다고 했다.

나는 다운증후군을 제외하고 외국사람 이름으로 시작하는 병명들은 처음 들어보는 병명이어서 무슨 병일까, 하고 인터넷을 더 찾을까 하다가, 그건 의사가 알면 됐지 내가 알아서 뭐해, 하고 인터넷을 닫았다.

나는 아내에게, 성호가 우리들이 늦둥이를 가졌다니까 태아의 유전자 검사를 해 보라고 권했는데 당신 생각은 어때, 하고 물었다. 아내는 내 말에 펄쩍 뛰면서 뭐하러 검사하느냐고 의외로 강하게 반발했다. 검사받았다가 기형아면 어떻게 하겠냐고 반문했다. 나는 복복이가 당연히 건강한 태아일 거라고 여기고, 문제가 있으면 어떻게 하겠다는 것까지는 생각하지 않았었다.

"뭐 기형아라면 낙태하라는 말이야?"

아내가 시니컬하게 물었다.

"그런 뜻이 아니야. 왜 기형아가 생겨? 우리 둘 다 건강한데."

"둘 다 건강하지만 둘 다 나이 들어 임신하면 기형아가 태어날 확률이 높다고 하잖아?"

"내가 그런 뜻으로 말한 것 아닌데, 성호가 요새 DNA 검사로 간단히 태아의 건강상태를 알 수 있다고 하여, 또 비용도 얼마 들지 않고."

"당신 내 나이 많아 한 번만 유산해도 더 이상 아기 못 가지는 거 알지?"

아내가 심각하게 말했다.

"알았어, 그런 뜻으로 말한 거 아닌데 공연히 내가 우리 복복이에게 미안한 말을 했네. 그 이야기 그만하자."

그날 우리 부부는 그 문제에 대하여 더 이상의 대화를 접었다. 그러나 그 문제는 내 마음 속에 숙제로 남았다.

두 번째로 산부인과에 다녀온 아내가 내가 말했던 유전자 검사에 대하여 의사와 의견을 나눠봤다면서 우리 복복이가 아주 건강하다며, 검사를 해봐도 특별히 문제가 될 것은 없지만, 일부 병은 의술이 발달하여 태아 때에 선제대응이 가능하다며 검사해 보는 것도 나쁘지 않다고 했다면서 나만 동의하면 유전자 검사를 받겠다고 했다.

나는 어떻게 태아를 다 치료하느냐고 아내에게 물었다. 아내는 설명은 들었는데, 어려워서 무슨 말인지 못 알아들었고, 의사가 그렇다고 하더라며 유전자 검사기관도 알려주었다고 했다. 아내는 우리가 늙어서 애를 가졌으니, 미리 조사받아보고 태아 때 고칠 수 있으면 고치면 좋지, 하며 검사를 받자고 했다.

옛날에는 태아의 조직을 떼어내어 검사했으나 요새는 산모의 혈액을 채취하여 게놈을 재조립하여 태아의 유전병을 검사할 수 있다고 덧붙였다. 의학 상식이 부족한 나는 게놈이니 DNA니 하는 용어에 기가 죽어 아내의 말에 동의해 줬다.

아내는 성호가 소개한 게놈닥터사에 가서 혈액을 채취하고 왔다면서, 겨우 15만원 들었다며 이틀 후에 결과가 나오니 같이 가보자고 했다.

나는 그러자고 했다.

이틀 후, 나는 검사 결과나 잘못 나오면, 하는 걱정으로 가볍게 가슴이 떨리는 것을 진정하며 게놈닥터사 정문으로 들어서서 주차장에 차를 세웠다.

카운터에 앉은 여자가 우리 부부를 책임연구원 Dr. 조명철이라는 명패가 붙은 방으로 안내했다. 흰 가운을 입은 50대 초반의 남자가 우리를 맞으며 이성호 씨에게 전화 받았어요, 하며 친절하게 대해줬다. 그의 책상 컴퓨터 앞쪽에 이학박사 조명철이라는 명패가 서 있다. 그는 의사는 아니고 유전 전문가인 모양이다.

"부부가 같이 오셨네요?"

조명철이 자리에서 일어나 손을 내밀며 말했다. 우리는 성호라는 끈으로 이어진 인연을 되새기며 악수를 나눴다.

조명철 박사는, 앉으시지요, 하고 의자에 앉는 우리 부부에게 컴퓨터 화면을 보여주며, 검사 결과입니다, 하고 말을 이어갔다.

컴퓨터 화면에는 숫자와 막대그래프, 곡선그래프가 떴다. 화면을 바꾸자 DNA 모형이라고 알려진 나선모형의 그림이 떴다. 나는 컴퓨터 화면을 보고 아무 것도 알 수가 없었다.

"태아가 모두 건강한데, 여기 보시다시피 21번 유전자가 쌍이 아니라 3개지요?"

조명철이 나선모형을 볼펜으로 가리키며 우리에게 물었다. 나는 그 그림을 보고 전혀 두 개인지 세 개인지 알 수가 없었다.

"저는 유전자에 대하여 XX 염색체면 여자고, XY 염색체면 남자라는 것 밖에 몰라요."

내가 솔직히 말했다.

"그러시겠지요. 21번 염색체에 이상이 있으면 다운증후군이 발생할 가능성이 커요. 간이검사라 단정하기 어렵지만…."

조명철이 주저하며 여운을 남기듯 말했다.

"다운증후군이 뭐예요. 영어로 down, 주저앉는 병이에요?"

아내가 숨 가쁘게 물었다.

"아, 이 병을 발견한 영국 의사 존 다운의 이름을 따서 그렇게 명명했어요. 인간의 염색체는 23쌍 46개인데 다 쌍으로 결합되어 있는데 21번 염색체가 3개로 기형이네요. 다운증후군의 증조인데 지능저하가 심하며 저혈압, 선천성 심장병, 백내장, 근시 등 눈병이 일어나기 쉽고, 외형적으로는 손발이 짧고, 입에 주름이 져서 노인으로 보입니다. 생후 1년까지 생존 확률이 85% 정도입니다. 살아도 면역이 약해 폐렴 등이 발생할 가능성이 높아 계속적인 보살핌이 필요합니다."

조명철은 태연하게 줄줄 읊조렸다.

"우리 복복이가 그렇다고요?"

아내가 비명을 질렀다.

"태명이 복복인 모양이지요. 간이검사라 아직 확정적으로 말씀드릴 수가 없어요. 정밀검사를 받으시지요."

"정밀검사를요?"

아내가 허겁지겁 물었다.

"네 정말검사를 받으시면 결과가 나오는데 한 3주 걸려요."

"검사비는?"

"저는 돈이 얼마 드는지 정확히 모르지만 간이검사의 열 배는 들 거요."

조명철 박사가 돈에 초연한 척했다.

"정밀검사를 받고 같은 증세가 확인되면 치료는 할 수 있어요?"

아내가 성급한 어조로 물었다.

"아직 태아의 다운증후군을 치료할 의술이 개발되지 않았어요. 한 10년 있으면 가능할 것으로 예측하기도 하지요."

나는 조명철 박사의 권유를 들으며 문득, 저 치가 자기는 검사비에 의연한 체하며 검사비 더 받아 챙기려고 하는 거 아냐, 1차 검사 오진 확률은 20% 밖에 안 되는데, 돈 벌려 하는 수작 아니야, 하고 생각했다.

"알았어요. 집에 가서 아내랑 상의해 보고 다시 들르겠습니다."

내가 아내에게 일어나자는 신호를 보냈다.

우리 부부는 초조하게 가슴을 조이며 검사 결과를 들으러 게놈닥터사를 찾았었는데, 완전히 혼란에 빠져 게놈닥터사를 나섰다.

"당신 정밀검사를 신청하고 나오려고 했는데 왜 그렇게 빨리 나오자고 했어?"

"꼭 사기 당하는 기분이라서. 우리 그 방면 아는 것이 없다고 21번 염색체가 어떻고 하며 정신을 빼잖아."

"설마 사기치겠어요. 당신 친구가 소개했는데. 검사결과가 그러니 그렇게 말하겠지요."

"인터넷 보니까 정말검사는 임신 16주차 받아야 한데. 아직 한 달 여유 있으니 그 동안 생각해 보고 옵시다."

"당신 여기 오기 전에 인터넷까지 찾아본 거야? 그런데 정밀검사 받고 그런 병이라고 하면 당신 어쩔 건데?"

아내가 물었다.

"아직 거기까진 생각 안 해 봤는데? 정말 그러면 어떻게 한다? 치료도 안 되고 평생 환자를 끼고 살아야 할 건데."

"당신 정말 다운증후군이면 나더러 낙태시키라고 할 기세인데, 말하는 폼이."

아내가 소리를 빽 질렀다.

"나 거기까지 생각 못했는데. 어떻게 우리 자식을 낙태를 시키나?"

우리 부부는 말을 놓고 서로 비참한 눈빛으로 눈짓을 교환했다.

나는 집에 와서 인터넷에서 다운증후군을 열고 치료법이 있나 뒤졌다. 다운증후군의 발생원인, 유발될 병명 등이 자세히 기술되어 있었으나 치료 방법은 겨우 몇 줄 나왔다. 발생원인과 유발될 병명은 조명철 박사에게 들은 내용과 같았다.

이상 염색체를 정상으로 돌리는 치료법은 없고, 전문가들의 조언을 들으며 치료 계획을 세워 신체상애나 발달장애를 교정할 수 있고 수명도 연장할 수 있다고 쓰여 있다. 선천성 심장질환이나 소화기질환은 수술로 치료할 수 있고, 물리치료로 병자가 최대한 자신의 능력을 발휘할 수 있게 하며, 특수교육으로 지능발달을 도울 수 있다고 쓰여 있다.

의료기술의 발달로 55세 이상 수명을 연장할 수 있으며, 부모의 사랑과 적절한 치료로 독립적이고 책임감 있는 사회인으로 살 수 있다고 결론을 내렸다.

나는 그 자료를 인쇄하여 아내에게 전달했다. 자료를 읽은 아내는 답답한 표정으로 나를 쳐다보며 정말 검사를 해야 해, 하고 물었다. 나는 아내에게 별 수 없잖아, 정밀검진을 하지, 그리고 그 결과를 보고 대책을 이야기해 보지, 했다.

2.

복복이 유전자 간이검사를 하고 난 후 나는 매일 지옥을 헤매는 생각의 심연에 빠져서 허우적거렸다. 기형아 아이를 낳고 키우는 상상을 하다가, 낙태를 시키는 최악의 선택을 하는 독한 아버지가 되다가 하며 꿈자리까지 뒤숭숭했다. 다운증후군이라는 정체도 모르는 괴물이 끝없이 뇌리를 괴롭혔다.

나는 소파에 앉아 한강을 내다봤다. 나는 강남 한강변 9층짜리 오래된 아파트의 8층에 산다. 지난번 호우로 한강물이 좀 분 것 같다. 잠실대교

위로 개미만큼 작게 보이는 자동차들이 쉴 사이 없이 오고가고, 그 너머로 아차산이 보였다. 나는 그 광경을 십 년 이상 매일 보아 와서 아주 눈에 익다. 십 년이 더 지났지만 그 풍경은 계절을 타기는 하지만 항상 그 모양 그 대로이다.

복복이 유전자 검사만 받지 않았으면 내 생활도 그냥 그렇게 변함없이 평탄하게 흘러갔을 텐데, 최첨단기술의 혜택을 보겠다고 덜컥 검사를 받는 바람에 내 마음에 지진이 일어나고 폭풍이 분다. 마음이 편하면 초가집도 아득하다고 했는데, 34평짜리 6억 원이 넘는 내 아파트가 가시방석이다.

내가 살아온 50년 동안 참 세상이 많이 바뀌었다. 사람들은 그 바뀐 세상을 문명이 발달했다고 한다. 그 덕분에 살기가 참 편해졌다. 이동통신이 발달하여 미국에 있는 친구와 원하면 언제든지 얼굴을 보면서 이야기할 수 있고, 곧 자율자동차가 나오면 술을 마시고도 내 차를 타고 다닐 수가 있다. 어지간한 병은 다 치료받을 수가 있고, 성경에서 말하는 120세 수명을 살고 가는 분도 생길 것 같다.

그렇다고 더 행복해졌을까?

수렵채취인은 매일 사냥한 음식을 나눠 먹고 내일을 걱정할 것 없이 그냥 그날을 즐겼을 것이다. 농경시대에는 가을 추수를 하여 곡식을 곳간에 쌓아놓고 눈 오는 밤에 사랑방에 모여 막걸리 추렴을 하며 풍요를 즐겼을 것이다. 그 시절엔 아이를 임신하면 아들이기를 바라며 산모의 배를 툭툭 차는 새 생명을 손바닥으로 느끼며 행복했을 것이다.

임신중절이니 초음파검사나 유전자검사를 받고 미리 태아의 성별이나 질병을 알 수 없었을 터였고 그냥 태아가 건강하게 자라고 순산하기만을 바랐다. 의료기술이 발달하자, 어느 날부터 산부인과에서 태아의 성별을 암시해 주고, 부모의 강곽한 남아 선호사상에 여아를 인공적으로 낙태시켜 남녀 성별의 비율을 불균형으로 만들었다.

나도 현대의학의 혜택을 보겠다고 태아의 유전자를 검사하고 현대문명의 덫에 걸려 영혼이 괴로움을 당하고 있다.

한강은 십 년 전이나 지금이나 문명이 무엇인지 모르고 그냥 자연법칙에 따라서 높은 곳에서 낮은 곳으로 물줄기를 이루며 흐르고 있고, 아차산도 자연의 순환에 따라 사계절 옷을 갈아입지만 그 자세 그대로 버티고 서 있다. 그런데 우리 인간만 동동거리며 문명을 발달시키며 문명에 치어서 자연 순환에 저항하며 행복을 날리고 있다.

DNA니 하는 생명공학이 발달하지 않았으면 우리 부부는 그냥 복복이가 복중에서 태아로 자라는 것을 느끼며 행복하게 살았을 텐데, 현대의학의 위세에 밀려 얄팍한 수를 썼다가 고칠 방법도 모르는 태아의 질병까지 태어나기 몇 달 전에 미리 알고 고민하고 있다.

나는 한강을 내다보며 생각이 많았다. 현대문명을 원망하다가, 내 무능을 한탄하다가 가을로 들어서는 좋은 계절을 전혀 즐기지 못하고 비참한 심정으로 사고의 심연에 빠져 시간을 죽였다.

"여보 뭘 그렇게 골똘히 생각해?"

아내가 내 옆으로 다가오며 말을 걸었다.

"아니 아무 생각도 안 했어. 그냥 한강을 내다보며 한강은 몇 십 년을 그냥 그대로 흐르는데 나는 그동안 늙어가고 생각이 많구나 하고 생각하고 있었지."

"당신 복복이 때문에 고민이 많지. 미안해 그렇게 불안한 아이를 임신하여."

"그게 뭐 당신 잘못인가, 다 우리 팔자인 것을. 내가 참 무능하다고 느껴져서 좀 기분이 그렇다."

"무능하다니 그게 무슨 말이야?"

"우리 복복이가 몹쓸 병에 걸렸다는데 아버지로서 해 줄 수 있는 것이 아무것도 없어."

"당신만 그러나, 누구나 다 그렇지. 정밀검사하면 문제없을 테니 결과 나올 때까지 마음 비우고 편하게 결과를 기다리자."

"부처님 가운데 토막 같은 소리하네. 그게 그렇게 쉽나?"

"나도 부모로서 아무 것도 해 줄 수 없는 것이 비참해. 그렇다고 마음을 지지고 볶는다고 뭐 방법이 나오는 것 아니잖아. 아직 정밀검사 끝난 것도 아니고. 결과 보고 생각해."

"그러는 것 외에 더 방법 있어? 정밀검사 결과도 같으면 기형아를 낳아서 평생 팔자려니 하고 보살피다가 가던지, 아님 선제적으로 낙태하던지 두 방법 중에 하나를 선택해야 하는데 둘 다 선택하기 싫은 과제야."

내가 아차산 봉우리 위로 흘러가는 하얀 구름을 쳐다보며 말했다.

"낙태? 그것은 임신 초기에나 가능하지, 벌써 임신 3개월이 지나 이미 늦었어. 정말 우리 부모로서 해 줄 수 있는 것이 없을까? 우리보다 더 능력이 있는 분에게 기도하고 매달려 보면…."

"우리보다 능력이 있는 분? 누구?"

"예수나 석가."

"예수나 석가?"

"두 분 다 기적을 행했잖아, 병도 고치고 죽은 사람도 살려내고. 기도하고 매달리면 기적적으로 우리 복복이 병을 고쳐줄지 알아."

"우리 절에 안 다니고 교회도 안 다니는데 예수나 석가님이 봐주겠어?"

"성경이나 불경을 보면 병 고침을 받은 사람들이 다 신도가 아니었어. 그러니 믿고 매달리면 고쳐주실 거야."

나는 아내를 물끄러미 쳐다보며, 과연 그럴까, 했다.

3.

현관에서 두런거리는 소리가 들리고 초인종이 울었다.

나는 새벽부터 누구지, 하며, 누구세요, 하고 소리쳤다.

경찰입니다, 하는 소리가 들렸다.

경찰이 새벽부터 웬일이지, 하고 아내에게 묻고 현관문을 열어줬다.

건장한 잠바 차림의 남자가 신분증을 디밀고, 이태양 씨세요, 하고 내 이름을 불렀다. 내가 그렇다고 하자, 지구대에 가자고 했다. 무슨 일이냐고 하자 살인 미수죄로 조사할 일이 있다고 했다.

나는 사람을 죽인 일이 없다고 하며 동행할 수 없다고 버텼다. 형사는 그래요, 하며 살의를 품은 적은 있지요, 했다.

나는 이 세상 살아가면서 살의를 안 품어본 사람 있어요, 그런 것도 죄가 돼요, 하고 묻다가 퍼뜩 내가 복복이를 낙태시키면 하는 생각을 했던 것을 경찰이 어떻게 알고 왔지, 하며 두려움에 어깨를 움츠렸다.

나는 복복이가 태어나도 1년 이상 살 확률이 80% 이하라면 태어나서 몇 달 이내에 죽을 텐데, 태어나기 전에 인공적으로 낙태시키는 것과 태어나서 몇 달 만에 자연사하는 것 중 어느 것이 우리 부부에게 고통을 덜 줄까, 생각 안 해 본 것은 아니다. 그러다가 태아를 죽이는, 낙태시키는 상상을 했었다.

내가 동행을 거절하자, 형사는 당신이 살인을 결정했으니 조서를 써야겠다며 같이 가지고 했다. 나는 아직 복복이를 낙태시키는 것을 결정하지 않았다. 유전자 최종 결과가 나오면 그 때 아내와 상의하여 결정할 거다. 그런데 그런 결정을 했다며 미필적 고의라는 어려운 말을 쓰며 지구대에 가서 조서를 쓰란다. 나는 경찰이 잡아끄는 것에 완강히 저항하다가 잠에서 깨어났다. 아내는 옆자리에서 코를 골며 자고 있었다.

나는 거실로 나와 소파에 앉아 어둠이 가득한 창밖을 내다보며, 정말 내가 복복이를 낙태시키려 하는가, 하며 내 속내를 뒤집어봤다.

나는 아침 식사를 하며 아내에게 꿈 이야기를 하려다가 이 좋은 가을날 일요일에 아내가 마음을 상할 것 같아 그만두었다. 더구나 오늘은 우리 부부가 복복이의 쾌유(?)를 위해 힘 있는 일자에게 기도를 가기로 한 날이다. 불교 집안에서 태어났으나 절과 거리를 두고 살았던 아내는 절에 가서 부처님에게 빌고, 나는 집 근처 교회에 가서 예수님께 빌기로 했다.

부처나 예수나 다 병자를 고치는 기적을 행했었다. 다운증후군보다 더 험한 병을 고쳤었다. 한 사람이 아니라 여러 사람을 고쳤었다. 하기야 예수나 석가가 살았던 시대엔 다운증후군 같은 병은 몰랐겠지만.

아내는 집에서 절이 교회보다 멀리 있다며 나보다 먼저 집을 나갔다. 나는 집 이웃에 있는 교회의 2부 예배가 9시 30분에 있다는 것을 인터넷에서 찾고, 그래도 예배 시작 10분 전에는 교회에 도착해야겠지, 하며 성경책이 집에 없어 맨손으로 집을 나섰다.

교회 입구로 다가가자 거리에 신자들이 밀려갔다. 주차관리 요원들이 바쁘게 팔을 휘두르며 차량을 정리했고, 대중교통수단을 이용하여 온 신자들은 끼리끼리 짝을 지어 교회 문으로 들어갔다. 성경을 낀 신자도 있고, 나처럼 맨손인 신자도 있었다.

나는 주눅이 들고, 평소에는 전혀 모르는 체하다가 급한 일이 생기니 부탁하러 가는 얌체짓을 하는 것 같아 교인들의 눈치가 보여 어깨를 잔뜩 움츠리고 교회 안으로 밀려들어 갔다. 나는 입구에서 순서지를 받아 들고 1층에 들어섰다. 뒷자리는 다 찼고 안내자가 앞자리로 가라고 손짓했다.

이왕 예수님께 부탁하러 왔으니 맨 앞줄에 앉아서 십자가에 달린 예수상을 보며 부탁하자고 마음을 다지며 맨 앞자리로 갔다. 옆자리에 앉은 할아버지가 내가 앉자 고개를 끄덕이며 아는 체했다. 곧 가운을 입은 목사가 연단 가운데 자리에 앉고 양 옆에 가운을 입은 두 사람이 앉았다.

차임벨이 울리고 사회자가 시편을 낭송하며 예배가 시작되었다. 나는 옆 사람의 눈치를 보며 예배순서를 따라서 했다. 찬송가를 부르고, 참회의 기도를 했다. 나는 참회의 기도를 하라는 말에 내가 무엇을 잘못 했나, 머리를 굴릴 때 앞뒤 신자들이 중얼거리는 기도소리에 정신이 집중되지 않아 무엇을 참회해야 하는지 제목을 찾지 못하고 어리벙벙했다.

바로 사도신경을 외웠다. 나는 예수님에게 조용히 내가 바라는 바를 아뢰고 제발 그 바람을 이루어 주소서, 하고 기도하고 싶었으나, 예배순서를 따라가다 보니 예수님과 단둘이 대화할 시간을 잡을 수가 없었다.

마가복음을 봉독했다. 예수가 귀신에 들린 아이를 치료하고 나서, 기도 외에는 다른 것으로는 이런 기적을 이룰 수 없다고 갈파했다. 다음 구절은 어린 아들 소경을 아버지가 예수 앞으로 데리고 와서 소경을 낫게 하는 구절이다. 예수의 안심하고 일어나라는 말 한 마디에 소경이 바로 볼 수 있게 됐다. 정말 기적이다.

나는 그 성경 구절을 읽는 여자 집사의 낭독소리를 들으며, 저 정도 능력이면 우리 복복이 다운증후군 정도는 문제없이 낫게 할 수가 있겠네, 하며 예수에게 매달리려 했으나, 바로 성가대의 찬송에 이어지고 몇 신자가 아멘, 하고 외치는 소리에 정신이 흩어져서 예수와 대화의 장을 마련할 수가 없었다.

목사의 설교가 시작되었다. 목사는 여기 저기 성경 구절을 찾아서 인용하며 믿음과 기도의 효능을 강조했다. 나는 목사의 설교를 들으며 기도는 눈 감고 하면 되지만, 믿음은 어떻게 키운다, 하며 좋은 방법이 떠오르지 않아 답답했다. 믿음의 종류가 여러 가지 있을 텐데, 맹신을 말하는 것은 아니겠지, 하며 목사의 설교를 들었다.

목사는 의심이 있는 믿음은 좋은 믿음이 아니라고 강조했다. 그런 믿음을 가진 자는 천국에 들 수 없다고 했다. 그러니 믿음이 없으면 복복이를 낫게 할 수 없다는 말과 같았다. 첫째 예수가 하나님 아들이라는 것을 믿어야 하는데, 내가 알고 있는 우주는 정말 크고, 지구는 그 큰 우주의 티끌만한 크기의 떠돌이 별이다. 이 큰 우주를 창조한 하나님이 이 작은 지구에 그의 외아들을 보낸 것이 이해되지 않았다.

우리나라 건국신화를 보면 환웅천제는 그의 서자 환인을 우리나라에 보내 고조선을 세우게 했다. 외아들이 아닌 서자를 보냈다. 그런데 하나님이 그의 외아들을 이 좁은 지구에 보냈다고? 그리고 그 아들을 인류를 위해 죽임을 당하게 했다고 하는 목사의 설교 중간 중간에 의문이 생겨 부탁하러 온 놈이 그냥 목사가 말하는 대로 믿어야지 복덕이 있지, 하며 복복이를 위하여 그냥 믿자, 하며 자신을 다독였다.

헌금시간이 되자 나는 복복이를 위한 돈, 하면서 5만 원짜리 두 장을 헌금 주머니에 넣으며, 너무 작지 않을까, 했다.

이번 한 주도 하나님이 여러분과 함께 하실 겁니다, 하는 목사의 축도를 듣고 교회를 떠나는 신도들 틈에 끼어 교회를 나오며 나는, 기도는 기도하는 사람의 결정적인 의지가 일자에게 전달되어 일자가 마음에 감동을 받아야 효험이 있을 텐데 오늘 교회에 와서는 전혀 내 진정한 마음을 예수님께 전달할 기회가 없었다. 진정한 기도를 하려면 자주 영화에서 보는 것같이, 텅 빈 성당에 가서 십자가상을 향해 무릎 꿇고 간절히 빌어야 할 것 같았다.

오늘 교회에 와서 다른 신자를 따라서 광대 노릇을 하고 헌금을 했지만, 내 진심을 일자에게 전혀 전달하지 못했으니, 오늘 교회에 온 것은 복복이의 병을 치료하는 데 별 도움이 되지 않을 거야, 하며 일요일이 아닌 내일 낮에 조용한 성당에 가서 예수와 단둘이 마주하고 내 진심을 전해야겠다고 생각했다.

4.

정밀 유전자 검사 결과를 들으러 연구소로 가는 전날 밤, 나는 내일 알게 될 결과에 대한 불안으로 거의 잠을 이루지 못했다.

출발선에 몇 대의 카트가 서 있다. 다른 차는 다 기형아가 카트에 타고 아버지가 카트를 미는데, 우리 차는 내가 카트를 타고 복복이가 카트를 민다. 심판이 와서 선수의 앉는 자리가 틀리지 않았냐고 지적했다. 나는 틀리지 않았다고 강변했다. 심판이 "못된 아버지" 하며 물러갔다.

출발신호가 울리고 복복이가 다리를 절며 카트를 밀었다. 우리는 한참 뒤에 처져서 달렸다. 나는 빨리 가자고 고함치다가 꿈에서 깨어났다. 꿈에서 깨어나도 심판이 못된 아버지라고 하던 말이 귀에 쟁쟁했다.

유전가 1차 검사의 정확도가 80%라고 했다. 겨우 20%의 요행을 바라고 비싼 검사료를 지불하고 정밀검사를 신청했다. 로또 복권을 사고 며칠을 당첨되는 꿈에 젖어 사는 것과 같이 지난 3주 동안 검사결과가 괜찮겠지, 하는 최면을 걸며 초초하게 지냈다.

20% 확률이 빗나가서 정밀검사에서도 다운증후군이라고 하면, 몇몇 병은 치료로 나을 수 있다고 하지만 몇몇 병은 아직도 치료를 할 수 없다고 한다. 고칠 수 없는 병을 안고 사는 아이를 돌보며 성직자같이 인내하며 마음을 다스리며 평생을 살아야 한다.

치료를 하여 수명을 연장할 수 있다고 한다. 얼마를 연장할 수 있다고는 언급이 없다. 1년을 연장하는지 3년을 연장할 수 있는지 모르겠다. 3년을 연장한다고 해도 유치원도 못가고 아이는 죽을 것이다. 그랬을 때

슬픔, 얼굴도 보지 못한 태아를 낙태시키는 것보다 몇 배는 더 클 것이 아닌가? 그렇다고 정밀검사 결과 다운증후군이라고 판정나면 낙태를 시켜야 하나, 하는 생각이 떠오르는 순간 사고가 멈춘다.

모든 문제의 발단은 늦게 결혼을 한 못된 부모의 잘못이다. 아니 늦게 결혼하고 아이를 가진 잘못이다. 우리 복복이는 아무 잘못도 없는데, 20세에 아이를 가지면 다운증후군을 잉태할 확률이 1/1,200인데 40세에 잉태하면 1/70으로 늘어나고 45세가 되면 1/20으로 증가한단다. 스무 명 중 한 명은 다운증후군 아이를 잉태하는데 덜컥 아이를 임신하고, 늦둥이를 얻었다고 좋아하고, 복을 많이 받으라고 복복이라는 태명까지 짓고….

못된 아버지인 나는 걱정 근심에 잠을 이루지 못하다가 선잠이 들면 계속 개꿈에 시달렸다. 우리 부부가 초조하고 불안해 하며 동동거려도 시간은 가고 아침이 왔다.

빵조각으로 아침을 때우고, 아침 연속극을 틀어놓고 소음으로 초초한 마음을 달래다가 9시를 지나 우리는 집을 나섰다. 게놈닥터사 주소를 내비게이션에 찍고 우리 부부는 운전석에 나란히 앉아 연애할 때와 같이 내 한 손은 운전대를 잡고 다른 한 손은 아내의 손을 꼭 잡고, 기도하는 자세로 입을 닫고 앞만 보고 자동차의 주행감마저 느끼지 못하며, 제발 20%의 기적이 일어나기를 빌며 최종검사 결과를 들으러 갔다.

자동차를 빈 주차공간에 세우고 우리 부부는 차에서 내려 간절한 눈길을 주고받으며 다시 한 번 일자에게 빌고 간절한 마음을 마주 잡은 손으로 서로 전하며 게놈닥터사 현관에 들어섰다. 우리의 접수번호를 제시하자, 안내원이 조명철 박사 방 아시지요, 묻고는 기다리고 계신다고 했다.

조명철 박사가 활짝 웃으며, 오셨어요, 하며 우리 부부를 맞았다. 나는 조명철 박사의 활짝 웃는 웃음이 사형선고를 하기 전 인심을 쓰는 몸짓 같아 가슴이 덜컥 내려앉았다. 조명철 박사는 우리를 친절하게 의자에 앉으라고 권했다.

조명철 박사는 미소를 띠고 어젯밤 잠을 제대로 못 주무셨지요, 하고 물었다. 조명철 박사의 친절이 나를 더욱 초초하게 했다.

"이 사진 보시지요."

조명철 박사가 컴퓨터 화면에 띠운 유전자 사진을 볼펜으로 가리키며 말했다. 내 눈에는 DNA의 나선형 모양이 지난 번 봤을 때와 똑 같게 보였다. 컴퓨터 화면을 힐끗 본 우리 부부는 서로 눈짓을 교환하고 입술을 빨았다.

"21번 염색체 모양이 지난 번 사진과 다르지요?"

조명철 박사가 볼펜으로 나선형 가닥의 한 곳을 가리키며 말했다.

나는 무엇이 다른지 전혀 알 수가 없었다.

"지금 보시는 바와 같이 염색체가 세 개가 아니라 두 개지요?"

나는 전문지식을 자랑하는 조명철 박사를 멍청하게 바라봤다.

"정상입니다. 축하합니다."

조명철 박사의 선언에 나는 전신에 힘이 쭉 빠져 나갔다.

우리 복복이가 정상이란다. 나는 아내와 하이 파이브라도 하고 싶었으나 힘을 다 소진되어 그럴 힘도 없었다.

나는 복복이가 다운증후군이 아니라는 조명철 박사의 말을 들으며, 좋은 결과가 일자에게 기도한 덕분인가, 하며 현대의학의 조롱을 받으며 5주간 보냈던 지옥 같은 시간은 어디서 보상을 받아야 하나, 하며 허공을 쳐다봤다.

수소의 여행

I.

태초에 빛이 있었다.

138억 4천만 년 전. 우르르 쾅쾅~~ 탕탕.

이 우주에서 났었던 소리 중 가장 큰 굉음이 울리고 한 특이점에 모였던 에너지가 사방팔방 등방성으로 확장되면서 우리 우주에 빅뱅이 일어났다. 우주가 막 팽창을 시작했다. 지금도 계속 팽창하고 있다.

빅뱅 즉시 온도가 수조 도에 달했다. 우주가 급속히 팽창하면서 우주의 온도가 내려가며 온도가 수조 도로 냉각되었을 때 에너지가 물질로 바뀌기 시작하여 쿼크 등 입자가 생겨났다. 물질과 반물질이 서로 상쇄되면서 에너지를 만들어냈다. 물질의 양이 반물질보다 조금 많아 일부 물질이 살아남았다.

우주의 온도가 더욱 식어가자 쿼크가 혼자 있지 못하고 세 개씩 합쳐져서 양자와 중성자를 생성했다.

빅뱅이 일어난 지 약 38만 년 후, 우주는 충분히 식어 입자 상태로 떠돌던 양자와 전자들이 합쳐 양자 주위 궤도를 전자가 도는 원소가 생겨났다. 그게 바로 우주에 생성된 최초의 원소인 나, 수소다.

나는 이 우주에 태어나서 참 오랫동안 이름이 없었다. 사람들은 아직 태어나지 않은 태아의 태명도 짓는데, 나는 겨우 230여 년 전 서기라는 연도로 1781년 독일사람 라부이제이가 내가 누군지 알아내고, 내 이름을 독일어로 'wassertoff' 라고 지어줬다. 바로 이어서 영어로 'hydrogen' 이라는 이름을 얻었다. 그리고 100년도 더 지나 한국말로 물을 이루는 원소라고 하여 물 수(水)자를 써서 '수소' 라는 이름을 얻었다.

한국사람 중에 김씨, 이씨, 박씨가 많은 것같이 우주의 물질 중에 내가 가장 많이 분포되어 있다. 내가 우주 물질의 무려 75%를 차지한다. 하기야 사람들은 아직 우주에 분포된 성분 중 96%를 차지하는 암흑물질, 암흑에너지의 정체를 모르고 있다. 우주의 암흑에너지를 뺀 물질 중 암흑물질이 85%, 우리 성질을 알고 있는 물질이 15% 차지하니 나는 결국 우주에 존재하는 물질의 약 11%를 차지하는 셈이다.

내가 태어나서 약 4억 년 쯤 나는 암흑에 갇히어 떠돌다가 큰 별의 구성원소가 되어 수십억 년을 그 별에 머물다가 그 별이 늙어서 초신성이 되어 폭발하고 그동안 핵융합으로 생겨난 무거운 원소와 함께 우주로 내팽개쳐졌다.

무거운 원소란, 우주의 초창기에 핵융합으로 생겨난 내 가족이다. 핵융합은 수십억 도, 수억 도의 높은 온도에서 일어난다. 내가 두 개 합쳐지며 핵융합이 일어나면 나보다 두 배 무거운 헬륨이 생겨나고, 헬륨과 내가 융합하면 리튬이 생겨나고……, 차례대로 철, 구리, 납 등 더 무거운 우리 가족 새 원소가 막 생겨난다.

사람들이 사는 지구에는 우리 가족 중 92종류 원소만 살아남았다. 나는 우리 가족, 92종 원소 중 제일 가볍다. 우리 가족 중 가장 무거운 우라늄 원소는 나보다 무려 238배나 더 무겁다. 무게가 무거운 원소들은 불안정하여 스스로 붕괴한다. 당초 물질의 딱 절반이 붕괴하는 시간을 반감기라 하는데, 우라늄보다 더 무거운 네푸티늄, 플루토늄 등 원소는 반감기가 짧아 다 붕괴되어 없어지고, 지금은 자연에서 찾기 어렵다.

나는 초신성 폭발로 우주로 튕겨져 나와 다시 차가운 우주를 떠돌다가 약 100억 년 전에 은하계에 끌려 들어왔다. 은하계는 추웠고 나는 홀로 떠다녔다.

약 45억 년 전 먼지에 휩싸여 지금 사람들이 지구라고 부르는 떠돌이별의 중력에 끌려 다른 아흔 둘 우리 가족들과 함께 빨려 들어왔다. 나는 지구의 중력을 벗어날 수가 없어 지구 대기권 안에 머물며 여러 형태의 화합물로 지금까지 지구에서 세월을 보내고 있다.

이 우주에는 참 별이 많다. 태양계가 속해 있는 은하계만 하여도 가로 13만 광년, 세로 2,000만 광년인 거대한 별들의 군단이다. 그 안에 수천억 개도 넘는 태양 같은 항성들이 있고 그 중심에 태양의 백만 배나 무거운 블랙홀이 있다. 45억 6천만 년 전 은하계 내에 태양이 생겨났고, 그 뒤 6천만 년쯤 뒤에 태양의 주위를 도는 지구가 생겨났다. 우주에는 우리 은하수보다 크거나 작은 은하단이 천억 개도 더 있으며, 우리 우주 너머에 다른 우주가 있는지도 모른다.

지금부터 내가 살아온 이야기를 할 텐데, 다른 별에 잡혀 지냈던 기억은 너무 오래 되어 가물가물하여 지구에서 살던 이야기나 할까 한다. 그것도 몇 백만 년 동안 사람들과 살아온 이야기를 주로 할까 한다.

나는 초신성이 폭발할 때, 팽창하는 우주로 튀어나와 먼지 형태로 떠돌다가 서로 인력에 끌려 45억 년 전 우주를 떠돌던 다른 먼지 덩어리와 함께 뭉쳐 둘레가 40,000㎞쯤 되는 구형의 행성인 지구의 한 구성 원소가 되었다. 지구는 지구보다 한 6천만 년 전쯤에 생긴 은하계를 2억 4천만년 주기로 돌고 있는 태양의 주위를 일 년에 한 번씩 돈다.

지구보다 33만 배나 무거운 태양은 수소, 헬륨 등이 핵융합을 일으켜서 열과 빛을 발한다. 지구는 그 에너지를 받아 생물을 생육시킨다. 44억 8천만 년 전 소행성 태이아가 초속 15㎞로 지구와 충돌하여 지구 파편이 대기권으로 튕겨져 나갔다.

그 파편이 모여 지구를 한 달에 한 번 도는 달이 생겨났다. 지름이 3,000km인 달이 처음 생겼을 때 지구와의 거리는 3만㎞에 불과했으나, 타원궤도를 돌며 점점 멀어져서 지금은 380,000㎞까지 거리가 멀어졌다. 지금도 계속 조금씩 멀어지고 있다. 초창기에는 5시간에 한 번 지구 주위를 돌았으나, 지금은 한 달에 한 번 돈다.

지구에 빨려 들어오자마자 혼자 살 수 없는 나는 산소와 격렬하게 연애를 하고 열을 토해내고 물이 되었다.

그 당시 지구의 중심부는 4,000℃의 마그마 상태로 들끓었고, 지구 표면 온도도 1,200℃나 되어 물이 끓는 온도보다 한참 높아 물이 된 나는 지표면 근처에는 오지도 못하고 수증기 상태로 대기권을 몇 억년을 방황하며 흘러 다녔다.

내가 살아온 세월과 사람이라는 동물이 살아온 세월을 비교하면, 사람들은 2,3천 년 전 유적도 오래된 것이라고 사족을 못 쓰며 국보 또는 보물로 지정하고, 유네스코라는 국제기구에서 인류가 지킬 문화유산이라고 지정을 해 주며, 각 나라는 그 지정을 관광객을 끌어 모으는 방편으로 쓰고 있다. 그러나 내가 살아온 세월에 몇 천 년은 한 순간이다. 그래서 내 여정은 몇 억년, 최소 몇 천만년 단위로 세월을 센다.

내가 수증기로 대기권을 몇 억년을 방황하는 동안 지구의 중력에 끌려 수분을 품은 혜성비가 끊임없이 지구에 떨어져서 뜨거운 증기가 되어 내 분신인 물과 함께 대기권을 맴돌다가 지표면 근처에 떨어지고, 다시 증발되어 떠돌다가 지표면에 떨어지고 하며 지표면을 점점 식혔다. 지구가 생긴 지 약 8억년 후에 지구 지표면의 온도가 70~80℃로 냉각되며 2천만 년 동안 물이 지표면을 완전히 덮었다.

화산이 폭발하며 물 위로 용암을 분출했다. 분출된 용암이 식고 굳어져 바다 위에 육지가 생겨났다. 물이 된 나는 바다 심해로 밀려 내려가서 높은 압력을 견디며 칠흑 같은 어둠 속에 머물며, 일 년에 1㎝쯤 움직이는 거의 정지된 상태에서 바다 위에서 무슨 일이 일어나는지 전혀 알지 못하고 몇 억년 세월을 죽였다.

나는 거의 움직이지 않았으나 그래도 1년에 1㎝씩 수억 년을 움직이다 보니, 아주 먼 거리를 이동하여 열수가 분출되는 근처까지 이동했다. 아주 뜨거운 분화구 근처에 유독한 황화물이 산재해 있었으며, 분출구에서 나온 열과 단백질의 결합체인 뉴크리오타드와 황화수소가 에너지를 얻어서 서로 결합하며 스스로 복제할 수 있는 물체가 만들어지는 것을 보았다. 나는 그런 광경을 몇 천만 년을 보며 지내다 보니 처음에는 그 광경이 신기했으나, 일상사가 되어 그러려니 했다.

그런 과정을 사람들은 지구의 생명의 시작이라고 한다. 그 때가 내가 지구에 온 지 10억 년은 가까이 된 때였다. 나는 분출구의 압력에 밀려 바닷물 표면으로 올라와서 참 오랜만에 하늘을 보고, 별을 보고, 해를 보고, 달을 보게 되었다. 나는 햇볕에 더워져서 수증기가 되어 대기로 날아올라갔다가, 다시 바닷물로 떨어지든지 아니면 육지에 떨어지며 이곳저곳 풍경을 구경할 수가 있었다.

내가 심해에 머무는 수억 년 동안 대기에 산소 농도가 높아져서 광합성 생물이 살아갈 환경이 만들어져 있었다. 나는 허공을 떠다니며 수면 위에서 호기성 광합성을 하는 남조류를 볼 수 있었고, 그 외에 몇 가지 생명체를 볼 수가 있었다. 나는 수증기가 되어 산 주위를 떠돌다가, 화산이 분출되는 바람에 어 뜨거워라, 하며 호들갑을 떨다가 산소와 헤어져서 홀몸이 되었다.

혼자서는 살 수 없는 나는 바로 화산에서 뿜어져 나온 유황과 결합하여 황화수소가 되었다. 바로 물에 녹아서 황산이 되어 호수 물에 섞이었다. 산소는 무색무취하여 같이 붙어살기에 전혀 어려움이 없었는데, 유황은 냄새가 심해서 같이 붙어살기가 괴로워 이혼하고 싶었으나, 내 힘으로 유황과 이혼할 수가 없었다. 황산이 된 나는 호수의 물을 오염시키며 지내다가 해조류에 잡혀 먹혔다.

나는 해조류의 세포가 나를 황과 분리시켜 수소로 분리됐다가 다시 산소와 화합하며 다시 물이 되어 호수 위로 올라왔다. 바로 수증기가 되어 대기로 올라갔다. 어느 날 비가 되어 지표면으로 떨어지다가 느닷없이 내려치는 번개를 맞고 다시 산소와 헤어져서 홀몸이 됐다가 바로 탄소와 결합하여 탄화수소가 되었다.

탄화수소가 된 나는 지각에 묻혀 있다가, 지각운동에 따라 땅 위로 밀려 올라왔다가 산불이 나는 바람에 나는 불꽃에 휩쓸려 타며, 탄소와 이혼하여 홀몸이 되고, 또 산소와 결합하여 물이 되었다.

지금부터 22억 2,000만 년 전, 북극부터 얼음이 얼기 시작하여 적도까지 얼음으로 뒤덮여 온 지구가 얼음덩어리가 되었다. 나도 얼음으로 얼어붙어 바다 표면을 덮었다. 온 지각이 얼음으로 뒤덮이자, 그때까지 지구에 번창하던 생물들이 대부분 얼어서 죽었다. 사람들은 그런 현상을 대멸종이라고 부른다.

화산이 폭발한 인근의 연못이나 열 분출구 위 바다는 얼음이 얼지 않았으며, 생명이 살아갈 수 있는 환경을 제공했다. 나는 왜 갑자기 지구가 얼어붙었는지 알 수 없었지만, 대기의 탄산가스가 희박해져서 온실효과가 사라지고 태양에서 오는 에너지를 다 바로 복사해 버려 지구가 차가워져서 그랬다고들 먼 훗날 사람들이 아는 체하는 강의를 들었다.

무슨 이유인지 지구를 뒤덮었던 얼음이 녹기 시작했다. 얼음이 녹자 신기하게 빙하기 대멸종이 오히려 폭발적으로 생물이 늘어나는 기회가 되었다. 혹독한 환경에서 살아남은 생물들은 환경에 더 잘 적응하며 살아갈 수 있는 생명력을 얻고 새로운 생물의 종들이 폭증하여 나는 눈이 휘둥그레졌다.

새로운 생물의 종들이 막 번성하였으나, 아직 스스로 움직이는 동물은 생겨나지 않았다. 나는 식물들에 흡수되어 식물의 몸속에 머물다가 배설되기도 하고, 남세균의 몸을 구성하며 살기도 하며 한가하게 몇 억 년의 세월을 물로서 보냈다.

지구에 남세균이 폭발적으로 늘어났다. 그리고 또 웬일인지 지구가 식기 시작했다. 뒤에 사람들은 남세균 개체수가 너무 늘어나서 대기 중에 온난화 가스인 메탄과 이산화탄소 농도가 급감하면서 지구가 다시 얼기 시작했다고 한다. 지금부터 7억 5천만 년 전 다시 얼음이 얼기 시작하여 지구를 얼음으로 뒤덮었다.

나를 품었던 남조류는 얼음에 동사하여 사체가 되었고, 나는 사체 속에, 얼음 속에 갇히어 한 곳에서 1억 5천만 년을 그대로 머물렀다. 또 대멸종이 시작된 것이다. 내가 얼음에 갇힌 지 1억 5천만 년이 지나자 지구 온도가 올라가고, 나는 얼음에서 풀려나서 수증기가 되어 대기로 올라가서 지구를 내려다보게 되었다.

참 생명력은 끈질긴 것이다. 그렇게 얼음에 덮였던 시대에 대량으로 멸종했던 종들을 대신하여 새로운 종들이 또 폭발적으로 늘어났다. 수증기가 되어 창공에서 내려다보니 지금까지 혼자 움직이지 못했던 생물만 있던 땅 위에 혼자 움직이는 동물이 생겨났다. 내가 처음 본 동물은 납작하고 지느러미 같은 발이 수없이 달려 있으며 등에는 뼈대가 있는 것 같은 동물이다. 사람들은 그 동물을 에디아카라라고 부른다.

두 번째 지구의 빙하기가 지나간 후 지구상에 생물의 종이 또 폭발적으로 늘어나는 것을 보며 나는 생존경쟁 적자생존의 현장에서 생명의 신비에 정말 놀랐다. 그렇게 지구상에 종들이 폭발적으로 늘어나서 내가 어디를 떠다니든 생물을 보게 되었다.

그런 시기가 한 2억 년 쯤 계속되더니 또 생물의 대멸종이 일어나고, 멸종의 시기가 끝나면 다시 생물의 종이 다시 더 번창했다. 더 진화된 새로운 종이 나타나서 적자생존의 본보기를 보여주었다.

그 후 4억년 동안 네 차례나 대멸종이 일어나서 어떨 때는 생물 종의 70%를, 어떨 때는 90%를 멸종시켰다. 나는 왜 그런 사태가 일어나는지 모른다. 단지 공기 중에 탄산가스나 산소의 농도가 좀 바뀐 것 같은 기분을 느꼈다.

네 번째 대멸종이 끝난 후 지구상에는 정말 어마어마하게 큰 동물이 등장했다. 몸무게가 몇 톤씩 되고 크기도 몇 십 미터씩 되었다. 사람들은 그 동물을 공룡이라고 부른다. 흐르는 물을 타고 지나다가 공룡들이 싸우는 광경을 보면 너무 격렬하게 다투는 바람에 땅이 흔들려 나는 무서움증이 일었다.

지금부터 약 6천 6백 년 전 어느 날, 갑자기 하늘에 먼지가 가득 덮이고 햇빛이 사라졌다. 그런 암흑의 세상이 몇 년이나 지속됐다. 햇빛을 받아 탄소동화작용을 하며 자신도 살아가고 생물들에게 식량을 공급하던 식물들이 죽어 사라지자 먹이사슬이 깨져 초식동물이 죽고, 초식동물을 먹고 살던 포식자도 죽고, 하며 지구에서 왕노릇을 하던 공룡이 어느 날

갑자기 다 사라졌다.

또 한 번의 대멸종이 일어난 것이다. 지름이 수 ㎞는 되는 유성이 멕시코 유카탄반도 지역에 떨어진 충격으로 그런 대참사가 일어났다고 한다. 우리 물이야 죽어 있는 물질이니 멸종이니 하는 것하고는 거리가 멀지만 생명이 태어나서 번창하고 지구를 뒤덮고 하다가 어느 시기에 대멸종이 일어나는 것을 보며 참 산다는 것, 지구를 지배한다는 것이 퍽 시시하다는 생각이 든다.

그렇게 생물의 대멸종으로 일어난 사건을 사람들은 5대 멸종, 10대 멸종 사건이라고 부르며 호들갑을 떤다. 사람들은 지구가 생겨난 때부터 지금까지를 자기들 나름대로 기준을 가지고 시생대, 원생대, 고생대, 현생대라 하며 각 시대를 또 쪼개 분류한다. 그렇게 분류한 시대로 대멸종이 일어난 때는 현생대의 오르도비스기 말, 데본기 말, 페름기 말, 트라이아스기 말, 백악기 말이다.

나는 지구에 머물며 물이 되어 수증기로 떠돌아다니며, 철학 강의실도 기웃거리고, 물리학, 천문학 등 과학 강의도 듣고, 법당에서 스님의 설법을, 교회당이나 성당에서 설교도 들으며 귀동냥을 하여 귀동냥한 실력으로 좀 아는 것이 있다. 이 글을 쓰며 귀동냥으로 들은 지식을 풀어서 계속 아는 체할 거다. 예쁘게 봐주길 바란다.

사람들은 오랫동안 내 정체를 모르고 살며 그냥 물질이라고 하다가, 최근에야 나의 정체를 알고, 수소라는 이름 외에 'H'라는 화학기호를 붙여줬다. 화학자들은 내 발밑과 어깨에 숫자를 써서 $_1H^1$이라고 표시한다.

나는 3형제 중 막내다. 다른 두 형은 지구상에 그렇게 많지 않다. 둘째 형은 중수소, 큰형은 삼중수소라고 불린다. 화학기호로 $_1H^2$, $_1H^3$라고 쓴다. 지구에 있는 수소 중에 중수소는 겨우 0.015%에 불과하며, 삼중수소는 자연에서 찾기 어렵다. 우리는 한 핏줄을 타고난 형제인데 중수소 형은 나보다 두 배 무겁고, 삼중수소 형은 나보다 3배나 무겁다. 삼중수소는 무게가 무거워 불안하며, 반감기가 12.3년 밖에 안 되어, 생성되자마자 바로 헬륨, $_2He^3$로 바뀌며 그래서 자연에서 찾기 어렵다.

내 크기는 1억분의 1㎝ 정도다. 내 몸 한가운데에 10조분의 1㎝ 크기의 핵이 들어있다. 핵의 주위를 1억분의 1㎝의 정도 반경의 궤도로 전자가 빙빙 돌고 있다. 사람들이 이런 내 구조를 알게 된 것은 겨우 100년 전쯤 된다.

핵과 궤도를 도는 전자 사이는 텅 빈 공간이다. 나는 핵에 +전기를 띤 양성자 하나만 달랑 들어있는데, 내 둘째 형인 중수소는 양성자 외에 양성자와 무게가 비슷한 중성자가 하나 더 들어있으며, 내 큰형인 삼중수소는 중성자가 두 개나 더 들어있다. 참 핵 주위를 도는 전자는 그 무게가 양자의 1/1,800에 불과하며, −전하를 띠고 있다.

나는 화학적으로 활성이 강하여 혼자 있지 못하고 화합물로 존재한다. 내가 열을 내뿜으며 산소와 격렬히 연애를 하여 생성된 화합물이 물인데, 물은 산소 하나가 수소 둘을 첩처럼 거느리고 있다.

화학기호로 H_2O라고 표기한다.

물은 지구의 3/4을 덮고 있으며. 모든 생명체에 필수불가결한 화합물이다. 만물의 영장이라고 큰소리치는 사람들 몸속의 75%가 물이다. 식물의 잎에서 탄소동화작용이라는 화학작용을 하여 영양소를 만드는데, 내가 없으면 그 반응은 불가능하다. 그러므로 내가 산소와 열애하며 생겨난 물이 없으면 생명은 탄생할 수가 없다.

그러면 내가 지구에서 가장 오랫동안 한 형태로 머물고 있었던 화합물인 물로 살아갈 때 이야기를 좀 한다.

물은 보통 온도에서는 액체 상태로 담는 그릇의 모양에 따라 유연하게 몸의 형태를 바꾼다. 그러나 온도가 낮아져서 영하 0℃ 이하로 내려가면 나는 서로 엉겨 붙어 얼음이 된다. 온도가 올라가서 100℃가 넘으면 훌훌 옷을 벗고 수증기가 되어 대기 중으로 날아 올라간다.

수증기는 대기 중을 떠돌며 여러 모양의 구름을 만든다. 구름은 시인들의 시제목이 되기도 하고, 연인들에게 꿈을 주기도 한다.

수증기가 많이 모여 몸이 무거워지면 시커멓게 색이 변하며 곧 땅에 떨어질 거라고 자연에게 예고를 보내다가 더 많이 모여 그 무게를 견디기 어려우면 비가 되어 땅에 떨어진다.

가랑비나 이슬비처럼 동화에 나오는 낭만적인 비도 있지만, 돌풍을 동반한 태풍에 실려 소낙비로 바뀌어 폭우가 되어 무섭게 내리며 산을 갉아먹고 제방을 무너뜨리기도 한다.

나는 최근 지금까지 일어났던 멸종과 전혀 다른 사람이라는 두 발 달린 짐승 때문에 다시 지구에 멸종이 일어나는 것을 보고 있다. 지금까지는 대기 중에 산소나 탄산가스가 늘어났다가 줄어들어 기후가 바뀐다든지, 화산폭발로 먼지나 유황가스가 많아진다든지, 유성이 지구를 강타한다든지 하는 자연적인 이유로 생존환경이 바뀌어 멸종이 일어났는데, 지금 새로 일어나고 있는 멸종은 두 발로 걷는 짐승들이 자연을 파괴하며 멸종을 주도하고 있다.

아주 최근, 한 5백만 년 전에 좀 특이한 동물이 지구상에 등장했다. 고릴라라든지 오랑우탄과 비슷하게 생겼는데, 이 동물은 다른 동물과 달리 두 다리로 서서 다니며 앞발을, 그들은 앞발을 손이라고 부르며 자유로이 쓸 수 있는 동물이 등장했다.

손으로 나무를 잡고 타고 오르고, 물건을 들어 나르고 하더니, 무엇을 던지는 기술을 배우고, 또 돌을 깨서 날카롭게 만들고, 그 도구를 다른 힘센 동물들과 생존경쟁을 하는 데 무기로 사용하기 시작했다.

더 놀라운 것은 두 발 짐승, 사람은 스스로 불을 만드는 기술을 알아냈다. 나뭇가지 두 개를 한참 세게 서로 비비면 불이 일어난다. 한 200만 년 전이다. 아마 나뭇가지가 바람에 흔들리다가 서로 부딪히며 불꽃이 일어나서 산불이 나는 것을 보고 배운 모양이다.

그 동안 자주 산불이 났었는데 대개 번개가 나무를 치며 일어나거나, 울창한 숲속에 비가 내리지 않아 건조한 조건에서 바람이 세게 불어 나뭇가지가 서로 부딪히며 일어났다. 화산이 폭발하며 용암이 흘러내리면서도 일어났다. 산불이 한 번 일어나면 넓은 초원을 마구 태우고 숲도 태워서 동물들이 살아가는 환경을 사정없이 파괴했다.

나는 구름이 되어 하늘을 날다가 갑자기 숲이 빨간 색으로 변하며 열기가 치솟아 깜짝 놀라며 불기운에 밀려 멀리 쫓겨 가다가 비로 변해 산불을 끄기도 했다. 사람이라는 동물은 스스로 불을 일으켜서 불이 번져가지 않도록 조심하며 한 곳에 잘 모아 저장했다가, 불을 무서워하는 맹수를 쫓기도 하고, 그들이 다른 동물과 싸워서 잡은, 그들은 그 행위를 사냥이라고 하는데 그 동물을 불에 올려놓고 구워서 먹기도 했다.

눈 오는 밤이면 그들의 거처인 동굴 속에 불을 피워놓고 추위를 쫓기도 했다. 그러나 그때 사람들은 불을 그냥 이용만 했지 불을 써서 자연을 파괴하지는 않았었다. 그런데 사람들은 한 만 년 전부터 불을 이용하여 자연을 막 파괴하기 시작했다. 요 근래에 와서는 그 정도가 너무나 심각하다.

사람들은 동물들을 사냥하여 그 동물을 잡아먹고 산과 들에 열리는 열매를 따먹고 자연과 더불어 살더니, 어느 날부터 동굴에서 살던 생활을 청산하고 움막을 짓고, 몇몇이 모여 살며, 보다 날카로운 도구를 만들어 그 도구로 동물을 사냥하고, 흙을 이겨 그릇을 만들어 물도 담고 자연에서 채취한 열매를 담는 그릇으로 쓰기 시작했다.

한 만 년 전부터 사람들은 자연에서 채취하던 열매를 스스로 가꾸어 수확을 하는 농업기술을 터득해 갔다. 곡식을 가꾸는 터, 논과 밭을 일구기 위해 땅을 뒤집고, 그곳에 자연적으로 자라는 풀을 뽑아서 죽였다. 더 심한 것은 산불을 놓아 일정한 공간을 태워 수목을 다 불태워 없애고, 공터를 확보하고, 그들이 식량으로 먹는 식물을 심었다.

들판에 고랑을 파고 물길을 따라 물이 흐르도록 하여 그들이 식용으로 사용하는 곡물과 채소를 키우는 논과 밭에 물을 공급했다. 그런 행위로 당연히 자연이 파괴됐다. 그래도 사람들이 농업이라고 하는 생업에만 종사할 때는 자연을 크게 훼손하지 않아 생물을 멸종시키는 최악의 사태까지는 가지 않았었다.

천 년 전쯤 사람들은 화약을 만드는 법을 알아내고, 화약의 폭발력을 이용하여 바위를 깨고 산을 무너트리는 공사를 했다. 화약을 사람들끼리 싸우며 서로를 죽이는 무기로 사용했다. 화약을 이용해서 굴도 뚫고, 수로도 바꾸고 했다. 사람들은 그런 짓거리를 거창하게 문명이라고 미화하며, 문명이 발달했다고 막 으쓱대며 자랑했다.

몇 백 년 전부터는 거창하게 큰 배를 만들어 강 위를 떠다니고 바다를 건넜다. 백 년 전부터 자동차를 만들어 부르릉 소리를 내며 사람이 만든 길 위를 다녔다. 자동차가 다니기에 편리한 길을 만드느라, 사람들은 사정없이 자연을 파괴했다. 산을 헐고 둑을 쌓고 하며 만든 길 위에 자갈을 깔아서 땅을 단단히 다져, 사람들이 만든 자동차가 편히 다니게 하더니 이제는 그 길을 아예 시멘트나 아스팔트로 덮어 물 한 방울도 새어 들어갈 수 없는 땅으로 만들었다. 여기 저기 뻗어가는 도로들은 생태계를 갈

라놓고, 동물들이 자유롭게 다니는 길을 막았다.

호박이나 흑석을 서로 문지르면 자연적으로 전기가 생기는데, 사람들은 한 백여 년 전에 그 전기를 인공적으로 만드는 방법을 알아냈다. 사람들은 땅속에 몇 억 년 전 나무나 동물이 죽어서 탄화한 석탄이나 석유를 캐내 태워 물을 뜨겁게 데워서 증기를 만들고 증기의 힘으로 터빈을 돌리고, 터빈과 한 축에 이어져 있는 발전기를 돌려 전기를 만들었다. 그렇게 만든 전기를 사용하는 사람의 집까지 수송하기 위하여 산줄기마다 송전선을 깔았다.

나는 어느 날 한가하게 시내를 흘러가다가 갑자기 빨아들이는 강한 힘에 끌려 둥근 관을 타고 언덕 위까지 끌려올라가서 사람들이 만들어 놓은 크고 넓은 인공 저수조에 담겨 있다가, 물을 휘휘 저으며 섞는 이상한 약품 냄새에 몇 번 기침을 하고 괴로워 하다가, 다시 강한 힘에 끌려 관을 타고 보일러 안으로 끌려들어갔었다.

보일러 안은 정말 뜨거웠다. 한 400℃는 되는 것 같았다. 나는 견디지 못하고 바로 증기가 됐고, 뒤 따라 밀려들어오는 증기에 밀려 관을 타고 터빈으로 밀려가서 터빈 날개에 부딪치며 아유, 하며 비명을 지른 적이 있다. 정말 아팠다. 바로 찬 기운이 아래에서 밀려와서 다시 물로 바뀌고 관을 타고 다시 보일러로 밀려가서 찜질을 당하다 수증기가 되고 또 터빈 날개를 치고 하는 생활을 며칠 동안 하다가 운이 좋게 관의 틈새로 빠져나와 그런 고역을 면했었다. 사람들은 그런 시설을 화력발전소라 했다.

이왕 이야기가 나왔으니 원자력발전소에 끌려들어가서 고생했던 이야기도 해 볼까?

원자로 냉각수로 끌려들어갔을 때다. 원자로라고 부르는 큰 원통 한

가운데에 핵연료라고 부르는 금속 다발에서 막 뜨거운 열이 나왔다. 원통 속의 압력은 내가 심해에 갇혔을 때와 같이 높아 숨쉬기도 힘들었는데, 핵연료가 핵분열하면서 막 튀어나오는 입자들이 나를 막 때렸다. 정말 아파서 산소와 분리되기 직전까지 갔다가 밀려들어오는 물에 밀려서 원자로를 빠져나가 터빈으로 갔다. 내 친구 중 몇몇은 중성자가 막 때리자 화가 나서 그 놈을 막 잡아 삼키고 내 맏형인 삼중수소가 되기도 했다.

2.

내가 45억 년 이상 지구에 머물면서 사람같이 교활한 짐승은 처음 본다. 주라기에 지축을 뒤흔들던 거구의 공룡들도 자기가 지구의 주인공이며, 만물의 영장이라고 뽐내지 않았었다.

겨우 약 5백 만 년 전에 아프리카 밀림에서 직립보행을 시작한 유원인이 그 짧은 기간 동안 오스트랄로 피데쿠스, 호모 하빌레스, 호모 에렉투스, 호모 사피엔스, 호모 사피인스 사피엔스 등 이름이 바뀌며 진화하면서 점점 더 건방져져서 자연을 정복했다고 큰 소리 친다.

그러나 자연은 사람들에게 여전히 무서운 존재다. 천둥도 무섭고, 벼락도 무섭고, 홍수도 무섭고, 산불도 무섭다. 몸이 아프고, 늙고, 죽는 고통을 벗어날 수가 없다. 사람들은 그들보다 훨씬 힘이 센 신을 만들어내고 해, 달, 맹수, 심지어 마을의 큰 나무, 기암괴석 등을 신으로 모시며 죽지 않고 아프지 않고 오래 살게 해달라고 빌며 기도한다.

나는 세상 여기저기를 흘러 다니며 사람들의 소망과 기도를 들으며, 몇 천만년을 그 자리에 서있는 바위, 풍상에 깎이어 기괴한 모양으로 바뀌었다, 몇 십 년도 못사는 백호가 사람들의 기도를 들어줄 힘이 없는데, 하며 속으로 웃었다.

사람들은 땅에 기거하며 땅에서 나는 것을 먹고 살면서도, 자꾸 땅 위, 하늘의 세계를 환상 속에 그린다. 죽어서 갈 안식처를 줄 신들을 창조하고, 그들에게 소원을 빌며, 하늘 위에 살아갈 안식처를 줄 존재로 신, 하나님, 하느님, 옥황상제, 일자, 초월자, 초인 등의 이름을 붙인 일자를 창조하여 그 절대자를 사람의 감성과 지성의 한계를 넘는 존재로 모시며 전지전능한 그 존재에게 귀의하며 위안을 얻고 자신의 나약함이 보완되기를 바라고 있다.

결핍의 존재인 인간은 과학기술을 개발하여, 맹수에 비해 부족한 근력을 보완하는 엔진, 크레인 등 기계를 만들고, 시각 청각 등 감각기능을 보충하는 현미경, 망원경, 인공위성을 개발하였다. 지적 능력을 보완하는 컴퓨터를 만들고, 생명공학을 발달시켜 생명을 변환시키는 재주도 부리려 하며 그들이 섬기는 신의 영역에 도전한다.

자연을 거슬리는 외도, 정복을 하다 보니 막대한 에너지와 자원이 필요하다. 유한한 지구에서 유한한 자원을 확보하려고 인간들 사이에 피나는 경쟁이 붙었다. 건방지게 지구는 인간을 위해 존재하는 것이라고 큰 소리 치고, 인간 외의 모든 생물은 그들이 살아가는 도구라고 치부하며 건방을 떨면서 자연을 파괴하고 있다.

내가 보기에 사람들이 그 가공할 핵무기까지 개발하며 이렇게 서로 싸우고, 편하게 잘 먹고 살려고 자연을 마구 파괴하면 지구상에 한 시대를 풍미했던 어떤 종보다 빨리 멸종할 것 같다. 대부분의 종은 몇 억년을 지구 위에서 떵떵거리며 살다가 멸종했었는데, 만물의 영장이라고 건방을 떠는 사람은 천만 년도 떵떵거리지 못하고 멸종될 것 같다.

더구나 사람들은 물을 마구 쓴다.

지구에 있는 물의 97%는 염분이 섞인 바닷물이며 나머지 약 1%는 남극과 북극의 얼음이다. 지구에 있는 물중 겨우 2%가 생명을 주는 담수이다. 문명이 발달하고, 먹고 살만하다 보니 사람들은 채식에서 육식으로 식습관을 바꿔 가고 있다.

가축을 기르는 데는 엄청난 물이 필요하다. 우선 소 등이 물을 많이 마시지만, 가축이 먹는 사료를 기르기 위하여 엄청난 물이 필요하다. 또 산업을 일으켜 문명의 이기를 만들기 위하여도 엄청난 물이 필요하다. 지하수를 퍼서 쓰다 보니 보충되는 지하수보다 더 많이 퍼 쓰게 되고 지하에 동공이 생기고 지하수가 고갈된다. 물 부족 국가가 계속 늘어가고 있다. 물도 인간의 탐욕에 그 한계를 드러내고 있다.

그런 저런 것을 볼 때마다 지구에서 오래 살아온 나는 사람들의 탐욕이 불쌍하게 느껴진다.

3.

내가 긴 시간을 지구에서 살아오며 지구 환경은 몇 억 년, 또는 몇 천만 년 단위로 참 천천히 바뀌어 갔는데, 한 5백만 년 전 두 발로 걷는 짐승이 지구에 등장하고부터 눈이 뱅뱅 돌 만큼 지구 환경이 빠르게 변해 갔다. 지구 나이로 보면 눈 깜짝할 시간인 최근 만 년 사이에 정말 정신을 차릴 수 없게 환경이 바뀌었다.

두 발 달린 동물들은 다른 동물들과 다르게 같은 종끼리 정말 피터지게 싸웠다. 다른 동물들은 같은 종족끼리는 종족 번식을 위하여 암놈을 차지하려고 수놈들끼리 싸울 때나, 경계를 침입하는 종족들에게 먹이터를 빼앗기지 않으려고 다투는 일은 있었지만 그렇게 처참하게 동족을 막 죽이지는 않는다.

나는 사람들이 동종의 사람들을 마구 죽이는 싸움판을 수없이 구경했다. 땅을 빼앗기 위하여 싸우고, 자기들이 믿는 신을 위하여도 싸웠다. 심지어 자존심이 상했다고도 싸웠다.

한 천 년 전쯤 예수가 하나님 외아들이라고 믿는 패거리와 마호메트가 하나님의 마지막 예언자라고 믿는 패거리들이 별 비옥하지도 않고 경치가 빼어나지도 않은 예루살렘을 서로 차지하려고 피터지게 거의 2백 년을 싸웠다. 심지어 저 멀리 영국에 있는 기사들도 그 싸움판에 끼어들었다. 그리고 그들이 믿는 신의 이름을 걸고 서로 상대방을 처참하게 죽였다. 나는 두 패거리가 왜 그렇게 싸우는지 이해할 수가 없었다.

나는 지난 100년 동안 정말 눈뜨고 못 볼 큰 패거리 싸움판을 두 번이나 보았다.

지금으로부터 100년 전쯤, 나는 구름이 되어 사람들이 유럽이라고 하는 대륙의 알프스 산을 덮은 눈 위를 씽씽 날고, 프랑스 들판 포도밭 위도 한가하게 날았다.

어느 날 독일 군대가 갑자기 떼거리로 동쪽으로 이동하여 보스니아로 쳐들어갔다. 바로 독일 옆 나라인 오스트리아가 덩달아 보스니아로 쳐들어갔다. 그러자 기다렸다는 듯이 러시아가 싸움판에 끼어들고, 바로 프랑스도 끼어들어 독일을 공격하고, 도버해협 건너 영국도 패싸움에 끼어들었다. 나는 눈이 어지러워 누가 누구 편인지 잘 모른 체 왜 저렇게 마구잡이로 동종의 동물을 죽이는 싸움판을 벌릴까, 했다.

화약을 써서 만든 대포알을 대포에 장전하고 사람들 머리 위로 막 날렸다. 대포알이 터지면 들판의 흙이 파이고 언덕이 무너지고 그 근처에 숨어있던 군인들의 팔 다리가 날아가고, 머리가 터지고, 피를 흘리며 정말 처참하게 죽어갔다. 양편이 들판에서 서로 마주보고 줄을 서서 대포를 쏘고, 총을 쏘고, 그리고 마지막에는 총에 칼을 꼽고 엉겨 붙어 싸우면 한꺼번에 몇 만 명씩 죽어 자빠졌다. 정말 아비규환의 지옥이 따로 없었다.

어떤 동물들의 싸움판에서도 볼 수 없는 처절한 광경이었다. 동물들은 기껏해야 이빨이나 발톱으로 할퀴며 싸우는데, 그래봐야 겨우 한두 마리를 죽이면 싸움이 끝나는데, 사람들은 멀리 떨어져서 총을 쏘고 대포를 쏘며 동종의 인간을 마구 죽였다. 두 패거리로 나뉘어 몇 년을 그렇게 싸웠다.

나무나 쇠붙이로 만든 배가 바다 위를 떠다니며 대포를 쏴서 상대방 배를 쳐부수고 침몰시켜 침몰된 배에 탄 수병들이 그 넓은 바다 위에 둥둥 떠다니다가 물에 빠져 죽게 했다. 물고기를 닮은 잠수함을 만들어 바닷물 속을 헤집고 숨어 다니며 바다 위를 떠다니는 상대방 배를 격침시켜 수병을 죽였다. 정말 지긋지긋하게 몇 년을 그렇게 싸우는 중에 아주 먼 바다, 대서양 건너에 있는 미국이 싸움판에 끼어들었다.

미국이 싸움판에 끼어들자 독일 패거리들이 밀리기 시작하더니 몇 달 뒤부터 독일의 패거리들이 하나 둘씩 졌다고 항복했다. 그렇게 4년여를 패싸움하면서 무려 5천 만 명이나 되는 동종의 인간을 서로 죽였다. 그 숫자가 인간이 멸종까지 이를 숫자는 아니지만, 나는 인간이 벌리는 짓거리에 정말 어처구니가 없었다.

나는 구름으로 떠다니며 쌈판을 구경하고, 비로 떨어져서 개울물이 되어 군인들이 흘린 피를 품고 바다로 흘러가기도 했다. 어떤 때는 웅덩이에 고여 있다가 웅덩이에 처박힌 시체가 썩어가며 내품는 악취와 세균을 품고 다시 비가 왕창 와서 그 구덩이에서 나를 밀어내 줄 때까지 참고 지낸 적도 있었다.

나는 사람들이 왜 그렇게 싸우는지 모른다.

그 후 사람들이 한 세대라고 부르는 30년이 지나기도 전에 나는 또 한 번 더 큰 패싸움을 구경하게 됐다. 두 번째 패싸움은 처음 패싸움은 상대도 안 되게 치열하고 처참했다.

30년 전 패싸움은 유럽의 여러 나라가 엉켜 붙어 싸웠는데, 두 번째 패싸움은 유럽은 물론 아시아 대륙을 포함하여 태평양까지 싸움터로 넓어졌다. 독일, 일본, 이탈리아가 한 편을 먹고, 프랑스, 영국, 러시아, 미국 등 여러 나라가 다른 한 편을 먹고 싸웠다.

이번 싸움은 30년 전에 싸울 때보다 무기가 더 발달하여 훨씬 쉽게 잔인하게 사람들을 죽이고 자연을 파괴했다. 병사는 물론 일반시민들도 마구잡이로 많이 죽였다. 땅과 바다, 하늘이 온통 전쟁터가 되었다. 동물로 말하면 조류, 포유류, 물고기가 다 전쟁에 나선 판이다. 땅에서 총을 쏘고 포탄을 날리고, 비행기라는 새처럼 생긴 기계가 하늘을 날며 총을 쏘고 폭탄을 던졌다. 바다에서는 함선끼리 싸우고, 함선과 잠수함이 싸우고, 또 육지를 향해 함포를 쏘아댔다.

병사들은 총을 쏘며 싸우다가 총에 칼을 꽂고 달려가서 뒤엉켜 싸웠다. 5년여 동안 싸우며 무려 1억 명이 넘는 사람들이 죽었다. 끝까지 버티던 일본을 항복하게 한 원자폭탄은 정말 무서웠단다. 나는 원자폭탄이 떨어질 때 일본에서 아주 먼 곳 하늘을 날고 있어 그 광경은 보지 못했으나 정말 무서웠단다.

4.

나는 운이 좋게 원자탄을 처음 실험하는 광경을 보았는데 정말 대단하고 무서웠었다. 그 장면을 이야기한다.

사람들이 그렇게 무서워하는 원자폭탄과 수소폭탄은 사람들이 내 형제와 내 가족들, 원소들의 내면에 숨겨진 에너지를 일시에 폭발시키는 방법을 알아내어 만들어 낸 무기이다.

그럼 원자폭탄부터 이야기부터 해 보자.

원자폭탄은 자연에 있는 우리 가족 중 가장 무거운 우라늄이 깨지면서 나오는 에너지를 한꺼번에 터트리는 폭탄이다.

우라늄은 내 몸무게보다 238배나 무거운 U-238과 235배 무거운 U-235 두 형제가 자연에 존재한다. U-238은 원자핵 속에 양성자가 92개, 중성자가 146개 들어있으며, U-235는 양성자 92개, 중성자 143개가 들어있다.

우라늄은 매우 무겁기 때문에 불안정하여 그냥 둬도 자연적으로 깨어져서 안정한 원소인 납으로 바뀐다. U-238은 45억 년만에 절반이 깨어져 납으로 바뀌며, U-235는 7억 년만에 절반이 깨어져 납으로 바뀐다. 그러므로 자연 속의 U-235는 더 빨리 납으로 바뀌어, U-238보다 훨씬 작게 존재한다. 우라늄 형제중 약 0.71%만이 U-235이다.

사람들은 1930년대가 되어서야 핵 속에 양자와 무게가 비슷한 전기적으로 중성인 중성자가 들어있다는 것을 찾아냈다. 그리고 바로 중성자로 우라늄 핵을 때리면 무거운 우라늄 핵이 두 개로 깨지면서 엄청난 에너지가 나오는 것도 알아냈다.

세계 여러 나라가 뒤엉겨 붙어 두 번째 대판 싸움이 일어나자, 여러 나라는 그동안 폭약으로만 싸우던 방식을 벗어나서 우라늄이 깨질 때 나오는 엄청난 에너지를 무기로 바꾸어 폭탄을 만들면 한 방에 상대방을 멸살하고 전쟁을 승리로 끝낼 수 있다고 생각했다.

미국, 독일, 소련, 영국, 일본 등이 신무기, 핵폭탄 개발에 뛰어들었으나, 두 번째 싸움판이 끝나기 전에 미국만 신무기, 원자폭탄 개발에 성공했다.

원자탄을 만들어 가는 과정에서 사람들은 원자로라는 용기에서 U-238의 핵에 중성자로 때리면 U-238이 깨어지지 않고 중성자를 잡아먹고 U-238보다 무게가 딱 내 무게, 수소 무게만큼 더 무거워진 Pu-239가 생겨나는 것을 알게 되었다. Pu-239도 U-235같이 중성자가 핵을 때리면 깨어져서 두 조각이 되며 막대한 에너지가 나온다.

Pu-239는 반감기가 24,000년으로 매우 짧아 빅뱅이 일어나고 내 가족들이 생겨날 때 같이 생겨났었으나 반감기가 너무 짧아 거의 다 붕괴되어 없어져서 현재는 자연에서 찾기가 어렵다.

미국은 원자탄을 만들 때 투 트랙 전략을 썼다.

하나는 우라늄에서 U-235만 농축하여 고농축우라늄을 만들어 핵폭탄을 만드는 방법과 우라늄을 원자로에서 태워서 플루토늄을 만들어 플루토늄을 원자탄 원료로 핵폭탄을 만드는 방법이다.

농축 우라늄이나 Pu-239를 중성자로 때리면 두 개의 큰 파편으로 깨어지며, 2,3개의 중성자가 튀어나와 다시 우라늄이나 플루토늄을 때려 연쇄반응이 일어난다.

미국은 1942년 맨하탄 계획이라는 비밀 계획을 수립하고 원자탄 개발에 착수하였다. 우라늄 원소 중에서 U-235를 농축하는 공장은 테네시주 오크리지 농축시설에서, Pu-239를 얻는 공정은 워싱턴주 핸포드 재처리시설에서 수행하였다. 개발 총지휘는 뉴멕시코주의 고원지대인 로스 알라모스연구소에서 수행하였다.

1945년 여름, 나는 뉴멕시코 사막 위를 구름이 되어 흘러 다니고 있었다. 바람 부는 대로 동쪽으로 흐르다가 서쪽으로 흐르다가 했다.

나는 그해 6월부터 트리티니 모래사장 한가운데 높은 철탑을 세우는 것을 내려다보며, 저 불모지에 사람들은 무엇을 하려고 저런 철탑을 세우나 했다. 더구나 철탑 주위를 하얀 천으로 가리고 군인들이 지켰다.

민간인들이 군인 지프를 타고 철탑 주위를 들락거렸고, 철탑에서 30㎞ 쯤 떨어진 사막 위에 가건물을 짓고, 그곳에 여러 사람들이 들락거렸다. 나는 사람들이 사막에 들락거리는 것을 보고 참 할 일 없는 사람들이라며 그들을 한심하게 생각했다.

7월 15일 오후, 철탑 위로 무거운 물건을 기중기로 신주단지 모시듯 들어올렸다. 1분에 연필 길이만큼 들어올렸다. 16일 날 새벽, 아직 해도 뜨기 전에 웬 남자가 손전등을 켜고 철탑 아래 놓인 금속상자를 열고 조작을 하는 것같이 보였다. 그리고 그 남자는 상자를 닫고 열쇠를 채우고 지프를 타더니 철탑으로부터 먼 곳으로 전속력으로 달려 도망쳤다. 그들은 한 10㎞쯤 도망가더니 미리 만들어놓은 방공호 속으로 도망쳐 들어갔다. 철탑에서 30㎞ 떨어진 지점의 건물에 있던 사람들은 모두 모래 위에 엎드리고, 얼굴을 가리고, 머리를 감싸 안고 이상한 모습으로 몸을 피하는 것이 보였다. 나는 어두컴컴한 사막 위에서 사람들이 벌리는 해괴한 광경을 내려다보며, 뭐 하는 짓이지, 했다.

어두컴컴한 사막에 갑자기 태양이 떴다. 태양이 뜬 것보다 몇 배나 더 밝았다. 태양 빛이 처음에는 노란 불빛이더니 하얀 섬광으로 바뀌며 지상에서 1,000m 높이 날던 내 얼굴에 열기를 확 품어 뿌리며 세찬 바람을 일으켜서 나를 저쪽으로 멀리 휙 날려 보냈다. 나는 처음에는 화산이 터졌나 했다.

그런데 화산은 주로 산꼭대기에서 터진다. 이런 사막 가운데서 화산이 터지는 것은 처음 보았다. 불타는 것같이 보이는 지름이 1.5㎞는 되는 공이 점점 커지고 또 커지면서 하늘로 올라가서 버섯모양으로 바뀌었다. 사막 한 구석으로 밀려간 나는 이게 무슨 사건인가, 하고 놀라고 있을 순간 천둥소리가 나고 사막 끝까지 달려갔던 천둥소리가 산에 부딪치며 다시 돌아오며 천지를 흔들었다. 나는 혼비백산하여 이곳에서 그만 도망치고 싶었다. 멀리서 보니 철탑은 온데간데없고 철탑이 세워졌던 사막에 큰 웅덩이가 파였다.

내가 본 광경이 세계 최초로 원자탄을 실험하는 광경이라는 것을 뒤에 알았다. 그 때 떨어트린 원자폭탄은 플루토늄을 원료로 만든 폭탄이며 TNT 18,6000톤의 위력이었단다. 그것을 만드는 데 미국은 당시 돈으로 20억 $를 썼단다(2016년도 돈으로 환산하면 약 300억 $나 된다).

뒤에 내가 일본 상공을 흘러가면서 들은 이야기인데 미국은 뉴멕시코에서 원자탄을 실험한 지 한 달도 안 되어 싸움에서 판판이 지면서도 마지막 한 사람까지 싸우겠다며 죽기 살기로 버티는 일본 사람을 사냥하는 데 실제로 사용하였단다.

1945년 8월 6일 히로시마(농축 우라늄 탄, 별명: little boy)에, 8월 9일 나가사키(플루토늄 탄, 별명: fat man)에 원자탄을 비행기에 싣고 가서 떨어트려 히로시마에서는 40만 명을, 8월 9일 나가사키에서는 14만 명을 즉석에서 구워 죽였단다. 정말 사람들은 잔인하다.

1949년 여름, 나는 소련 연방의 하나인 카자흐스탄 동북부 이르시티강 상류 하늘 위를 날고 있었다. 위에서 내려다보니 강에서 멀지 않은 나무도 집도 한 채 없는 계곡에 탑을 세우는 것이 보였다. 4년 전 뉴멕시코 트리티니에서 본 탑과 규모가 비슷했다. 그 계곡에는 돌과 모래뿐으로 새들도 날지 않았다. 나는 저 황무지에 무엇을 위하여 탑을 세우나, 하며 흥미를 가지고 그곳 상공에 머물며 사람들이 하는 짓거리를 내려다보았다.

탑 주위에 1층짜리 목조건물을 짓고, 4층짜리 벽돌집도 지었다. 울타리를 치고 축사를 짓고 동물을 실어 와서 키웠다. 동물의 먹이는 전부 차로 실어왔다. 다리도 건설하고 터널도 파고 음수탑도 세우며 사람이 살 수 있는 환경을 만드는 것 같았다. 나는 저런 메마른 땅에 누가 살려고 저런 건축물을 지을까, 했다.

8월 29일 밤, 사람들이 부슬부슬 비가 내리는데, 기중기로 무엇인가 탑 위로 끌어올렸다. 지난 번 미국이 핵실험을 할 때와 같이 천천히 신주 모시듯 조심하며 기중기로 끌어올렸다. 작업을 마친 사람들은 부산하게 현장에서 도망치는 것 같았다.

다음날 새벽 해가 떠오를 때쯤 비가 그쳤다. 나는 흘러가는 구름에 묻혀 그 상공에서 멀어졌다. 아침 해가 뜨고 조금 지나서 황무지에 빛의 사태가 일어났다. 순간 하얀 불덩이가 탑과 그 주위의 건물을 집어삼켰다. 불덩이가 점점 커지면서 오렌지색에서 빨간색으로 바뀌며 하늘로 올라갔다. 불덩이를 따라서 돌, 금속파편, 나무들이 날아올랐다. 나는 그런 파편에 맞지 않으려고 몸을 움츠리자 갑자기 열기가 밀려오고 그 폭풍에 나는 저만치 밀려갔다.

소련이 '최초의 섬광' 이라고 명명한 원자폭탄을 실험한 것이다.

크루차토프가 이끄는 소련 원자탄 개발팀은 비밀경찰 두목 베리아의 지원과 독려를 받으며 원자탄을 개발했단다. 처음 실험한 원자탄 설계는 미국 원자탄 개발에 참여했던 영국 과학자 푸스가 훔쳐서 건네준 것이라 한다.

좀 잘 사는 어느 사람들이 자기 나라에서 개최된 하계 · 동계 올림픽, 월드컵 개폐회식을 모두 다 보았다고 자랑하는 것을 들은 적이 있다.

나는 정말 운이 좋아 미국과 소련이 행한 최초의 핵실험 현장에 머무는 행운(?)을 얻었었다. 그러나 그 거창한 장관을 보고도 나는 마음이 편치 않았다. 처음 미국 핵실험 광경을 볼 때는 그 장관에 놀라기만 했지만, 소련 핵실험 장면을 볼 때는 이미 히로시마와 나가사키에 투하한 원자폭탄의 잔인하고 가공할 위력을 들어서 아는 터라 경천동지할 장관에 전혀 감동을 받지 못하고, 그런 실험을 하면서 사람을 마구 죽이는 무기를 개발하는 사람들이 한심하다고 생각했다.

그럼 수소폭탄 개발 이야기를 해 보자.

원자폭탄은 우리 92 원소 가족 중 가장 몸무게가 무거운 우라늄이 핵분열하면서 나오는 에너지의 폭발이라면, 수소폭탄은 내 둘째 형 중수소와 큰형 삼중수소가 핵융합하면서 나오는 에너지의 폭발이다. 과학자들은 1930년대 우리 지구에 에너지를 공급하는 태양의 에너지원이 내 형제들이 핵융합하면서 발생하는 에너지라는 것을 알아냈다.

사람들이 20세기라고 하는 때에 아인슈타인이라는 천재가 살았는데, 그 천재는 물체의 질량과 에너지가 같다는 것을 알아냈다. 그 이론을 사실로 입증한 실험이 원자탄 폭발이다.

내 둘째 형인 중수소 둘이 융합하면 나보다 원자번호가 하나 더 많은 헬륨, 화학 기호로는 $_2He^3$라고 쓰는 원소가 생겨나고 막대한 에너지가 나온다. 내 둘째 형과 맏형이 융합하면 $_2He^4$이 생겨나고 막대한 에너지가 나온다. 그 이유는 둘째 형들 둘이 융합하여 생긴 $_2He^3$의 무게가 두 형의 무게를 합친 것보다 적고, 그 줄어든 질량이 에너지로 바뀌어 나온다. 둘째 형과 큰형이 융합할 때도 두 형의 무게의 합이 $_2He^4$의 무게보다 커서 융합과정에 질량 결손이 일어나며 결손된 질량만큼 에너지가 나온다. 형들은 보통 온도에서는 따로 놀지만, 1억 도나 되는 아주 높은 온도에서는 혼자 놀지 못하고 융합하며 합방한다.

과학자들은 내 가족인 우라늄이 핵분열하여 두 개의 파편으로 깨어질 때의 질량 결손보다 내 형들이 융합할 때 질량 결손이 훨씬 큰 것을 알고 인공적으로 핵융합을 시키면, 원자탄보다 더 큰 위력을 내는 큰 폭탄을 만들 수 있을 것이라 생각했다.

두 번째 큰 패싸움이 끝난 후 세상은 두 패로 나뉘었다. 한 패는 소련을 두목으로 모시는 공산세계, 한 패는 미국을 두목으로 하는 민주진영이었다.

자연법칙에 따라 지구를 떠도는 나는 공산주의가 뭔지 민주주의가 뭔지 모른다. 어쨌든 소련과 미국은 지구의 패권을 잡기 위해 피 터지게 경쟁했다. 소련이 곧 원자탄을 개발할 거라고 판단했던 미국의 정치권은 패권을 계속 유지하기 위해 수소폭탄 개발을 결정하고, 1950년 3월 10일 트루먼 대통령은 과학자들에게 초능력 핵폭탄 개발 임무를 지시했다. 로스알라모스에서 원자탄 개발을 지휘했던 오펜하이머 등 일부 과학자들은 원자폭탄의 잔혹성에 놀라 수소폭탄 개발을 주저했으나, 일부 과학자들이 수소폭탄 개발의 공을 얻기 위해 수소폭탄 개발에 뛰어들었다.

일상적인 보통 방법으로는 내 형들을 핵융합시키는 데 필요한 1억 도의 열을 얻을 수 없어 원자탄을 터트려 그 열을 얻기로 했다.

1952년 11월, 나는 하와이 서쪽 약 500㎞ 떨어진 곳에 위치한 마샬군도 위를 날고 있었다. 마샬군도는 약 40개의 섬으로 이루어졌다.

군도의 섬 중 하나인 엘루캘랩 섬에 6층 높이의 탑이 세워지고 그 주변에 보조건물이 세워졌다. 100m가 넘는 안테나도 설치했다. 엘루캘랩 섬의 크기는 뉴욕 맨해튼 섬만한 넓이다. 30개도 넘는 주위 섬에 관측 장비를 설치했다. 사람들이 무엇인지 모르는 물건을 배로 실어 날랐다.

두 번의 핵실험을 보았던 나는 또 사람들이 일을 저지르는구나, 하고 그 주변을 어슬렁거렸다.

1952년 11월 1일 아침 7시경, 나는 내 평생에 가장 큰 장관을 목격했다. 그때 지상 3,000m와 12,000m 상공에 비행기 두 대가 떠다니는 것이 보였다.

태양의 중심보다 더 뜨거운 화구가 타오르며 소용돌이치며 끓었고, 빛이 보라색으로 빛났다. 화구는 버섯모양으로 바뀌면서 하늘로 치솟았다. 폭발과 함께 끓어오른 물줄기가 물막이가 되어 치솟으며 구름을 가리더니 바다로 떨어졌다. 우르르 천지를 집어삼킬 듯한 우레소리가 들렸다. 나는 충격파에 밀려 몇 십㎞를 밀려갔다. 5분쯤 지나자 버섯구름이 성층권까지 올라갔고, 버섯구름의 최대 폭은 160㎞가 넘었다.

나는 정신을 잃고 그 광경을 보다가 충격파에 멀리 밀려가 있다가 몇 시간이 지난 후 바람을 타고 핵폭탄에 터진 상공으로 날아갔다. 엘루갤랩 섬은 자취도 없이 사라졌다. 원자탄을 실험했을 때는 큰 웅덩이만 생겼었는데, 수소탄을 실험하니 뉴욕 맨해튼만 한 섬 하나가 완전히 사라졌다.

뒤에 들은 이야긴데, 그 때 실험한 수소탄 'MIKE'의 위력은 10.4Mt으로 히로시마에 떨어진 원폭보다 800배는 세다고 한다. 두 번째 패싸움 때 양진영에서 사용했던 모든 화약을 다 합친 파괴력보다 두 배는 더 위력적이라고 한다.

이번 마샬제도에서 실험한 수소탄의 위력은 내가 45억 년 넘게 지구에 머물며 겪었던 어떤 화산 폭발보다 더 강렬했다. 나는 참 여러 차례 화산이 폭발한 근처를 날았었다. 화산이 폭발하여 그 열로 산소와 헤어져서 홀로 됐다가, 유황과 합쳐 황화수소가 되기도 하고, 탄소와 결합하여 탄화수소가 되기도 했었다.

화산이 폭발하면, 처음엔 검은 연기가 치솟고 불꽃이 터져 나와 검은 연기를 붉게 물들이며 산의 계곡을 타고 뜨거운 마그마가 흐르기도 하고, 처음부터 용암이 꾸역꾸역 흘러나와 산을 뒤덮고 산골짜기를 타고 내려가며 주위의 바위를 녹이고 흙을 녹였다. 그러나 그런 장관들은 수소탄 폭발에 비하면 장난감 놀이 수준이었다.

정말 수소탄 실험 광경은 45억 년을 지구에 살며 내가 봤던 광경 중 가장 빛나는 장관이었다.

소련은 다음 해, 1953년에 수소폭탄 실험에 성공했다. 나는 그 실험 광경은 보지 못했다. 들리는 말로는 소련은 1948년 6월 스탈린이 수소폭탄 개발을 명령했고, 사하르트가 이끄는 소련 개발팀은 1953년 8월 12일 히로시마 원폭의 30배의 위력을 가진 수소폭탄 'Joe-4' 를 실험했다.

두 나라는 성능을 개선하여 미국은 1954년 3월 1일 히로시마 원폭의 1,300배 위력인 수소폭탄 'Bravo' 를 실험했고, 소련은 1955년 11월 히로시마 원폭의 300배 위력인 수소폭탄을 실험했다.

5.

사람들은 일이 술술 잘 풀리면 인생사가 물같이 흐른다고 한다. 정말 내가 화합물이 된 물을 모르고 하는 말이다.

또 스님이나 목사, 신부 등 종교에 종사하는 사람들이나 철학자들은 나를 자주 인용하여 세상사에 비유한다. 여러 사람들의 말을 인용하면 지저분해질 것 같아, 도교의 창시자로 많은 사람들의 존경을 받는 노자의 말을 인용한다.

"세상에 물보다 부드럽고 연한 것은 없다. 그러나 단단하고 억센 것을 물리치기에 물보다 더 좋은 것은 없다. 실로 이를 대신할 것이 없다. 약한 것이 강한 것을 이기고, 부드러운 것이 굳센 것을 이기는 것이다."

"가장 훌륭한 것은 물처럼 되는 것이다. 온갖 것을 섬길 뿐 그것들과 겨누지 않고 모두가 피하는 낮은 것으로 향할 뿐이다. 그러기에 물은 가장 도에 가까이 있다."

또 도덕경에 곡신(谷神)이라는 말을 지어냈다. 4자성어로 곡신불사(谷神不死)라고 하며, "계곡은 모든 세상이 말라도 마르지 않는 정신을 가지고 있다. 가장 낮은 곳에 있기 때문이다. 근엄하고, 군림하고, 강압적인 존재가 아닌 부드럽고 따뜻한 계곡의 정신 곡신불사이다."

또 노자는 '명경지수' 라는 말을 만들어 냈다. 맑은 거울과 같고 물처럼 잡념과 허욕이 없는 깨끗한 마음을 비유한다.

위에 인용한 말들은 내가 지구에서 가장 오래 화합물로 보낸 물을 정말 모르고 하는 말이다. 물은 부드럽지도 않고, 남을 섬기지도 않고, 그렇게 유연한 것도 아니며, 계곡에 머물고 싶어 머무는 것이 아니다. 잡념과 허욕은 무엇인지도 모른다.

물은 손발이 없다. 그래서 물은 그의 의지대로 움직이지 못한다. 그냥 중력의 법칙에 따라 높은 곳에서 낮은 곳으로 끌려 내려온다. 땅 위를 흐르다가 온도가 높으면 수증기가 되어 대기 중으로 날아올라가고 대기 중을 떠돌다가 찬 공기를 만나면 물의 의지와 관계없이 무게를 견디지 못하고 중력에 끌려 비가 되어 땅에 떨어진다.

온도가 영하로 떨어지면 서로 엉겨 붙어 얼음이 되며 그대로 머물다가, 온도가 영상으로 올라가면 녹아서 물이 되고 또 수증기가 되어 대기로 올라갔다가 또 비가 되어 떨어지고 한다. 수증기가 대기로 날아오르는 것은 대기를 덮고 있는 산소나 질소가 수증기보다 무거워 수증기가 별 수 없이 위로 밀려 올라가기 때문이다.

비가 되어 땅에 떨어지는 장소도 구름 마음대로 정하지 못한다. 바다 위에도 떨어지고, 강 위에도 떨어지고, 산에도 떨어진다. 산에 떨어지면 중력에 끌려 밑으로 흘러내려 산골짜기를 흐르는 시냇물이 되었다가, 냇가를 흐르는 동안 수증기로 바뀌지 않으면 강물이 되고, 또 바다까지 흘러 들어가서 바닷물이 된다. 이런 순환과정에 물의 의지는 하나도 작용하지 않는다.

그러므로 흘러가다가 늪지대나 물웅덩이에 걸리면 거기서 머무르며, 물속에서 자라는 세균 때문에 썩는 악취가 나도 물은 그 장소를 벗어날 수가 없다. 계곡을 흐르며 곡신으로 추앙받을 하등의 이유가 없다. 비가 되어 내릴 때도 어떤 때는 부슬비로 내리기도 하고, 태풍에 휩싸이면 지각을 할퀴는 괴물이 된다. 해일이 되어 마구잡이로 지각을 할퀴고, 동식물을 잡아 삼키며 지표면을 훼손한다.

그런데 물은 욕심이니 하는 인간들의 탐욕을 전혀 모르고, 그냥 자연 법칙대로 사는데, 사람들은 나의 화합물, 물을 무슨 도인인 것처럼 치부한다. 사람들이 물을 마치 평화주의자처럼 추켜세우는 것을 보면 웃음이 나온다. 그릇의 모양에 따라 유연하게 처신한다는 말을 들으면, 나의 화합물, 물이 스스로 움직일 능력이 없어 그릇 모양에 따라 모양이 바뀌는 거고, 품성이 착하여 그런 것이 아니다. 나는 그런 진실을 사람들에게 말해 주고 싶으나 나는 말을 할 수 있는 입이 없다.

6.

내가 지구에서 살아온 중에 근래 퍽 어려운 입장에 처하게 되었다. 내 몸 1kg이 타면 약 3만5천 kcal의 열이 나온다. 휘발유가 탈 때보다 3배는 더 많은 열이 나온다. 내가 타면 산소와 화합해 물이 된다. 휘발유가 탈 때는 탄산가스가 나온다. 탄산가스는 지구 온난화의 원인이 된다.

사람들은 타면 무공해인 물이 되며 막대한 열이 나오는 내 성질을 알아내고 나를 물로부터 분해하여 태우려고 한다. 사람들의 표현을 빌리면 물은 지구상에 무한하게 있으므로 나, 수소를 에너지로 사용하면 에너지 문제가 해결된다고 흥분한다.

그런데 나는 지구상에 혼자 있지 않다. 산소와 결합해서 물의 상태로 있던지 탄소와 결합하여 탄화수소인 석탄, 석유, 천연가스 등의 형태로 존재한다.

사람들은 물을 산소와 수소로 분해하려 한다. 나는 산소와 찰떡궁합이라 쉽게 떼어놓을 수가 없다. 그래서 생각해 낸 것이 물을 전기 고문하는 거다. 물을 전기 고문하면 견디지 못하고 나는 산소와 헤어져 홀로 된다. 사람들은 그렇게 분리된 나를 통에 가둬 저장했다가 바로 연료로 쓰든지, 연료전지의 동력으로 쓴다.

그런데 문제가 있다. 나를 전기 고문하는 데 쓰는 전기값이 분리된 나를 이용해서 얻는 에너지값보다 훨씬 더 든다. 경제에 빠삭한 사람들한테는 밑지는 장사이다. 그래서 사람들이 다음으로 고안해 낸 방법이 물을 1,000도나 되는 높은 온도로 삶는 거다. 그래서 뜨거워서 몸부림치는 물에 촉매라는 중매쟁이를 동원하여 산소와 나를 갈라놓는다.

그렇게 얻은 수소를 앞에서 말한 대로 저장 사용한다. 그런데 여기서도 1,000도나 되도록 물을 끓이며 고문하려면 열원이 필요한데 그 열원의 확보가 만만치 않고 돈이 많이 든다. 그래서 그 열원으로 원자력을 생각하고 있으나 아직 연구 단계일 뿐이다.

다음으로 생각하는 방법이 나랑 탄소가 결합해 있는 천연가스나 메탄올을 고온 고압에서 수증기를 보내 분해하는 방법이다. 그런데 그것도 원료물질인 천연가스나 메탄올이 있어야 하고, 고온을 만드는 데 에너지가 필요하다. 현재 기술로 물을 전기분해하여 얻은 나를 수소자동차의 연료로 사용할 때 드는 비용이 자동차 연료를 휘발유로 쓸 때보다 2~3배 더 든다.

그래도 온실가스 문제가 심각하므로 나를 어떻게든지 분리하여 에너지원으로 사용하려고 태양에너지를 이용하여 광화학 방법으로 분해하는 연구 등, 다방면의 연구를 거듭하며 사람들은 물을 들볶는 방법을 고안해 내려고 머리를 싸매고 있다.

최근 사람들은 먹고 살 만하니까 건강을 퍽 챙긴다. 그러나 생로병사는 피할 수 없는 순환 주기이며, 병중에 암이 가장 많이 죽음으로 이끄는 병으로 알려져 있다. 암을 일으키는 원인이 몸속에 발생한 활성산소가 원인이 된다는 것을 알아내고 물속에 나를 함유시켜 음용하게 하여 나와 활성산소를 몸속에서 연애시켜 없애는 방법을 연구하고 있다.

그런 아이디어는 프랑스 남서부 피레네 산맥 기슭 루르드 마을에서 병, 암까지 치료하는 기적의 샘물이 발견되었는데 그 물을 분석해 보니 수소 용존량이 다른 샘물보다 월등하게 높았다. 그런 기적의 샘물은 인도네시아, 독일, 멕시코 등에서도 발견되었는데 역시 물속에 용해된 수소 농도가 높았다. 그래서 음료수 속에 수소 함유량을 늘리는 수소수를 만드는 기술을 개발하고 있으며 나는 또 한 번 고문을 당해야 한다.

유한한 지구에 유한한 자원을 이용하여 문명을 발달시킨 사람들은 끝없는 탐욕을 만족시키기 위해 재생 불가능한 자원을 마구 퍼서 쓰고 있으며, 20~30년 내 자원이 고갈되면 기술력으로 그 부족함을 메울 수 있다는 건방진 생각을 한다. 그것이 인류 멸종의 지름길임을 인정하려 하지 않는다. 그래서 그 부족한 에너지를 기술력으로 확보하려고 나를 들볶는다.

나는 정말 수십억 년 살아온 대로 자연에서 순환하며 편하게 지내고 싶은데 사람이라는 두 발 달린 짐승이 나를 재생 가능한 에너지원으로 치부하고 막 괴롭힌다. 나를 그냥 자연대로 살게 놔뒀으면 한다.

산수(傘壽)에 창업

I.

고갑석은 조간신문 일면 헤드라인을 보며 코리아 패싱이 뭐지, 했다. 영어로 패싱은 passing일 것 같은데, 패스는 농구나 축구 선수들이 공을 주고받는 건데, 누가 누구에게 공을 주고받지, 하며 고개를 갸웃하고 돋보기를 바로 쓰고 기사를 꼼꼼히 읽기 시작했다.

그때 카톡, 하는 소리가 들렸다. 고갑석은 이른 아침부터 어느 놈이 카톡질이야, 하며 핸드폰의 화면을 문질렀다. 입사 동기 모임 총무 황장술이 보낸 카톡이다. 오늘 점심 모임 잊지 말고 참석하라는 통보다. 고갑석은 그 녀석 총무 한 번 제대로 하네, 노인들이 잘 잊는다고 모임 날 아침에 다시 연락하고, 하며 난 안 잊어버렸는데, 하며 카톡을 닫았다.

황갑술은 노송회 총무다. 노송회는 고갑석의 입사동기 모임이다. 현직 때는 일 년에 한 번 입사날에 만났었으나 모두 퇴직하고 환갑을 넘기자 두 달에 한 번 만나기로 하고 노송같이 오래 살자는 뜻으로 모임 이름을 노송회라고 했다.

고갑석의 입사 동기는 18명이었는데, 현직 때 네 명이 죽고, 14명이 노송회를 결성했다. 그 동안 한 놈 두 놈 죽기 시작하여 이제 아홉 명만 남았다. 서로 연락책을 안 하려고 하여 성씨 가나다순으로 일 년씩 돌아가면서 한다. 모이는 장소는 노인들에게 고기는 별로라며 순두부집으로 정했다.

고갑석은 코리아 패싱은 미국, 중국, 북한이 북핵문제를 다룰 때 우리나라는 쏙 빼놓고 자기들끼리 짝짜꿍한다는 뜻을 알아내고, 이 녀석들 우리가 당사국인데, 하며 열기가 확 솟았다. 그렇잖아도 날씨도 더운데 우리나라가 왕따 당하는 것 같아 열기가 돌아 열이 오르자 고갑석은 에이, 하며 에어컨의 리모컨을 눌러 에어컨을 켰다.

바로 시원한 바람이 얼굴을 때렸다. 고갑석은, 아유 시원하다. 정말 전기는 고마운 거야, 그런데 문 정부는 왜 값싼 원자력을 안 하겠다고 하며 짓고 있는 발전소까지 건설 중지하는 거야, 패싱이나 당하지 않게 잘 할 거지, 하고 투덜대며 신문에 코를 박았다.

띵똥, 하고 초인종이 울었다. 고갑석은 안경을 벗으며, 누구요, 하고 현관에 대고 소리쳤다. 택배요, 하는 큰 소리가 들렸다. 고갑석은 안경을 탁자 위에 놓고 현관으로 나가서 문을 열었다. 시커먼 옷을 입은 장년이 난초 화분을 디밀고 고갑석이 받자마자 인사도 없이 휭 계단을 내려갔다. 고갑석은 녀석 급하기는, 하며 화분을 들고 거실로 들어섰다. 부엌에서 아침 먹은 설거지를 하던 마누라가 택배 뭐요, 하며 고개를 돌렸다.

고갑석은 화분을 티브 앞에 놓았다.

"산수가 뭐야?"

마누라가 거실로 나오며 리본에 쓰인, '祝 傘壽 健康하게 百歲를 누리소서' 하는 리본의 글씨를 보며 물었다.

"무식하기는, 산수도 모르나 팔십이라는 뜻이잖아."

고갑석이 마누라에게 핀잔을 줬다.

"팔십이면 그냥 팔순이라고 하면 되지 무슨 산수. 그렇게 수학을 잘하나. 당신 팔순 지난 지 언젠데 이제 축하 화분이야?"

마누라도 지지 않고 남편의 말을 받았다.

고갑석의 부모는 고갑석이 태어난 후 반년이 지난 후 호적에 올렸다. 실제 생일을 알 수 없는 회사 퇴직자 동우회에서 호적상 생일에 맞춰 화분을 보낸 모양이다. 고갑석은 반년 전 실제 생일날에 세 아들, 며느리와 손자들이 모여서 조촐하게 8순 가족 모임을 가졌었다.

고갑석은 화분의 리본에 쓰인 산수라는 어려운 한자를 보며 화분을 받아서 감사하다는 마음보다는, 내가 벌써 팔십년이나 살았어, 이제 얼마 남지 않았네, 하며 비감한 마음이 들었다.

"팔순을 축하하려면 떡이라도 한 상자 보낼 것이지, 먹지도 못하는 화분은."

마누라가 산수라는 뜻을 몰라 남편에게 당한 무시를 투덜대며 화풀이했다.

"생각해서 준 것만도 고마운데 불평이야."

고갑석이 마누라를 말로 쥐어박았다. 마누라가 더 이상 시비를 붙지 않고 베란다로 갔다. 고갑석은 쓸수록 누진제 요금을 물리는 전기요금이 아까워 에어컨을 끄고 티브이를 켰다. 바로 더위가 밀려왔다.

"세탁기가 헹굼에서 안 넘어가."

마누라가 베란다에서 나오며 티브이를 한가하게 보고 있는 남편에게 말했다.

"17년이나 썼더니 고장이 난 모양이야."

마누라가 말했다.

"오래 썼네. 고장 날 때도 됐네."

"수리해 달라고 했더니 50만원 달래. 그리고 고쳐봐야 이제 낡아서 자꾸 고장이 난대."

"그럼 새것 하나 사."

"17년이나 써서 정이 들었는데."

"별게 다 정이 든다. 내가 카드 줄 테니 새것으로 사. 17년이면 아주 잘 썼어."

"나나 되니까 그렇게 쓰지. 알뜰살뜰 마누라 잘 얻은 줄 알아."

늙은 마누라가 고갑석에게 공치사를 했다.

고갑석은 점심 약속시간 한 시간 전에 집을 나섰다. 전철을 갈아타고 하려면 약속장소까지 족히 50분은 걸린다. 10분은 여유 시간을 가져야 쫓기지 않고 느긋하게 갈 수가 있다.

"여기 카드, 당신 가서 맘에 드는 세탁기 사. 나 점심 먹고 올 테니 점심은 당신 혼자 해결해."

고갑석은 카드를 마누라에게 건네고 운동화 끈을 매며 말했다.

고갑석은 언제부터 구두 대신 발이 편한 운동화를 신고 다닌다.

"알았어. 계단 조심하고. 참 오늘 일기예보에 오후에 비 온다고 하니 우산 가지고 나가."

마누라가 거실에서 내다보지도 않고 소리쳤다.

고갑석은 우산을 챙겨들고 현관문을 밀고 집을 나섰다.

햇볕은 따갑고 공기는 더웠다. 가로수 아래로 들어서니 햇빛이 가려 머리가 벗겨지는 따가움은 가셨다. 고갑석은 땀이 나지 않도록 천천히 지하철역을 향하여 공원길을 걸었다. 지하철역은 근린공원 끝자락에 있다. 고갑석은 반바지를 입고 공원을 도는 여자들을 보며 나도 반바지를 입고 나올걸, 공연히 체면 차리며 긴 바지 입었네, 하고 후회가 됐다.

공원에 설치된 체육시설에 노인 다섯 사람이 붙어 서서 열심히 몸을 움직인다. 남자가 한 명, 여자가 네 명이다. 잔디를 깎는 기계소리가 요란하다. 향긋한 풀냄새가 코를 간질인다. 고갑석은 머리가 잘린 잔디가 내뿜는 수액의 냄새를 향기롭다고 생각하다가 머리를 잘려 아파할 잔디에게 살짝 미안한 마음이 들었다.

저 풀은 머리가 잘려 무척 아플 텐데 머리를 잘리며 내뿜는 수액 냄새를 향기롭다고? 혹시 잔디가 깎일 때 우리 이발할 때와 같이 아프지 않을까?

까치 네 마리가 머리가 잘린 잔디 위에서 무엇인가 열심히 쪼아 먹고 있다. 세 마리는 머리를 맞대고 쪼고 있고, 한 마리는 저만치 떨어져서 혼자 쪼고 있다. 고갑석은 왕따는 아닐 거고 왜 혼자 떨어져서 먹고 있지, 꼭 패싱 당하는 우리나라 같네, 하며 쓸데없는 걱정을 했다.

고갑석이 멈춰 서서 외톨이 까치를 보며 쓸데없는 생각을 하다가 고개를 산책길로 돌렸다. 비둘기 한 마리가 날개를 쭉 편 채 산책로에 널브러져 있다. 고갑석은 죽었나, 하며 멈춰 서서 물체를 내려다봤다. 눈알을 움직인다. 아직 죽지는 않았는데 날갯짓도 할 수 없고 죽음을 기다리는 것 같다.

고갑석은 물끄러미 날지 못할 것 같은 비둘기를 내려다보며, 어떻게 저놈을 살릴 방법이 없을까, 하고 손을 뻗다가, 치료하려 집에 데리고 가면 마누라가 투덜댈 거고, 비둘기병원은 없지, 하며 손을 거둬들였다. 고갑석은 죽어가는 비둘기를 살릴 방법이 떠오르지 않았다. 어떤 방법도 찾지 못한 고갑석은 비둘기를 그 자리에 남겨놓은 채 발길을 옮겼다.

그의 눈앞에서 죽어가는 비둘기의 영상이 어른거렸다. 그는 삶과 죽음의 경계가 뭐지, 생각하며, 이 더위에 저렇게 놔두면 곧 생명이 끊어질 텐데, 어떻게 도와준다? 저 육체에서 무엇이 빠져 나가면 죽게 되지? 시체가 되면 청소부가 쓸어 담아 쓰레기 폐기장에 버릴 거고, 그러면 비둘기의 일생이 끝나나?

고갑석은 순간 그가 살아온 80년의 긴 세월이 죽 뒤로 일직선으로 줄을 서는 기분이었다. 앞길이 얼마 남지 않아 보였다. 5년? 아님 10년, 80년과 비교하니 너무나 짧다.

고갑석은 이제 얼마 남지 않은 생을 편히 살아야지, 하며 공원을 벗어나서 굴러서 넘어지지 않으려고 지하철 계단의 난간을 잡고 조심하며 내려갔다.

전철 속은 냉방이 잘 되어 천국이다. 고갑석은 무료로 타는 전철 속의 냉방에 더위를 털며, 공짜로 타면서 너무 호사를 하는 것 같아 누군지는 모르지만 그를 위해 요금을 내주는 젊은이들에게 좀 미안한 마음이 들었다. 전철역을 나서자 더위가 훅 얼굴을 때렸다. 식당까지 10분은 걸어가야 한다. 고갑석은 무더위에 그 거리가 퍽 멀게 느껴졌다.

"아저씨, 모델하우스 구경하고 가세요."

50대의 머리에 햇빛을 가리는 챙이 긴 모자를 쓴 아주머니가 고갑석에게 다가오며 말했다. 고갑석은 아저씨라는 호칭이 그를 지칭하는 것은 아니라고 생각하고 그녀를 지나쳤다.

"아저씨, 시원한 냉커피 마시면서 더위도 식힐 겸 잠깐만 설명 듣고 가세요. 아주 목이 좋고 투자 가치가 커요."

아주머니가 고갑석과 어깨를 나란히 하며 말했다. 고갑석은 고개를 돌려 길옆을 보니 큰 건물 앞에 화환이 두 개 놓여있고, 유리문에 요란하게 강남의 마지막 노른자위 파크텔이라는 선전 문구가 보였다.

"됐수다. 나 바빠요."

고갑석은 아주머니가 그를 할 일 없는 실업자 노인으로 취급하는 것 같아 기분이 나빠 말을 휙 던지고 지나쳐갔다.

고갑석은 계단을 내려가서 지하식당으로 들어갔다. 시원한 바람이 온몸을 휘감았다. 고갑석은 신발을 벗어 신장에 넣고 홀 안으로 들어서서 예약자 명단이 적힌 칠판을 죽 훑어봤다. 12시 예약자 명단이 죽 나열되어 있는데 노송회가 보이지 않았다. 고갑석은 내가 식당을 잘못 찾아왔나, 하며 주위를 둘러봤다. 매번 오던 식당이다.

"어르신, 어느 모임 오셨어요?"

주인아주머니가 고갑석에게 다가오며 나긋한 목소리로 물었다.

"노송회 12시에 모이기로 했는데 내가 잘못 찾아왔나?"

고갑석이 혼잣말로 중얼거렸다.

"노송회요? 한시 모임인데."

주인아주머니가 환하게 웃으며 말했다.

고갑석은 순간 참 노송회 모임은 젊은 사람들 다 밥 먹고 나서 만나기로 했지, 하고 1시 약속시간을 떠올렸다. 고갑석은 여주인의 환하게 웃는 모습이 이 영감태기야, 약속시간도 잊어먹었어, 하는 조소 같아 기분이 언짢았다.

"아직 한 시간 남았는데, 저기 빈 방 있는데 거기서 기다리실래요?"

주인아주머니가 친절을 베풀었다.

"됐어요. 한 시간 있다가 올게요."

약속시간도 몰랐던 것에 자존심이 금이 간 고갑석은 말을 던지고 더위 속으로 뛰쳐나왔다. 막상 길거리로 나왔으나 갈 곳이 없다. 고갑석은 우산을 지팡이 삼아 전철역 쪽으로 걸어갔다.

모델하우스에 들르라고 그를 끌던 아주머니가 다시 고갑석에게 다가왔다. 그녀는 고갑석이 좀 전에 지나친 남자인 것을 모르는 것 같았다. 고갑석은 못 이기는 척하고 모델하우스로 들어섰다.

아주머니는 접수대에 서있는 여자에게, 손님이요, 하고 고갑석을 인계하고는 다시 더위로 나갔다. 실내는 냉방이 잘 되어 시원했다. 접수대에 서있는 40대의 여자가 어서 오세요, 하며 접수부를 기재하라고 했다. 고갑석은 접수부에 이름과 전화번호를 쓰려다가 전화번호를 쓰면 귀찮게 전화질을 할 것 같아 망설여졌다.

고갑석이 이름만 쓰자 40대의 아주머니가 전화번호도 좀 써주세요, 하고 부탁했다. 고갑석은 젊은 여자의 청을 거절하기가 뭐하여 전화번호를 쓰다가 번호 마지막 한 숫자만 틀리게 썼다. 30대의 입술을 빨갛게 칠한 여인이 고갑석을 인계 받아 의자로 안내했다.

30대는 고갑석이 의자에 앉는 것을 보고 커피 한 잔 드릴까요, 하고 의향을 물었다. 고갑석이 고개를 끄덕이자 날씨도 더운데 냉커피 어때요, 하고 다시 물었다. 고갑석이 냉커피 좋지, 하고 대답했다.

고갑석은 주위를 둘러보았다. 부동산 개발 지역의 지도 입간판이 서 있다. 빌딩 모형도 전시되어 있다. 30대가 냉커피 잔을 고갑석 앞에 놓고 팸플릿을 펼쳤다. 고갑석은 냉커피를 한 모금 들이켰다. 식도를 타고 시원함이 죽 위장으로 내려가며 전신의 더위를 쫓았다. 30대가 설명을 시작했다.

부동산 투자에는 전혀 관심이 없고 단지 한 시간 여유 시간을 때우려 모델하우스에 들어온 고갑석은 30대의 설명을 귓등으로 흘려들으며, 이 나이에 찬찬하지 못해 약속시간을 착각하고 이렇게 멍청하게 시간을 보내고 있네, 하며 자책했다.

고갑석이 별 반응을 보이지 않자 30대가 계약만 하시면 당장 연 15%의 이익이 생긴다고 강조했다. 저금리시대에 연 15%면 어디냐고 살짝 고갑석의 팔을 건드리며 말했다. 화장품 냄새가 폭 그의 코를 찔렀다. 고갑석은 마누라한테서는 나지 않는 향기에 살짝 기분이 좋아져서 젊은 여자를 건너다 봤다. 인물도 반반하다.

계약금만 내시면 나머지 계약금은 연리 5% 저금리로 융자해 주겠다고 했다. 고갑석은 융자까지 해줄 것 없이 융자 받아서 니가 남겨 먹지 왜 나한테 팔려고 하는 거야, 하는 의문이 생겼으나 냉커피도 공짜로 얻어먹은 처지에 곤란한 질문할 것 있어, 하며 질문을 삼켰다. 한참동안 설명을 들었는데도 시간이 10분밖에 지나지 않았다.

고갑석은 30대를 따라 실내에 꾸며놓은 전시실을 꼼꼼히 살피는 척하고 질문도 던지며 시간을 죽였다. 그렇게 시간을 보냈는데도 30분밖에 시간이 가지 않았다. 아직 30분은 더 끌어야 하는데 고갑석은 모델하우스에서 더 설명을 들을 것도 물어볼 것도 없다. 고갑석은 30대에게 다음에 보자고 인사치레를 하고 더위로 나왔다.

고갑석은 바로 커피를 마시고 나왔으니 커피숍에 들어가서 또 커피를 마실 수도 없고 약속된 식당에 가서 반 시간이나 죽치기도 뭐해서 식당과 반대되는 방향으로 더위를 삼키며 무작정 걸었다. 머리가 따갑고 등에서 땀이 흘렀다. 이거 극기 훈련하네, 덥다고 노약자는 외출을 삼가라는 문자 메시지도 받았는데 그만 식당으로 가서 기다릴까, 하며 다시 식당쪽으로 발길을 돌렸다.

세 놈이 몸이 아프다고 안 나와 여섯 놈이 막걸리 두 병을 다 비우지 못하고 두 시간이 넘도록 과거사와 병원에 들락거린 이야기로 떠들다가 두 달 후에 보자고 하며 아쉽게 헤어졌다.

식당을 나서자 우산을 받아도 되고 안 받아도 될 만큼 비가 내렸다. 고갑석은 친구로부터 우산을 챙겨 오다니 준비성 좋네, 하는 칭찬을 들으며, 우산을 챙겨 가라던 마누라를 잠시 떠올리다가 친구와 같이 우산을 쓰고 전철역으로 갔다.

집으로 가는 전철역에 내려서 역사를 벗어나자 비가 제법 내렸다. 계단 끝 추마 밑에 아파트단지에서 몇 번 보았던 50대의 여자가 우산이 없어 가지 못하고 멍청하게 비를 보고 서있다.

"우산 같이 쓰고 갈까요?"

고갑석이 안면이 있는 여자에게 말했다. 그녀가 고맙다고 했다.

두 남녀는 나란히 한 우산을 받고 아파트로 가는 공원 산책로로 접어들었다. 산책길을 따라 길 양쪽에 서있는 울창한 나무에서 굵은 물방울이 우산이 받쳐주지 못하는 옷소매에 떨어졌다. 고갑석은 몸을 움츠렸다. 남녀의 어깨가 서로 밀며 접촉했다.

고갑석은 50대 여인으로부터 전해 오는 부드럽고 따뜻한 체온에 가볍게 성적 끌림을 느끼며 기분이 좋았다. 그녀의 체온이 36도로 바깥 온도보다는 높을 텐데 전혀 덥게 느껴지지 않았다. 고갑석은 이 나이에도 여자를 느끼나, 하며 신기한 생각이 들었다.

고갑석은 50대를 경비실 앞까지 바래다주고 할아버지 감사해요, 하는 인사에, 속으로 할아버지가 뭐야, 하고 투덜대며 그의 공간으로 들어갔다. 마누라는 세탁기를 사러 갔는지 외출하고 집에 없다.

고갑석은 바로 샤워실에 가서 땀을 씻어내고 내복을 갈아입고 거실로 나왔다. 더위에 한참을 걷고 막걸리를 두 잔이나 마셔서인지 고갑석은 피곤하여 소파에 네 다리를 죽 뻗고 누웠다.

고갑석은 천장의 조명을 올려다보며, 내가 나이가 든 것이 확실하네, 겨우 그 정도 걷고 막걸리 좀 마셨다고 피곤하다니, 그래 80년이나 살았으면 오래 살았지. 그래도 아직 걸을 수 있고 남의 도움 안 받고 살 수 있으니 괜찮은 삶이 아니야? 고마워 해야지. 그런데 앞으로도 계속 이렇게 소비만하며 세월을 죽이며 고맙다고 하면서 살면 되는 거야? 연금만 축

내며. 그럼 무엇을 하겠다고? 다 비우고 살아야지. 아직도 욕심이 남았어, 하며 푸하고 한숨을 내쉬었다.

내가 가면 내 영혼이 어디로 갈까? 극락 아니면 지옥?

내가 평생 그렇게 크게 남을 위해 살지는 않았지만 또 남 못 살게 한 적도 없으니 육도 윤회의 길 어디로 떨어질까? 인도 아니면 축도?

내 영혼은 내 몸 어디에 숨어 있지? 의사와 생물학자들이 영혼이 몸속 어디에 있나 알아보려 뇌와 심장을 다 뒤져도 못 찾았다는데 정말 어디 숨어 있지? 영혼이 어디 숨어 있으면 어때? 그래도 영혼이 있기는 있는 거 같은데…. 인생이 살아가는 것은 꿈이 있어서라는데, 지금 나는 무슨 꿈을 꾸며 살고 있지?

고갑석은 지금 꿈은 아프지 않고 건강하게 살 날까지 살다가 팍 죽는 건가, 하며 허허 웃다가, 자식들 잘 되는 것이 꿈, 하며 이맛살을 찌푸렸다. 고갑석은 이제 자식들 잘 되게 해줄 방법은 없는데, 하며 무슨 꿈, 하며 세 아들의 얼굴을 떠올렸다.

큰 놈은 재벌회사에 다닌다고 좋아했었는데, 상무까지는 잘 올라가더니 내년 주총에서 전무 못 되면 퇴직한단다. 겨우 쉰이 넘어 한참 돈이 필요할 땐데 퇴직하면 뭣을 해서 손자 놈들 가르치고 먹고 살지? 뭐 장사 밑천이라도 벌어놨나? 평생 월급쟁이만 했는데 장사하다가 다 들어먹으면 내가 도와줄 형편도 못 되고…….

둘째 놈은 육군 중령인데 2년 내 대령으로 진급 못하면 계급정년에 걸린다고? 20년 이상 근속했으니 연금이야 받겠지만 그거 몇 푼 되겠어?

막내는 아직도 시간강사 하니 언제 정규직 교수 되고 장가를 가나?

내가 크게 벌어놓은 돈이라도 있으면 한 몫 쥐어줄 텐데, 사는 이 집 말고 재산이라고는 없으니……, 연금은 내가 죽을 때까지 자식들한테 손 안 벌리고 먹고 살아야 하니 깰 수 없고. 나 죽고 이 집을 그대로 물려주면 상속세로 다 빼앗길 거지. 이 집을 팔아서 자식들 먹고 살 길을 만들어 주고 갈 수는 없을까?

오늘 점심 먹으며 입사 동기 최동규 녀석이 소수력발전소를 돌려 쏠쏠하게 돈을 벌며 자식들한테 물려줬다고 큰 소리 치며, 문재인 정부가 탈원전 탈석탄 하며 재생에너지를 막 개발하려고 하는데 태양광발전소 하면 괜찮을 거라고 했다. 발전소만 지어놓으면 연료비 한 푼 안 들고, 한전이 전기도 비싸게 사준단다.

이 집 팔아서 교외로 이사 나가고 나머지 돈으로 야산이라도 한 만 평 사서 태양광발전소나 지어 자식들한테 물려줄까? 그럼 상속세 폭탄도 안 맞을 거고, 발전소를 한 20년 운전한다니 큰애가 70대까지 굴릴 수 있잖아? 땅이야 안 도망갈 거니 땅도 다 지들 차지가 될 거고…….

고갑석은 소파에 누워서 다 큰 아들들을 도와줄 궁리에 뇌신경이 바쁘다. 그는 쇠뿔도 단김에 빼야지, 하며 바로 컴퓨터를 켜고 서울에서 그리 멀지 않은 가평쯤에 야산이 있나 알아보려 가평에 있는 복덕방을 찾고 전화로 한 5천에서 만 평쯤 되는 야산이 있나 확인했다.

복덕방에선 5천 평쯤 되는 야산이 나왔는데 평당 5만원이라며 땅을 보시려면 나오시라고 했다. 고갑석은 복덕방 주소를 받아 적고 내일 가겠다고 했다.

그 때 마누라가 집에 들어서며 에너지 1등급 세탁기를 샀다며 카드를 남편에게 넘겨주며 150만 원짜리를 8만원 깎아서 142만 원에 샀다고 자랑했다. 마누라는 140만원이 넘는 세탁기를 산 것보다 8만원을 깎은 것을 더 대견해 했다.

2.

다음 날, 고갑석은 마누라가 당신 나이에 가평까지 운전은 무리야, 당신이 시내 운전할 때 순발력이 떨어져서 아찔한 적이 한두 번이 아니었어, 하며 남편의 요 근래 운전 솜씨를 깎아내리며 원거리 운전은 안 된다며, 주말에 아들들더러 운전하라고 하여 가면 되지 왜 굳이 당신이 운전해 가느냐고 쫑알거리는 마누라와 한참을 실랑이를 벌인 후 겨우 운전대를 잡았다.

고갑석은 아들들 20년 먹고 살 돈벌이를 바련해 주려고 가평에 가려는데 마누라가 그의 큰 뜻을 모르고 방해하는 것이 한심했다. 고갑석은 아들들과 상의하지 않고 슬쩍 아들들 몰래 먹거리를 만들어 놓고 태양광발전소를 은근히 물려주며 자랑하고 싶었다. 마누라가 고갑석의 깊은 뜻도 모르고 순발력이 어떻고, 하며 남편의 발목을 잡으려고 한다.

고갑석은 내비게이션 아가씨의 안내를 받아 가평 복덕방에 들러 복덕방 차로 야산 후보지로 갔다. 산비탈의 경사가 그렇게 가파르지 않고 벌목할 큰 나무는 없고 잡목만 서있다. 평당 5만원이라고 하니 그 땅 5천평을 사려면 2억 5천만 원이면 된다. 차를 몰고 가며 보니 청평을 넘자 도로변에 아파트 분양가 현수막이 여기저기서 나부끼는데 30평 아파트를 2억 원 좀 넘게 주면 살 수 있을 것 같다.

다행히 고갑석의 아파트는 서울 강남 3구에 위치하여 10억 원을 넘게 호가한다. 그 아파트를 팔면 1억 원쯤 세금 내고, 그 땅 2억 5천에 사고, 토지 용도변경 부담금과 개발 부담금으로 60%를 낸다니 4억 원이면 발전소 지을 부지가 마련된다. 발전소 건설비 2억 원을 쳐도 집 판돈에서 3억 원이 넘게 남는다. 한 2억 쯤 주고 서울 근교에 아파트 하나 사고, 1억 원은 두 노인 죽을 때까지 생활비로 쪼개서 보태 쓰면 된다.

복덕방이 당장 계약하게 땅주인을 부른다는 것을 고갑석은 좀 생각해 보고 오겠다고 결정을 한 박자 늦추고 마누라와 한강이 보이는 식당에서 매운탕으로 점심을 먹고 서울로 향했다. 점심을 먹고 차를 몰고 오며 생각하니 면사무소에 들러 야산을 정비하려면 어떤 절차를 밟아야 하는지 확인할 걸 그만 깜박했네, 하며 차를 돌리려다가 마누라가 투덜거릴 것 같아 전화로 확인하기로 하고 내비게이션 아가씨의 안내를 받으며 서울로 차를 몰았다.

내비게이션 아가씨가 화도 나들목에서 경춘고속도로로 진입하라고 알려준다. 화도 나들목 10㎞ 전방부터 차가 밀리기 시작했다. 가다 서다를 반복했다. 고갑석은 주중인데 무슨 차가 이리 많아, 경기 안 좋다는 거 다 거짓말이네, 하며 브레이크를 밟았다가 풀었다가 했다.

고갑석은 차를 운전하며 사업 구상에 머리가 바빴다. 온몸에 활기가 돋고 신이 났다. 이렇게 삶에 활기가 돋는 것이 몇 년 만인지 모른다.

개발 부담금과 토지용도 변경에 토지값의 60%라니 너무 많다. 재생에너지를 개발한다며 세금 혜택을 줘야지! 문 정부는 말로만 재생에너지 개발한다고 하는 거야?

최동규 녀석이 소수력은 kwh당 100원쯤 쳐주지만 태양광은 그 두 배인 200원쯤 쳐준다고 했다. 그럼 얼마가 남지?

고갑석은 자동차가 서행을 하자 운전에 정신을 놓고 그가 창업할 사업의 손익 암산에 골몰했다. 투자비 6억 원을 은행에 넣으면 일 년에 정기예금 금리가 천만 원 좀 더 나올 거다. 한 달에 100만원 정도 된다.

태양광발전소를 지으면 3평당 1kw가 나온다니 5천 평이면 1,700kw. 1kwh에 200원을 받으니까 햇빛이 한 시간 쨍쨍 나면 1,700kwh를 발전할 수 있으니, 34만 원. 허허허, 하루 열 시간만 돌리면 3백40만 원 수입이 되네. 월급쟁이 한 달 치 월급이 나오네. 그럼 한 달에 20일만 돌려도 7천만 원. 떼돈이 나오네. 자식 놈들 노후는 걱정이 없겠네. 일 년이 안 되어도 투자비를 다 빼는데 정부가 그렇게 돈 벌게 안 할 텐데. 무슨 계산이 잘못 됐지? 투자비의 10% 정도 먹게 해 준다고 했는데…….

고갑석은 손익계산을 되풀이하여 해 봤다. 그의 계산이 틀린 것 같지 않다. 그런데 정부가 보조금 줄 재원이 바닥나서 인허가가 까다롭다는데, 이제 아는 놈들은 다 은퇴하여 빽을 쓸 처지도 안 되고, 그 절차나 확인할까?

고갑석은 옆 좌석에 탄 마누라에게 한국전력 민원실을 찾아서 전화를 연결해 달라고 했다. 마누라가 한참을 꾸물대더니 전화를 바꿔줬다. 상담원은, 태양광발전소 관련사항은 전력거래소에 알아보라고 친절한 목소리로 말했다.

고갑석은 전력거래소는 뭐하는 기관이야, 하며 마누라에서 전력거래소를 찾아서 전화를 바꿔주라고 했다. 차가 언덕에 올라서자 화도 나들목 5㎞ 표지판이 보였다. 고갑석은 이렇게 가다가는 화도 나들목까지 20분도 더 걸리겠네, 하며 브레이크를 밟았다가 풀었다가 했다.

마누라가 영 전화번호를 찾지 못하고 꾸물댔다.

"전화번호도 하나 못 찾아?"

고갑석이 마누라의 손에 들려 있는 핸드폰을 빼앗았다. 몸이 옆으로 기웃하며 브레이크를 밟은 발이 미끄러졌다. 자동차가 쓱 밀려 굴러 내려가서 앞차의 뒤 범퍼를 밀었다.

"당신 운전이나 잘 해."

마누라가 꽥 소리를 질렀다.

고갑석은 내가 앞차를 받았네. 이 정도 받아야 범퍼에는 아무 이상이 없을 거야, 범퍼야 그런 충격 대비하여 달아놓은 거잖아, 하며 앞차를 내다봤다.

앞차에서 20대의 젊은이 둘이 나와서 열심히 뒤 범퍼를 검사했다. 고갑석은 그 정도 건드려야 범퍼에는 이상이 없지, 하며 그가 젊었을 때 프랑스 파리에 갔을 때 도로변에 빼곡히 일렬 주차한 차를 빼려고 앞뒤로 꿍꿍 밀며 공간을 만들며 차를 빼던 장면을 떠올리며 차에서 내렸다. 마누라도 차에서 내렸다, 고갑석은 상대방 차 뒤 범퍼를 살폈다. 상처가 난 흔적이 보이지 않았다.

"남의 차를 받았으면 바로 나와서 사과부터 해야지요."

빨간 티셔츠를 입은 얌체같이 생긴 청년이 투덜댔다. 또 한 청년은 열심히 어디에다 전화를 했다.

고갑석은 이 정도 상처도 보이지 않는 접촉사고 가지고 뭐 말이 많아, 그냥 됐다고 하고 가면 되지, 하고 속으로 생각하며 어린놈들에게 사과하기도 뭐해서 멀뚱히 쳐다봤다.

"저희들 보험사에 신고했어요. 곧 온다고 했어요."

전화를 하던 흰 티셔츠가 고갑석에세 불퉁스럽게 말했다. 고갑석은 어린놈들이 버릇없군. 이 정도 사고를 다 신고해, 하면서 다시 상대방 차 뒤 범퍼를 찬찬히 들여다봤다. 실낱같은 받힌 흔적이 보였다.

고갑석은 나도 우리 보험회사에 신고해야 하나, 하며 차 앞 서랍에서 보험증서를 꺼내 전화번호를 찾고 신고를 했다. 보험사 직원이 어디서 사고가 났으며, 사람은 안 다쳤냐고 물었다.

"여기가 어딘지는 모르겠고 화도 인터체인지 4,5㎞ 떨어진 국도요, 사람이 다치긴, 그냥 두 차가 살짝 닿기만 했는데."

보험사 직원이 사고 접수했다며 바로 조치하겠다고 했다. 바로 사고 접수번호를 문자 메시지로 알려줬다.

"뒤에서 그렇게 받아놓고 미안하다는 말도 안 해요?"

빨간 티셔츠가 시비를 걸었다.

"그거 다 보험사가 해결해 줄 테니 우리끼리 다툴 것 없어요."

고갑석이 사고도 아닌 사고를 물고 늘어지는 젊은이에게 불쾌해지는 마음을 감추며 말했다.

노인 고갑석이 완강하게 말하자 젊은이들은 차를 빈 공간으로 뺄 겁니다, 하며 차에 올라탔다.

젊은이가 앞차를 도로 옆 빈 공간으로 뺐다. 고갑석은 차에 올라타서 그냥 가 버릴까 하다가 젊은 놈들에게 뺑소니 차 될 것 없잖아, 하며 차를 빈 공간에 세웠다.

바로 보험사에서 고갑석에게 전화가 왔다.

"지금 차가 밀려 현장 가려면 한참 걸릴 것 같으니 다치시지 않으셨고 차를 운행할 수 있으시면 접수번호 알려주고 가시면 됩니다. 두 차 사진 찍어서 보내주시고."

"다치기는 뭐 다쳐요? 그냥 차가 살짝 닿았는데."

고갑석이 투덜대고 전화를 끊었다.

고갑석은 휴대 전화기로 앞차 뒤 범퍼와 그의 차 앞 범퍼를 찍었다. 휴대전화로 사진을 보내는 방법을 몰라 사고 차 젊은 친구들에게 부탁할까 하다가 쪽팔려서 그의 아파트에 가서 다른 사람에게 부탁하기로 했다.

그 때 상대방 보험사 차가 현장에 당도했다. 래커차였다.

"추돌사고라 하여 크게 사고가 난 줄 알았는데."

보험사 직원이 래커차를 끌고 온 것을 미안해 했다.

고갑석은 그의 보험사 직원이 전화한 대로 접수번호를 알려주고 그의 전화번호를 알려줬다. 보험사 직원이 가셔도 좋다고 했다. 고갑석은 엄살을 부리는 젊은이들이 미워서 인사도 하기 싫어 손만 흔들어 주고 현장을 떠났다.

경춘고속도로를 벗어나서 88올림픽대로에 접어들었다. 마누라는 두어 번 나이 든 사람이 운전하지 말랬더니 사고를 냈다며 투덜대더니, 고갑석이 사고는 무슨 사고, 하고 큰 소리로 항변하자 입을 다물었다. 보험사에서 전화가 왔다.

"어르신 몸은 괜찮으세요?"

"몸이 괜찮다니? 거의 서울 집에 다 왔어요."

"상대방이 혹시 모른다며 목과 허리 엑스레이 찍겠다고 해서요."

"엑스레이를 찍어요? 못된 친구들이구먼. 차가 살짝 닿았는데 목과 허리를 다쳐?"

"상대방이 그렇다는데 어떻게 합니까? 그래서 찍으라고 했습니다. 또 차를 정비한다고 그 근방 정비소에 맡겨서 렌트카 빌려줬어요. 하루에 8만 원입니다. 한 이틀 걸린대요."

"뭘 고칠 건데요?"

"고치면 견적서 오겠지요. 이번 사고로 다음 번 보험료가 좀 오를 거예요. 미리 알려드립니다."

고갑석은 전화를 끊으며 팍 화가 났다.

양쪽 보험사 직원들과 정비소가 짜고 사고도 아닌 사고를 키워서 쓸데없이 차를 수리하고 엑스레이 찍고 하면서 돈 버리고 보험료를 올린다! 이 비정상을 어디다 고발하지?

고갑석으로부터 전화 내용을 전해 들은 마누라는 액땜한 셈치고 잊읍시다, 하며 오히려 느긋해 했다.

고갑석은 이 작은 교통사고가 아들에게 물려줄 태양광발전소 창업 사업에 투자하지 말라는 경고인가, 하며 고개를 갸웃했다.

에너지 산책

I.

나는 에너지다. 일을 할 수 있는 능력이다.

나는 보이지도 않고, 냄새도 없고, 맛도 없고, 만질 수도 없다. 그러나 나는 우주를 운행시키고, 우주 만물을 존재하게 하며, 우주 여기저기에 생존하는 생물들이 살아가는 힘의 원천이다.

내가 사람들로부터 '에너지'라는 이름을 얻게 된 것은 채 150년도 안 된다.

내가 태어난 후 138억 년이 넘는 시기에 우주의 은하수 한 편 태양계의 행성인 지구라는 곳에 아인슈타인이라는 한 천재가 나타나서 나, 에너지가 물질과 같은 것을 알아내고 아름다운 수식, $E=mC^2$으로 표현했다. 여기서 E는 나, 에너지이며, m은 질량, C는 광속도이다. 이 물질과 내가 같다는 사실을 알아낸 것은 정말 엄청난 공적으로 사람들은 원자폭탄과 수소폭탄을 터트려 이 사실을 입증했다.

동양 사람들이 말하는 기(氣)라는 개념은 나, 에너지와 비슷한 구석이 많으나 딱 에너지 개념과는 정확히 일치하지는 않는다.

138억 4,000만 년 전, 나는 플랑크 벽 안, 공간이 유한한 크기의 극소의 알갱이이고 시간도 없는 양자 중력이 적용되는 10차원 세계의 한계점에 갇혀 있었다.

플랑크 벽 안이라고 하니 그 크기가 축구장만하거나 하다 못해 안방 정도는 되겠지, 하고 생각하겠지만 그 크기가 너무나 작아서 인간이 쓰는 단어로는 표현할 말이 없다. 그 공간은 지름이 1/10억×1/10억×1/10억×1/10억의 1.61m 되는 공간이다. 나는 이 좁은 공간에 엄청난 에너지로 갇혀 있다가 138억 4000만 년 전 인프라 장을 따라서 빛의 속도보다 빠르게 팽창하여 플랑크 벽에 도달했다. 빅뱅이 일어난 것이다.

빅뱅의 개념을 종교적인 용어로 말하면, 천부경의 일시무시일(一始無始一), 불교의 색즉시공, 도교의 태허, 기독교의 태초와 비슷하지 않을까?

빅뱅 때 온도는 수조도×수조도×수조도로 높았다. 나는 정말 엄청난 에너지 덩어리였다. 플랑크 벽을 벗어나자 내가 팽창하는 속도는 빛의 속도로 떨어졌으며, 그 이후 한 번도 빛의 속도를 넘은 적이 없다. 빅뱅이 일어난 지 1초 후 우주의 온도가 100억 도까지 냉각되었고, 핵융합이 시작되어 빛(광자)과 입자가 생겨났다.

팽창이 일어날 때 우주 온도의 등방성이 깨지고 1/1,000도 정도 비등방성이 나타났다. 그런 불균형이 별과 행성을 형성하는 계기가 되었다.

지금 플랑크 벽을 언급했는데, 그 단위가 인간이 사용하는 보통 단위와 비교하여 얼마나 작은 수치인지 한 번 보자.

플랑크 무게 : 1백만분의 21g

플랑크 길이 : 1/10억×1/10억×1/10억×1/10억의 1.61m

플랑크 시간 : 1/10억×1/10억×1/10억×1/10억×1/ 백만의 5.39초

팽창이 일어난 시간 간격은 시간과 공간이 탄생한 후 플랑크 시간 단위, 10^{-26}초와 10^{-36}초 사이로 찰나보다 더 짧은 시간이다.

그러나 상대성이론에 의하면 물체가 빛의 속도로 움직이면 시간은 무한대로 느려진다. 인프라 장에서 광속보다 빠르게 움직였으므로, 그 시간은 현재 이 우주에서 측정하는 시간의 몇 조 년 이상 긴 시간일 거다.

핵융합이 일어나고 바로 입자가 생성되기 시작했다.

물질과 중간자를 형성하는 6개의 쿼크, 중성미자, 전자, 뮤온 등과 힘의 매개체인 광자, W입자, Z입자, 글로온과 질량을 부여하는 힉스 등 17개의 기본 입자가 생성되었다. 위 쿼크 두 개와 아래 쿼크 한 개가 결합하여 양성자가 생성되고, 위 쿼크 하나와 아래 쿼크 두 개가 합쳐져서 중성자가 생겨났다. 그러나 아직 우주의 온도가 너무 높아 전자의 활동이 너무 활발하여 양성자의 궤도를 돌며 원자가 될 수는 없었다.

물질과 반물질이 동시에 생성되어 서로 반응하며 에너지를 내뿜고 소멸하였다. 다행히도 물질이 반물질보다 10억 개 당 한 개가 더 많아 물질만 살아남아 지금의 우주를 이루었다.

빅뱅이 일어난 38만 년 후, 우주의 온도는 3,000도로 냉각되었다. 비로소 전자가 양성자 주위 궤도를 돌기 시작하였다. 그래서 우주에서 가장 가벼운 원소, 수소가 제일 먼저 생성되었다. 원자핵에 중성자가 하나 더 끼어들어 중수소가 생겨났으며, 중성자가 하나 더 끼어들어 삼중수소가 생겨났다.

밀도가 높은 구름, 가스가 우주를 떠돌아다니다가 중력에 의해 서로 뭉쳤다. 그 덩어리가 커지자 주위의 먼지를 끌어당겨 덩치가 점점 더 커

졌다. 큰 덩치의 중심 부, 핵에 갇힌 수소는 고압으로 온도가 수천만 도까지 상승하자 핵융합을 시작하여 큰 덩치는 스스로 빛, 광자를 발하는 항성이 되었다.

충분히 크게 뭉치지 못한 덩치는 중심부의 온도가 핵융합을 일으킬 수 있는 온도에 미치지 못하여 스스로 빛을 내지 못하고 항성의 빛을 받아서 덩치의 표면을 밝히는 행성이 되었다. 지구보다 33만 배나 더 무거운 태양은 항성이 되었고, 지구는 태양의 빛에너지를 받으며 태양 주위를 도는 행성이 되었다.

수십 억 개의 항성이 모여 은하단을 이루며 타원형 궤도로 돌고 있다. 우주에 이런 은하단이 수도 없이 많다. 지구가 속한 은하는 약 4천억 개의 항성이 모여 있다. 원반의 직경은 약 10만 광년, 두께는 1,000 광년 정도 크기이다.

태양은 은하의 중심에서 약 26,000 광년 떨어져 있으며, 220㎞/초의 속도로 2억2천5백만 년에 한 번 은하의 중심을 공전한다. 태양이 생겨 난 후 25번쯤 공전했다. 우리 은하단 중앙부에는 태양의 백만 배가 넘는 블랙홀이 있다.

우리 은하수와 가장 가까운 은하단은 태양이 속한 은하에서 250만 광년 떨어진 안드로메다로 약 1조 개의 항성을 가진 대형 은하단으로 우리 은하에 접근하고 있으며, 약 50억 년 후에는 서로 만날 것으로 예측된다.

별, 항성은 내부에 있는 수소가 다 핵융합으로 소진되면 수소 핵융합으로 더 이상 에너지를 낼 수 없게 되며 헬륨, 산소, 규소 등 무거운 원소가 핵융합을 하며 적색 거성이 되었다가 초신성으로 폭발하며 백색 외성으로 쪼그라들어 별로서 일생을 마친다.

태양은 앞으로 50억 년 후에 사라질 것으로 예측된다.

은하들의 운행 궤도를 계산하다 보니 은하단이 물질만으로 구성되어 있다는 전제로 계산한 결과가 실제 궤도와 너무 큰 차이가 났다. 그래서 천체 물리학자들은 우리가 모르는 물질이 우주에 있다고 상정하고, 그 정체 모르는 물질을 암흑물질이라고 명명하였다.

은하단과 은하단의 거리가 점점 멀어지고 있다. 현재 465억 광년 너머 산란면까지 팽창하였으며, 지금도 계속 팽창하고 있다. 산란면 뒤에는 또 다른 어떤 우주가 있을 것으로 추정한다.

우주 마이크로 배경복사 온도를 측정하니 우주 어디에서나 절대온도 2.73도(영하 270.27℃)이다.

뜨거운 커피를 방안에 두면 결국 방안 온도와 같은 온도가 된다. 같은 원리로 우주 전체의 온도가 같다는 것은 언젠가 우주의 물질이 한 번은 한 곳에 모여 있어 같은 온도를 가졌다고 추론할 수 있으며, 이를 빅뱅이 일어났다는 증거로 삼는다.

우주가 계속 팽창하다 보면 그 온도가 떨어지고 팽창 속도가 떨어져서 종내는 팽창이 멈출 텐데 지금도 계속 팽창하고 있다. 이런 팽창 현상을 설명하기 위하여 반중력 에너지가 있다고 상정한다. 그 에너지도 정체를 알 수가 없어 암흑에너지라고 이름을 붙였다.

최신 추정치에 의하며 오늘날 우리 우주는 다음과 같이 구성되어 있다.

암흑에너지 : 68.3%

암흑물질 : 26.8%

물질 : 4.9%

인류는 우주를 구성하는 요소의 겨우 4.9%인 물질과 에너지의 특성을 조금 알아냈으며 아직 암흑물질과 암흑에너지는 있을 것이라고 추정은

하지만 그 정체는 오리무중이다.

지금도 우주는 계속 더 빠른 속도로 팽창하고 있다. 나이가 든 별들은 수명을 다하여 소멸되고 새로운 별들이 생성되고 있다.

지구라는 행성에 사는 지각이 있는 생물, 인간에게 에너지를 전자파로 전해 주는 태양은 신비스런 존재이다. 그래서 그들은 나, 에너지를 보내주는 태양을 숭배해 오고 있다. 전근대 인류가 태양을 숭배하는 것은 태양이 생명을 살게 하는 에너지의 원천이라는 개념은 모른 채 어두움, 밤을 밀어내고 낮을 주는 존재로 경외감을 주어서였을 것이다. 더구나 일식, 월식은 500년 전까지만 해도 설명할 수 없는 불가사의한 신비였다.

고조선의 시조로 알려진 환인천왕의 아들 환웅천왕은 하늘의 신이며 태양 숭배의 상징으로 해석된다. 천부경에도 본심본태양앙명(本心太陽仰明)이라는 구절이 있는데, 인간의 본성을 태양에 비견하고 있다. 무속신앙으로 천지신명께 소원을 비는 경우가 많은데 이는 태양 숭배의 한 단면이다.

세계 각국의 종교나 신화에 태양신이 대부분 등장한다. 몇 예를 들면, 고대문명 발상지인 수메르에서는 우투, 이집트에서는 라, 인도에서는 수라야 등 이름으로 태양신을 이름하며 숭배했다. 그리스에서는 제우스의 아들 아폴론(로마신화에서는 아폴로), 일본에서는 아마테라스 여신을 태양신으로 숭배하였다.

2.

나, 에너지는 주위 환경이 바뀜에 따라 물질이 되었다가 다시 에너지로 바뀌었다가 하면서 우주를 운행시킨다. 나와 물질은 2위일체이다. 로만 가톨릭과 개신교 기독교에서 믿는 삼위일체와 같은 개념이

랄까?

에너지 중의 일부는 질량의 밀도가 높아 빛까지 빨아들이는 블랙홀에 잡히어 시공간이 휘는 어둠 속에서 신음한다. 또 일부는 질량이 큰 항성 속에 갇히어 수천만 도의 높은 온도에서 핵융합을 하며 시달리다가 광자가 되어 항성을 빠져 나와 우주를 운행하다가 행성을 비춰주는 역할을 하기도 한다.

나, 에너지는 여러 형태로 변신하면서 오랜 시간 우주를 운행하고 있다. 나는 오랫동안 우주를 휩쓸고 다녔는데 근래 퍽 재미있는 족속을 만났다. 은하계의 태양계 내 지구라는 행성에 사는 인류라는 종은 신기하게도 나의 정체를 알아내고, 내 성질을 알아내고, 내가 운행하는 법칙도 알아내어 나를 이용하여 그들의 부족한 근력을 보충하고 그들의 생활을 편리하게 한다.

그래서 지금부터는 우주가 어떻고 하는 거창한 고담준론은 그만두고 인간이라는 생명체가 어떻게 내 성질을 알아내고 써 먹는지를 이야기한다.

우선 사람들은 100년 전에 나의 한 형태인 열의 성질과 관련하여 세 가지 법칙을 알아냈다.

에너지는 만들어지지도 사라지지도 않는다는 에너지보존법칙인 열역학 제1법칙, 영구기관을 만들 수 없다는 열역학 제2법칙, 계의 엔트로피가 0인 절대온도에 도달할 수 없으며, 엔트로피는 계속 증가한다. 즉 우주는 무질서, 카오스로 바뀌고 있다는 제3법칙이다. 열역학 0법칙은 제1법칙을 설명하는 법칙인데 열평형상태를 기술한다.

우선 인간이 지구에 등장한 경위를 보자.

약 38억 년 전 지구에 생명이 생겨났다. 생물들은 나 없이는 한시도 살아갈 수가 없다. 그 후 자연환경의 변화에 따라 자연선택에 의해 멸종과 새로운 종의 탄생을 거듭하더니 한 10억 년 전에 스스로 움직일 수 있는 동물들이 등장했다.

그러다가 겨우 몇 백만 년 전에 두 발로 걸어 다니는 동물, 즉 유인원이 등장했다. 유인원은 자연과 조화를 이루며 오스트랄로피테쿠스, 호모 하빌리스, 호모 에렉투스로 진화하더니 그들이 호모사피엔스라고 이름을 붙인 종족이 득세하며 약 20만 년 전부터 언어 능력을 개발하고, 약 만 년 전부터 글자를 만들어 그들의 경험과 지식을 후손에게 전하며, 지구에 존재하는 만물의 영장이라며 나, 에너지를 활용하여 지구를 정복하며 지구를 휩쓸고 있다.

약 5백 년 전까지 인간은 우주가 얼마나 큰지 전혀 모르며 그들이 사는 지구가 우주의 중심이라고 착각했다. 인간의 인지가 차차 깨어나며 지구가 우주의 중심이 아닌 것을 알아냈다. 그러나 인간은 여전히 시건방을 떨며 지구에서 왕자 노릇을 하며 나, 에너지를 써서 그들의 가냘픈 힘으로 더 힘센 동물들과 대적하여 무너뜨렸다.

그들은 문명을 발달시키며, 나, 에너지를 마구 쓰며 삶을 편리하게 하더니, 건방지게 나를 함유하고 있는 에너지원인 물질을 찾아내고 사고팔기 시작했다. 에너지를 함유한 물질을 사고팔려고 하다 보니 그들이 물물 교환 수단으로 쓰는 화폐와 교환하기 위해 나의 유용 가치를 나타내는 단위를 고안해야 했다. joule이니 전자볼트니 하는 어려운 단위도 만들고, 칼로리라는 쉽게 이해되는 단위도 만들었다. 그리고는 나의 한 형태인 화학에너지를 함유한 화석연료의 값을 그 연료가 함유한 에너지의 양, 칼로리에 따라 값을 매겨서 사고 판다.

그럼 인간들이 정의한 나, 에너지의 측정단위는 어떤 것이 있나?

인간에게 가장 친숙한 단위는 칼로리다. 칼로리는 열량을 나타내는 단위다. 1cal는 물 1g을 15℃에서 16℃를 올리는 데 드는 열량이다. cal단위는 너무 작아서 보통 그 천 배인 Kcal 단위를 쓰는데 cal와 kcal를 혼용할 때가 많다. 인간 성인은 하루에 2,000~3,000cal의 에너지를 음식물에서 섭취해야 살 수 있다. 이때 cal는 kcal이다.

인간이 매일 사용하는 전기에너지의 단위는 watt(w라 쓴다)이다. 그 천 배는 kilo watt(kw)이다. 그 정의는 cal를 정의할 때보다 훨씬 복잡하다. 1volt 전압의 차이가 나는 두 점 사이에 1암페어의 전류가 흘러 전도체에서 소모된 전력을 1watt라고 한다. 1kw의 전력을 한 시간 사용하면 1kwh를 사용했다고 하며, 860cal의 열량과 맞먹는 에너지다.

여기서 볼트, 암페어, 와트 등은 전압, 전류, 전력의 단위를 말하며 전기 분야에서 혁혁한 업적을 남긴 사람들을 기리기 위하여 그들의 이름을 따서 쓴다.

또 자동차의 출력이나 펌프의 출력을 말할 때 마력(hp)이라는 단위를 쓴다. 1마력은 보통 말 한 필이 끄는 힘으로, 1마력은 746w 크기의 에너지이다.

전자볼트(ev)는 미시세계에서 쓰는 단위로 전자가 1볼트의 전위차를 가지는 에너지의 크기로, 거시세계 단위로 표시하면, 1.6×10^{-23} joule로 아주 작다.

과학자들이 제일 즐겨 쓰는 에너지 단위는 joule(J)인데. 1J은 1N(뉴턴)의 힘으로 1kg 무게의 물체를 1m/sec^{2}로 가속하는 힘이다. 1N의 힘은 0.239cal이다.

뉴턴(N)은 낯선 단위인데, 그 정의는 1N은 1kg의 물질을 1m/sec^{2}의 가속도를 내게 하는 힘이다.

내 크기를 나타내는 단위의 정의 중 몇몇은 너무 어려워서 나도 이해

하지 못한다. 보통 힘이라는 용어를 쓰는데 힘은 모양이나 운동 상태를 변화하게 하는 원인이며, 그 단위는 N이다.

에너지는 일을 할 수 있는 능력을 말하며 그냥 힘과 혼용해서 써도 큰 무리는 없다.

물리학자라는 부류의 인간들은 우주에 있는 힘을 네 가지로 구분한다.

그 첫 번째는 어디에나 작용하는 가장 친숙한 중력이다. 모든 물체는 중력장 안에서 중력을 받으며 운행하고 있다. 쉽게 말해 물질과 물질 사이에는 서로 잡아당기는 힘이 작용한다. 그 힘을 중력이라고 한다. 지구와 지구 위에 있는 물체 사이에도 중력이 작용하나 지구가 개개 물체보다 엄청 무겁기 때문에 물체는 지구의 표면에 붙어서 존재한다.

17세기 영국이 낳은 천재 과학자 뉴턴은 만유인력의 법칙과 운동의 3법칙을 수식화 하였다. 그가 제시한 중력가속도는 $980m/sec^2$이다. 양자중력도 고안되었으나, 이는 미시세계에서 중력의 영향을 해석하기 위해 도입하였다.

두 번째는 전자기력이다. 인간은 일상생활에서 하루도 전기가 없이는 살 수가 없다. 금속은 자석에 달라붙는다. 그 힘이 전자기력이다. 코일 속에 자석을 넣었다 뺐다 하면 코일에 전류가 흐르며 전자기력이 생긴다. 자석은 N극과 S극이 있어 같은 극은 서로 밀어내고 다른 극은 서로 잡아당긴다. 전기도 ＋전기와 －전기가 있어, ＋전기와 ＋전기는 서로 밀어내고, ＋전기와 －전기는 서로 당긴다.

미시세계, 원자의 세계에는 감각으로 감지할 수 없는 엄청난 크기의 두 가지 힘이 있다.

강한 핵력과 약한 핵력이다.

원자핵은 양성자와 중성자로 구성되었으며 그 반경이 1/10조 ㎝이다. 그 주위를 반경 1/1억 ㎝ 크기의 궤도로 전자가 돌고 있다. 양성자는 + 전하를 띠고 있고, 전자는 −전하를 띠고 있다. 전자는 원자핵 주위를 도는데 원심력과 구심력이 균형을 이루어 궤도를 벗어나지 않고 돌고 있다. 아주 좁은 공간인 원자핵 속에 양자들이 오글오글 모여 있다. +전하를 띤 양자들 간에 서로 밀치내는 척력이 작용하는데 밀려나지 않고 서로 딱 붙어 있다. 척력인 전자기력을 이기고 양성자들을 서로 붙들어 매는 힘이 있는데 이를 강한 핵력이라고 한다.

방사성동위원소의 원자핵에는 중성자가 양자수보다 더 많이 들어있어 무게가 무겁고 불안정하다. 중성자에서 전자(베타 입자)를 밀어내어 양성자로 바뀌게 하는 힘을 약한 핵력이라고 한다.

우주에 있는 이 네 가지 힘의 크기 순서는 강한 핵력, 약한 핵력, 전자기력, 중력의 순이다.

강한 핵력을 1이라고 하면 약한 핵력은 그 1/10만, 전자기력은 1/백만, 중력은 $1/10^{44}$이다. 다시 말해 중력은 분수의 분자가 10에 0을 44개나 붙일 만큼 큰 수로 나누는 아주 작은 힘이다. 다른 세 가지 힘에 비하여 중력은 아주 작지만 태양이나 지구 등의 질량이 엄청나게 크므로 그 힘의 크기를 무시할 수가 없다.

중력은 거시세계에서 발휘하는 힘이요, 강한 핵력과 약한 핵력은 미시세계에서, 전자기력은 미시세계와 거시세계에서 모두 작용한다.

인간은 제5의 힘이 있을 거로 예상하고 탐구하고 있다.

3.

조건에 따라서 물질에서 나, 에너지로 바뀌고, 나, 에너지가 물질로 바뀌면서 별들이 생성됐다가 핵융합 재료를 다 소진하고 사라지고 새로운 별이 생성됐다가 다시 사라지면서 우주는 계속 팽창하고 있다. 나는 광자나 뉴트리노 같은 입자 및 파동으로 우주를 떠돌기도 하고, 화석연료에 갇혀 화학 에너지로 머물기도 하는 등 여러 가지 형태로 존재한다.

약 500만 년 전에 탄생한 유인원의 근육의 힘은 겨우 100W 정도로 말의 1/7의 수준이다. 맹수에 비하면 형편없이 근력이 달렸던 인간은 집단생활을 하며 뭉쳐서 부족한 힘을 보충하며 종을 유지해 갔다. 200만 년 전 인간은 나의 한 형태인 불을 만드는 법을 알아냈다.

그렇게 만든 불을 간직하는 법도 알아내고 불을 무서워하는 맹수로부터 자신을 보호하는 수단으로 삼았다. 또 인간들은 그 불을 겨울에 난방용으로 사용할 줄 알게 되었으며, 음식을 데워서 먹는 방법도 알아냈다.

겨우 10,000여 년 전 인간은 농경시대로 접어들고, 가축을 키우기 시작했다. 가축은 식량자원이 되었을 뿐 아니라 인간의 부족한 근력을 보태주는 역할도 했다. 말은 수송수단을, 소는 농경지를 갈아엎는 에너지를 제공했다. 인지가 발달해 가며 인간은 바람의 힘을 이용하는 풍차를 개발하고, 물의 힘을 이용하는 수차를 개발했다. 그렇게 남의 힘을 빌리는 도구의 개발은 인간만이 가진 풍부한 언어능력과 경험을 전수할 수 있는 문자의 창제 덕분으로 여겨진다.

그러나 인간들이 산업혁명이라고 부르는 에너지를 대량으로 이용하는 기계 · 도구를 개발하기 전에는 아직 에너지에 대한 뚜렷한 개념이 없었다.

중국을 비롯한 동양에서는 나무, 쇠, 물, 불, 흙, 다섯 가지 요소, 오행을 만물을 이루는 근본으로 생각하였다. 그리스에서는 물, 불, 공기, 흙을 만물을 이루는 4대 원소로 치부했다. 동서 어디서나 모두 에너지인 불을 만물의 근본으로 여긴 것이다.

그 당시 인간은 아직 우주의 중심은 지구이며, 태양, 별, 달, 행성들이 지구를 중심으로 돈다고 생각했다. 신화들도 다 그런 가정 아래 꾸며졌다. 종교도 그런 가정 하에 창조됐다.

중세 유럽에서는 쇠 등 싼 금속으로 비싼 금을 만들어 보겠다는 연금술이 크게 유행하였다. 비천한 금속으로 금을 만들었다고 사기를 친 사건도 여러 번 있었다.

그 시절 동양에서는 주자가 제창한 성리학이 학문의 주류를 이루며 리(理)와 기(氣)의 종속성 대칭성 등 속성을 놓고 격론이 이어졌다. 대한민국의 학자들도 패거리로 나뉘어 리발, 기발의 우선순위를 다투는 격론으로 몇 백 년을 보냈다.

유럽에서 연금술 자체는 성공하지 못했지만, 화학 등 과학 발달에 크게 기여했다. 르네상스 시대에 선각자들은 지구가 우주의 중심이 아닌 것을 알아내고, 우주의 법칙을 간단한 수식으로 표현하려는 움직임이 있었다. 자연현상을 관찰하고 그 법칙을 찾아내서 수식화 하려고 했다.

유럽에서는 물리학자와 화학자가 자연의 법칙을 알아내고, 기술자들은 그 법칙을 일상생활에 활용하는 문명의 이기를 속속 발명했다. 수학자들은 수학의 새로운 분야를 개척하여 물리학자들이 알아낸 법칙을 수식으로 표현할 수 있도록 도왔다. 삼각함수, 지수함수, 집합론, 비유크리트 기하학, 그리고 수학의 정수인 적분과 미분을 개발했다. 과학자들은 수학을 이용하여 자연 현상을 간결하게 수식으로 표현했다.

유럽 사람들은 에너지원을 자연에서 쉽게 채취되는 나무나 풀에서 얻다가 산업혁명이 일어나자 땅속에서 채굴한 화석연료, 석탄과 석유로 바꿔 쓰며 에너지의 이용량을 파격적으로 늘여갔다. 에너지 이용에 획기적인 기여를 한 사람들과 기술개발 내용을 살펴본다.

제임스 와트는 증기기관을 개량하여 산업혁명의 기틀을 마련하였다. 증기기관은 보일러에서 나오는 뜨거운 증기의 열에너지를 일을 할 수 있는 운동에너지로 변화하는 장치이다. 증기기관을 이용하여 석탄 광산의 물을 퍼 올리고, 19세기에 들어서자 여객선에 사용하였으며, 증기자동차도 개발했다.

인간이 이룬 획기적인 발견 · 발명은 전기의 사용이다. 전기는 기원전 600년 그리스의 탈레스에 의해 처음 발견되었다. 호박을 문지르면 주위에 있는 털실이 달라붙는다. 이 때 발생한 전기를 정전기라 한다. 400여 년 전 유럽 사람들은 자연에 전기가 있다는 것을 알았다. 그러나 전기가 무엇인지는 몰랐다. 사람들은 전기가 무엇인지도 모르면서 먼저 이용법을 개발했다. 발전기를 만들고, 에디슨은 전구를 만들어 전기에너지를 빛에너지로 바꾸어 어둠을 밝혔다.

전기의 정체를 알게 된 것은 20세기 초 원자의 구조를 알게 된 이후이다. 원자의 핵에는 양성자와 중성자가 들어있으며, 전기가 궤도를 돈다는 사실은 이미 말했다. 원자핵에 있는 +전기 띤 양성자와 궤도를 도는 −전기를 띤 전자의 수는 같다. 원자 외부에서 힘이 가해지면 전자가 돌던 궤도를 벗어나서 자유전자가 되며 도선을 타고 흐른다. 그것이 바로 전기이다.

4.

한국어 사전에 기(氣)는 기운, 형체는 없으나 오관에 닿고 스스로 존재하는 것으로 정의되어 있다. 지금 우리가 쓰는 에너지라는 단어와 딱 맞는 뜻은 아니지만 에너지와 비슷한 개념으로 해석할 수도 있다.

동양 3국이 기와 리, 심(心) 등의 관계에 매달려 씨름하는 동안 유럽은 나, 에너지의 개념을 정립하고, 나의 성질을 분석하고 분류하며 그 이용을 효율화하며 나를 상태별로 분류하여 이용에 박차를 가했다.

인간이 나눈 나의 종류를 보면, 인간에게 가장 친숙한 에너지는 열에너지이다.

모닥불, 화롯불은 식물성 섬유에 내재된 화학에너지, 탄소가 산소와 화학반응을 하며 타면서 열을 내는 현상이다. 전기 난방 기구는 코일에 전기가 흐를 때 흐름을 방해하는 저항이 열로 바뀌어 빨간 빛을 내면서 열을 낸다. 이때 방출되는 에너지를 열에너지라고 하며 그 크기를 나타내는 단위로 칼로리를 쓴다. 열은 전도, 대류, 복사의 형태로 전달된다.

물체에 가속을 주는 에너지를 운동에너지라고 한다. 질량과 속도의 제곱에 비례한다.

지상에 있는 물체는 서로 중력을 주고 받는다. 지구가 지상에 있는 물체와 비교하여 워낙 크기 때문에 주로 물체가 지구의 중력을 받는 듯 느껴진다. 기준면보다 지각에서 멀리 떨어져 있는 물체는 지구 중력의 영향으로 기준면에 있는 물체보다 더 에너지를 가지고 있으며 이 에너지를 위치에너지라고 한다. 질량과 높이와 중력 가속도의 곱이다.

물질은 분자로 존재하며 화학 결합의 결과로 물질 안에 에너지를 함유한다. 이를 화학에너지라 한다. 물질이 화학반응을 하면 물질 안에 보존되었던 화학에너지가 열, 빛 등의 형태로 방사된다.

예를 들면 광합성은 물과 탄산가스가 빛에너지를 받아 화학에너지로 바뀌는 과정이다. 화석연료의 구성분자인 탄화수소가 연소함으로써 화학에너지가 열에너지로 바뀌었다가 다시 운동에너지로 바뀌면서 증기기관 등이 작동한다.

제3의 불 원자력에너지는 핵분열에너지와 핵융합에너지 두 가지로 분류한다. 핵분열에너지는 원자탄으로, 핵융합에너지는 수소탄으로 그 거대한 에너지를 선보였다.

5.

유럽에서 창조론과 진화론에 대한 논쟁이 한창일 때 조선에서는 사단칠정논쟁이 불붙었다. 4단7정논쟁, 호락논쟁, 19세기 초에는 심설논쟁으로 이어졌다. 유럽에서 진화론자 다윈이 발표한 '종의 기원'을 창조론자인 신부와 일부 과학자들이 강력하게 비판했다.

조선에서는 사단(측은지심, 수오지심, 사양지심, 시비지심)과 칠정(喜, 勞, 愛, 欲, 哀, 懼, 惡)과 리와 기의 관계를 둘러싸고 논쟁을 피터지게 벌였다. 한 패는 사단은 수수한 리의 발로 선하지 않음이 없으며, 칠정은 기가 발하고 리가 올라탔음으로 선악이 있다고 주장했다. 또 한 패는 리의 원천인 성에서 나오는 정이 4단이다. 기의 원천은 칠정과 같은 리 안에 결정되어 있다고 우겼다.

유럽에서는 나의 한 형태인 빛이 입자인지 파동인지 100여 년 간 논전이 있었다. 과학자들이 두 패로 나뉘어 심하게 다투었다.

그 때 조선에서는 인과 물(人物)의 본성이 같다는 주장과 인과 물의 성은 같을 수 없다는 호락논쟁에 이어 유럽에서 제국주의가 한창 기승을 부리고 빛이 입자인지 파동인지 결론이 나서 입자와 파동 이중적인 성질을 가지고 있다고 확인될 무렵, 조선의 성리학자들 간에 심설논쟁이 벌어졌다.

한 학파는 명덕심은 리이며, 충효예지를 근본으로 삼아 부국강병을 이루자고 주장하였으며, 한 학파는 명덕심은 기로 서구문명은 도에 어긋나므로 철저히 배척하여야 한다고 주장했다.

서양은 과학적인 사고로 문명의 이기를 발명하여 생활의 편이성을 한층 높이며 에너지의 폭발력을 극대화하여 에너지를 한 번에 폭발하는 무기 개발에 박차를 가하며 앞으로 나아가는데, 조선은 심즉리에 바탕을 두고 쇄국의 필요성을 주장하는 뒷걸음식의 공허한 논쟁만 벌렸다.

6.

태양은 그 중심부에서 핵융합을 일으켜 막대한 에너지를 방출하며, 그 에너지가 빛이 되어 사방팔방으로 나아간다. 지구는 태양이 발생한 에너지의 겨우 1/20억 을 받아 그 에너지로 생명을 유지한다. 식물은 탄산가스를 태양에너지를 받아 광합성시켜 화학에너지, 탄수화물을 만들어 스스로 자라고 생존하며, 그것을 먹고 사는 동물들에게 에너지 공급원인 식량자원을 제공한다.

지구에서 사용하는 대부분의 에너지는 태양에너지가 변환한 것이다. 화석연료, 풍력, 수력 등 거의 모든 에너지가 다 태양에너지가 변형된 형태이다. 1%도 안 되는 에너지는 땅속에 묻혀 있는 우라늄, 토륨 등 방사성 동위원소가 붕괴하면서 나오는 에너지이다.

사람들은 여러 종류의 에너지원을 사용하면서 어떤 에너지원을 쓰는 것이 제일 돈이 덜 드나 비교한다. 그래서 가능하면 가장 돈이 덜 드는 에너지원을 쓰려 한다. 지금 인류가 쓰는 에너지원 중 약 2~300년 전부터 본격적으로 사용해 온 화석연료와 약 60년 전부터 쓰기 시작한 핵분열 에너지가 가장 저렴하다.

화석연료나 원자력에너지를 사용하다 보니 환경에 나쁜 영향을 주어 환경에 영향을 덜 줄 것으로 예상되는 태양에너지, 풍력, 파력 등 아무리 써도 닳지 않는 에너지, 재생에너지를 사용하려 하나 그 값이 만만치 않아 그 비용의 일부를 세금에서 물어주는 편법을 쓰며 사용하고 있다.

그럼 인간들이 지금 쓰고 있는 내가 내재된 에너지원을 간략히 살펴보자.

석탄은 수억 년 전 지상에 무성했던 식물이 지각에 묻히어 고온 고압에 탄화물로 바뀌어 매장된 것이다. 석탄은 난방 등 열원으로 사용되거나 산업용, 발전용으로 사용되며 가장 흔하고 매장량이 풍부하여 앞으로 수백 년 공급이 가능할 것으로 예측된다. 그러나 석탄을 태우면 탄화물이 산소와 화합하면서 탄산가스가 방출되며 미세먼지가 대기에 방출된다. 탄산가스는 지구 온난화의 원인으로 지목받고 있으며, 미세먼지는 대기를 오염시킨다.

석유는 억 년 전에 동물들이 바다 밑에 묻히어 고온 고압 조건에서 탄화수소로 바뀐 것이다. 액체 상태로 취급이 용이하고 사용이 편리하여 가장 선호하는 에너지원이다. 그 매장이 일부 국가에 편중되어 있어 석유 카르텔인 OPEC 등 기구에서 공급을 조절하며 가격을 좌지우지하고 있다.

1970년대 2차 석유파동 후에 향후 30년만 쓰면 석유가 바닥 날 것이라고들 예측했었으나, 30년이 지난 후 오늘날에도 아직 30년은 쓸 매장량이 있다고 한다. 그 이유는 새로운 매장량이 발견되기도 했지만, 기술이 발달하여 20~30% 수준이었던 채굴 효율이 향상되었고, 해저 1,500m의 유전도 개발할 수 있는 기술이 개발되었기 때문이다.

석유는 단위 체적 당 에너지가 가장 높은 재래식 연료로 자동차 등 수송 연료로 적합하다. 그러나 귀한 석유자원을 에너지원보다 화학제품 생산에 쓰자는 주장도 있다.

천연 가스는 보통 석유와 함께 산출되며, 메탄, 에탄, 프로판, 부탄 등 형태가 있다.

석유를 채굴할 때 천연가스가 분출된다. 초창기에 석유를 채굴할 때 천연가스를 불태워 버렸다. 우리는 유정의 높은 탑 위에서 불타는 불꽃을 볼 수가 있다. 최근 천연가스가 주요한 에너지 자원으로 각광을 받으며, 태워 버리는 것이 환경에 나쁜 영향을 주어 불법화 되자 천연가스를 회수하여 상품화하였다. 보통 관을 통해 수송하나 파이프 연결이 불가능할 때는 영하 160℃로 액화하여 체적을 1/600로 줄여 수송한다.

휘발성이 강한 프로판, 부탄 등은 LPG(액화 석유가스)를 만들어 사용하고 있다.

석유가 귀한 자원이 되고 가격이 막 오르자 천연가스도 중요한 자원이 되었다.

다음 미국, 캐나다 등 몇몇 나라가 횡재를 만난 이야기를 한다. 경제성이 없고 채굴 기술이 없어 버려졌던 세일가스와 샌드 오일에 함유된 석유가 두 나라에게 노다지가 되었다.

퇴적암의 일종인 세일층에 어마어마한 양의 천연가스가 매장되어 있는 것을 알고 있었으나 경제적으로 채굴하는 방법을 몰라 방치하다가 1960년대 중반에야 그 채굴기술이 개발되었다. 세일가스는 새로운 에너지 자원으로 중요성이 커지며 에너지 믹스에서 차지하는 비중이 점점 커지고 있다.

또한 같은 가격의 천연가스가 휘발유보다 약 3배의 에너지를 내므로 미국에서는 최근 화력발전을 천연가스 연소 발전소로 개조하고 있다. 자동차에도 천연가스를 사용한다. 최소 100년 이상 사용할 수 있는 세일가스 매장이 확인되었다. 천연가스는 산유국의 가장 큰 경쟁 상대인 에너지원이 되었다. 미국은 천연가스 수출국의 지위를 노리고 있다.

비전통 석유로 오일 샌드가 있다. 점토나 모래 등에 중질 원유가 10% 정도 섞여 있으며 이를 오일 샌드라고 한다.

경제성 때문에 그 생산기술 개발이 더디었으나 두 차례 석유파동 이후 석유값이 폭등하자 채굴에 관심을 가지기 시작하였다. 가장 매장량이 많은 캐나다 등에서 2000년대 이후 본격적으로 채굴을 시작하였다. 대개 오일 샌드 2톤을 처리하면 1배럴의 원유가 추출되며, 생산비는 배럴당 25$ 선이다. 추정 매장량은 약 2조 배럴로 100년 정도 사용 가능할 것으로 예측된다.

오일 샌드 채굴 방법은 오일 샌드는 파이프로 수송이 불가능하므로 고압 증기를 광구에 쏟아 넣어 오일 샌드를 희석하고 파이프로 추출 공장으로 이송하여 물, 모래, 기름 등을 분류한다. OPEC 등 석유 보유국의 석유자원 무기화에 대항할 수 있는 귀중한 자원이나, 채굴시 다량의 물을 사용하며 온실가스가 더 배출되는 등 문제점도 있다. 향후 에너지 전쟁을 완화하는 유력한 완충제가 될 것이다.

심해는 세일가스 매장 규모를 훨씬 능가하는 천연가스의 보고이다. 메탄으로 가득 찬 얼음 침전물이 대륙붕에서 발견된다. 이 물질을 메탄 하이드레이트라고 하며 메탄에 비해 물을 많이 함유하고 있지만 연소는 한다. 고온 고압의 조건에서 만들어졌으며 최소 475m 이상 심해에서 발견되고 있다. 그 매장량은 알려지지 않았지만 세일가스의 10배 이상 매장되었을 것으로 예측된다. 현재 심해 1,500m의 원유도 채굴할 수 있으므로 메탄 하이드레이트도 채굴할 수 있을 것으로 예상된다. 심해에서 추출하여 사용할 때 가장 우려되는 점은 메탄은 탄산가스보다 23배나 더 온실가스 효과가 있어 누출시 문제가 된다.

대한민국의 독도 근방 대륙붕에도 다량 매장이 확인됐다.

다음 원자력 에너지를 보자.

우라늄 등 무거운 원소는 원자핵 속에 양성자 수보다 중성자 수가 훨씬 많이 들어 있어 불안정하다.

U^{238}의 원자핵에는 양성자 92개와 중성자가 146개가 들어있다. 우라늄-238은 스스로 붕괴하여 안정한 원소인 납으로 바뀐다. 반감기가 45억 년으로 지구가 생긴 이래 초기 지구에 있었던 우라늄의 절반이 스스로 붕괴되어 납으로 바뀌었다.

우라늄이 붕괴할 때 전자나 알파 등 입자만 방출하는 것이 아니라 중성자도 방출한다. 자연 중에 우라늄은 U^{238}과 U^{235} 두 동위원소가 있다. 자연에 우라늄-238이 99.3%, 반감기가 7억 년인 우라늄-235가 0.7% 비율로 존재한다. 우라늄-235의 핵에 중성자가 충돌하면 핵분열이 일어나서 두 개의 딸 원소와 뉴트리노 등 다른 입자와 에너지를 방출하며, 2~3개의 중성자를 방출한다. 이때 나온 중성자가 또 다른 우라늄-235 핵과 부딪치며 연쇄반응이 일어나며 질량결손에 의해 막대한 에너지가 나온다.

이 때 방출된 에너지가 핵분열에너지다. 핵분열로 방출된 중성자가 계속 다른 우라늄-235 핵과 부딪치도록 그대로 두면 원자폭탄이 되며, 핵분열 때 방출되는 중성자가 우라늄-235에 부딪치는 숫자를 조절하면 원자력발전소가 된다.

현재 400여 기의 원자력발전소가 운전되고 있으며, 세계 전기의 약 10%를 공급한다. 방사성물질, 특히 사용 후 핵연료는 장기간 보관 관리해야하므로 원자력에너지 사용은 사회 수용성의 문제가 크다.

태양이 불타는 것은 태양의 중심부에 있는 수소가 고온과 고압의 조건에서 핵융합을 일으키며 막대한 에너지를 방출하기 때문이다.

원소 중 가장 가벼운 수소는 높은 온도, 약 1억 도에서 핵융합을 일으켜서 헬륨이 되며 그 때 막대한 에너지가 나온다. 이런 고온을 인공적으로 만들기 어려워 수소폭탄을 폭발시킬 때는 원자폭탄을 터트려 그 열로 핵융합을 일으킨다. 핵융합에너지를 상용에너지, 전기를 만들기 위하여 원자탄을 터트려 고온을 얻을 수 없으므로 핵융합을 일으키는 세 가지 방법이 연구되고 있다. 핵융합의 원료인 수소는 거의 무한으로 많기 때문에 핵융합 발전을 성공하게 되면 인류는 에너지 문제 해결의 큰 획을 긋게 된다.

1950년대부터 초고온의 플라스마를 담는 그릇으로 자기장을 생각했다. 전자기 코일이 있는 이 도넛모양의 공간을 토카막이라고 한다. 토카

막은 초고온에서 핵융합을 일으키는 시설로 이때 융합 반응을 열핵융합이라고 한다.

열핵융합을 이루기 위하여 지난 60년간 연구했으나 아직 성공을 거두지 못하고, 그 상용화시기를 2050년으로 예측하고 있다. 한 국가가 그 연구를 담당하기에는 연구비가 만만치 않아 ITER(International Tokamak Experimental Reactor) 프로젝트를 추진하고 있다.

국제원자력기구 지원 하에 미국, EU, 러시아, 한국, 일본, 중국, 인도 등 7개국이 출력 500mw의 전력을 20분 발전하는 것을 목표로 총 50억 유로 예산으로 2007년부터 프랑스 카다라쉬 근처에 시설 건설을 시작하였다. 그러나 건설이 지연되며 총사업비가 200억 유로가 넘을 것으로 예상되며 출력을 얻는 시기도 당초보다 9년 늦어져 2035년으로 예상하고 있다. 미국 트럼프 대통령의 예산 삭감, 영국의 EU 탈퇴 등 정치적인 변수가 많아 그 전망을 예측하기 어렵다.

핵융합을 위한 초고온을 얻는 방법으로 레이저 빔을 사용하는 아이디어(관성 밀폐 융합)가 도출되었으나 아직 아이디어 단계이다.

1989년 미국 유타대학의 두 화학 교수가 상온핵융합에 성공했다고 뻥을 쳐서 세상을 놀라게 했다. 물을 산소와 중수소로 분리하기 위하여 전극에 전기를 걸었더니 투입된 에너지보다 더 많은 에너지가 나왔다. 두 교수는 이를 중수소가 핵융합 한 거라고 발표했다. 그들의 연구결과 발표가 잘못된 것이라는 것이 확인되면서 인류가 에너지 문제를 쉽게 해결했다는 꿈은 물거품이 되었다.

태양에너지는 빛의 형태로 지구 1m^2 당 약 1마력의 에너지를 전달한다. 20세기 들어 멀지 않은 장래에 화석연료의 고갈이 점쳐지자 태양에너지를 회수하여 사용하는 연구가 활발하게 전개되었다. 더구나 태양에너지는 지금 인류가 가장 고민하는 지구온난화 가스를 거의 방출하지 않는 청정에너지로 분류된다.

태양에너지는 태양열을 이용하는 방법과 태양광을 이용하는 방법이 있다. 태양열을 집열판으로 모아서 물을 데워 난방 등에 사용하며, 태양광은 반도체를 이용하여 전기를 만든다. 그 효율은 아직 40%에 훨씬 미치지 못한다. 태양전지의 기술이 현격하게 발전하여 초창기에 비하여 셀 단가가 1/100 수준으로 낮아졌다.

태양에너지를 이용하는 데 한 가지 어려운 점은 지구에 오는 태양에너지 밀도가 낮아 넓은 부지가 필요하다. 100만 kw급 원자력발전소 1기를 건설하려면 약 20만 평의 부지만 있으면 된다. 100만 KW 용량의 태양광발전소를 건설하려면 회수 효율을 20%라고 할 때 10㎢(약 300만 평)의 부지가 필요하다.

또 하나 태양에너지를 이용하려면 햇빛이 있어야 한다. 태양에너지 이용이 가능할 때 발전한 전기를 저장하는 시스템에 있어야 야간에도 그 전기를 사용할 수가 있다. 24시간 태양이 빛나는 우주에서 태양에너지로 전기를 만들어 지구로 송전하는 연구가 계속되고 있으며, 부지난을 해결하기 위하여 해양에 태양광발전소를 건설하는 방안도 있다.

바람과 물의 힘을 이용하는 방법은 인간들의 역사시대 초기에 개발되었다. 풍차, 수차를 만들어 주로 곡식을 탈곡하는 방아를 찧었다. 돈키호테가 그가 사랑하는 여인에게 기사도를 뽐내기 위해 풍차에 돌진하는 장면은 퍽 인간적인 해학이다.

최근 바람과 물의 에너지를 이용하여 전기를 만드는 기술이 개발되었다. 수력발전과 풍력발전이다.

지면보다 높은 위치에 있는 물은 위치에너지를 가진다. 댐을 막아 물을 가두고, 가둬놓은 물을 파이프를 통해 밑으로 내려보내 위치에너지를 운동에너지로 바꾸고 그 에너지를 이용하여 터빈을 돌려 터빈축과

한 축에 매여 있는 발전기를 돌려 전기를 만든다.

수력을 이용하여 발전하는 양수발전 방식도 있다. 산정에 호수를 만들고 전기수요가 많지 않아 전기공급 여력이 있을 때 강이나 호수에서 산정의 호수로 물을 퍼 올려 저장했다가 저녁 시간 등 전력수요가 높을 때 산정 호수의 물을 파이프를 통해 하부 발전소로 보내 전기를 만든다.

양수발전을 하는 이유는 하루 24시간 내내 전력수요가 일정하지 않고, 심야나 점심시간 등은 전력수요가 급격히 줄어들어 돌고 있는 발전소 일부를 정지하여야 한다. 원자력 발전 등 기저부하용 발전소는 발전량을 쉽게 조절할 수가 없어 계속 돌리는 것이 유리하다. 전력수요가 떨어지는 심야 등에 연료비가 싼 기저발전소를 돌려 전력 시설의 효율성을 제고할 수 있다.

바닷가나 산등성이에 두 팔을 벌리고 돌고 있는 풍차의 위용을 본다. 풍력발전소다.

현재 풍력발전소 한 기에서 최고 7,000kw나 되는 전기를 생산한다. 지상에서 150m도 넘는 상공에 매달린 날개의 길이만도 거의 100m나 된다. 풍력 발전은 넓은 면적을 차지하고 날개가 돌 때 소음이 나는 등 문제가 있다. 하루 6시간 정도 운전되면 양호한 풍력발전소이다.

날씨가 추워지면 우리들은 온천욕을 즐긴다. 온천수는 땅 내부의 열에너지를 품고 있다. 주로 화산 활동지역 수 ㎞ 지하에는 80℃~160℃ 범위의 뜨거운 물이 흐르며 그 물을 이용하여 난방을 하고 전기를 생산한다. 1904년 처음으로 지열을 이용하여 전기를 생산하였으며, 최근 지구온난화와 화석에너지 쟁탈전이 심화되자 지열에너지에 관심을 갖게 됐다. 그러나 지열에너지를 사용할 수 있는 조건이 맞는 지역은 한정되어 있다.

옥수수와 사탕수수 등 식물에서 알코올을 추출하여 휘발유와 섞어 사용하고 있다. 옥수수는 주로 미국에서, 사탕수수는 브라질 등 남미국가에서 추출한다.

옥수수는 인류가 가장 일찍 경작한 목초다. 옥수수는 맛이 있고 가꾸기도 수월하다. 옥수수에서 알코올을 추출하여 쓰다 보니 옥수수 값이 오르고, 옥수수를 생산하는 데 드는 자원을 고려할 때 온실가스 감축효과가 전혀 없다. 셀룰로스로부터 에탄올을 생산하는 것도 검토되고 있으며 옥수수보다 훨씬 성장력이 좋은 지창이 억새가 그 대상으로 각광을 받고 있다. 같은 재배면적당 옥수수보다 두 배 반이나 더 알코올을 생산할 수가 있다. 해조류를 이용하여 알코올을 생산하는 것도 추진되고 있으며 옥수수보다 10배 이상 수확이 가능할 것으로 예측한다.

인류는 써서 없어지지 않는 재생에너지로 파력, 조력, 바다 표면과 심해의 온도차를 이용하는 발전소를 건설 운용하고 있으나 그 용량은 미미하다. 비싸고 환경에 영향이 만만치 않아 입에 맞는 떡이라고 하기는 그렇다.

7.
에너지를 저장하는 기술도 개발되고 있다.

풍력, 태양에너지 발전소는 하루 24시간 가동할 수가 없다. 가동할 때 발전한 전기를 저장했다가 발전이 불가능할 때 사용하는 전기저장 기술이 필요하다.

전지는 가장 좋은 전기저장 장치이다. 납축전지는 풍력발전소와 태양에너지 발전소에 필수적인 부품이다. 최근에는 납축전기보다 효율이 좋은 나토륨 황전지를 사용한다. 납축전기나 리튬이온전지는 500회 충전 시 수명이 다하는 단점이 있으나, 나토륨 황전지는 4,500회까지 충전이 가능한 장점이 있다.

공기는 대기압에서 수백 배로 압축할 수가 있다. 압축공기로 저장한 에너지는 필요시에 뽑아내어 터빈을 돌려 전기를 만들 수가 있다. 전지는 수백 번~수천 번 충전하면 수명이 다하나, 압축공기 탱크는 수명이 거의 무한하다. 공기를 압축할 때 열이 나오고 압축용기의 온도가 올라간다.

200기압으로 압축할 때 1,370℃까지 온도가 올라가며 에너지 손실이 크다. 압축공기로 에너지를 저장하는 아이디어는 좋으나 아직 활발하게 상용화 되지는 않는다. 플라이 휠이나 연료전지로 에너지를 저장하는 방법도 연구되고 있다.

8.

한 때 인류는 에너지를 더 많이 마구 쓰는 것이 부국의 상징이었으나 유한한 지구가 가진 가용 에너지의 한계가 예견되자 에너지의 생산성과 효율성 향상에 투자를 시작했다.

에너지의 절약과 에너지의 효율성 제고는 경제적인 측면과 자원절약 측면에서 매우 중요하다.

겨울에 난방온도를 18℃ 이하로, 여름에 냉방온도를 26℃로 권장하는 것은 전력요금도 절감되지만 국가적인 차원에서는 첨두 전력 소비가 줄어 그 수요를 담당할 발전소를 건설하지 않아도 된다. 그 대신 소비자는 겨울에 집에서 스웨터를 입어야 하고, 여름에는 부채의 힘을 빌리는 번거로움을 감수해야 한다.

에너지의 효율성을 높이기 위한 노력도 여러 분야에서 수행되고 있다. 건축할 때 단열재를 사용하여 냉난방에너지를 절약하고, 지붕을 자외선을 잘 반사하는 색깔로 채색하는 등의 방법이 시행되고 있다.

조명을 위하여 수명이 짧은 백열구 대신 수명이 길고 전기효율이 좋은 LED로 교체한다. 전기효율이 좋은 가전기기를 개발한다.

하이브리드 자동차 예를 보자.

자동차 엔진이 내는 에너지의 1/3은 달릴 때 공기저항으로, 1/3은 지면과 타이어의 마찰열로, 1/3은 가속 정지할 때 브레이크의 열로 버려진다. 하이브리드 자동차는 브레이크를 밟을 때 나는 열로 전기를 생산하여 전지에 저상했다가 휘발유 연소 대신 운행에 사용하여 자동차의 연비를 높인다.

스마트 그리드는 가정에서 전력 사용을 최적화하여 전력 소비를 줄여준다.

대중 교통망을 확충하면 수송에 드는 에너지를 절감할 수도 있다.

9.

인생은 즐긴 만큼 후유증, 그 찌꺼기가 남는다. 여색에 빠져 육욕을 불사르면 가산을 탕진하고 몸을 망친다.

인류가 편익을 좇아 에너지를 마구 쓰다 보니 지구의 자정능력을 넘는 파괴가 일어나서 화를 부르고 있다. 가장 주목을 받는 피해는 지구온난화이다.

45억 년 전 지구가 생겨난 후 여러 가지 이유로 대기중 산소와 탄산가스 농도가 높아졌다 낮아졌다 하며 지구의 온도가 극심하게 변화했다. 대빙하기가 오면 지구는 완전히 얼음으로 뒤덮이고 지상에 번창하던 70~90% 종이 멸종했다. 다시 지구 온도가 높아지고 얼음이 녹고 적자생존의 경쟁에서 이긴 새로운 생물이 등장했다.

요 근래 대개 10만 년에 한 번씩 소빙하기가 오고, 얼음이 녹고 간빙기가 만 년쯤 계속되다가 또 소빙하기가 되풀이되고 있다. 한 11,000년 전에 지구에 소빙하기가 끝나고 간빙기가 왔다. 그 간빙기에 인류는 농경

사회, 산업사회, 정보화사회를 거쳐, 제4차 산업시대로 진입하고 있다.

문명을 유지하기 위해 힘의 원천인 나의 뒷받침은 필수적이다. 화석에너지가 없었으면 산업혁명은 일어날 수가 없었다. 화석연료의 사용이 늘어나자 자연히 탄산가스의 배출이 늘어났다. 배출된 탄산가스를 식물이 광합성 등 방법으로 다 소화하지 못하자 대기중에 탄산가스 농도가 높아졌다. 지난 10만 년 전부터 산업혁명 이전까지 대기중 탄산가스 농도는 275ppm 수준이었으나 21세기 들어서 400ppm 수준으로 높아졌다. 지구 온도도 소폭 상승하였다.

기상학자들은 지구 평균온도의 상승이 농도가 높아진 온실가스, 탄산가스 때문이라고 하며 그 대책을 강구하라고 정치권에 요구했다. 대책을 강구하지 않으면 북극의 얼음이 다 녹아 해수면이 수십 미터 높아져서 인간이 살 땅이 줄어들고 사막화가 일어나며, 태풍이 늘고 홍수와 가뭄 피해가 늘 것이라고 공갈쳤다.

정치권은 부랴부랴 대책을 협의하고 1997년 12월 교토협정을 체결했다. 그리고 2005년 2월에 발효하였다. 1990년 배출량을 기준으로 하여 그 이상 탄산가스 배출을 늘리지 않기로 하고 1차 의무기간인 2008~2012년 간 5.2%를 감축하고, 2차 의무기간에는 각국이 별도로 제시한 양을 감축하기로 했다. 협정은 2020년 종결한다. 그러나 그 협정은 감축대상국에서 개발도상국을 제외한 느슨한 협정이었다.

2007년 개발도상국 중국의 탄산가스 배출량이 선진국 미국을 추월하고 개발도상국 인도가 세계 3위 배출국으로 부상하며 곧 미국을 추월한다. 2020년 이후, 교토협정 이후 온실가스 감축 범위를 정하는 협의가 시작되어, 2015년 12월 파리협정이 체결되었다.

협의 당사국인 195개국이 모두 의무를 지고 지구 온도를 2050년까지 1.5℃ 상승을 목표로 정했다. 선진국은 개도국들이 온실가스 감축을 위한 투자에 보태 쓰도록 매년 1,000억$을 2020년부터 지원하기로 약속했다. 대한민국은 2030년까지 예상 발생량 851백만 톤의 37%를 감축하겠다는 당찬 목표를 제시했다.

지구온난화에 관하여 대부분의 학자들은 산업혁명 후에 지구온도가 상승한 것은 산업화로 화석연료를 많이 사용하여 탄산가스 농도가 높아져서 그렇다고 한다. 그러나 일부 학자들은 장구한 지구의 역사를 볼 때 지금 미미한 온도 상승은 지구 온도 변화의 한 사례로 호들갑을 떨 필요가 없다고 한다. 국제연합 기구인 IPPC도 그런 학설을 인정하며 산업화의 영향이 아니라는 설이 맞을 확률을 10%로 보고 있다.

미국 트럼프 대통령이 파리협약에서 미국의 탈퇴를 선언하게 하는 데는 소수 의견을 내는 학자들의 설도 한 몫하지 않았나 여겨진다.

대기에 늘어난 탄산가스가 바닷물에 녹아들어서 탄산이 되어 바닷물의 산도를 높이고 있다. 그것이 바다 생태계에 어떤 영향을 미칠지 예의 연구되고 있다.

10.

지구는 약 천여 만 종의 생물들이 살아가는 보금자리다.

지구의 생물이 살아가는 데 필요한 에너지를 공급할 태양은 지난 50억 년 동안 지구를 비춰준 것같이 앞으로 50억 년은 더 비춰줄 것이다.

지구가 탄생한 후 지난 45억 년 동안 지구는 화산폭발, 유성의 충돌 등 환경이 바뀌어 대기의 탄산가스와 산소의 농도가 바뀌며 냉온을 반복하면서 10대 멸종, 5대 멸종하는 대멸종이 일어나며 많은 종이 사라지고 새로운 종이 탄생했다. 앞으로 50억 년 동안 몇 번이나 그런 변혁이 지구에 닥칠지 아무도 예측할 수가 없다.

인간을 제외하고 지구에서 살아가는 모든 종들은 그들의 생존에 필요한 만큼만 에너지를 흡수 사용한다. 그들은 석탄을 캐서 쓰지도 않고, 풍차를 돌리지도 않는다. 그런데 유독 인간이라는 종만이 그들의 생존에 필요한 에너지 외에 편이와 향락을 위하여 에너지를 펑펑 쓴다. 문명이 발달하면서 그 도가 점점 심해지면서 더 많은 에너지를 사용한다. 인간은 지난 몇 백 년 동안 지구가 몇 억 년을 공들여 만들어 놓은 석탄과 석유등 에너지 자원을 마구 캐서 써서 곧 바닥이 예견된다.

새로운 에너지원을 얻지 못하면 문명의 혜택을 포기해야 한다. 그래서 인간은 새로운 에너지원을 얻기 위하여 몸부림치고 있다. 바람, 태양열 등 재생에너지를 활용하는 방법이 추진되고 있으나, 인간이 말하는 경제성 면에서 화석연료와 비교하여 확실한 우위에 서지 못한다. 에너지를 마구 쓰다 보니 자연이 인간의 횡포에 저항하여 지구온난화 등 부작용을 일으킨다.

인간들은 같은 민족, 같은 국민 하면서 땅 위에 선을 그어놓고 국경이라고 하며 서로 통행하는 데 제약을 둔다. 선거로 뽑힌 각 국가의 우두머리들은 자기 자리를 유지하려면 자기 국민들이 향락을 계속 누리며 잘 살 수 있도록 그에 필요한 에너지를 계속 확보해 줘야 한다. 자원은 한정되어 있고 쓸 사람은 많아 에너지 확보는 사생결단의 문제가 되었다.

지구에서 제일 잘 사는 나라인 미국인 일인당 에너지 소비량은 수렵채취인의 60배, 개도국 국민의 5배에 달한다. 개발도상국, 중국과 인도는 그 인구가 10억 명이 넘는다. 그들도 미국 국민같이 누리며 편하게 잘 살 권리가 있다. 중국, 인도, 아프리카 국민들이 미국만큼 누리고 살려면 지구는 그 자원과 에너지를 공급할 능력이 없다. 지구만한 행성이 몇 개는 더 있어야 한다.

결국 지구가 인간이 원하는 만큼 에너지를 공급할 수 없을 때 선거로 뽑힌 지도자들이 이제 자원의 바닥이 보이니, 절약하고, 문명을 뒤로 돌리자고 설득할까, 아니면 다른 나라 백성들이 쓸 자원을 힘으로 빼앗아 자기 국민에게만 공급하는 방법을 택할까? 핵전쟁도 불사하고 후자를 택해야 다음 선거에서 이길 것이다.

세계에서 에너지를 제일 많이 쓰는 미국은 2020년이 되면 에너지 수입국에서 수출국으로 바뀌며 석유 수입대금 매년 3천 억 달러를 절감할 수 있게 된다. 13억 인구의 중국은 생활수준이 향상됨에 따라 에너지 수요가 늘어나고 그 일부를 수입에 의존하고 있다.

세계 패권을 다투는 두 나라의 명암이다. 세계 최강의 해군력으로 에너지 수송로를 장악하고 있는 미국과 일대일로 정책으로 에너지 수송로를 확보하려는 중국의 다툼의 결과가 어떻게 결론이 날지 주목된다.

지난 수백 년 동안 인류는 눈부신 과학 발전을 이루었다. 미시세계, 원자의 세계와 거시세계, 우주를 이해하기 시작했다. 특히 지난 50년 컴퓨터의 도움으로 손과 연필로 수십 년을 걸려도 풀 수 없는 수학문제를 몇 분 만에 풀어내고 우주를 이해하고 있다. 그런 기세로 지금 인류가 쓰지 않는 새로운 에너지원을 찾아낼지도 모른다.

긴 지구의 역사를 볼 때 영원히 존속하는 종은 없었다. 길게는 몇 억 년 지구에서 반짝 존재하다가 멸종되었다.

자연과 조화를 이루며 사는 지혜를 포기하고 욕망의 노예가 되어 지구가 가진 능력을 넘는 에너지를 쓰려는 인간이 종말을 맞이할까 아님 기술 발달로 새로운 돌파구를 찾을까?

호모사피엔스가 사라지고 새로운 호모 데우스가 등장할까?

언제?

기막힌 하루

이영무는 티브이에서 LPGA 골프시합 생중계를 보며, 날씬한 몸매의 한국 여자 선수가 그린의 경사를 살피고, 잔디의 결을 세심히 체크하고 퍼팅한 볼이 홀 근처까지 잘 굴러가다가 홀컵 앞에서 살짝 비켜 가며 파를 놓치고 보기를 하자 푸 한숨을 내쉬었다. 한 타를 잃은 한국 여자 선수는 우승권에서 멀어졌다.

이영무는 어지간한 집중력으로는 경기하기 어렵겠는데, 하며 그동안 흘러간 한국 여자 선수들을 떠올렸다. 구옥희, 박세리, 김미현…. 이영무는 모두 다 흘러갔구나, 나도 그렇게 흘러가고 있네, 하며 한국 선수가 우승할 가능성이 없어진 경기에 흥미를 잃고 영화 채널로 돌렸다.

좀비가 담벼락을 넘으려고 기를 쓰는 장면이 나왔다. 예루살렘 시민들은 좀비를 막기 위해 사람 키 세 배는 넘게 높은 담을 설치했다. 그리고 좀비가 그 높은 담을 넘지 못할 거라고 안심하고는 찬송가를 부르며 하나님을 찬양했다.

좀비들이 담을 넘으려 했으나 담은 너무 높았다. 어깨를 타고 올라가서 넘으려 했으나 역시 담이 높았다. 몇 명이 밑에 받쳐 서고 3층으로 시도해 보고, 밑바닥에 수십 명이 바탕을 깔고 4층 높이까지 좀비의 장벽을 쌓고 좀비 한 명이 담을 넘었다.

경비가 총을 쏴서 담을 넘으려는 좀비를 떨어트렸다. 담을 넘는 방법을 알아낸 좀비 떼들이 여기저기서 담을 넘었다. 경비들이 담을 넘어온 좀비들을 다 쏘아죽이지 못하고 뒤로 밀렸다. 찬송가를 부르던 시민이 소리를 치며 도망쳤다. 삽시간에 인간의 방비벽이 무너지고 인간들은 좀비의 희생물이 되었다.

이영무는 살벌한 영화 장면을 보며, 영화나 소설에 등장했던 미래 예측 장면 대부분이 실현됐는데, 언젠가 좀비가 나타나서 인류를 멸망시킬 건가, 하며 으스스 몸을 떨었다.

이영무는 시나리오 작가는 왜 하필 예수가 부활한 예루살렘을 무대로 하여 다시 살아난 시체가 사람을 몰살하는 장면을 연출했을까, 하고 생각하다가 눈을 창밖으로 돌렸다. 흐드러지게 핀 벚꽃이 눈앞의 공간을 하얗게 뒤덮었다.

이영무는 저 벚꽃 세계에는 달력도 없을 텐데 어떻게 계절이 바뀌는 것을 알고 봄이 오면 저렇게 때를 맞춰 피지, 하고 중얼거렸다. 방금 영화에서 본 볼썽사나운 좀비가 벚꽃에 겹쳐 어른거렸다.

이영무는 좀비가 부활한 시체라는데, 어떻게 죽은 자가 살아나지, 강시는 귀엽게 생겼는데 좀비는 왜 그렇게 흉측하게 묘사하나. 직장에서 밥만 죽이는 사람도 좀비라고 한다는데 그래도 나는 조금은 교육분야에서 기여를 했으니 좀비노릇은 안 했나, 하며 자신을 뒤돌아보고 있을 때, 마누라가 당신 오늘 점심 때 나간다고 안 했어, 하며 알려줬다.

이영무는 오늘 은퇴한 고등학교 동창 네 명, 대학에서 경제학을 가르치다가 5년 전에 퇴직한 조 교수, 국영기업체 전무로 퇴직한 고 전무, 은행 지점장을 하고 퇴직한 이 지점장과 점심약속이 있다. 친구들은 성씨에 직장 마지막 직함을 붙여 서로 부른다.

잠실 롯데 몰 식당가에서 점심을 먹고 석촌호수 변에서 열리는 벚꽃 축제를 구경하기로 했다. 동창들은 매달 첫째 주 수요일에 만난다. 그래서 일수회라고 이름을 붙였다. 돌아가면서 점심값을 낸다. 오늘 점심값은 이영무가 낼 차례다.

이영무는 알았어, 하고 마누라에게 대답하고 옷을 챙겨 입었다. 그 때 그의 이동전화가 울었다. 발신자 이름이 뜨지 않았다. 02로 시작하는 전화다. 부동산이나 골프 회원권을 사라거나, 아님 돈을 빌려주겠다는 전화일 거다.

이영무는 전화를 받지 않고 옷을 입고 현관을 나섰다. 또 이동전화가 울었다. 좀 전에 왔던 전화번호다. 이영무는 나한테 무슨 용건이 있는 전화인 모양이네, 하며 전화를 받았다.

"여기 ㅆ은행 카드부인데 이영무씨 맞지요?"

여자의 목소리가 다급하다.

"네, 맞는데요. 무슨 일로."

"지금 어디 계세요?"

"어디 있다니 집에 있는데요."

"미국에 안 계세요?"

"미국이요? 나 지금 서울에 있는데."

"아, 그러세요. 지금 막 뉴욕 메시백화점에서 3천불 선생님 카드로 결재됐어요. 평소에 그렇게 큰돈을 쓰시지 않아 이상하여 전화 드렸어요."

"서울에 있는 사람이 뉴욕에서 카드를 쓴다?"

"누가 선생님 카드를 복제한 것 같아요."

"그럼 쓴 돈은?"

"바로 카드 정지시킬게요. 쓴 돈은 청구가 나갈 거요?"

"그럼 내가 쓰지도 않았는데 물어내란 말이요?"

"그런 거 아니고, 청구서가 나가면 우리 은행 아무 지점이나 가서 이의 신청하시면 돼요."

"자동으로 안 되고 제가 지점에 가야 해요?"

"죄송합니다. 새 카드는 바로 발급해 드릴게요."

"내가 잘못도 없는데 지점까지 가라. 그럼 당장 카드를 쓸 수 없네요."

"네. 죄송합니다. 그래도 일찍 확인이 되어 더 이상 손해는 없게 됐어요."

이영무는 자기 잘못도 없는데 자동으로 처리해 주지 않고 지점에 가서 이의신청하라는 말이 불쾌했으나 젊은 여행원하고 시비하기 싫어 전화를 끊었다.

이영무는 직장을 다닐 때 여러 개 가졌던 신용카드를 다 말소하고 ㅆ 은행 카드 하나만 달랑 남겨 놨다.

이영무는 점심값을 현금으로 내야 해서 아파트 상가에 있는 ATM 부스로 가서 현금을 인출하며, 별일이 다 있네, 했다.

주중인데도 석촌호수 둘레길은 인파로 가득했다. 소주를 반주하여 점심을 마친 이영무의 동창들도 인파에 밀리며 호수 둘레길을 돌았다. 떼 지어 수다를 떨며 몰려다니는 중년 여인들, 벚꽃만큼 화사한 젊은 여인들 무리, 들뜬 청년들, 가끔 노부부와 연인들이 다정하게 걸어간다.

이영무는 주중인데도 젊은 사람들이 많은 것에 놀란다. 이영무는 저치들은 직장이 없는 거야, 휴가를 낸 거야, 하며 이맛살을 찌푸렸다. 상춘객 대부분이 이동전화기로 사진을 찍는다. 가끔 육중한 아날로그 카메라로 작품사진을 찍는 사진작가도 있다. 몇 년 전까지만 해도 무거운 아날로그 카메라를 가지는 것이 자랑이었는데 지금은 가벼운 디지털 카메라에 밀려 거추장스러워 보였다.

석촌호수가 그리 크지도 않은데, 북쪽 롯데호텔 쪽은 벚꽃이 만개했으나, 남쪽은 아직 봉우리인 채로다. 이영무는 그 광경을 보며 여기도 차별이 있네, 하며 세상사는 다 그런 거지, 하며 고개를 끄덕였다.

이영무의 동창들은 인파에 밀리며 호수를 반 바퀴 돌고 다리를 쉬려고 하였으나 벤치를 상춘객들이 다 점령했다. 두 자리가 빈 벤치가 있어 고 전무와 이 지점장이 앉고 조 교수와 이영무는 서서 대화를 나눴다.

고 전무의 옆자리에 얼굴 생김새가 눈길을 끌 만큼 상큼한 50대 여인이 화려한 꽃길을 외면하고 눈을 감고 앉아있다. 그 여인은 머리에 검정 머플러로 둘렀고, 흰 상의에 검정 치마를 입었다. 무릎에 검정색 가방을 올려놓고 그 가방 위에 단정히 두 손을 모으고 있다. 퍽 지쳐 보이고 우수에 가득 찼다.

이영무는 그 여인을 쳐다보며, 예쁘게 생긴 저 여자는 무슨 고민이 그리 많아 요란한 인파와 만개한 꽃을 외면하고 저렇게 진하게 고민을 하고 있을까, 하며 여인을 쳐다봤다.

조 교수가 뚫어지게 여자를 쳐다보고 서 있는 이영무를 흥미로운 시선으로 쳐다보다가, 아는 사람이야, 하고 작은 목소리로 물었다. 이영무는 번쩍 정신이 돌아오며, 저 여자가 하도 심각한 표정을 짓고 고민하여 무슨 고민을 하고 있을까, 하고 생각했어, 하고 변명했다.

조 교수가, 이 교감, 누구 선생 안 했다고 할까 봐 오지랖 넓기는. 뭐 상담이라도 해 주려고, 하며 놀렸다. 이영무는 얼굴을 붉히며 아니, 하고 그만 가지, 하고 발길을 옮길 때 그녀가 십자가 성호를 그렸다.

이영무는 인파와 화려한 벚꽃 속에서 저 여인은 무엇을 위한 기도를 그렇게 열심히 했을까, 하며 친구들을 따라가며 그녀가 기도했을 제목을 유추해 보다가, 자신은 요 근래 그렇게 심각하게 사고해 본 적이 없었는데, 하며 자신이 좀 헐렁하게 살고 있는 것은 아닌가, 반성이 됐다.

동창들은 다리도 쉴 겸하여 호숫가에 자리한 커피점에 자리를 잡았다.

"이 교감, 니가 빠리빠리하니 가서 커피 주문해라."

조 교수가 말했다. 점심을 산 이영무에게 커피까지 사라고 한다. 조 교수는 고등학교 교감 출신인 이영무가 만만하다.

이영무는 두 말도 않고 카운터로 가서 따뜻한 아메리카노 네 잔을 주문하고 울림벨을 들고 왔다.

"커피도 니가 사는 거냐?"

고 전무가 말했다.

"오늘 내가 유서잖아."

이영무가 당연하다는 듯이 말했다.

"그래 잘 마실게."

이 저점장이 말했다.

친구들은 박근혜 대통령 탄핵에 대하여 의견을 나누다가, 북한의 핵무기 개발에 대하여 아는 체했다. 종편에서 들은 지식과 신문에서 얻은 상식을 밑천으로 아는 체했다.

일행의 왼쪽 옆자리에는 청년 네 사람이 노트북을 펴놓고 화면을 들여다보며 열띤 대화를 나눈다. 상담을 하는 것 같기도 하고, 화면에 뜬 기사내용에 대해 토의하는 것 같기도 하다. 오른쪽 옆자리에 젊은 부부가 나이 드신 부모를 모시고 나와 생과일주스를 대접하는 화기애애한 광경이다. 보기에 참 좋았다.

이영무는 대화에 끼지 않고 호수 둘레길을 도는 상춘객을 구경했다.

등산 모자, 등산복을 차려입고 등산화까지 신은 50대의 남자가 양손에 등산 스틱을 질질 끌며 인파에 휩쓸려 간다. 이영무는 저 치는 새로 장만한 등산장비를 자랑하러 나왔나, 하며 상춘객의 복장과 전혀 어울리지 않는 차림을 한 사람의 심리를 유추해 봤다.

삼원색으로 수놓은 챙이 높은 모자를 쓰고 얼룩덜룩 광대 같은 옷을 입은 60대 후반으로 보이는 노인이 '예수사랑' 이라고 적힌 십자가 피켓을 들고 무어라고 중얼거리며 지나간다. 예수를 믿으라고 하는 거 같다. 이영무는 그 노인의 축제현장과 전혀 어울리지 않는 몰골을 보며, 오히려 예수를 모욕하는 것 같은 기분이 들었다.

"참 좋은 세상이지? 저 작은 컴퓨터 안에 백과사전보다 더 많은 정보가 들어 있으니."

조 교수가 옆자리 젊은이들을 쳐다보며 말했다.

"우리 젊었을 때는 다 손으로 써서 일을 했는데. 그때 나는 글씨를 못써서 고생했었다. 사장 결재 올릴 문서는 술 사주며 글씨 잘 쓰는 동료에게 부탁하기도 했었지."

고 전무가 말했다.

"이 교감은 붓글씨를 잘 써서 학교 환경미화 때마다 잽다던데."

이 지점장이 하는 말에 이영무는 친구들의 대화에 끼어들었다.

"그거야 옛날이야기지. 지금이야 캐드캠으로 뽑으면 원하는 글씨체를 골라 정말 멋지게 뽑을 수 있는데."

이영무가 말했다.

그 때 왼쪽 옆자리에 앉았던 청년들이 죽 일어서서 서로 악수를 하며 자리를 떠났다.

"어, 저기 지갑을 놓고 갔네."

이 지점장이 청년들이 앉았던 의자 구석에 박힌 지갑을 가리키며 말했다. 이영무는 바로 청년들을 찾아 산책로로 내려갔으나 어디에도 보이지 않았다.

"안 보이는데."

이영무가 자리로 돌아오며 말했다.

"그럼 파출소에 가져다 주어야지."

고 전무가 말했다.

"귀찮게 그냥 놓고 가자."

이 지점장이 말했다.

"그래도 경찰서에 가져다 주어야지."

이영무가 말했다.

"그게 맞는 거 같다. 그럼 우리 모범생 이 교감 니가 가져다 주라."

조 교수가 이영무에게 임무를 맡겼다.

"그게 좋겠다. 이 교감 니가 가져다 줘. 선생님해서 그런 거 잘하잖아."

고 전무가 말했다.

이영무는 별 수 없이 그 역할을 맡았다.

이영무는 친구들과 헤어져 지구대에 들러서 지갑을 건네줬다. 지구대에서 신고자 신원을 알려달라고 하여 이름과 전화번호를 알려줬다.

이영무는 바로 집으로 갔다. 그는 샤워를 하고 거실로 나왔다. 그 때 그의 이동전화가 울렸다. 발신자를 확인했다. 등록되지 않은 번호다, 이영무는 전화를 받지 않았다. 또 전화 신호음이 울렸다. 같은 전화번호다.

이영무는 누가 전화하지, 하며 전화를 받았다.

"이영무 씨지요?"

상대방이 신원을 확인했다.

"네."

이영무가 느린 목소리로 대답했다.

"여기 지구댄데 좀 전에 지갑 주워서 신고하셨지요?"

"네."

"문제가 생겨서 지구대로 좀 오셔야 할 것 같습니다."

"문제가 생기다니?"

"주인에게 지갑을 전해 줬는데, 주인이 지갑에서 200달러가 없어졌대요. 그래서 조사를 좀 해야 할 것 같은데, 죄송하지만 지금 바쁘시지 않으시면 지구대로 나와 주세요."

"지구대로 오라고요? 200달러가 없어졌다고?"

이영무가 목소리를 높여 항의조로 말했다.

"네. 내일 해외출장 가려고 환전해 놓은 돈 중에 200달러가 없어졌대요. 그래서 어떻게 지갑을 주워왔는지 경위 등을 조사해서 민원을 마무리하려고요."

"그럼 내가 그 200달러를 훔쳤다고요?"

"그런 것은 아니고 민원이 들어와서. 좀 나와 주시지요."

경찰이 정중히 말했다.

"알았어요. 지금 갈게요."

이영무는 속으로 별 개 같은 일이 다 있네, 하며 잠바를 주워 입었다. 마누라가 또 나가, 하고 한 마디 했다.

이영무는 지구대로 가며 조 교수에게 그가 지구대에 불려가는 사연을 전화하며 좀도둑으로 몰렸다고 투덜댔다. 조 교수가 어느 지구대인가 물어서 알려줬다.

이영무는 지구대에 들어서며 그에게 전화를 한 경찰을 찾았다. 새파랗게 젊은 경찰이다. 배우같이 잘 생겼다.

"어르신 이거 나오시라고 해서 죄송합니다."

이영무가 경찰 앞자리의 의자에 앉자 경찰이 말했다. 김강민이라는 명찰을 달고 있다.

김 경찰은 이영무의 인적사항을 묻고 컴퓨터에 입력했다. 이영무는 꼭 죄인으로 취조를 받는 기분이었다. 이영무는 지갑을 주운 경위를 설명했다. 지갑 속의 내용물은 보지 않았다고 강조했다.

그때 조 교수가 지구대에 들어섰다. 억울한 마음을 호소할 길이 없어 답답하던 이영무는 조 교수의 등장이 반가웠다.

"이 교감, 좋은 일하고 이 무슨 고생이야?"

조 교수가 이영무에게 다가오며 말을 걸었다.

"교감선생님 하셨어요?"

김 경찰이 죄송한 표정으로 말했다.

"네. 고등학교 교감을 했어요."

이영무가 볼멘소리로 말했다.

"그럼 200달러를 빼내실 분이 아닌데."

김 경찰이 중얼거렸다.

그 때 어디서 온 전화를 받은 지구대장이 빠른 걸음으로 이영무가 취조를 받는 자리로 와서, "이영무씨세요?" 하고 물었다.

이영무가 그렇다고 대답했다.

"이거 죄송하게 됐습니다. 가끔 지갑을 찾아주면 보상금을 안 주려고 생트집을 잡는 경우가 있어요. 김 순경 이 분 신분 확실하니 보내드려."

지구대장이 김 순경에게 지시했다.

김 순경이 이영무와 지구대장과 조 교수를 번갈아 쳐다보다가 가셔도 좋습니다, 하고 말했다.

이영무는 순경과 지구대장에게 인사를 하고 지구대를 나왔다.

"내가 오면서 경찰서장에게 전화했지. 서장이 내 제자야."

조 교수가 좋은 일하고 무슨 봉변, 하고 이영무를 위로하며 덧붙였다.

"이거 이 교감 기분도 그럴 테니 내가 술 한 잔 사지. 고 전무랑 이 지점장 불러낼까?"

조 교수가 말했다.

좀도둑 혐의를 받고 기분이 별로였던 이영무는 좋다고 했다.

네 친구는 삼겹살을 안주하여 나이를 잊고, 옛날이야기, 세상 돌아가는 이야기를 떠들며 밤 10시가 되도록 술을 마셨다.

모두 비틀거리며 술집 앞에서 헤어졌다. 이영무는 비틀거리며, 이 풍진 세상을 만났으니 이 몸이 살았을까, 하는 노래 가사를 반복하여 흥얼거리며 집으로 가는 길, 근린공원 산책로로 들어섰다.

가로등이 희미했다. 아직 밤바람이 차가웠다. 벚꽃은 피었지만 지난 겨울에 옷을 벗은 나무들은 아직 벗은 채로다. 공원은 인적이 드물다. 으슥한 벤치에 젊은 남녀가 부둥켜안고 몸부림친다. 이영무는, 참 좋은 때다, 중얼거리며 못 본 체하며 지나간다.

어른 키만큼 큰 향나무 밑에 시커먼 물체가 보인다. 이영무는 무엇이지, 하며 다가간다. 사람이다. 검정색 옷을 입은 남자다. 노인 같지는 않다. 이영무는 술이 취해 쓰러졌나, 봄은 왔지만 아직 추운데, 저렇게 한데에서 자다가 죽을 수도 있는데, 하며 남자의 코에 손을 대 본다. 숨을 쉬고 있다.

이영무는, 여기서 주무시면 안 돼요, 하며 남자를 흔들었다. 남자가 꼼짝도 않는다. 이영무는 남자를 그대로 두고 갈 수가 없어 119에 신고했다. 이영무는 119구급대가 올 때까지 남자의 곁을 지켰다. 119대원 두 사람이 다가왔다. 이영무는 119구급대원에게 남자를 인계하고 자리를 떴다.

"어르신."

이영무는 뒤에서 부르는 소리를 듣고 뒤를 돌아보았다.

"잠깐만."

제복을 입은 청년이 다가왔다. 이영무는 자리에 멈춰 서서 다가오는 청년을 바라봤다.

"어르신이 신고하셨지요?"

청년이 물었다.

"네. 웬 사람이 쓰러져 있어서."

이영무는 잘못한 것도 없으면서 주눅이 든 목소리로 말했다.

"저 사람 몸에 손대셨어요?"

"네, 흔들었어요."

이영무가 왜 그런 것을 묻지, 하며 말했다.

"잠시 저랑 가시지요."

"어디에?"

"저 사람 있는데."

이영무는, 무슨 일이 있어요, 하며 구급대원을 따라갔다.

"이 분이 지갑이 없어졌다는데."

이영무가 119대원과 나란히 서 있는, 조금 전까지만 해도 쓰러져 의식 불명이었던 중년 앞으로 다가가자 구급대원이 말했다.

"지갑이 없어지다니요?"

이영무가 물었다.

"저 사람이 내 지갑을 훔쳐갔어요."

중년이 고함쳤다.

"무슨 소리요?"

이영무는 영문을 몰라 반문했다.

"이 분이 어르신이 자기를 구해 주는 척하며 지갑을 꺼내갔다는데요."

구급대원이 설명해 줬다.

"지갑을 빼내 가다니? 내가 가졌나 뒤져 봐요."

이영무가 몸을 앞으로 내밀며 큰소리로 말했다.

"두 사람이 다가와서 저 영감태기가 지갑을 빼서 같이 온 사람에게 던져줬어요. 그 사람은 도망가 버렸어요."

중년이 고함쳤다.

"그게 사실이요?"

구급대원이 난처한 목소리로 이영무에게 물었다.

"나 친구들하고 술 한 잔 하고 헤어져서 혼자 왔는데 누구랑 같이 왔다는 거요?"

이영무가 화를 내며 말했다.

"같이 와 놓고 무슨 거짓말? 내 지갑 내놔요."

중년이 맞고함을 쳤다.

"뭐라고? 내가 누구랑 같이 왔다고?"

이영무가 화를 냈다.

"어르신 이럴 것이 아니라 같이 술 드신 분 전화 돌려 주실래요?"

구급대원이 이영무에게 말했다.

이영무는 이 무슨 개 같은 일, 하며 조 교수에게 전화를 했다.

"어 형님한테 집에 잘 들어갔다는 신고냐?"

조 교수가 능글거리며 전화를 받았다.

"그게 아니고 내가 도둑으로 몰렸다."

"도둑으로 몰리다니. 낮에 지구대 건 다 해결됐잖아."

"그게 아니고 너랑 술 먹고 오다가 어떤 사람이 공원에 쓰러져 있길래 119에 신고했다. 그런데 그 친구가 내가 자기 지갑을 훔쳐서 같이 온 일행에게 주고 시치미를 떼고 119에 신고했다고 우긴다."

조 교수는 상황을 바로 이해하지 못하고 잠시 머뭇거렸다.

구급대원이 전화기를 달라고 했다. 이영무가 전화기를 넘겨줬다.

"저 119구급대 이창홉니다. 몇 가지 여쭈어 보겠습니다."

구급대원이 전화에 대고 조 교수에게 말했다.

"오늘 친구 분 몇 분이 같이 술을 드셨어요?"

조 교수가 네 사람이라고 대답하는 것 같았다.

"아 그럼 술을 다 드시고 바로 헤어지셨어요?"

그렇다고 하는 것 같았다.

구급대원이, 전화 감사합니다, 하고 조 교수와 전화를 끊고, 어르신 술 드시고 오시다가 누구 아시는 분 만나셨어요, 하고 이영무에게 물었다.

"이 늦은 시간에 누구를 만나요?"

이영무가 짜증스런 목소리로 말했다,

"그럼 이 분은 어르신이 지갑을 빼갔다고 하고 정황상 어르신은 선의로 119에 신고하신 것 같은데 어떻게 처리하지?"

구급대원이 같이 온 구급대원과 상의했다.

"밤도 늦었는데 어르신은 신원만 확인하고 돌려 보내드리지. 이 분을 모시고 가서 좀 더 확인하고 내일 조사해도 되니까."

동료가 말했다.

구급대원이 이영무의 이동전화 번호와 주소를 수첩에 적고 그만 가시라고 말했다. 이영무는 풀려나서 집에 가며, 무슨 개 같은 날이 다 있어, 하고 한탄했다.

이영무는 조 교수에게 전화하여 잘 끝나 집에 가고 있다고 알려줬다. 조 교수는 밤이 늦어 위로주 사 줄 수도 없고, 오지랖은 넓어, 그런 친구 죽든지 살든지 모른 체하고 그냥 갈 거지, 공연히 간섭하다가 늙은 나이에 무슨 고생이냐고 핀잔을 줬다. 그리고는 오늘 두 번이나 도둑으로 몰리며 액땜을 했으니 좋은 일이 있을 거라고 덕담을 했다.

이영무는 사람은 근본적으로 착하다며 성선설을 주장한 맹자를 떠올리며, 쥐뿔 사람이 뭐 근본이 착해, 맹자 녀석 순 엉터리, 하며 공연히 2000년도 전에 죽은 맹자를 욕하면서, 오늘 좀비 같은 놈들에게 두 번이나 좀도둑으로 몰린 억울함을 달랬다.

이영무는 불편한 심기를 다 털지 못하고 그의 아파트 단지로 들어섰다. 상가를 지나고 테니스장을 지나면 그가 사는 38동이 나온다.

아파트 단지 내 테니스 코트가 두 면 있다. 테니스 코트 주위를 철조망으로 둘렀고, 아래 부분은 테니스를 치는 사람들이 보이지 않게 천막천으로 가렸다. 탈의실 주변은 으슥하여 가로등 불빛이 잘 비치지 않아 어두컴컴하다.

이영무는 테니스장에 접근하며 테니스장 탈의실 옆 으슥한 곳에 몇 개의 불빛이 반짝하는 것을 보며, 누가 이 밤중에 숨어서 담배를 피우나 했다. 불빛으로 다가가며 이영무는 담배를 피우는 사람들이 어린 학생 같이 보여 눈살이 찌푸려졌다. 남학생 셋, 여학생이 둘이었다. 이영무는 고등학생들이 담배 피우는 것을 보며 옛날 훈육주임을 하던 시절의 패기가 솟아 막 고함을 치려다가 주춤했다.

체육교사를 하다 퇴직한 동료교사가 젊은이에게 당했다고 하던 사건이 떠올랐다. 유도가 5단인 은퇴한 체육교사는 공원을 지나다가 젊은 청년이 처녀의 뺨을 탁탁 치며 호통을 치고 여자가 벌벌 떨며 울고 있는 장면을 목격했다. 의기가 발동한 은퇴한 유도 5단 체육교사는 두 사람에게 다가가며, 젊은이 그렇게 여자에게 함부로 하면 안 되지, 하며 끼어들었다. 갑자기 젊은이가, 꼰대가 무슨 간섭, 하며 주먹을 휘둘렀다.

미처 방비를 못한 은퇴한 체육교사는 그 자리에 폭 쓰러졌다. 젊은 남녀는 도망쳤고, 체육교사는 앞 이빨 두 개가 나가고 두 개에 금이 가서 자기 돈으로 치료하며 사서 고생했다.

이영무는 저놈들이 다섯 놈이나 되는데 공연히 간섭하다가 이빨 나가면 나만 손해지, 하며 못 본 체하고 지나갔다. 꼰대가 째려보던데, 째려보면 이떻게 할 거야, 하는 등 뒤에서 들리는 젊은이들의 대화를 들으며 이영무는 교육자로서 본분을 다하지 못한 것 같아 한숨을 내쉬었다.

내가 늙었네, 하며 자탄하며 무서운 마음으로 엘리베이터를 탔다.

이영무가 축 처진 기분으로 현관문 번호키를 누르고 현관에 들어서자 마누라가 현관까지 뛰어오며 손자를 봤어요, 하고 기쁜 소식을 전했다.

"손자를 낳았다고. 아직 산일이 아니잖아?"

이영무가 큰 소리로 마누라의 말을 받았다.

"산모가 갑자기 산기가 있어 병원에 가서 바로 순산했대. 나이가 있어 걱정했는데 아주 다행이야. 오늘은 당신이 너무 늦게 들어와서 늦었고 내일 손자 보러 갑시다."

마누라가 남편이 늦게 들어온 것을 투정하면서도 싱글벙글이다.

외아들이 결혼 7년 만에 아들을 낳았다!

이영무는 순간 며느리가 손자를 낳았다는 말에 두 번이나 누명을 쓴 사건이나 교육자로서 본분을 다하지 못해 먹구름이 끼었던 마음에 햇빛이 쨍 들며 기분이 환해졌다.

이영무는 오늘 태어난 손자의 액땜을 하느라고 내가 오늘 그런 일을 당했네, 하며 허허 웃었다.

지구온난화

I.

이상철은 고등학교 동창 최양현이 오후 다섯 시에 덕수궁 대한문 앞에서 만나서 잠시 덕수궁의 가을을 즐기고 소주나 한 잔 하자고 하여, 날씨도 춥고 단풍도 다 져 가는데 그냥 술집에서 만날 것이지 무슨 고궁 구경, 하며 속으로 투덜대며 시간에 맞춰 대한문 앞으로 갔다.

시청 앞 광장에 벌써 어둠이 기어들고 있었다.

"공돌이 아니랄까 봐 칼같이 시간 지키네."

미리 와서 기다리고 있던 최양현이 손을 내밀었다.

"무슨 바람이 불어서 덕수궁이냐? 덕수궁 돌담길 걷던 옛 애인 추억이라도 떠올리자는 거냐?"

이상철이 친구의 손을 잡으며 말했다.

"돌담길 걷던 추억 되새기려면 혼자 거닐지, 너 나오라고 했겠냐? 오늘 작가들과 번개팅하는데 너한테 소개시켜 주려고."

최양현은 문예창작과를 나와 소설을 쓰며 아직도 출판사에 다닌다.

"작가? 그럼 시인 소설가 말이냐?"

"응. 시인 세 사람 수필가 한 사람 나올 거다."

"나 문학에 별 취미 없는데 왜 나를 끌어냈냐?"

"너도 이제 환갑이 지났고 좀 소프트한 사람 만나 인생을 이렇게 사는 사람도 있구나 알려주려고."

"나 꾸어다 논 보리짝 만들려고?"

"아니. 오늘 올 사람들에게 절친 한 사람 데려오겠다고 했다. 공돌이라 우리가 매일 하는 대화와 다른 주제를 들을 수 있을 거라고."

"참 이거. 집에 저녁 먹고 온다고 했는데, 약속 깨졌다고 갈 수도 없고."

"아, 시인 세 분이 40대 여자다."

"40대 여자면 내가 연애할 것도 아닌데 무슨 상관이냐. 알았다. 그럼 만나 보자."

이상철은 어쩔 수 없이 최양현의 제의를 따르기로 했다.

약속시간이 한참 지나 다섯 시 20분이 되어서야 만나기로 한 다섯 명이 다 모였다. 최양현이 이상철을 작가들에게 인사시키고 앞장서서 입장권을 끊고 덕수궁내로 들어갔다. 어둠이 깔려 마지막 남은 단풍잎이 검정색으로 보였다.

"한전에 근무하셨다고요? 한전에 저희 큰 아버지가 다니셨는데."

시인이라고 소개받은 40대의 이정희가 이상철과 어깨를 나란히 하고 걸으며 말했다.

이상철이, 존함이 어떻게 되세요?, 하고 묻자, 이 정자 재자, 라고 대답했다.

"이정재 씨? 어디 근무하셨어요?"

"충청도 지점에 근무하셨는데요."

“아, 지점에 근무하셨구나. 그럼 저는 원자력발전소와 본사에만 근무하여 지점에 근무하신 분은 잘 몰라요. 한전 직원이 3만 명이나 되어 대부분 서로 몰라요. 죄송합니다.”

이상철이 깍듯이 말했다.

“죄송하실 건 없고 한전 직원이 3만 명이나 돼요? 저는 그렇게 큰 회산지 몰랐어요.”

“한전 일 년 쓰는 돈이 우리나라 국방예산보다 많고, 서울시 예산의 두 배가 넘어요.”

“아 그래요? 그렇게 커요?”

단체사진을 찍자는 최양현의 말에 대화가 끊겼다. 일행은 근정전도 들여다보고, 어둠이 깔린 정원을 거닐며 몇 커트 사진을 더 찍고 프라자 호텔 뒤에 있는 생태탕 전문식당으로 자리를 옮겼다. 번개팅 멤버들은 그 집에 몇 번 와본 거 같았다.

소주와 막걸리를 시켰다. 밑반찬을 반주하여 첫잔을 비웠다.

“자, 첫잔을 비웠으니 오늘 회비 2만원을 총무님에게 내시오.”

작가들 중 가장 연장자로 보이는 최양현이 말했다.

모두 2만원을 이정희 시인에 전달했다. 처음 모임에 나온 이상철은 내가 신고식을 해야 하나, 하며 고민하던 문제가 해결되어 편한 마음으로 만 원짜리 두 장을 이정희 시인에게 건넸다. 이정희가 신입회원은 안 받아도 되는데, 하며 잠시 망설이다가 이상철이 건넨 돈을 받았다.

두 번째 잔을 비우며 작가들은 포스트모더니즘에 대하여 토의를 시작했다. 고등학교를 졸업한 후 문학작품을 읽은 적이 없는 이상철은 그냥 청중으로 그들이 떠드는 소리를 들었다.

해밀튼의 ‘네 개의 초상화’ 에 대하여 논의하던 작가들은 들뢰즈를 들먹였다. 이상철은 해밀튼의 초상화가 뭔지 몰라 핸드폰을 열고 찾으려다가 술자리에서 자료를 찾는 것이 어울리지 않아 그만 두었다. 들뢰즈는 이상철이 처음 듣는 이름이다. 이상철은 그들이 주고받는 대화가 생소했다.

이정희 시인이 세상의 실제는 오로지 가분수와 심지어 무리수를 통해서 사유할 수 있다고 말하자, 이상철은 저 시인이 무리수가 뭔지는 알고 떠드는 건가, 하며 침을 튀기며 떠드는 작가들을 차례로 돌아봤다.

최양현이 물리학은 실체의 제약에 순응하는 애매한 객관적 물질을 전제하며, 인간은 인간이 정한 부호에 반응하는 존재라고 설파하자, 이상철은 저 친구 고등학교 때 물리라면 질색이던 놈이 물리가 어떻고 하네, 하며 오랜 친구를 멀거니 건너다봤다.

그들은 다다이즘에 대하여 논하기 시작했다. 이상철은 다다이즘이 뭐지, 하며 내가 무식해도 한참 무식하네, 하며 술만 마셨다. 이상철은 대화에 끼지 못하고 술만 마시다가 보니 슬슬 취기가 올랐다. 이상철은 자식들 먹고 사는 것하고 하나도 관계없는 공론만 벌리네, 저 친구들은 이슬만 먹고 사나, 하며 슬슬 오기가 발동했다.

"이거 우리만 떠들어서, 이상철 씨 심심하시지요? 한 마디 하시지요?"

이정희 시인이 샐쭉 웃으며 말했다. 웃음이 그녀의 얼굴에 보조개 우물을 팠다. 이상철은 보조개가 귀엽네, 하며 그녀의 아랫도리도 저렇게 보조개같이 귀여울까, 하고 음란한 생각을 하다가, 저 시인과 연애를 하려면 이런 식 대화를 나눠야 하는데 나는 자격이 없네, 하며 속으로 웃었다.

"저는 전혀 모르는 세계를 말씀하여, 꼭 생소한 종교 설교를 듣는 것도 같습니다."

이상철의 말에 가시가 돋쳤다.

"아, 이거 죄송하게 됐네요. 제가 잘 모르는 것이 있는데, 어떻게 탄산가스가 많아지면 지구 온도가 올라가요? 탄산가스는 광합성을 하여 식물을 자리게 하는 영양소를 만든다고 배웠는데."

대화에 별로 끼지 않고 미소를 지으며 고개만 끄덕이던 수필가라고 소개를 받은 고수병이 말했다.

"아, 그거 탄산가스가 이불 같은 역할을 해요. 태양열의 상당부분이 대기권 밖으로 반사되어 나가는데 공기중에 탄산가스가 많아지면 반사열을 차단해요. 그래서 지구가 더워지고 그 현상을 지구온난화라고 부르지요."

예기치 않은 질문에 당황하며 이상철이 더듬거리며 말했다.

"지구가 따뜻해지면 좋은 거 아니요? 시베리아에서도 농사를 지을 수 있고."

이정희가 똑바로 이상철의 눈을 쳐다보며 말했다. 이상철은 눈이 참 예쁘네, 하고 생각하며 그녀와 시선을 맞추고 말했다.

"그렇지 않아도 지구가 따뜻해져 캐나다 북부지역 일부가 농토로 바뀌고 있대요. 그러나 지구가 따뜻해지면 북극의 얼음이 녹아 해수면이 높아지고 우리가 살 땅이 줄어들어요. 그럼 우리가 여름에 피서 갔던 동해안, 남해안, 서해안 해수욕장이 다 물에 잠겨요. 따뜻해져서 생겨나는 새 땅보다는 없어지는 땅이 훨씬 넓으니 인류가 먹을 식량 생산에 차질이 오고 멸종으로 들어서는 길이 되지요."

"멸종이라고요? 에이 공갈."

고수병이 말했다.

"지난 6억년 동안 지구에 다섯 번 대멸종이 있었어요. 5대 멸종이라고 하지요. 보통 종의 80 내지 90%가 사라졌어요. 마지막 멸종이 6천5백만 년 전 대멸종인데 공룡이 다 사라진 멸종이지요. 5대 멸종 사건중에 두 번은 지구온난화가 주요 원인으로 알려져 있어요. 지금 여섯 번째 멸종이 일어나고 있는데 멸종을 일으키는 주범은 우리 인간입니다."

작가들은 조용히 눈을 깜박이며 이상철의 말을 들었다.

"지금부터 300년 내에 현존하는 지구의 종 90%가 사라질 것으로 내다 보고 있어요."

"300년, 얼마 안 남았네요. 그런데 우리 인간이 멸종을 일으키는 주범이라고요?"

이정희가 도발적으로 말했다.

"네. 만물의 영장이라고 하며 자연을 마구 퍼 쓰며 파괴하고 있잖아요. 매일 몇 백 종의 종이 사라지고 있어요. 인간들은 눈 가리고 아웅하는 식으로 희귀종을 보호한다고 법석을 떠는데 그것은 전혀 근본적인 해결책이 못 돼요. 지금 인간의 편의를 위하여 화석연료를 많이 쓰며 지구온난화 문제를 일으켜서 자멸을 자초하고 있지요. 지구온도가 올라가면 북극과 남극의 얼음이 녹고 바닷물 수위가 60미터는 높아진대요. 이상기후 등은 그렇다고 치고, 당장 동식물이 살 땅이 다 바다 밑에 잠겨요. 뉴욕은 말할 것 없고, 서울도 거의 바다 밑에 잠겨요."

이상철이 그의 앞에 놓인 술잔을 비우며 작가라는 이 한심한 친구들아, 포스트모던이 어떻고 떠들어 봐야 이런 문제 해결에는 아무 도움이 안 돼, 하며 그동안 청중 노릇을 하며 쌓였던 오기를 풀었다.

"아니. 그래서 기존의 틀을 깨는 포스트모더니즘이나 다다이즘이 나온 거요."

고수병이 강하게 반발했다.

2.

이상철은 정말 오랜만에 제주도 여행을 간다. 11월 하순, 여름 성수기가 한참 지나 제주도가 좀 한가할 거라며 고등학교 동창 네 사람이 느긋하게 여행을 즐기자며 제주도를 가기로 했다. 친구들은 그래도 컴퓨터를 자주 만지는 이상철에게 자유여행 계획을 세우라고 했다.

이상철은 제주도에 있는 호텔과 펜션 홈페이지를 넘나들며 세일 가격을 비교하고, 그래도 중문단지에 있는 호텔이 낫지, 하며 성수기에는 30만 원하는 숙박비를 아침 포함 10만 원에 파격 세일하는 5성급 호텔 방 두 개를 예약하고 거저 얻은 것 같아 기분이 좋았다.

렌터카 회사 두어 곳을 들러 가격을 비교하고 중형 LPG 차량을 예약하고, 저가 항공사에서 싼 비행기표 왕복 넉 장을 예매했다. 이상철은 인터넷을 뒤져 현지인이 추천하는 맛집과 관광지도 정했다. 동창 친구들은 이상철의 예약 내용을 듣고 국영기업체에 다니더니 아직도 옛 가락이 남아 참 잘했다고 만족을 표시했다.

출발 전날 항공사에서 공항이 붐비니 출발 50분 전까지 공항에 나오라는 문자 메시지가 왔다. 이상철은 시즌도 아닌데 무슨 공항이 붐벼 국내선인데 30분 전에 가면 되지, 하며 친구들에게 출발시간 11시 30분의 30분 전인 11시에 공항 탑승구 앞에서 만나자고 했다.

이상철은 약속시간에 공항에 도착하여 예약번호를 제시하고 발권을 요구했다. 발권담당 여직원이 이미 좌석이 거의 다 차서 일행이 나란히 앉는 좌석이 없다고 했다. 이상철의 일행은 별 수 없이 따로 따로 앉아 가야했다.

저가 항공기 안에서는 커피도 사서 마셔야 하는 것을 아는 이상철은 비행기를 타기 전에 커피를 사서 들고 비행기에 탑승하여 그의 좌석으로 갔다. 창가의 자리에 정장한 여인이 앉아있다. 혼자 여행하는 승객 같았다. 창밖을 내다보는 옆얼굴이 40대로 보였다.

이상철은 친구 남자 놈들과 나란히 앉아 가는 것보다 낫지, 하며 여자의 옆자리에 앉아 안전벨트를 맸다. 여자가 힐끗 옆자리에 앉은 이상철을 쳐다보고 창밖으로 시선을 돌렸다. 이상철은 옆에 앉은 여인이 예쁘게 생겨 기분이 좋았다.

활주로를 서행하는 비행기 선반에 달린 경고등이 반짝이고 경고음을 울리며 비행기가 막 질주하고 부르르 떠는 것 같더니 바퀴에서 전해지는 진동이 멎고 동체가 붕 떠서 날기 시작했다.

이상철은 유리창 밖 눈 아래로 지나가는 광경을 내다보며, 어떻게 이렇게 큰 비행기가 이 많은 사람을 태우고 하늘을 날지, 이제 이 사람들과 나는 한 운명이네, 비행기가 추락하면 같이 저승에 갈, 하며 후 한숨을 내쉬었다.

비행기가 고도를 높이며 날아올랐다. 늦가을을 안고 누워 있는 갈색 산과 들, 그리고 아파트만 눈 안에 가득 들어왔다.

이상철이, 정말 아파트 많네, 하고 중얼거렸다.

"정말 아파트 많지요. 저 많은 아파트 냉난방을 하려면 전기가 무척 많이 들겠네요."

이상철의 옆자리에 앉은 여자가 중얼거렸다.

"아파트 단지 하나씩 들어설 때마다 몇 만 킬로와트 전기가 새로 필요해요."

이상철이 화답했다.

"그렇겠지요. 저 높은 아파트에서 전기가 나가면 걸어서 올라가야 하는데…."

여자가 이상철을 힐끗 쳐다보며 말했다.

"그래도 고층 아파트 못 지어 난린데요. 은마아파트는 50층 요구하다가 35층 받기로 해서 포기했고, 압구정 현대아파트는 아직도 50층 내놓으라고 서울시와 싸우는 중이라던데."

"50층에 전기가 나가 엘리베이터가 멈추면 50층까지 걸어올라 가야 하는데, 후…. 참 그런데 문재인 정부는 석탄발전소도 원자력발전소도 못 짓게 한다는데 뭘로 전기를 만들어 저 많은 아파트에 전기를 댄데요?"

여자가 물었다.

"풍력발전이나 태양광발전소로 공급한답니다."

"풍력발전이요? 나 중문단지 사는데 거기 풍차가 있어요. 그런데 도는 거 보기 힘들어요. 그냥 서 있어요. 사진 찍는 용이죠. 그런 발전기로 전기 만들어 대겠다고?"

"미세먼지도 안 나오고 안전하고, 탄산가스가 안 나와 지구온난화 방지에도 도움이 되고."

이상철이 시니컬한 목소리로 말했다.

"그래요? 그런데 지구온난화가 어떻고 하고, 파린가 런던인가 하는 협정이 있다고 하던데 그게 뭐에요?"

"아, 파리협정인데요. 2015년 12월에 세계 195개국 대표들이 모여서 2050년까지 지구온도를 산업혁명 이전보다 섭씨 1.5도 이상 올리지 말자는 협정이에요."

"산업혁명 이전이요? 그 때 온도를 어떻게 알아요?"

"간적적인 방법으로 유추 해석해요. 지구온도를 올리는 주범 중에 하나가 탄산가스인데요. 지난 10만 년 동안 지구의 탄산가스 농도는 270ppm이었는데 산업혁명이 일어난 후 화석연료를 많이 쓰게 되면서 탄산가스 농도가 404ppm까지 올라갔어요. 그래서 지구온도가 섭씨 1도 이상 올랐고."

"10만 년 전 농도는 어떻게 알아요?"

"북극 빙하에 구멍을 뚫고 얼음을 채취하여 분석하면 그 얼음이 몇 년 전에 언 건지 알 수 있습니다."

"꿈같은 이야기네요. 얼음을 분석하면 안다고요? 그럼 냉장고에 얼음을 며칠 전 얼렸는지도 알 수 있어요?"

"그렇게 며칠 사이 것은 못 구별해요."

이상철은 대답을 하면서도 대답이 시원찮은 것 같아 여인에게 미안했다.

"파리협정 때 박근혜 대통령도 가신 것 같던데."

"네, 가셨었어요. 그래서 우리나라는 2030년까지 2030년에 발생할 것으로 예상되는 탄산가스 배출량 8억 5천만 톤의 37%인 약 3억 2천만 톤을 절감하겠다고 약속했어요. 절감 약속한 양은 1990년 우리나라 총 배출량보다 많은 큰 양이에요."

"저는 무슨 말인지 잘 모르겠고, 어쨌든 많이 줄인다는 말 같은데 선생님은 어떻게 그런 숫자까지 다 아세요?"

"아, 저 한전 다녔어요. 정년퇴직했어요."

"아, 그러셨구나. 좋은 직장 다니셨네요. 그렇게 많이 나오는 탄산가스를 줄이려면 어떻게 해야 해요?"

"탄산가스를 제일 많이 만들어 내는 데가 발전소에요. 석탄발전소."

"아, 그래서 문재인 정부가 석탄발전소 안 짓겠다고 했구나."

"석탄발전소를 안 짓겠다고 한 것은 탄산가스보다 우선 미세먼지가 많이 나와서지요."

"그게 그거지요. 그런데 탄산가스 3억 톤을 줄인다고 하셨는데 굴뚝에서 나오는 탄산가스 무게를 어떻게 달아요?"

"무게를 다는 것이 아니고 발전소에서는 석탄을 몇 톤 땠는지 항상 파악하고 있어요. 석탄 1톤을 때면 탄산가스가 얼마 나온다는 것을 알고 있어 계산하는 거요."

"와 그런 것도 다 알아요? 그럼 3억 톤을 줄이려면 석탄을 얼마나 덜

때야 하는지도 알겠네요."

"네. 그래서 정부에서는 석탄발전소를 안 짓고 탄산가스가 석탄의 절반 정도 나오는 LNG 발전소를 지으려고 해요."

"LNG는 깨끗한 에너지라고 하던데 그것을 태워도 탄산가스가 나와요?"

"네, LNG도 탄화물이니 당연히 탄산가스가 나오지요."

"원자력발전소도 나와요?"

"원자력발전소에서는 안 나오는데 발전소를 지을 때 드는 시멘트니 하는 자재를 만들 때, 또 핵연료를 만들 때 공장에서 에너지를 쓰니 탄산가스가 나오지요. 그렇게 나오는 양을 다 쳤을 때 원자력발전소에서 나오는 탄산가스 양은 석탄발전소의 1/90, LNG발전소의 1/50 정도 나와요. 거의 안 나오는 셈이지요."

"제가 사는 중문단지에 있는 풍차에서는 탄산가스가 안 나오지요?"

"풍력발전소에서는 안 나오지만 풍력발전소를 만들 때, 또 돌릴 때 계속 회전부문에 윤활유를 쳐야 하니 윤활유를 만들 때 탄산가스가 나와 원자력보다 탄산가스가 더 나옵니다."

"제주도 여기저기 태양광발전소가 있는데 그렇게 치면 거기서도 탄산가스가 나온다고 해야겠네요."

"네. 태양광발전소가 원자력보다 더 많이 나와요. 제 말을 바로 알아들으시는데 학교 다니실 때 공부 잘 하셨겠어요."

"잘 하는 편이었는데 그럼 뭐해요, 지금 흑돼지 구워 팔아서 먹고 사는데."

"흑돼지 식당하시는구나. 중문에 사신다니 저희들 중문단지에 있는 호텔에 묵을 건데, 식당이 어디세요. 현지인이 추천한 맛집 찾아봤는데 이렇게 옆자리에 앉은 것도 인연인데 그 식당가야겠네요."

"롯데호텔에서 500 미터쯤 떨어져 있어요. 명함 한 장 드릴게요. 오시면 술은 거저 드릴게요."

옆자리 여인이 이상철에게 명함을 건네며 인심을 썼다.

"아유 감사합니다. 저는 화백이라 명함이 없어요."

이상철이 중문 흑돼지집 김소영이라는 이름을 새긴 명함을 보며 말했다.

창밖을 내다보니 비행기가 구름 위를 날고 있다.

김소영이, 이제 우리가 신선이 되었네요, 하고 말했다.

"구름 위를 나는 신선? 이럴 때 한 잔 크 하면 정말 신선이 된 기분일텐데. 저가항공이라 술 한 잔도 안 주네요."

이상철이 지나가는 말투로 말했다.

김소영이 손을 흔들어 승무원을 불렀다. 승무원이 다가오자 맥주 두 캔을 주문했다.

이상철이 날쌔게 맥주값을 계산했다.

"제가 사려고 했는데."

"아니, 식당에 가면 술 거저 주신다고 하여."

"고맙습니다. 저는 한 달에 한 번 싼 비행기표를 사서, 서울에서 대학 다니는 딸을 보러 가요. 그때마다 비행기가 잠시 구름 위를 나는데 아래 세상이 하나도 안 보이니 모든 욕심 시름 다 내려놓고 신선이 된 기분이 돼요."

"저는 서울에서 항상 복잡한 지하철을 타고 다녀 그런 한가한 마음을 가질 여유가 없어요. 그래서 이번 고등학교 친구 네 사람이 자유여행하며 맛있는 거 사 먹고 하자고 작당하여 왔어요."

"잘 하셨네. 그럼 차는?"

"아 중형차 빌려 놨어요. 비행기 내리면 5번 출구로 나와서 셔틀버스

타라고 하던데요."

"그러시면 돼요. 제 도움이 필요하면 그 전화번호로 연락하세요. 저는 제주도 토박이에요."

그때 승무원이 맥주를 가져왔다. 두 사람이 캔을 부딪치며 건배했다.

3.

제주공항에 도착한 이상철 일행은 공항 근처 렌터카 회사에서 LPG 중형차를 빌렸다.

이상철은 렌터카를 빌리러 가며 렌터카 회사가 여럿 있고, 주차장에 수천 대 렌터카가 주차된 것을 보며, 이 많은 회사들이 제대로 경영이 될까, 살짝 걱정이 됐다.

이상철은 내비 아가씨의 안내를 받아 20분 정도 운전을 하여 전통 음식점 하루방 식당에 갔다. 이상철이 인터넷에서 검색한 현지인이 추천한 토속음식점이다. 골목 안에 있는 식당은 허름했다. 친구들은 맛기행을 왔는데, 왜 이렇게 허름한 식당으로 데려온 거야, 하는 표정이었다. 이상철은 자리에 앉으며 각재기국을 주문했다.

최양현이, 각재기국이 뭐냐?, 하고 시비조로 물었다.

"나도 무슨 음식인지 모른다. 제주도 토속음식이란다."

이상철이 설명하는 사이 밑반찬이 나왔다. 고등어조림, 젓갈, 김치 등이 나왔다. 일행은 고등어조림을 한 입씩 먹어보고, 맛이 괜찮은데, 했다.

최양현이 그래도 막걸리 한 잔은 해야지, 하며 상철이 너는 운전해야 하니 우리 셋만 마실게, 하며 조껍데기 술을 주문했다. 이상철은 양재기 술잔에 반만 술을 받고 한 모금 맛을 봤다. 이상철은 맛이 기가 막혀 운전 때문에 술을 마시지 못하는 것이 억울했다.

"저녁에는 내가 운전할게. 매끼 상철이 술 못 마시면 안 되니."

최양현이 말했다.

"참 우리 저녁 메뉴를 바꾸자. 원래 오늘 저녁에 회를 먹고 내일 저녁에 흑돼지 먹기로 했는데 오늘 흑돼지 먹자."

이상철이 술을 반 모금 입에 넣고 맛을 감상하며 말했다.

초등학교 교감으로 정년퇴임한 이성대가, 왜 무슨 사연이 있나? 하고 물었다.

"특별한 사연은 없고, 오늘 비행기 옆좌석에 탄 여자가 중문단지에서 식당을 한대. 자기 식당 오라고 했다. 우리 호텔에서 가깝고 술은 거저 준다고 했다."

"어, 상철이 벌써 작업 성공했네. 회야 내일 먹으면 되지. 나는 찬성이다."

최양현이 말했다. 나머지 두 친구도 좋다고 했다.

각재기국은 생선국이었다. 맛이 비릿했다. 식당 옆자리에 앉은 40대의 남자가 고추를 이겨놓은 소스를 넣어 먹으라고 했다. 소스를 넣자 맛이 쌈박했다.

자영업을 하다가 사업을 아들에게 물려주고 유유자적하는 박종석이 술을 죽 들이키고 빈 잔을 이성태에게 건네며, 값도 싸고 먹을 만한데, 하고 말했다.

"우리 상철이 똑 부러지는 놈인데, 틀림없지."

이성태가 잔을 받으며 말했다.

손님들이 고등어조림 접시를 비운 것을 보고 식당 종업원이 다시 내왔다.

"식당 인심 좋네. 고등어를 또 가져다주고."

최양현이 말했다. 두 병째 조껍데기 술이 친구들을 행복하게 했다. 나이 육십이 넘은 오랜 친구들은 왁자지껄 식당을 흔들었다. 같이 식사를 하는 손님들은 육지에서 온 노인들의 소란을 애교로 받아줬다.

식사를 마친 일행은 내비 아가씨의 안내로 비자림으로 달렸다. 20년 만에 제주도를 다시 찾은 이상철은 운전을 하며 제주도에 잘 포장된 지방도로가 많이 난 것을 보고, 그가 들렀던 동남아와 달리 제주도의 풍요로움을 느끼며 제주도가 유네스코 유적지가 될 만하네, 하며 기분이 푸근해졌다.

"어, 저기 풍력발전소가 있네. 그런데 풍차가 다섯 개야 여섯 개야. 겨우 두 개만 도네. 그러면 안 돼. 저 풍차가 우리 대통령을 어떻게 아는 거야?"

최양현이 시니컬하게 말했다.

이성태가 차창 밖을 내다보며, 대통령을 어떻게 알다니? 하고 물었다.

"지금 문빠들이 저 풍력으로 우리나라 전력을 공급한다는데 부지런히 돌아야지 저렇게 서 있으면 어떻게 해. 촛불정신이 해이해졌는데."

최양현이 떠벌렸다.

박종석이, 양현이 너 말 조심해라. 우리끼리 있을 때는 괜찮지만 잘못하다가 적폐대상으로 몰린다, 하고 주의를 줬다.

"적폐? 민주주의 국가에서 뚫어진 입으로 말하는 것도 적폐냐?"

최양현이 막나갔다.

이상철이, 풍력발전소는 하루에 네다섯 시간만 돌아도 괜찮은 발전소다, 고 말했다.

최양현이, 그럼 하루에 네다섯 시간만 전기를 써야 하나? 하고 시비조로 말했다.

이상철이, 한전이 스물네 시간 전기를 쓰도록 해줄 거니 걱정마라, 고 말했다.

"아직 귤을 덜 땄네. 우리 귤 따기 체험할까?"

이성태가 말을 돌렸다.

친구들은 옛날 제주도에 왔을 때 추억을 떠들고, 주위 경치도 보면서 40분 만에 비자림에 도착했다. 주차장 주차료도 무료고, 입장료도 경로라고 무료였다.

"정말 좋은 나라다. 나이 들었다고 다 무료니."

박종석이 비자림 입구로 들어서며 말했다.

약 1.5m 넓이로 죽 이어진 통행로 양편으로 비자나무가 허리에 번호표를 매달고 즉 늘어서 있다. 비자나무 나이가 7~800년이라고 했다.

"상철아 어떻게 이 비자나무 나이가 800년 되는 걸 알지? 죽었으면 베어서 나이테라도 세면 되지만 저렇게 살아서 서 있는데."

최양현이 물었다.

"어떻게 알까? 잘 모르겠는데."

이상철이 어떻게 나이를 알까, 하며 고개를 갸웃하며 말했다.

"야 공돌이가 그것도 모르냐?"

최양현이 구박을 줬다.

"야, 공돌이라고 다 아나? 내가 들은 바 탄소 동위원소로 측정한다고 했는데."

이성태가 말했다.

"탄소 동위원소? 그건 또 뭐하는 수작이냐? 과학자라는 놈들이 하는 짓거리 믿을 수가 있어야지. 뭐 빅뱅이 일어난 지 138억 년이 되었다고 지놈들이 138억 년 전에 살았어? 저 나무가 800살 되었다고? 지놈들이 800년 전에 심었어?"

최양현이 화가 난 목소리로 말했다.

"그거 간접적으로 다 측정하는 방법이 있지. 소설가 놈이 과학을 못

민다니."

이상철이 퉁을 줬다.

비자림을 돌아보고 호텔로 돌아온 일행은 호텔에 들어와서 목욕을 하고 잠시 쉬다가 저녁을 먹으러 이상철이 비행기에서 만난 김소영이 명함을 건넨 중문 흑돼지 집으로 갔다. 호텔에서 아주 가까워 운전대를 잡은 최양현은 그냥 걸어서 올 걸, 했다.

김소영이 이상철을 알아보며 정말 오셨네요, 하며 반가워하며 방으로 안내했다.

방은 여섯 사람 좌석이었다.

이상철이 흑돼지 오겹살 4인분을 주문하자 김소영이 소주는 제가 대접할게요, 한라산 괜찮지요, 했다.

최양현이 한라산 좋지, 하고 화답했다.

이성태가 눈을 껌벅이며, 상철이 너 저 미인 어떻게 아냐? 하고 물었다.

이상철이, 비행기 옆 좌석에 탔던 인연이다, 하고 가볍게 대답했다.

"남자는 잘 생기고 봐야 해. 상철이 녀석 잘 생겼으니 비행기에서 한 번 보고 반해서 술을 거저 주잖아."

이성태가 말했다.

"야, 그거 장사 속이야. 누가 선생 안 했다고 할까 봐 세상 물정 모르고."

사업을 했던 박종석이 초등학교 선생을 했던 이성태를 나무랐다.

남자 종업원이 불판을 들고 들어오고 뒤따라 여자 종업원이 밑반찬을 들고 들어왔다. 한라산 소주 두 병이 따라왔다.

"불이 들어오니 따뜻하네. 자 한 잔씩 하자. 내가 내일 아침 일찍 와서 차 픽업할 거다. 나도 술 마신다."

운전수를 자청했던 최양현이 술병을 따며 큰소리를 쳤다. 아직 돼지고기가 들어오기 전에 밑반찬을 안주하여 소주가 두 바퀴 돌았다.

"야, 중문단지가 세계에서 잘 나가는 관광명소일 텐데 왜 이렇게 밤이 어둡냐?"

최양현이 이상철을 쳐다보며 한전에 다닌 니 잘못이지, 하는 투로 투덜댔다.

이상철이, 전력사정이 좋지 않아 그렇다, 고 변명조로 말했다.

"전력사정이 좋지 않다니?"

이성태가 말도 안 되는 소리 말라는 투로 말했다.

"제주도는 육지에서 떨어져서 별도 전력 시스템을 가져야 하는데 용량이 큰 발전소를 지을 수가 없어 겨우 5만이나 10만 킬로와트 소형발전소로 발전한다. 발전소가 작다 보니 전기료가 비싸 육지에서 생산한 전기를 해저 케이블로 송전해서 쓰다 보니 전기가 넉넉지 않다."

이상철이 더듬거리며 말했다.

"왜? 제주도에 전력수요가 한 백만 되면 100만짜리 원전 하나 지으면 되지."

최양현이 말했다.

"그럼 그 발전소가 고장 나면 제주도는 완전히 전기가 다 나간다."

"그러네."

최양현이 바보같이 대답했다.

"그래서 발전소를 지을 때 그 용량은 총수요의 10% 정도 크기 이상을 안 지어."

"그건 왜?"

이성태가 물었다.

"열 사람이 짐을 실은 수레를 끌고 언덕을 오른다고 하자. 그중 한 사람이 힘이 빠져 수레를 놓는다면 나머지 아홉 사람이 더 힘을 들여 수레를 끌고 올라갈 수 있겠지. 그런데 또 한 사람이 수레를 놓는다면 여덟 사람이 끌기에는 힘에 벅차 수레가 언덕을 굴러 내려갈 거다. 여러 발전소가 고객들이 쓰는 전기량에 맞춰 전기를 생산하고 있다."

"그래? 그것 몰랐네. 나는 막 지으면 되는지 알았지."

이성태가 눈을 크게 뜨며 말했다.

"그래서 전기수요를 부하, 짐이라고 해. 그런데 갑자기 한 발전소가 사고가 나서 정지하면 나머지 발전소가 나눠서 전기를 더 발전하는데 그 범위를 넘으면 발전소 보호 차원에서 모든 발전소가 다 죽어. 우리나라에 그런 대정전사태가 한두 번 있었지. 그래서 발전기 용량은 수요의 한 10% 범위에서 정하는 거야."

이상철이 아는 체를 했다.

그 때 김소영이 환하게 웃으며 고기를 들고 들어왔다.

"친구분들이 다정하게 말씀하시는 거 보니 보기 좋아요. 호텔에서 여기는 어떻게 오셨어요?"

김소영이 환한 미소를 머금고 말했다. 40대 후반의 완숙한 미모가 방 안의 분위기를 활짝 환하게 했다.

"이 친구가 운전해서 왔어요."

이상철이 최양현을 가리키며 말했다.

"아 그럼 제가 호텔까지 모셔다 드릴 테니 마음 놓고 술 드세요."

김소영이 최양현을 빤히 쳐다보며 말했다.

"정말요? 술 한 잔 앞에 놓고 제사지내면서 아쉬웠는데 감사합니다."

최양현이 미인에게 아부하며 꾸뻑 인사를 했다.

"우리 최 작가 술을 한 잔 하면 포스트모더니즘 강의 나올 거요."

이상철이 말했다.

"아 작가세요? 그럼 장르는?"

김소영이 반짝 반기며 물었다.

"소설가."

이상철이 대답했다.

"존함은."

김소영이 물었다.

"최양현입니다."

이상철이 대신 대답했다.

"그럼 인간의 조건 쓰신?"

"예. 어떻게 아세요?"

"제가 그 소설을 읽었어요. 지금 그 소설책을 가지고 올 테니 사인해 주시겠어요?"

김소영이 존경의 눈빛으로 최양현을 쳐다보며 말했다.

최양현이 크게 고개를 끄덕였다.

김소영이 종종걸음으로 방을 나갔다.

"야 이러다가 양현이 제주도에 애인 하나 생기겠다."

박종석이 허허거리며 친구를 놀렸다.

"그 정도 미인이면 애인해도 괜찮겠는데."

최양현이 느글거리며 친구의 말을 받았다.

친구들은 옛날 사귀던 여인들 이야기로 꽃을 피웠다. 10대부터 친구라 서로의 과거를 잘 알고 있다. 한참 과거를 되뇌던 친구들은 그 대화가 실팍해졌다.

"참 상철아. 너 원자력 전공했으니, 얼마 전 신문 보니 서울대 교수가 3개월이면 원자탄 만들 수 있다고 하던데 그 말 맞니?"

이성태가 물었다.

"그래 나도 그 기사 봤다. 북한 놈들 핵 만들었는데 우리도 만들어야지."

박종석이 친구의 말을 거들었다.

"그 교수 말 좀 뻥이다."

"서울대 교수가 말했는데 그게 뻥이라고?"

이성태가 도전적인 말투로 따졌다.

"원자탄을 만들려면 우선 원자탄을 설계할 능력이 있어야 하고, 다음 고농축 우라늄이나 플루토늄이 있어야 하고, 다음 고폭기술이 있어야 한다. 그런데 우리나라는 세계에서 원자력발전소 건설 기술이 톱클래스이니 설계기술은 있다. 고폭기술도 그렇게 어렵지 않게 확보할 수 있을 거다. 그런데 고농축 우라늄이나 플루토늄이 없다. 우리나라에 농축공장을 짓던지 재처리 시설을 지어야 하는데 우리나라에 지을 돈과 기술은 있지만, 3년 이상 걸린다. 그래서 3개월 내 핵폭탄을 만든다는 말은 뻥이다."

"니 말 들으니 그러네. 탈원전하면 원자탄 설계 기술이 도망가겠네."

이성태가 고개를 주억거리며 말했다.

"그렇게 되겠지. 새로 지을 원전 건설계획이 취소되어 당장 연말부터 설계기술자 일부가 해고당한다. 문 정부 5년 가면 설계기술자들이 다 흩어져서 기술이 없게 되지. 또 그런 시설을 지으려면 미국이 모른 척해야 하는데 그럴 가능성도 없다."

"왜, 미국은 북한은 만들었는데 우리는 못 만들게 하나?"

최양현이 불만스런 목소리로 말했다.

"그게 국제간 힘의 논리다. 1960년대 중반 미, 소, 영, 불, 중국 5개국이 핵무기를 개발하고 자기 다섯 나라만 핵무기를 가지기로 하고 다른 나라는 가지는 것을 인정하지 않는 불평등조약인 핵비확산조약을 국제질서로 제시했다. 그 후 5개국 외에 핵무기를 가지는 것을 막고 있다. 북한이 사실상 핵무기를 가지고 있지만 미국이나 중국, 러시아 등이 핵보유를 인정하지 않고 있잖나?"

"그 판이 힘센 놈들이 완전히 짜고 치는 고스톱이네."

최양현이 분노를 터트리며 말했다.

그 때 김소영이 소설책을 가지고 방에 들어섰다. 그녀는 고기도 한 접시 들고 왔다.

"이 고기는 서비습니다. 소설가님에게 서명 받는 값."

김소영이 고기 접시를 내려놓고 소설책을 최양현에게 들이밀며 말했다.

"야, 소설가 친구 덕에 고기 거저 먹네."

박종석이 즐거워했다.

최양현이 잠바 주머니에서 볼펜을 꺼내 책표지를 열고 간지에 서명해줬다.

"이거 가보로 모셔야지."

김소영이 작가가 서명한 소설책을 가슴이 안으며 말했다.

"오늘은 비자림 다녀오셨다고 하셨는데 내일은 어디 가실 거예요?"

김소영이 최양현을 쳐다보며 말했다.

이상철은 자기가 소개해서 알게 됐는데 김소영이 최양현에게만 관심을 보이자 섭섭했다.

"제주도에 올레 코스가 수십 개 있다는데 7코스를 제일 많이 찾는다고 하여 아침 먹고 거기부터 들를 겁니다."

이상철이 말했다.

"7코스는 외돌게에서 출발하는데 여기서 가까워요. 경치 끝내줘요. 제가 안내할게요."

김소영이 가이드를 자청했다.

"미인이 안내한다니 저희들은 영광이지요."

최양현이 벌쭉 웃으며 말했다.

"작가님과 데이트하게 된 제가 영광이지요. 그럼 내일 9시 반에 호텔로 모시러 갈게요. 제가 있으면 친구분들 대화에 방해될 것 같아 이만 물러갈게요. 다 드시면 호텔에 모셔다 드릴 테니 알려주세요."

김소영이 공손히 인사를 하고 방에서 물러갔다.

두 시간이 넘도록 술을 마시며 떠들다보니 나이든 친구들이 좀 지쳤다.

"내일 7코스 갔다가 생각하는 정원과 의자마을 가는 계획인데, 제주도에 해상 풍력단지가 문을 열었다는데 거기도 들를까? 당초 계획에는 없었는데. 3메가 발전기 열 기가 해상에 죽 늘어서서 장관이래. 1,650억 원 들었대."

이상철이 말했다.

"에이 거기 갔다가 풍차가 긴 팔을 벌리고 멈춰 있으면 흉물스럽다. 한전 다닌 상철이 너나 가라. 나는 안 간다."

최양현이 투덜거렸다.

"상철이 너 1,650억 들었다고 했지? 1,400 메가와트 원전이 4조 5천억 든다며."

선생을 했던 이성태가 핸드폰을 꺼내 계산기를 열며 말했다.

"그래. 1,400 메가와트 두 기에 9조 드니 한 기에 4조 5천억 든다."

이상철이 말했다.

"1,400 나누기 30이면 46.7이고 46.7 곱하기 1,650이면 7조 7천억 드네.

1400 메가와트 풍력을 지으려면 7조 7천억이 드니 풍력발전소가 더 비싼데."

이성태가 계산기를 두드리며 말했다.

"거기에 빠진 점이 있다. 원전은 가동률이 80% 넘지만 풍력은 20%도 안 되니 같은 전기를 내려면 용량이 4배 이상 되어야 한다."

이상철이 말했다.

"그래? 그러면 7조 7천 곱하기 4면 30조 8천, 30조 8천 나누기 4.5면 6.8인데, 와 풍력발전소 건설비가 원전의 7배나 더 비싸네."

이성태가 말했다.

"그래서 그거 어떻게 경제성을 맞추나? 아무리 바람이 거저라고 해도."

사업을 했던 박종석이 비명을 질렀다.

"그래서 조선일보 탑기사로 25조면 될 것을 백조 든다고 했구나. 문빠들은 지 돈 아니라고 돈은 생각 않는 거 같다. 그런 거는 그거 하는 놈들에게 맡기고 그만 호텔로 가자."

최양현이 앞장서서 방을 나갔다.

다음 날 아침 일행은 근처 토속음식점에서 아침으로 전복죽을 먹고 호텔 방에서 잠시 쉬다가 로비로 나갔다.

김소영이 빨간색 등산복 차림으로 로비에서 기다리고 있었다. 김소영은 이상철에게는 목례만 하고 바로 최양현에게 다가가서 다정하게 인사를 하며 어젯밤에 사인 받은 소설을 다시 완독했다며 아양을 떨었다.

김소영이 앞장서서 주차장으로 가며, 제가 운전해서 올래 7길을 안내할 게요, 했다.

이상철이, 우리가 운전해도 되는데, 하고 말했다.

"제게 소설가님 모시고 운전했다는 영광을 주시면."
김소영이 이상철을 쳐다보며 말했다.
이상철은, 우라질 별게 다 영광이네, 하며 속으로 투덜대며 열쇠를 김소영에게 넘기며 빌린 차를 주차한 곳을 알려줬다.

김소영은 외돌게 주차장에 차를 세우며, 여기기 올레 7길 입구입니다, 했다.
김소영이 앞장서서 외돌게 관람로 방향으로 갔다. 언덕길을 내려서자 툭 트인 바다가 나오고 해변가에 우뚝 선 외돌게 바위가 보였다. 일행은 단체사진도 찍고 개인사진도 찍었다.
이상철은 최영 장군이 외돌게 바위에 옷을 입혀 멀리서는 대장군이 서있는 것같이 위장을 했다는 안내문을 읽으며 최영 장군이 여기까지 왔어, 하며 고개를 주억거렸다.
올레 7길을 따라서 김소영과 최양현은 연인같이 나란히 어깨를 하고 다정하게 걸어갔다.
"야, 상철이 니가 물어온 여자를 완전히 양현이가 차지했네. 이거 나도 사업하지 말고 소설이나 쓸 걸."
박종석이 투덜댔다.
"야, 여자 빼앗긴 상철이도 가만히 있는데 종석이 니가 왜 심술이냐? 주변 경치도 빼어나지만 두 사람 다정한 모습이 더 좋은데. 여기가 대장금 찍은 데야, 이영애가 대장금 나올 때는 참 젊고 예뻤는데 이번 평창올림픽 모델로 나오는 거 보니 그 때 신선한 미모가 다 가셨더라. 저기 정자에 가서 우리는 주변 경치나 보자."
이성태가 말했다.
최양현은 김소영과 죽이 맞아 연애(?)를 하게 두고 세 친구가 정자에 앉아서 올레길을 걸으며 샀던 귤을 까먹으며 주위 경치를 완상했다. 올레길에서 비닐봉지에 귤을 열 개 쯤 담아놓고 천원에 팔았다. 파는 상인은 없고 그냥 한 봉지 들고 가며 천원을 바구니에 담으면 됐다.

"우리 학교 다닐 때는 귤나무 하나만 있으면 대학을 보낼 수 있다고 했는데 이거 귤 하나에 백 원도 안 하네."

박종석이 밀려오는 파도를 쳐다보며 말했다.

"정말 귤이 싸졌지. 이 정도면 정말 절경이다. 유네스코 유산으로 오를 만하다."

이성태가 말했다.

"그렇지. 저놈 파도는 잠시도 안 쉬네. 하루 종일 들락거리려면 힘들겠다."

"파도야 죽은 놈인데 뭐 피곤하냐. 상철아, 저 파도의 힘을 이용하여 전기를 만들면 탈원전이니 하는 말을 안 해도 될 텐데."

이성태가 말했다.

"정말 그렇겠는데 파도가 얼마나 힘이 세냐?"

박종석이 친구의 말을 거들었다.

"그렇지 않아도 파도의 힘을 이용하는 파력발전소가 있는데 용량이 작고 경제성이 없다."

"연료비도 안 드는데. 파도는 거저잖아."

"발전소를 얼마나 길게 지어야 발전기를 돌릴 수 있는 파력을 얻겠냐?"

"일이 미터 간격의 파도는 그렇게 힘이 크지 않다는 말이네. 무슨 말인지 알아들었다."

박종석이 여전히 바다에 눈을 둔 채 고개를 끄덕였다.

"그렇잖아도 화석연료의 끝이 보이고 에너지 수요는 계속 늘어가자, 바다의 조수간만차나 파력을 이용하는 발전소 건설을 추진하고 있지.

시화호 조력발전소는 조수간만차를 이용하는 발전소인데 경제성이 떨어져서 더 이상 추가 건설을 하지 못하고, 파력발전소는 좀 전에 말했고, 온도차 발전소도 연구중인데 그것도 여의치 않다."

이상철이 바다 가운데 달랑 서 있는 섬을 쳐다보며 말했다.

이성태가, 온도차발전소는 뭐니? 하고 물었다.

"적도 근방에 가면 바다 표면 온도가 심해의 온도보다 20 내지 30도 차이가 난다. 그 차이를 이용하여 발전하는 거다."

"애개. 겨우 20도 내지 30도 차이로 물도 못 끓일 텐데."

"그거라도 써 먹을 수 없나 하고 연구하고 있지. 참 제주도는 아직 태양광발전소 지을 터가 많더라. 주차장에 태양광발전소 지어 놓은 데가 하나도 없던데."

이상철이 바다에 시선을 둔 채 말했다.

"제주도가 바람, 여자, 돌이 많은 삼다도라고 하니 풍력발전소를 지어도 될 텐데, 근데 별로 없던데."

박종석이 말했다.

"중문단지에 놀고 있는 풍차와 어제 비자림 가며 서 있는 풍차 봤잖아, 바람의 고장 제주도에서도 풍차가 하루 여섯 시간 돌면 우수하다."

"그런데 문재인이 풍차로 우리 전기수요의 10퍼센트를 대겠다고? 좀 무리 같다?"

이성태가 말했다.

"바람이나 태양광은 하루 종일 쓸 수 없는데, 원자력 석탄 않고 문재인은 무엇으로 메운다는 거냐?"

박종석이 물었다.

"LNG 발전소 짓는단다."

이상철이 대답했다.

"내가 좀 아는데, LNG는 가격변화가 심하고, 수급이 불안전한데, 러시아가 몽끼를 부려 가스 공급을 중단하는 바람에 유럽 국가들이 고생한 적도 있는데."

박종석이 심각한 표정으로 말했다.

"수급만 문제가 아니고 가격도 원자력 석탄의 몇 배 비싸다."

이상철이 심각한 표정으로 말했다.

"저 친구들 보기 좋네."

이성태가 최양현과 김소영이 함빡 웃음을 허공에 날리며 노는 것을 보며 말했다. 이상철은 문득 이정희 시인의 보조개가 떠올랐다. 이상철은 이정희 시인이랑 여행을 오면 그녀가 멋진 시를 써서 낭독해줄 건데, 하며 살짝 그녀가 안고 싶어 이 무슨 망령하며 혼자 실없이 웃었다.

"뭣들하고 있냐? 우리 김 사장이 점심 장사 준비하러 가봐야 하신다니. 가게까지 모셔다 드리고 다음 관광 예정지로 가자."

김소영과 노닐던 최양현이 정자로 다가오며 말했다.

"겨우 오백 미터도 안 가보고 돌아가자고?"

이성태가 투덜댔다.

"저 택시 타고 가도 돼요. 더 구경하세요."

김소영이 말했다.

"이 의리 없는 놈들. 어제 저녁 술도 거저 얻어먹었고 여기까지 안내했는데 택시 타고 가시라면 되겠냐? 7길 맛을 봤으니 그만 가자."

최양현이 큰 소리로 말했다. 친구들은 서로 눈치만 봤다.

"그래 모셔다 드리고, '생각하는 정원' 에 가서 인생에 대하여 생각을 좀 하자."

이상철이 결론을 내렸다.

4.

이상철은 전철을 타고 인사동으로 가며, 왜 이정희가 나를 만나자고 하나, 의아해 하며, 나와 연애하자는 것은 아닐 거고, 무슨 사유로 점심을 사겠다고 하지, 하며 은근히 분홍색 기대를 부풀렸다.

이정희가 정한 식당, '꿈속의 내 고향' 은 깔끔한 한식집이었다. 이상철이 식당에 들어서자 이정희와 최양현이 먼저 와서 기다리고 있었다. 최양현은 문인들이 자주 만나는 식당이라고 하며 악수를 청했다.

이상철은 이정희와 악수를 하며 그녀의 손이 부드럽고 따뜻하여 기분이 좋았다. 최양현이 이상철에게 묻지도 않고 코다리 3인분과 막걸리를 주문했다.

이정희는 생태집에서 봤을 때보다 더 화사하게 꾸미고 나왔다. 그녀가 한 인물하여 이상철은 저렇게 젊고 예쁜 시인이 왜 나를 보자고 했을까, 나를 좋아하나, 하고 헤픈 기대를 부풀렸다. 막걸리가 한 순배 돌자 이정희가 말을 꺼냈다.

"이렇게 바쁘실 텐데 뵙자고 한 것은…."

이정희가 말끝을 흐렸다.

"너한테 딸 숙제를 좀 물어보려 모신 거다."

최양현이 말을 이었다.

"숙제?"

이상철은 분홍빛 기대가 무너진 실망을 감추며 말했다.

"제 딸이 초등학교 6학년인데 재생에너지의 필요성에 대하여 알아오라고 숙제를 냈는데 제가 아는 것이 없어서."

"아 그러세요. 저도 현직을 떠난 지 한참 되어 제대로 답을 할 수 있을지 모르겠네요."

"내가 너한테 물어보면 다 알 거라고 했다. 초등학교 수준이니 맞춰서 대답해 줘."

최양현이 박자를 넣었다.

"재생에너지가 뭐요? 다시 살아난다는 뜻 같은데."

이정희가 노트를 꺼내 받아 쓸 준비를 하면서 물었다.

"계속 써도 닳지 않는 에너지를 말합니다. 바람, 태양열, 조력 등등."

"아 그래요. 그런데 왜 재생에너지가 각광을 받아요. 신문에도 자주 나고 이 정부도 늘리겠다고 강조하던데."

"지난 200년 동안 인류는 인류가 지구에 태어난 후 쓴 에너지보다 더 많은 에너지를 썼어요. 인류가 쓴 주 에너지는 화석연료고 한 60년 전부터 원자력을 쓰기 시작했어요. 그런데 그런 연료들은 자연에서 채취하여 쓰는데 유한한 지구에 매장량이 한계가 있어 바닥이 예견되고 공해가 있어요. 그래서 공해가 적고 써도 닳지 않는 태양에너지 풍력 등을 쓰는 연구가 한창이고 세계적으로 재생에너지 사용을 늘리는 경향입니다."

"태양이나 바람은 거저인데 막 쓰면 되잖아요?"

"그게 그런 에너지를 쓰려면 시설을 지어야 하는데 그 비용이 만만치 않아 화석연료를 쓰는 것보다 몇 배 비싸요. 유럽 국가들이 가장 열심히 재생에너지를 개발하고 있는데 20% 이상을 충당하고 있고, 미국이 약 15%인데 우리나라는 겨우 7%로 세계에서 재생에너지 개발이 가장 뒤진 나라에요. 그래서 정부는 2030계획을 세우고 재생에너지 개발을 서두르고 있어요."

"2030계획? 꼭 군사작전 이름 같네요. 그게 무엇인지?"

이정희가 연필로 메모를 하며 이상철을 빤히 쳐다보며 말했다.

이상철은 그녀의 눈이 퍽 맑다고 생각하며 핸드폰을 켜고 NAVER 창을 열고 2030 계획을 찾았다.

“제가 숫자를 다 못 외워 자료를 찾았어요. 2030년까지 재생에너지로 우리나라 전기수요의 20%를 담당하겠다는 계획입니다. 그래서 2030년에 그 20% 중 태양광 57%, 풍력 28%, 수력 3%, 바이오, 폐기물 등으로 11%를 충당하겠다는 겁니다. 태양광발전소를 30.5 GW, 풍력을 17.9 GW 신설합니다. 태양광과 풍력의 가동률을 15%로 잡았고, 총 투자비는 110조원을 예상했어요. 태양광은 수명이 20년, 풍력은 30년.”

“저는 잘 몰라서 그러는데 가동률이 뭐에요?”

“실제 운전되는 시간이에요. 가동률이 15%면 하루 24시간 중 3.6시간 운전하고 나머지 시간은 쉰다는 말입니다.”

“그럼 지금 돌고 있는 발전소는?”

“석탄 원자력 다 80%가 넘지요.”

“재생에너지를 써서 전기를 만들면 연료비는 안 드니 석유값이 오르든 석탄값이 오르든 관계없겠네요.”

“네, 관계없지요.”

“그럼 적극 추진해야겠네요. 그런데 왜 반대가 있어요?”

“우선 원자력, 석탄발전소보다 몇 배 비싸요. 또 부지가 많이 필요해요. 지금 정부가 계획한 만큼 재생에너지 시설을 지으려면 여의도 면적의 168배의 노는 땅이 있어야 해요. 풍력은 소음 민원이 많아 해상에 지으려고 하는데 어족자원에 영향이 있다고 어민들이 반발해요. 태양광은 농민들이 반발하고. 또 풍력이나 태양광은 기후에 민감하여 발전 못할 때를 대비하여 안정적인 대체 전원시설이 있어야 하고, 국토 여기저기 재생에너지 발전소를 지으면 그 전기를 실어 나를 송전시설을 건설해야 하는데 그것도 돈이 많이 들어요.”

“아 그래서 신문에 원전을 지으면 25조 원이면 되는데 100조 원이나 든다고 했군요.”

"제가 다 설명드릴 수가 없으니 NAVER나 DAUM을 열고 2030계획을 치시면 자세히 나와요. 해상풍력을 보시려면 탐라해상 풍력발전을 치시면 되고."

"아, 감사합니다. 나머지 자료는 제가 인터넷에서 찾을게요. 겨우 막걸리 한 잔 사며 이거 너무 많이 물었네요. 친구분들이 제주도 맛기행 다녀 오셨다면서요? 최 작가님이 자랑했어요. 그래서 내년에 우리 동해안 번개팅 가기로 했어요. 그때 꼭 오세요."

"제가 껴도 돼요?"

"저희야 좋지요. 다른 세상 이야기도 듣고."

"이 시인님 같은 미인이 초청하면 거절하기 어렵겠는데요."

이상철이 슬쩍 이정희를 미인이라고 치켜세우며 제의를 물었다.

"내년 가는 계획은 우리 이 작가님 하고 상철이 니가 짜라. 이 친구 아주 그런 거 잘 해요."

최양현이 이정희와 이상철을 번갈아 쳐다보며 말했다.

이상철은 이정희랑 예행 계획을 세울 것을 생각하며 연애로 가는 길인가, 하며 이 나이에도 젊은 여자라면, 하며 붕 기분이 들떴다.

책을 내면서

1998년 12월, 장편《방황의 미로》로 등단했으니 벌써 등단한 지 20년이 되어간다.

그동안 장편 몇 편을 발표했고, 단편집도 몇 권 냈다. 글을 써서 돈은 벌지 못했지만 문학상은 몇 번 받았다.

30여 년을 다니던 회사를 정년퇴직하며 퇴직할 일이 없는 직업이 없나 했었는데, 소설을 쓰다 보니 정년이 없어 바라던 바를 이룬 것 같다.

세월이 흐르고 나이가 들다 보니 체력의 한계로 자료를 찾고 현장 답사하기가 어려워 요사이는 장편은 쓸 엄두도 못 내고 단편만 쓴다.

나이가 드니 참 세월이 빨리 흐른다. 벌써 등단 20년이라니!

지난 2년간 여기 저기 문학잡지에 발표했던 단편을 모아 창작집 6집을 내며 이번 단편집 제목을 '세월이 유수같이 흐른다' 등으로 할까 하다가 너무 유행가 가사같아 상대성이론을 원용하여 '중력이 약해진다'로 정했다.

상대성이론에 의하면 속도가 느리든지 중력이 약해지면 시간은 한없이 빨라진다. 우리가 땅 위에 서있을 때 발과 머리의 중력 차이로 약 1경분의 1초 시간의 차이가 난다.

사람들이 살아가는 일생의 한 부분을 이야기로 엮어서 장편도 쓰고 단편도 쓴다. 사람이 아닌 동물 말, 개 등을 소재로 하여 쓴 소설도 있고, 동화의 세계에서는 꽃 등 식물도 소재가 된다. 이공계를 전공한 필자가 과학분야의 소재, '수소' 와 '에너지' 를 소설 형식으로 써봤다. 무생물을 의인화하기 어려워 그냥 지식을 늘어놓는 수준이 됐다. 애교로 읽어주시면….

현대문명사회를 영위하기 위하여 에너지는 필수품이다. 특히 전기는 필수품 중 필수품이다. 지난 100년간 전기는 주로 화석연료를 태워서 생산했다. 유한한 지구에서 화석연료 매장의 끝이 보이고, 화석연료의 연소 때 나오는 배기가스가 환경에 심대한 영향을 주어 화석연료의 사용을 억제하려는 움직임이 있다.

기술집약적인 에너지인 원자력은 비교적 환경에 영향이 적고 발전비용이 싸다. 그러나 원자력발전을 하면 인체에 치명적이며 장기간 관리가 필요한 방사성 물질이 생성되는 단점이 있다. 원자력발전소는 방사성 물질이 환경에 누출되지 않도록 여러 겹으로 싸고 또 싸서 방사성 물질이 환경에 누출되지 않게 하려고 대비하지만, 원자력발전을 시작한 지 60여 년이 지난 현재 선진국에서 세 번의 대형사고가 발생하여 방사성 물질의 누출 위험으로 인류를 놀라게 했다.

1979년 미국 TMI 원전사고, 1986년 소련 체르노빌 원전사고, 2011년 일본 후쿠시마 원전에서 일어난 사고다. 처음 두 경우는 운전원의 실수로 사고가 났으며, 세 번째 사고는 자연재해, 쓰나미에 밀려 사고가 났다.

TMI 사고 때 방사성 물질이 격납용기에 갇혀 환경에 미친 영향은 거의 없었으나, 두 번째 체르노빌 사고는 격납용기가 없는 구소련 발전소에서 사고가 발생하여 방사성 물질이 전세계로 퍼져 나갔다. 세 번째 사고는 수소 폭발로 격납용기가 터져 방사성 물질이 환경에 누출됐다.

원전은 인간이 만든 기기 중 가장 안전에 투자를 많이 하는 시설이나 100% 안전하지 않아 국민수용성에 어려움이 있다. 문재인 정부는 대선 공약인 탈원전정책을 집권하자마자 밀어붙였다.

공정 30% 가까운 건설 중인 신고리 5,6호기 건설을 중지하고 계획 중이던 발전소 건설을 취소하였다. 신고리 5,6호기는 공론화를 거쳐 건설을 재개하였으나 계획중인 원전은 다 죽고 재생에너지로 대체하려 한다. 탈원전의 문제점을 다룬 단편 두 편을 실었다.

중력이 약해진다

•

지은이 / 양창국
발행인 / 김영란
발행처 / 한누리미디어
디자인 / 지선숙

•

08303, 서울시 구로구 구로중앙로18길 40, 2층(구로동)
전화 / (02)379-4514, 379-4519
Fax / (02)379-4516
E-mail/hannury2003@hanmail.net

•

신고번호 / 제 25100-2016-000025호
신고연월일 / 2016. 4. 11
등록일 / 1993. 11. 4

•

초판발행일 / 2018년 7월 25일

•

•

값 15,000원

•

•

ISBN 978-89-7969-780-3 03810